Bernard MAHOUX

LA MALÉDICTION DES TRENCAVEL

CYCLE DE RAIMON-ROGER

**

QUAND LA LOUVE S'ÉVEILLERA

Aubéron

À Félix

AVERTISSEMENT AU LECTEUR

Un résumé des premiers volumes est présenté en préface. Sans être indispensable, cette lecture permettra au lecteur de se remettre en mémoire les événements passés, et de faire le lien entre les générations.

D'autre part, les termes d'origine médiévale ou occitane qui ne sont pas courants, en particulier ceux qui sont en italique, sont marqués d'un astérisque (*) et expliqués dans une note en bas de page, lors de leur première occurrence.

Un glossaire en fin d'ouvrage reprend et complète ces définitions.

Les termes figurant normalement dans les dictionnaires de langue française sont, pour la plupart, exclus du glossaire.

Pour des raisons de confort de lecture, les textes des troubadours en langue d'oc du XIIIe siècle, les textes et les termes en latin ou en langue étrangère sont traduits immédiatement dans un renvoi en bas de page.

RÉSUMÉ DES ÉVÉNEMENTS PRÉCÉDENTS DE LA FRESQUE
La Malédiction des Trencavel

À la suite de l'assassinat de son père par les mestres de Béziers, en 1167, Roger Trencavel, vicomte d'Albi, Carcassonne et Béziers, organise une terrible vengeance contre la cité rebelle, avec l'aide des mercenaires du roi Alfonse d'Aragon. Pendant le supplice de la ville, une femme maudit le jeune vicomte et toute sa descendance. Roger garde de cet événement la conviction d'avoir reçu un sort, et la crainte de choisir une épouse pour envisager la venue d'un héritier.

Mais le comte de Toulouse, Raimon V, lui propose sa fille Adélaïs en mariage. Cette union doit mettre fin à la lutte épuisante que se livrent les deux familles, depuis plusieurs générations. En effet, le comte de Toulouse voudrait bien soumettre Trencavel, dont les immenses territoires séparent en deux ses États, qui comprennent le marquisat de Provence à l'est et le comté de Toulouse à l'ouest.

Le comte de Toulouse espère ainsi faire l'unité de tout le Midi. Roger Trencavel, au contraire, redoute d'être encerclé par son beau-père. Il garde des liens privilégiés avec le roi d'Aragon, ennemi mortel des Toulousains, à qui il dispute la Provence.

Pour les mêmes raisons, il ne fait aucune confiance à sa jeune femme Adélaïs, adulée par les troubadours, mais qu'il considère comme un cheval de Troie du comte de Toulouse à sa cour. Il la tient à l'écart et ne lui manifeste aucun égard.

La jolie comtesse est venue à Carcassonne contre son gré, mais avec son premier amour, Aimeric de Castelnau, qui est devenu son amant. Roger ne supporte pas la présence de ce donzel qui, en outre, a tous les talents. Il tente plusieurs fois de le faire disparaître, mais le jeune chevalier est coriace.

La rencontre fortuite à Beaucaire du frère d'Adélaïs, Raimon (le futur comte de Toulouse Raimon VI) et de la sœur de Trencavel, Béatrix, provoque une grande sympathie entre les deux adolescents. Le comte de Toulouse en profite pour nouer un second mariage avec le lignage Trencavel et l'amarrer définitivement à la rive toulousaine. Mais les noces à Toulouse du comte Jeune et de la sœur de Roger se passent mal, le vicomte ne voulant pas apparaître comme soumis au comte de Toulouse.

La double alliance avec Trencavel n'ayant pas apporté les fruits escomptés, le comte de Toulouse tente un autre stratagème. Il alerte le pape en lui demandant de venir délivrer ses terres de la peste hérétique. Il vise, bien sûr, les terres de son vassal Trencavel, dont il espère la confiscation à son profit.

Plusieurs missions sont envoyées dans le Midi, qui excommunient Trencavel. Celui-ci n'a pas d'autre choix que de donner ses terres au roi d'Aragon (qui les lui restitue en fief) pour les mettre à l'abri d'une saisie. Adélaïs, considérée par son mari comme l'instrument de la malédiction, est exilée au château de Burlats (près de Castres). Elle y anime une petite cour, où elle reçoit les troubadours les plus en vue (qui la feront connaître dans l'Histoire sous le nom de « comtesse de Burlats »).

Pendant ce temps, Roger fait un enfant mâle, Aton, à la fille du châtelain de Béziers. Ce premier mâle doit servir de leurre à la malédiction.

Aimeric de Castelnau, le premier amour d'Adélaïs, finit par être pris et tué.

Adélaïs va cacher son chagrin à l'abbaye de Saint-Pons, où elle séjourne une année jusqu'à ce que le roi d'Aragon, qui est amoureux d'elle, vienne l'en tirer. Il l'emmène en Aragon.

Elle y rencontre l'inquiétant marquis de Mataplana, un proche du roi, à qui celui-ci a promis les vicomtés de Trencavel s'il mourait sans enfant. Adélaïs comprend que son intérêt, comme son devoir, lui impose de se réconcilier coûte que coûte avec Roger son mari, et de lui donner un héritier.

Avec la complicité de la communauté juive de Béziers, dont les Trencavel ont toujours été les protecteurs, elle se réconcilie avec Roger. Bientôt un enfant est attendu.

Revenant à Carcassonne avec son nouveau-né, Raimon-Roger, Adélaïs y découvre son père le comte de Toulouse assiégeant son mari. L'enfant venu quinze ans après leur mariage sera l'instrument de la réconciliation entre les deux familles. Roger et Adélaïs vont ensuite présenter le nouveau vicomte à tous leurs vassaux. Mais dans les rues de Béziers Roger rencontre la « sorcière » qui lui a jeté un sort vingt ans plus tôt. Il la tue. Adélaïs craint qu'elle ne soit plus dangereuse morte que vive, et pressent des lendemains dramatiques.

Roger meurt d'un mal inconnu. Le jeune vicomte n'a que neuf ans. Bertran de Saissac profite de la situation pour se faire nommer tuteur de Raimon-Roger, qu'il élève dans sa forteresse de la Montagne Noire au milieu des fidèles de la nouvelle Église. Pour éloigner la comtesse Adélaïs, qui défend la foi romaine, il fait courir sur son compte de sordides médisances (dont la rumeur parviendra jusqu'à nous).

Raimon-Roger finira par connaître la vérité sur sa mère. Comprenant qu'il a été manipulé, il reviendra la chercher à sa majorité (quatorze ans) au prieuré de Cassan, où elle s'était réfugiée, et l'installera auprès de lui.

Elle le conseillera jusqu'à sa mort en 1200 (elle est enterrée avec son mari à l'abbaye de Cassan, commune de Roujan, au nord de Béziers).

Désormais seul à régner, Raimon-Roger ne semble pas pressé de reprendre le pouvoir aux barons qui gouvernent à sa place. En Aragon, au roi Alfonse a succédé son fils Pedre, qui se considère toujours le suzerain du jeune vicomte, et son protecteur.

Le comte de Toulouse Raimon V est mort également, remplacé par son fils Raimon VI, le frère d'Adélaïs. Cet oncle profite de la jeunesse du vicomte pour lui prendre un à un ses châteaux, et le mettre sous sa coupe.

L'Église cathare ne craint plus de se montrer au grand jour. Les agressions contre le clergé catholique se multiplient, les églises sont désertées, la communion est tournée en dérision, la dîme est contestée, ainsi que les autres droits réclamés par les seigneurs ecclésiastiques. La noblesse du Midi, humiliée et ulcérée par la puissance et la richesse des évêchés, des chapitres, des abbayes, appuie cette contestation populaire dont elle espère tirer profit.

L'arrivée d'un nouveau pape, Innocent III, jeune et dominateur, convaincu que le gouvernement pontifical, temporel et spirituel, est à l'origine et donc au-dessus de tous les autres, fait peser une lourde menace de châtiment sur le Midi rebelle. Innocent III harcèle le roi de France dès 1204 pour qu'il mette sur pied une grande croisade armée contre le comte de Toulouse, et le vicomte Trencavel.

Sur les conseils de l'abbé de Lagrasse, et de ses vassaux les plus lucides, Raimon-Roger monte à Paris rencontrer le roi de France, Philippe Auguste, auquel il est apparenté par sa mère (la reine Constance, sa grand-mère, étant la tante du roi, Adélaïs et Philippe Auguste sont cousins germains).

Au passage, il s'arrête à Montpellier au château comtal, où vivent encore la veuve du comte Guilhem et leurs deux filles. Le chancelier du vicomte voudrait marier Raimon-Roger avec l'aînée des filles. Mais la mère, veuve depuis deux ans, serait prête à convoler à nouveau, et voit en Raimon-Roger un second mari idéal.

Le vicomte s'échappe vers Paris. Le roi de France, qui est fâché avec le pape, le reçoit très amicalement et le rassure : il n'ira pas lui faire la guerre, car il a déjà assez d'ennemis autour de lui, qui n'attendent qu'une occasion de l'attaquer.

Mais l'opinion du roi n'est pas partagée par tous ses vassaux. Raimon-Roger découvre qu'à la cour du roi de France, et dans la cité de Paris, nombreux sont ceux qui espèrent la croisade contre les « Albigeois ». Beaucoup de seigneurs de France brûlent d'aller se battre dans le Midi.

Parmi les plus fanatiques, qui préparent activement une armée de croisade, se distinguent le comte de Nevers et Simon de Montfort.

Le comte de Nevers a une fille, Héloïse, dont Raimon-Roger est tombé éperdument amoureux. Son père ne veut pas entendre parler d'une union avec un supposé hérétique, qu'il se prépare à combattre ardemment. Raimon-Roger repart de Paris désespéré.

Repassant à Montpellier, il doit de nouveau affronter les comtesses. Il est bien décidé à refuser tout projet de mariage, mais la plus jeune fille du comte, Agnès, qui a une quinzaine d'années, ne lui cache pas qu'elle l'aime et le supplie de l'enlever.

Le vicomte n'est pas insensible au charme, à la fraîcheur et à la spontanéité sans calcul de la jeune Agnès. Marqué par son échec parisien et l'hostilité des vassaux du roi de France, déçu par l'attitude du roi qui lui refuse Héloïse pour ne pas risquer de perdre un allié redoutable, Raimon-Roger n'attend plus. Sur un coup de tête, il enlève Agnès et s'enfuit avec elle vers Béziers.

I

Raimon-Roger et Agnès, enlacés sur le même cheval, traversèrent les étangs pour rejoindre le grand chemin de Béziers. Ils longeaient les bords de la mer de Thau quand le soir tomba.

Le soleil se couchait comme un empereur d'orient, magnifiquement. Contemplant en silence l'étendue éblouissante de la mer de Thau qui s'émiettait en copeaux d'argent, Agnès montra du doigt les alignements des *maniguières**, les pontons qui couraient jusqu'au milieu de l'eau, et les reflets des barques noires dans le contre-jour. Au fond le ciel était pourpre. Éblouie, elle laissa aller sa tête sur l'épaule du chevalier.

Raimon-Roger approuva d'un râle. Il ne se lassait pas de ce spectacle de lumière.

Comme ils reprenaient à pied le chemin jusqu'à Mèze, où le vicomte voulait passer la nuit, Agnès s'écria, lui prenant la main :

– Comme je vais vous aimer, Raimon-Roger !

Elle s'était exclamée avec tout son cœur, et sa voix s'était cassée sous la force de l'émotion. Elle n'avait pu poursuivre.

Raimon-Roger s'étonnait de ces emballements, qui la rendaient si vulnérable. Mais ce cri du cœur l'avait touché. Il gonfla ses poumons, se gorgeant de la brise marine, de ses miasmes étranges et revigorants, soucieux de ne pas laisser voir son trouble.

---

* Lignes de pieux enfoncés dans l'eau qui servent de guet et de postes de pêche.

Au château de Mèze, le châtelain étonné les accueillit avec empressement. Comme les jeunes gens ne voulaient pas souper, il les installa sans plus attendre dans sa propre chambre, qui s'ouvrait par une fenêtre à trois arcades vers la mer.

Le soleil finissait de se coucher, mince trait de lumière derrière un ballet d'oiseaux. Ils s'assirent à la fenêtre et restèrent ainsi, enlacés. Agnès s'abandonna sur la poitrine du vicomte, comme elle avait toujours rêvé de faire quand elle rencontrerait le grand amour. Leur regard insatiable se vidait sans un mot dans les étangs, dans la mer, dans le ciel où apparaissaient les premières étoiles. Ils s'efforçaient de suivre des yeux, sans tourner la tête, sans se quitter, le vol criard et désordonné des goélands, les jeux turbulents des mouettes.

Pour finir, une confrérie de flamants roses passa lentement devant le couchant, sur le ciel d'une transparence lumineuse. Les oiseaux s'égrenaient comme un chapelet de corail, lançant des cris sinistres qui semblaient monter du fond des eaux. Et ce fut la nuit.

Raimon-Roger porta Agnès sur le lit, rajouta un cierge, se déshabilla entièrement et se glissa entre les draps de lin, sous une fourrure sombre. Agnès se remit debout dans la lumière, immobile, hiératique.

– Viens ! l'invita le vicomte. Déshabille-toi.

– Seigneur, je n'ai jamais été vue par un homme.

– Il faut bien commencer un jour…

– Mais nous ne sommes pas mariés.

– Nous nous marierons demain, à Béziers.

– Demain ? Il nous faudra attendre davantage. Vous devez réfléchir avant de vous engager. C'est pour la vie.

– Ma vie sera courte.

– Ne dites pas cela, seigneur, ou je vais pleurer.

Il lui tendit les bras :

– Viens, ma beauté.

– Sachez que je crains beaucoup d'être mal jugée, en plus de déplaire à Dieu. Je voudrais que vous me laissiez pucelle jusqu'à notre mariage, si vous ne vous détournez pas de moi avant.

– Toi aussi ?

– C'est ce que mon père aurait exigé de son vivant – qu'il repose en paix.

– Agnès, ma beauté, je ferai ce que tu voudras.

Agnès sourit, souffla les bougies et se déshabilla dans le noir. Elle se glissa nue sous la couverture, et prenant la main de Raimon-Roger elle le remercia de l'épargner.

– Tu me soumets à l'*assag**, en quelque sorte ? plaisanta-t-il, heureux. Les *domnas*** ne pensent qu'à nous soumettre à des épreuves. C'est une manie !

– Non, seigneur, je ne veux pas vous éprouver, je n'exige rien. Je voudrais seulement comme une grâce que vous m'épargniez jusqu'au mariage. Ensuite vous aurez dans votre lit la plus insatiable des louves, la plus soumise des esclaves.

Elle rit.

– Pétarel ! s'exclama le vicomte, que n'avons-nous un prêtre sous la main ! Quel âge as-tu ?

– Quinze ans. Et vous ?

– J'en ai vingt. Bientôt.

– Nous ferons un beau couple.

Sur le matin, après une nuit à peu près blanche, Raimon-Roger se serra contre la jeune fille qui lui tournait le dos et murmurait : « J'ai froid… » Il la couvrit de son corps chaud et elle gémit de bonheur. Raimon-Roger plaça ses mains sur ses mamelettes, dont il éprouva sans la chercher la résistance, constatant qu'elles avaient la dureté des corps d'enfant.

Il ajusta aussi son ventre contre ses fesses, les emprisonnant dans le pli de l'aine.

Il se doutait qu'à ce jeu sa nature allait s'émouvoir, et effaroucher bien vite la donzelle.

Agnès le pressentit aussi. Elle glissa sa main entre eux, prudemment, et repoussa le chevalier. Raimon-Roger éclata de rire et revint contre elle. Agnès s'impatienta, le repoussa fermement et toucha son *rameau de sang*.

Elle poussa un petit cri d'oiseau, retira sa main comme si elle se brûlait, s'exclama « Jésus-Marie ! » et se glissa hors du lit. Elle se retourna, les joues rouges, découvrit le chevalier d'un geste

* Essai, épreuve dans laquelle la domna accepte de recevoir son amoureux dans son lit, à la condition qu'il ne la touche pas.

** La *domna* en pays de langue d'oc est l'équivalent de la dame en pays de langue d'oïl.

vif, et menaçant du doigt son épée de chair elle s'écria d'une voix surexcitée : « Toi, serpent, je te dompterai ! »

Laissant perler un rire en cascade, qui s'acheva en fou rire, elle s'inclina vers Raimon-Roger, mi-figue, mi-raisin, lui caressa l'épaule, et recula prudemment.

– Seigneur, fit-elle, si vous voulez toujours m'épouser, marions-nous sans attendre. J'y consens.

– Et ta mère, qui la préviendra ? Elle pourrait te déshériter...

– Elle n'a rien.

Raimon-Roger acquiesça.

– Nous serons aujourd'hui à Béziers. J'irai voir l'évêque, monseigneur de Roquessels, avec quelques marcs d'argent pour ses « pauvres ». Il nous mariera sur l'heure.

– Et les témoins ?

– Nous en trouverons à Béziers, dans les rues.

– Qui s'est jamais marié si vite, dites-le moi !

– Nous n'avons pas une heure à perdre. Nous sommes des fuyards.

– Ne dites pas cela, seigneur, nous sommes dans votre royaume, dont vous êtes le souverain.

– J'ai l'impression de fuir un dragon, qui me menace de sa force mauvaise.

– Qui ?

– Ta mère, Agnès. Nous devons la mettre devant le fait accompli avant qu'elle n'ait le temps de nous nuire.

– Mais que lui importe avec qui je me marie ? De toute façon, elle ne m'aime pas.

– Tu ne devines pas ce qu'elle veut ?

– Vous donner sa fille aînée, je pense, et régner par elle.

– Mieux que ça ! Elle veut m'épouser ! Oui, elle et moi ! Pour se mettre à l'abri du besoin.

Agnès resta un moment figée, le regard incrédule, nue dans la lumière du matin, sans s'apercevoir que Raimon-Roger la dévorait des yeux, admirant les ombres légères de ses côtes qui se soulevaient sous sa peau soyeuse, ses seins roses à l'aréole nacrée, ses cuisses à la chair ronde, ses attaches fines, son déhanché de déesse grecque, son ventre blond.

Elle sembla se réveiller tout à coup et mit précipitamment ses mains sur sa jeune toison. Marquant d'un claquement de langue son agacement, elle s'assit sur le bord du lit, cherchant à se voiler et, comme le chevalier ne la quittait pas des yeux, elle se releva vivement, s'habilla en hâte, laissant le temps au vicomte de contempler son autre face.

Raimon-Roger pensa : « Avec une beauté pareille, on ne peut qu'être heureux en ménage. »

Il se leva à son tour. Une heure après, ils montaient à cheval. Agnès n'avait pas dit un mot de plus.

Le châtelain avait fait amener à la jeune comtesse une jument paisible. Avant d'y grimper elle tendit le cou vers le vicomte, qui lui tenait la bride, et lui donna un baiser public, deux fois, sur une lèvre et puis sur l'autre. Elle déclara, sur un air d'adoubement :

– Vous êtes un gentil chevalier, seigneur Raimon-Roger.

Elle rayonnait. S'appliquant par son maintien à faire honneur à son futur époux, elle talonna sans ménagement sa bonne grosse monture, s'exaspérant de ne pouvoir lui donner quelque allure princière.

« Je suis passée du jour au lendemain, songeait-elle, de la place la plus triste à la plus enviable. »

Elle n'en revenait pas.

Raimon-Roger se disait que la fille du comte de Montpellier était très belle, pleine de vie et que, sous une attitude un peu réservée, elle cachait une nature entière et franche. Ce n'était pas pour lui déplaire.

Mais il savait les donzelles versatiles, et craignait qu'elle ne se fatigue de lui, quand elle aurait fait le tour de ses petits talents.

« Je suis éprise du vicomte, méditait Agnès de son côté, c'est un fait que je l'aime déjà plus que tout au monde, et je ne pense pas lui déplaire. Mais que veut-il faire de moi, en vérité ? Ne va-t-il pas se lasser très vite ? Il est bien connu que les donzels, à son âge, ne recherchent que le plaisir de la fornication, ou l'ivresse de la conquête. J'en connais qui ont délaissé du jour au lendemain ce qu'ils avaient mis des années à conquérir. Que fera-t-il de moi quand je lui aurai cédé ? Moi qui n'ai rien d'autre à lui montrer que ce qu'il a en ce moment sous les yeux ! »

Le ciel s'assombrit et il se mit à pleuvoir. Ils s'observaient à la dérobée, soucieux de faire bonne figure sous la pluie.

« Ô merveille, se disait-elle avec un sourire énigmatique, je suis la femme d'un homme. »

Sa robe s'envolait dans un claquement de voilier, découvrant ses jambes nues, sur lesquelles Raimon-Roger portait un long regard. « Je suis sa femme, songeait-elle, sa proie... » Elle rit, parce qu'elle aimait un homme, entre mille.

Agnès parlait beaucoup à sa jument, tantôt affectueuse, tantôt autoritaire. Si la jument trébuchait elle la traitait d'idiote, et quand la bête lui léchait la main elle l'embrassait, éperdue d'amour. Elle parlait aussi aux vaches qu'elle voyait dans les prés. Rayonnante de joie, elle voulait faire participer tout le monde à son bonheur.

– Tu es bavarde, Agnès, comme une fillette, s'amusa le vicomte. Je ne l'aurais pas cru.

– Moi, seigneur ? Je n'ouvre jamais la bouche, ma mère vous le dirait.

– Pas avec moi.

– Avec vous ce n'est pas pareil !

Ils arrivèrent à Béziers, comme la nuit tombait. Ils allèrent droit au château Neuf, presque désert. Mais dès que le vicomte apparut dans la place forte, celle-ci s'anima et se remplit de monde. Dans la salle grande, tout à coup retirée de l'obscurité par une débauche de flambeaux, une foule questionneuse les cerna, les retint sans manières.

Alors qu'il avait quitté Béziers pour aller visiter le roi de France à la tête d'une belle ambassade, pourquoi le vicomte revenait-il seul, sans valets ni écuyers, avec à son bras une donzelle inconnue ? Belle, mais totalement inconnue, et de plus sans chaperon.

Qu'étaient devenus les barons qui l'accompagnaient, les chevaliers de sa garde, ses jeunes compagnons ? Les servants*, les écuyers, les musiciens, les valets à tout faire ? Et Bernat de Canet, le chancelier ? Et Raimon de Termes, son sénéchal ?

– Vous ne saurez rien tant que je n'aurai pas rencontré notre évêque, monseigneur de Roquessels en personne, s'empressa de répondre le vicomte avec une mine butée.

Le chapelain s'avança en silence. Il venait de prendre la place

---

* *Servant, sergent* : valet, agent d'un seigneur.

d'Archivenin, appelé à l'évêché, mais que personne ne regrettait. Toutefois, le nouveau chapelain se croyait tenu d'imiter ses manières.

– Et que lui voulez-vous, à notre évêque ? demanda-t-il d'un air méfiant.

Toute sa grosse tête se plissait dans un effort pour paraître soupçonneux, comme Archivenin lui avait appris à le faire. Il l'avait prévenu sévèrement contre le vicomte. Mais les yeux du prêtre restaient bons.

Raimon-Roger sourit, frappa sur l'épaule du chapelain comme pour calmer son élan inquisitorial et, suprême familiarité, cligna d'un œil complice :

– Je n'ai pas le droit de vous le dire, *capelan**.

Comme l'autre attendait des explications, le vicomte les inventa :

– Il s'agit d'un commandement du roi de France, que je dois transmettre à monseigneur de Roquessels. Seul à seul. Vous me comprenez, je pense…

Le chapelain comprenait. Il s'inclina, baissant ses gros yeux d'un air décent, tout à coup honteux de sa curiosité.

– Mais vous pouvez aller devant, capelan, poursuivit Raimon-Roger sur un ton amical. Vous préviendrez le seigneur évêque de ma venue. Et surtout vous lui direz que le sujet de ma visite est de la plus haute importance.

Agnès sourit, tordant à pleines mains ses cheveux de miel. Le chapelain disparut avec des servants robustes, armés de torches et de gourdins, pour ouvrir le chemin. Depuis que les Trencavel habitaient le nouveau château, à l'orient, il fallait traverser la cité de Béziers de part en part pour se rendre chez l'évêque, et les rues n'étaient plus sûres pour les clercs de l'Église romaine. Tout le monde le savait.

Pendant ce temps, Raimon-Roger écoutait le gouverneur du château lui énoncer les affaires en souffrance, les mauvaises nouvelles, mais il ne voulut rien décider sur l'heure et renvoya tout au lendemain. Il n'avait pas la tête à l'administration, ni à la diplomatie, encore moins à la justice qu'il devait rendre sans cesse pour apaiser les conflits entre ses vassaux.

---

* Chapelain.

De toute façon, il ne signait jamais rien hors de la présence de son chancelier, Bernat de Canet, qui connaissait tout.

Agnès ne savait trop quelle contenance prendre dans ce brouhaha forain, au milieu de tous ces gens qui s'exclamaient, questionnaient, réclamaient. Elle prit tout à coup un air de majesté, insolente et heureuse et, mue par l'amour, le désir d'être belle, pure, unique, elle vint s'appuyer sur l'épaule du vicomte. À ceux qui la scrutaient d'un œil sec et jaloux, flairant une diablerie de femelle, elle sourit et leur offrit des friandises, en leur révélant qu'elle était la nièce du roi d'Aragon ; ce qui n'était ni vrai, ni tout à fait faux. À d'autres qui s'attendrissaient sur sa jeunesse, elle confia qu'elle avait été déjà mariée deux fois.

Une femme vint lui souhaiter la bienvenue avec beaucoup de manières, s'enquit de son nom et tenta de l'emmener avec elle. Raimon-Roger, agacé, s'empara de la main de sa compagne et ils s'éclipsèrent.

Des hommes d'écurie vinrent les escorter, mais Raimon-Roger les renvoya sans ménagement, se contentant d'un porteur de torche. Il avait son épée, et elle lui semblait suffisante pour parler d'égal à égal avec les ribauds de Béziers, qui tenaient quelques placettes et qui, de temps en temps, quand la nécessité faisait loi, tentaient de forcer la main aux bons chrétiens.

II

Devant le quartier canonial, ils furent surpris par la clarté du ciel nocturne et des toits luisant sous la pluie. Au milieu de l'enclos, l'énorme masse noire du palais épiscopal était comme embrasée aux fenêtres.

« Le seigneur évêque n'économise pas sur la cire », songea Raimon-Roger avec dépit. Il pensait au partage des droits sur Béziers : l'évêque en touchait la plus grosse part.

Ils laissèrent les chevaux à la garde de la milice, et suivirent un clerc qui se tenait aux aguets devant l'entrée avec le chapelain. Monseigneur de Roquessels les accueillit vêtu comme un honnête *borgès** de Béziers, engoncé dans une vaste houppelande. Le col d'hermine lui donnait une tête déplumée de vautour fauve, au bout de son long cou décharné et flétri. Mais ses yeux étaient bons.

Il était flanqué d'un homme maigre au teint jaune, au regard empoisonné, coiffé d'une sorte de béguin en drap noir. Raimon-Roger reconnut, à ses yeux inquisiteurs et méchants, Archivenin, l'ancien chapelain de son père au château de Béziers. Il était devenu le grand vicaire de l'évêché, secondant l'évêque.

Le vicomte s'avança, plia un genou sous la main d'ivoire du prélat, baisa l'anneau épiscopal. Agnès fit de même.

– Monseigneur, voici ma future épouse, déclara le chevalier

---

* Bourgeois, habitant des faubourgs.

en mettant sa main sur l'épaule de la jeune fille. Elle s'appelle Agnès. Elle est la plus jeune fille du comte de Montpellier.

Agnès, intimidée, approuvait tout ce que disait le vicomte de ses grands yeux croyants, par des petits coups de tête appliqués.

Raimon-Roger posa sur une table, bien en vue, un petit coffret :

– C'est pour vos pauvres, monseigneur. Je suis venu vous demander de nous marier.

L'évêque ne put cacher son étonnement. Silencieux, il semblait réfléchir tout en rangeant ses cheveux sous son béguin de lin blanc, qu'un cordon retenait un peu trop serré sous le menton, boursouflant les chairs de ses joues.

Un air préoccupé maintenait ses sourcils froncés, et le vicomte pensa qu'il n'appréciait peut-être pas le don du coffret, qui pouvait passer pour de la simonie.

« Il peut le distribuer aux nécessiteux, si sa conscience s'insurge, se dit en lui-même Raimon-Roger. Ce ne sont pas les pauvres qui manquent. À moins qu'il ne s'oppose à mon mariage, pour Dieu sait quelle raison. »

Comme monseigneur de Roquessels hésitait encore à s'exprimer, remuant ses lèvres sans qu'il s'en écoule le moindre son, comme s'il récitait un texte en silence, le vicomte se demanda s'il n'allait pas l'accuser finalement d'hérésie, à l'air farouche qui habitait son regard.

Peut-être voulait-il lui reprocher de jouer la comédie, et de chercher à masquer son appartenance à la secte cathare en réclamant un sacrement que la nouvelle Église réprouvait.

– Raimon-Roger, mon fils, finit par laisser sourdre de sa bouche, arquée par la fatigue, le vieillard, d'une voix douce et lente, je connais ton âme qui est bonne, et je me réjouis que tu aies pensé à moi comme à un père pour fonder une famille. Et ainsi obéir à Dieu qui nous a commandé de nous multiplier. Malheureusement…

– Il y a un empêchement ? Ça m'aurait étonné ! Lequel ?

– Tu dois savoir que le seigneur pape, fort mal conseillé par son légat Pierre de Castelnau, m'a destitué il y a peu.

– Destitué ? Vous ? Vous n'êtes plus l'évêque du diocèse de Béziers ?

– J'attends mon successeur.

– Mais que vous reproche-t-on ?

– Je n'ai pas voulu obtempérer au commandement inouï du légat, qui voulait que je fasse jurer à tous les chefs de famille de Béziers leur fidélité à l'Église romaine. Je n'ai pas voulu non plus menacer du bûcher la centaine d'hérétiques avérés de notre cité, pour les faire renoncer à leur foi.

– Vous êtes de la nouvelle Église ?

Monseigneur de Roquessels sourit :

– Non pas ! Mais que vaut un renoncement sous la menace d'un châtiment cruel ? Il ne vaut rien. Et qu'en outre on vienne m'apprendre, à moi, comment ramener les hérétiques sur le bon chemin, voilà qui dépasse les bornes ! Mais il y a plus grave. Un Roquessels ne peut admettre qu'un moine vienne commander à sa place dans son diocèse, du moins sans y mettre une forme convenable. Ce Pierre de Castelnau est d'un orgueil insensé. Il faut croire que le pouvoir dont l'a investi le seigneur pape lui est monté à la tête.

Archivenin tendit le cou pour rapprocher sa face jaune, le regard farouche, où roulaient des lueurs fauves :

– Monseigneur, sans vouloir défendre le seigneur légat, je vous rappelle qu'il a lui-même reçu des ordres stricts de la part du Saint-Père. Il ne fait que s'y plier. Comme nous devrions tous le faire…

Le prélat tourna ostensiblement le dos au perturbateur et entraîna le vicomte et sa compagne vers une chambre de réception, où on leur servit du vin et des friandises.

– Le grand vicaire est l'homme du légat, s'indigna l'évêque à voix basse, mais vibrante de colère. Je le soupçonne de me calomnier effrontément pour s'attirer les faveurs de Rome. Et je ne serais pas surpris qu'on lui ait promis mon siège épiscopal, bien qu'il soit de basse origine.

– Comme on est loin de l'Évangile de Notre Seigneur… commenta Raimon-Roger pour lui-même.

– Oh ! C'est vrai ! acquiesça Agnès, qui se demandait où tout cela allait les mener.

– On n'en a jamais été aussi loin, Raimon-Roger. C'était prévisible. En revendiquant de plus en plus de richesses et d'honneurs, notre Église devait perdre fatalement l'esprit de l'Évangile.

Le grand vicaire passait et repassait devant la porte, le regard sournois, tâchant de saisir quelque bribe de conversation. L'évêque s'emporta :

– Venez donc avec nous, Archivenin, vous aurez moins de mal à entendre ce que je vais dire. Ainsi pourrez-vous le rapporter fidèlement au légat, sans y ajouter quelque méchante sauce de votre cuisine…

Archivenin, surpris, se figea devant la porte, l'air outragé, puis, se composant une face de chattemite, il disparut. L'évêque poursuivit :

– La vérité est que la papauté veut profiter de l'hérésie cathare pour éliminer les grandes familles du Midi, qui ont trop de pouvoir à son goût. Je suis aujourd'hui la victime de cette haine des grands lignages. C'est bien parce que je descends d'un Roquessels, adoubé par Charlemagne, que le pape veut m'éliminer. Et aussi votre oncle, *damaisèla** (il se tournait vers Agnès), l'évêque d'Agde. Le seigneur pape ne lui pardonne pas d'être le frère de votre père, le comte de Montpellier, donc d'une puissante et très ancienne famille.

Agnès ouvrit de grands yeux, grimaça et demanda :

– Que va-t-il arriver à mon oncle ?

– Le seigneur pape lui a déjà envoyé ses dogues, les moines Pierre de Castelnau et Raoul. Ce sont des hommes sans noblesse, qui lui doivent tout. Ils sont d'une parfaite docilité envers leur maître, zélés et, comme de bons chiens de garde, toujours prêts à mordre.

– Comme le monde est méchant ! s'exclama Agnès, levant les yeux au ciel, sa jolie tête dans les épaules. Mais ne peut-on changer le pape, s'il est si méchant ?

– Ce n'est pas si facile. Et après votre oncle, damaisèla, c'est l'archevêque de Narbonne, Bérenger, qui sera destitué. Parce qu'il est l'oncle du roi d'Aragon, et qu'il se moque des ordres du légat Pierre de Castelnau comme d'une nèfle. Je sais de source sûre que le légat a envoyé sur lui, à Rome, un rapport empoisonné.

– J'ai entendu sur l'archevêque de Narbonne les pires médisances, rétorqua Raimon-Roger. Faut-il penser que ce ne

---

* Demoiselle.

sont que des calomnies sans aucun fondement ? Ses concubines ? Ses routiers qui rançonnent ? Ses fêtes, ses chasses ?

– Nous y passerons tous, conclut Guillaulme de Roquessels en évitant de répondre. Nous, les maîtres du Midi, qui administrions sagement nos principautés depuis la nuit des temps, nous allons être chassés de chez nous par Rome. Boutés hors de nos seigneuries comme des valets.

– Ce n'est pas possible !

– Nous y passerons tous, les uns après les autres. Méfie-toi, Trencavel ! Tu es sur la liste, sans aucun doute.

Agnès soupira, serra le bras du vicomte, lança :

– La Vierge Marie si bonne ne le permettra pas. Elle m'écoute.

Le regard du prélat s'évada vers le plafond peint de la pièce.

– L'Église apostolique est devenue aujourd'hui le temple de l'orgueil et de la richesse. Du veau d'or. Autrement dit, du diable. Et – ô dérision ! – c'est elle qui fait le lit de l'hérésie cathare !

– Le lit de l'hérésie cathare, dites-vous ?

– C'est bien simple : en excluant la noblesse du parti de Dieu, pour ne plus avoir à partager, le Saint-Siège a privé nos familles peu à peu de la richesse matérielle. Or nous ne pouvons administrer et commander sans de grands moyens. Du moins nous ne pouvons être obéis. C'est pourquoi les seigneurs de ce pays soutiennent la nouvelle Église. Notre noblesse ne soutient pas l'Église cathare pour ses nouvelles croyances, dont elle se moque, mais parce qu'elle pense que les religieux de la nouvelle secte ne leur disputeront pas les redevances puisque les cathares ne veulent pas d'églises, de couvents, de riches parures... Et comment ne pas leur donner raison ?

– Monseigneur, vos paroles sont étranges dans la bouche d'un évêque ! s'exclama Agnès sur un ton de reproche, les sourcils froncés. Puis, effrayée de ses propres paroles, elle mit la main sur ses lèvres.

Raimon-Roger lui sourit. Elle lui prit la main, posa la tête sur son épaule, se mettant sous sa protection.

– Tu voudrais que je défende l'Église contre notre bonne noblesse ? répliqua l'évêque. Mais l'esprit de l'Évangile, l'esprit de l'Église primitive, de l'Église du Christ, ce sont les laïcs aujourd'hui qui le répandent ! Ce sont les hommes qui sont dans le siècle qui prient d'un cœur sincère ! Ce ne sont plus ceux qui sont dans les églises, les collégiales, ou les couvents. Et comme les laïcs de bonne volonté ne peuvent agir dans l'Église du pape, qui a fermé les portes aux vertus cardinales, ils vont en masse dans la nouvelle Église, où ils retrouvent l'esprit des apôtres. Comme aux premiers siècles. Foi et charité, rien d'autre.

– Vous dites que les Bonshommes* portent aujourd'hui l'esprit de l'Évangile, fait de pauvreté et de charité ? s'étonna Raimon-Roger.

Agnès lui fit de gros yeux. Puis elle lui sourit.

– Mais, mes enfants, je le reconnais sans peine ! C'est la réalité avérée. L'Église catholique se conduit avec l'arrogance de Nabuchodonosor, avec l'orgueil des riches. Aujourd'hui ce sont les Bonshommes qui sont à l'image des disciples du Christ. C'est pourquoi je vous répète que je n'ai pas voulu les persécuter brutalement, comme l'exigeait Pierre de Castelnau. Ce moine est perclus de perversité. Méfiez-vous de lui.

– Et c'est pour cela que vous avez été destitué ?

– Parfaitement.

– C'est trop injuste ! se récria Agnès, passant de l'admonestation à la compassion la plus sincère.

– Je suis bien d'accord avec vous, damaisèla, lui sourit le bon évêque, tout à coup attendri, mais que puis-je faire ?

– Comme il est difficile de gouverner aujourd'hui ! s'exclama Raimon-Roger.

– Ce sera de plus en plus difficile, mon petit, poursuivit Guillaulme de Roquessels, qui ne pouvait plus s'arrêter de déballer ce qu'il avait sur le cœur. Car l'Église romaine possède sans partage le glaive spirituel, et sa puissance matérielle, déjà considérable, s'accroît de jour en jour… Au détriment de notre noblesse. Il est à craindre que bientôt elle n'aura plus d'adversaire à sa taille.

– Elle n'a pas encore gagné. Le roi de France résistera, et d'autres.

– Beaucoup résistent encore, mais pas pour longtemps. Vois-tu, Raimon-Roger, j'ai bien peur qu'un jour Rome ne soit le maître du monde.

---

* Nom que donnaient les fidèles aux religieux cathares, considérés comme des hommes de bien.

– Le maître du monde, peut-être, mais pas du Midi ! plaisanta le vicomte, se tournant vers Agnès d'un air fiérot.

Agnès s'esclaffa.

– Chez nous, reprit Raimon-Roger, l'Église romaine rase les murs. Elle est plus discrète qu'une fouine. Dans certaines de nos cités les prêtres n'osent plus sortir seuls, de peur d'être malmenés. Ils cachent leur tonsure...

– Ah ! Raimon-Roger, que me dis-tu là ! Quand Rome aura pris la mesure de la rébellion du peuple du Midi, quand elle aura pris conscience du rejet qu'elle suscite partout, elle deviendra enragée.

– Bah ! Jusqu'à maintenant ça ne l'a pas empêchée de dormir !

– Ah ! Raimon-Roger, quand la Louve s'éveillera ! lança-t-il d'une voix terrible.

– La Louve ? Vous parlez comme les cathares...

– Tu la verras bientôt à l'œuvre, la Louve romaine qui m'a destitué.

– C'est vrai ! Elle vous a mal traité. Mais de là à mettre notre pays à feu et à sang...

– Quand elle saura que ses églises sont désertes, que ses fidèles se détournent de ses sacrements pour rejoindre la nouvelle Église, et que partout elle est haïe, à cause de son orgueil et de son avidité, elle ne se repentira pas de ses excès. Non, elle deviendra encore plus violente et plus cruelle. Elle sera sans pitié. Nous devrons expier notre infidélité, notre insoumission. Sais-tu comment le seigneur pape Innocent nomme l'adhésion à la foi cathare ?

– Non...

– Il l'appelle *le crime de lèse-majesté contre Dieu*. Le crime de lèse-majesté s'expie dans le feu et dans le sang ! Il n'y a pas de pardon.

– Vous feriez un bon Parfait* ! s'amusa Raimon-Roger. Je vous vois bien en chef de la nouvelle Église, enflammant vos ouailles, les lançant à l'assaut de la Louve romaine...

---

* *Parfaits, Parfaites* : nom donné aux religieux cathares (Bonshommes, Bonnes Domnas) par l'Église de Rome pour désigner ceux et celles qui ont reçu le consolament d'ordination et qui exercent la capacité totale de conduire la liturgie et de sauver les âmes.

Agnès pouffa de rire, prit le bras du vicomte et y posa sa joue. L'évêque fronça les sourcils :

– Surveille tes paroles, Raimon-Roger. Et méfie-toi des clercs, des prêtres, de tous ceux qui vivent de la religion. Ils sont prêts à tout pour sauver leur place.

Le vicomte secoua la tête :

– Ici, sur mes terres, les prêtres ne font pas la loi !

– Le légat Pierre de Castelnau est en train de s'en apercevoir. Il envoie une lettre par jour à Rome. Il réclame une armée.

– Une armée ? Il veut le chaos !

– Non, il veut un monde de fer, immobile. Aujourd'hui, c'est moi qui suis destitué, demain ce sera votre oncle, damaisèla Agnès. Pour lui aussi, les jours sont comptés, comme pour la plupart des évêques du Midi. Nous y passerons tous. Alors viendra le temps qu'a prédit l'apôtre Jean, dans l'Apocalypse.

– Le temps de l'Antéchrist, des bûchers...

– Des bûchers, des massacres, des pillages. La pire des guerres, la guerre au nom de Dieu, au nom de Jésus-Christ. La guerre viendra plus vite que tu ne penses, Raimon-Roger, et personne ne sera épargné.

– Nous nous défendrons, nous ne sommes pas maladroits à la lance, ni à l'épée.

Agnès l'approuva d'un clignement d'yeux affectueux et admiratif.

– Ceux que Rome enverra pour nous détruire, à force d'argent et d'indulgences, ne le seront pas non plus.

– Nous attendrons que l'orage passe. Ce n'est qu'un accès d'orgueil de ce pape. Et de toute façon il n'est pas éternel. Il comprendra vite qu'il doit composer avec la nouvelle foi.

– N'en crois rien, Raimon-Roger. Le pape Innocent s'est adressé aux princes de ce monde pour leur réclamer le pouvoir absolu sur la terre entière, en tant que vicaire du Christ. Que veux-tu qu'il partage avec nous ? Les seigneurs du Midi ont toujours mené la vie dure à l'Église, s'opposant sans faiblesse à l'avidité des prélats et des moines. Le seigneur pape n'ignore pas les excès de son clergé. Il pourrait réformer l'Église, modérer l'âpreté au gain de ses clercs. Mais il a compris qu'il avait là une occasion unique de se débarrasser des seigneurs du Midi, sous le prétexte d'hérésie. Le prétexte idéal. Il ne laissera pas passer une telle occasion. Rome va éliminer sans pitié tous les seigneurs naturels, tu verras !

– C'est injuste ! s'insurgea Agnès. Raimon-Roger n'est coupable de rien !

– Peu importe, quand on veut se débarrasser de son chien il suffit de l'accuser de la rage.

– Quelle méchanceté ! Tuer un chien parce qu'il est malade !

– Pense, Raimon-Roger, qu'il s'agit de se débarrasser des antiques seigneuries, à tout prix. À n'importe quel prix ! En chassant l'évêque de Béziers, qui ne s'est pas montré zélé avec les légats, on met à genoux les Roquessels, dont les ancêtres furent compagnons de Charlemagne, je le répète. Quand un moine ergoteur et intrigant, qui vient de je ne sais où, a le pouvoir de chasser un Roquessels comme un valet, il impressionne le peuple menu.

– Éliminer les seigneurs ne veut pas dire convertir le peuple. Le peuple se révoltera, je le connais.

– Moi aussi je connais ton peuple, Raimon-Roger, mieux que toi. Quand Rome aura châtié les seigneurs, éliminant les plus rebelles, les plus tenaces, le peuple effrayé par tant de puissance reviendra en pleurant dans les églises. C'est ce que le légat voulait que je fasse : que j'enseigne l'amour de Jésus par la terreur.

– Vous auriez dû accepter, monseigneur ! le tança Agnès, le regard froid. Pour sauver les seigneurs du Midi. Et Raimon-Roger.

L'évêque sourit :

– Damaisèla ! Un Roquessels ne se laisse pas commander par un moine, fût-il le légat du seigneur pape. Je ne regrette pas ce que j'ai fait. J'y ai gagné l'amour de mes paroissiens, qui sont tous des enfants de Dieu.

– Et maintenant vous n'êtes plus rien ?

– Pas assez pour te marier, Raimon-Roger. C'est la légitimité de tes enfants qui est en jeu.

– J'en sais quelque chose, soupira Agnès. Le seigneur pape n'a pas voulu nous reconnaître comme enfants légitimes de notre père, le comte de Montpellier. Tout l'héritage est allé à notre demi-sœur Marie, d'un premier lit. Et nous, nous sommes restés des bâtards !

Elle était à deux doigts de pleurer et Guillaulme de Roquessels lui prit les mains.

– Dieu vous a donné cependant une grâce et une fraîche beauté qui vaudra plus pour vous qu'un lignage sans tache, damaisèla. La preuve en est que vous allez être domna de la plus belle principauté du Midi. Et l'épouse du plus beau chevalier du royaume.

Agnès le remercia d'un adorable sourire, puis redevint vite sérieuse pour rétorquer :

– Je ne pardonnerai jamais au seigneur pape d'avoir fait de moi une bâtarde.

Elle prit un air boudeur avant de poursuivre :

– Alors que mon père a toujours défendu Rome contre tous ses ennemis. Grâce à lui il n'y a pas de cathares à Montpellier. Pas un petit !

– Le seigneur pape fait et défait les mariages comme bon lui semble.

– Mais pourquoi ? s'écria Agnès, pourquoi nous a-t-il fait ça à nous ?

Ses yeux s'emplirent de larmes.

– Pour vous montrer qu'il est le seul maître, damaisèla, répondit le vieux prélat avec patience. Il décide à son bon plaisir, et selon ses intérêts du moment. Voyez votre oncle, l'évêque d'Agde, je le tiens pour un saint homme. Le pape veut le destituer. Il se sert de racontars lancés par de vieilles bigotes, des punaises de sacristie en mal d'amour. Elles sont allées raconter qu'il organisait des bacchanales dans l'église cathédrale la nuit. Vous imaginez votre oncle, à son âge, se livrant à des bacchanales nocturnes ?

Agnès fronça ses beaux sourcils :

– C'est quoi des bacchanales, monseigneur ?

Raimon-Roger gloussa. L'évêque balaya la question d'un geste de la main :

– Peu importe ! Le légat Pierre de Castelnau a fait semblant de croire ces vieilles folles... À moins qu'il n'ait lui-même suscité cette histoire à dormir debout, ce dont il est bien capable. Cet homme est sans scrupule.

Raimon-Roger acquiesça, Agnès fit de même.

– Et quand tous les prélats auront été destitués, évêques et abbés, ce sera le tour des seigneurs laïques. Ce sera ton tour, Raimon-Roger.

Raimon-Roger lui répondit qu'il connaissait Pierre de Castelnau, qu'il l'avait vu à l'œuvre au colloque de Carcassonne, et qu'il le tenait pour un fou furieux.

– Et vous voulez des enfants ? demanda le vieux prélat sans transition.

– Beaucoup ! fit Agnès.

Affolée de sa propre audace, elle rougit et cacha son visage dans ses mains.

– C'est très bien, la rassura monseigneur de Roquessels d'une voix paternelle. Qu'en pensent vos parents ? Toi, Raimon-Roger, tu n'as plus de parents, sinon un oncle, un frère de ton père.

– Je ne le vois jamais.

– Il a longtemps bataillé pour avoir sa part d'héritage, mais il semble aujourd'hui s'être résigné. Et vous, jeune fille, il vous reste au moins votre mère…

– Je ne la vois jamais.

– Elle ne s'entend pas avec sa mère, précisa Raimon-Roger. Je la connais, c'est un dragon !

Agnès s'indigna, puis pouffa de rire.

– Vous avez quel âge, sans mentir ?

– Quinze ans.

– Bien, vous avez tous les deux l'âge qui convient pour vous choisir et vous aimer. Je vous trouverai un prêtre sans peur et sans reproche qui vous unira pour le meilleur et pour le pire. Espérons que vous ne connaîtrez pas le pire… Mais pensez que cette bonne action va déplaire terriblement au légat du pape.

– Pourquoi s'en plaindrait-il ? s'insurgea Agnès.

– Si les grands seigneurs qu'il veut éliminer se mettent à faire des enfants, quoi qu'il arrive, leurs descendants prendront la place des parents, en droit. Et tout sera à recommencer.

– Monseigneur, s'amusa Agnès, vous défendez mieux les affaires des seigneurs du Midi que celles du pape !

– Je suis d'abord un Roquessels, ma fille, d'une antique famille. Je n'obéirai jamais à un moine dont on ne sait à peu près rien, sinon qu'on ne le voit jamais dans son monastère.

– Il a la confiance du seigneur pape, semble-t-il.

– Il n'a pas la mienne, et c'est ce qui compte dans mon diocèse.

Les jeunes gens parlèrent de se retirer. Mais l'évêque ordonna à Agnès de rester au palais, et d'y prier avec lui pour que Dieu éclaire son choix. Il s'adressa à Trencavel, paternellement :

– Il n'est pas question que vous fassiez Pâques avant les Rameaux, surtout dans votre situation. Raimon-Roger, je t'enverrai chercher quand j'aurai trouvé un prêtre digne de te marier, et tu viendras avec ton notaire et deux témoins. En attendant, je te souhaite de faire de beaux rêves.

Il se tourna vers Agnès :

– Et vous damaisèla, vous serez hébergée chez nos bonnes religieuses de l'hospice, qui ont de belles chambres pour les personnes comme vous.

Agnès, intimidée, tordit sa jolie bouche en signe de contrariété. Elle envoya à Raimon-Roger un petit salut de la main qui lui rappela son départ pour Paris. Mais, cette fois, il pouvait le lui rendre sans se cacher. Il lui embrassa les mains qu'elle referma sur son visage, sur sa bouche.

Il se sentait étrangement décidé.

Sur une placette il rencontra deux hommes et une femme qui marchaient lentement, silencieux, tenant leur monture par la bride. Ils semblaient plongés dans une profonde rêverie.

Raimon-Roger jura comme un charretier et, sautant de sa selle, il se rua sur l'un des hommes, le plus fort, qu'il souleva comme s'il avait le poids d'un enfant.

– Aton ! cria-t-il, Aton ! Tu es revenu ! Tu as réussi !

Il riait à gorge déployée. Il reconnut aussi Adalla qui souriait jusqu'aux oreilles et, réfugiée derrière lui, Leïla. Craintive, elle hésitait à approcher.

– Elle ne me reconnaît pas ? s'étonna le vicomte. Vous n'êtes partis qu'une année !

Elle finit par accepter d'être embrassée, effarouchée, et remercia le vicomte poliment.

– Comment se fait-il qu'elle me vouvoie ? s'étonna Raimon-Roger.

Aton le prit par les épaules, lui parla à voix basse :

– Sache qu'elle a beaucoup souffert. Je te raconterai plus tard...

Raimon-Roger embrassa Adalla, et lui annonça qu'après cet exploit il était libre d'aller où il voulait. Adalla répondit que s'il était libre, il resterait au service de l'*oustal** des Trencavel.

Leïla lui reprit le bras, le serrant contre elle, comme s'il était son père.

– Vous ne connaissez pas la nouvelle ? lança Raimon-Roger, joyeux. Je vais me marier !

– Nous arrivons à temps !

– Vous tombez à pic : j'ai besoin de deux témoins. Ce sera vous.

– Et qui est l'heureuse élue de ton cœur ?

– La fille du comte de Montpellier.

– Une sœur de l'épouse du roi Pedre d'Aragon ?

– Une demi-sœur…

– Tu seras le beau-frère du roi !

– Je n'y avais pas pensé.

Raimon-Roger était avec un porteur de torche, qui s'inquiétait :

– Seigneur vicomte, ne restons pas là ; cet endroit est le repaire d'une bande de truands de funeste rencontre.

– Quoi ? Ils s'en prendraient à leur seigneur ? Qu'ils y viennent ! Je les attends ! N'oublie pas que je suis avec Aton, mon demi-frère, qui le meilleur chevalier du monde. Qu'ils viennent voir nos épées de près !

– Mon pauvre, s'écria Aton, je ne me bats plus. Et d'ailleurs je ne porte plus d'arme. J'ai fait un vœu.

– Tu es moine ?

– En quelque sorte…

– Alors je me battrai pour deux. Que fait la milice de l'évêque ?

– Elle dort à cette heure, répondit le porteur de torche.

– Nous verrons ça avec le gouverneur du palais. Tous ces ribauds qui pullulent commencent à m'échauffer les oreilles. Cette ville de Béziers n'en fait qu'à sa tête, qu'elle a toujours eue légère. Mais… vous devez mourir de faim. Rentrons !

---

* L'habitation, mais aussi l'hôtel, la maison dans le sens de maisonnée, comprenant la famille, la mesnie, le lignage. C'est le clan.

Aton prit la main de Leïla, transformée en statue de sel, et Raimon-Roger leur ouvrit la marche avec la torche. Il laissa le valet s'occuper des chevaux avec Adalla.

« Quel heureux événement, pensait-il, de bon augure, que le retour d'Aton et de Leïla. Voilà un signe qui ne trompe pas : le Ciel me fait dire qu'il approuve mon mariage. Demain nous pourrons sans crainte nous préparer à *festejar**… »

---

* Faire la fête, festoyer.

III

Un tapage formidable dans la cour réveilla le vicomte. Il passa la tête à la fenêtre, soulevant avec son crâne le volet de bois, et découvrit sa future belle-mère, la comtesse Agnès. Elle avait enfourché un cheval de guerre, et brandissait une épée dans son fourreau de cuir rouge.

– Viens te battre, maudit vicomte ! lui lança-t-elle quand il apparut à la fenêtre.

Ses yeux noirs querelleurs lançaient des éclairs.

– Descends, si tu es un homme !

Sa voix criarde de femme ivre de rage, et peut-être de vin, se répercutait sur les façades de la cour dans une sorte d'écho. Trois écuyers la cernaient, qui n'osaient s'approcher de peur de prendre un mauvais coup.

Raimon-Roger se félicita d'avoir laissé sa beauté chez monseigneur Guillaulme de Roquessels. Hors d'atteinte.

– Que voulez-vous ? lui demanda le vicomte rudement, débarrassant la fenêtre de son volet. Vous vous sentez bien ?

– Descends voir comment je me sens, fils de pute !

Elle avait le teint rouge, les yeux exorbités, la bouche dure, écumeuse, un regard sauvage de Gorgone brûlant d'un feu étrange. Raimon-Roger en fut impressionné. Elle est monstrueuse, pensa-t-il, et presque belle dans son genre. Mais plutôt mourir que de lui céder mon petit doigt. Il tenta de l'amadouer, sourit d'une joue :

– Vous avez mal dormi ?

– Je n'ai pas dormi du tout, à cause de toi.

– Que vous ai-je fait, encore ?

– Rien de moins que de te jouer de moi.

– Je ne me joue de personne.

– J'étais prête à te donner la terre entière…

– Vous n'avez plus rien.

Elle mastiqua du fiel.

– Et ma personne, ce n'est rien ? Je suis comtesse, de sang royal. Et la plus belle femme de Montpellier.

– Vous pouvez dire que *vous avez été* la plus belle femme de Montpellier… autrefois, peut-être. Je n'y étais pas. À cette époque je n'étais pas encore né.

– Et toi, vicomte de mes fesses, tu seras toujours un fils de garce !

– Quel langage distingué ! C'est le sang royal qui parle ? Sachez que ma mère était de sang royal plus que vous.

– Ta mère était une putane, tout le monde le sait. Sais-tu seulement qui est ton père ?

Raimon-Roger sentit venir la colère, qu'il tâcha de dissimuler. Il n'était pas question de lui faire ce plaisir.

– Si c'est pour le savoir que vous vous êtes dérangée, c'était bien inutile, répliqua-t-il. Tout le monde connaît mon père. Il n'était pas un saint, lui non plus. Mais vous commencez à m'échauffer les oreilles…

– Je t'avertis que je vais aller voir le comte de Toulouse, ton oncle, et lui raconter ce que tu m'as fait. Il me rendra justice, et te reprendra tes vicomtés, qui ne t'appartiennent pas, pour me les donner en compensation.

– En compensation de quoi ?

– De ton affront.

– Si vous comptez sur mon oncle pour vous donner quelque chose, vous rêvez. Il vous prendrait plutôt ce qui vous reste, s'il vous en reste. À part ça, que voulez-vous, en vérité ?

– Je veux ma fille.

– Elle n'est pas ici.

– Je vais aller voir monseigneur de Roquessels, pour qu'il t'excommunie. Un rapt de pucelle, c'est un grave péché. Jamais je ne te pardonnerai ce que tu as fait. C'est indigne d'un chevalier.

– Mais que voulez-vous faire de cette épée que vous tenez à bout de bras ?

– Je vais te découper en morceaux, et te donner aux chiens !

– Tudieu ! Réfléchissez : Vous allez m'épargner l'excommunication, du même coup. Comme quoi d'un mal peut sortir un bien.

– Tu me railles, Trencavel, mais tu ne l'emporteras pas au paradis.

– Rangez cette épée, vous allez décapiter votre cheval.

– Je te préviens que ma vengeance sera terrible. Rien ne pourra l'arrêter.

– En attendant, vous allez vous faire mal. Descendez de ce cheval, pour commencer. Vous faites peur à mes écuyers.

– Où est ma fille ?

– Laquelle ?

– La petite. L'aînée arrive.

Un crépitement de grêle annonça l'arrivée d'un fort conroi* de cavaliers, qui envahit la cour, soulevant une poussière fine et blanche. Raimon-Roger reconnut en tête Azalaïs, la sœur d'Agnès, à ses sourcils, malgré le voile de mousseline qui lui masquait le visage et lui donnait l'air d'une Mauresque. Elle était entourée des barons et des chevaliers qu'il avait laissés à Lattes. Le vicomte nota qu'ils la servaient tous avec un grand zèle, une attention déférente. Il en fut fort irrité.

Bernat de Canet fermait le cortège. Son visage reflétait une solennité grave, qui cachait mal son embarras. Raimon-Roger chercha ses amis, Pons, Pagan, Frézoulet, mais ils n'étaient pas avec eux. Ni son sénéchal Raimon de Termes.

À la vue de la fringante chevauchée, la comtesse veuve appela les écuyers, qui n'osaient s'avancer, et s'effondra sur eux, mimant un malaise pathétique qui fit sourire le vicomte. On l'emmena dans la salle grande, où Raimon-Roger retrouva toute sa mesnie**. La comtesse clamait :

– Je n'ai rien mangé depuis deux jours ! Cet homme n'a aucune pitié !

* Groupe de chevaliers réunis sous la même bannière.

** La famille et tous les familiers, y compris les domestiques.

Azalaïs entra au bras du chancelier. Elle avait conservé son voile sur le visage. Voyant apparaître le vicomte elle lui sauta dessus, glapissant :

– Raimon-Roger, je t'ai attendu !

– J'avais beaucoup à faire ici... bredouilla-t-il, surpris par l'autorité de sa voix, et effrayé par le brasier de ses prunelles.

– Tu m'as séduite et maintenant tu me fuis ? hurla-t-elle. Suborneur ! Mais tu n'as point d'honneur ?

– Soit ! Je me suis enfui. J'avais besoin de calme pour décider.

« Qu'elle tente une dernière manœuvre, songea Raimon-Roger, c'est de bonne guerre ! Méfions-nous, elle est habile. La douleur ne lui fait pas perdre la tête, pas tout à fait. »

Il pensa préférable de faire le gros dos, et de ne rien expliquer. Après tout, il n'avait pas à se justifier. Il se tut.

– Tu as profité de ma détresse ! s'indigna Azalaïs, arrachant son voile et découvrant sa bouche déformée par la colère.

– J'ai changé d'avis. J'aurais pu y penser avant, j'en conviens.

– Tu dois m'épouser !

– Encore ! Après tout ce que je t'ai fait ?

– J'y consens malgré tout. Je tâcherai d'oublier tes injures...

– Moi aussi j'y consens, intervint la mère.

Raimon-Roger secoua la tête.

– Je ne vais pas épouser toute la famille !

– Je suis l'aînée ! se récria Azalaïs.

Raimon-Roger hésita à répondre. Comprenant qu'il ne pourrait éviter la bataille, il se lança comme un tournoyeur, d'un seul bloc :

– Azalaïs, écoutez-moi : de vous trois, la seule qui parle à mon cœur, c'est Agnès.

– C'est moi !

– Non, pas vous domna Agnès, mais votre fille, bien sûr.

– C'est contre toutes les règles ! répliqua Azalaïs, les mains dans les cheveux. C'est toujours l'aînée qui se marie en premier. Dites-moi si je mens, ma mère ?

– Ce n'est pas une règle absolue...

– Dites-moi si je mens, seigneur chancelier ?

Bernat de Canet gonfla les joues, s'inclina sans répondre, autre façon d'imiter Ponce Pilate se lavant les mains. Visiblement il ne savait que dire, ni que faire. Raimon-Roger avait une grande envie de l'apostropher, publiquement, de le clouer au pilori car enfin, ce mariage dans la famille du comte de Montpellier, c'était bien une idée à lui. À lui seul. Et l'affaire lui glissait des mains.

Comme Leïla et Aton apparaissaient, étonnés de tout ce remue-ménage, Raimon-Roger se précipita vers eux, les fit retourner en les prenant chacun sous un bras. Lançant par-dessus son épaule, à la cantonade : « Continuez à discuter avec le chancelier, j'ai une affaire très importante qui m'attend », il les mena dans la cour.

Des écuyers soignaient les chevaux. Il leur demanda s'ils savaient où étaient ses compagnons.

– Seigneur vicomte, répondit l'un d'eux, ils se sont arrêtés à l'auberge du Mulet-Couronné, sur le chemin de Montpellier. Ils ont dit qu'ils avaient en horreur les scènes de ménage...

Il se retenait de rire, regardant ailleurs.

– Surtout avec trois épouses... ajouta un autre au regard effronté.

Un énorme éclat de rire l'interrompit. Les écuyers observaient la mine du vicomte avec une féroce curiosité.

« Les nouvelles vont vite, murmura Raimon-Roger, quand elles sont mauvaises. » Il rit d'une joue avec eux, fit habiller trois chevaux et il quitta le château avec Aton et Leïla.

L'auberge du Mulet-Couronné étalait son désordre en bordure du grand chemin de Montpellier, à la sortie de Béziers, après le faubourg. On pouvait y manger et boire, dormir, et faire reposer sa monture, son attelage, et même son troupeau. Les bergers s'y arrêtaient en allant à la foire, ou en en revenant.

Il y avait toujours du monde. Raimon-Roger repéra, au milieu de l'indescriptible fourbi de fardiers, charrettes, tombereaux qui cernaient l'auberge nuit et jour, une tablée joyeuse à l'ombre d'un pin. Il reconnut en premier la chevelure flamboyante de Frézoulet, qui retenait une servante. Dans cet établissement, les femmes avaient la réputation d'être robustes et peu farouches.

L'arrivée de Raimon-Roger, flanqué d'Aton et de Leïla, leur coupa à tous le sifflet. Frézoulet fut le premier à réagir. Il se leva en hurlant, déjà passablement ivre et, esquissant des pas de danse, sans qu'on puisse deviner laquelle, il vint embrasser

Aton. Leïla, inquiète, se réfugia derrière son compagnon, ce qui peina beaucoup le géant. Les autres s'étaient levés aussi et tous s'étreignirent, les larmes aux yeux.

Ils en avaient oublié la présence de Raimon-Roger, qui se rappela à leur souvenir en réclamant du vin.

– Seigneur vicomte, se plaignit brusquement le seigneur d'Arifat, d'un air faussement décent, où étiez-vous passé ? On dit que vous vous êtes enfui. Je n'en crois rien !

– Chers amis, je n'ai pas fui, j'ai pris du recul, s'esclaffa Raimon-Roger. Et d'ailleurs ma retraite volontaire a porté ses fruits : je vous annonce que je vais me marier.

– Je n'y comprends plus rien, se désespéra Frézoulet.

Il frappa ses grandes mains sur ses cuisses, avant de les passer dans sa chevelure rouge, l'étalant avec fierté sur ses épaules.

– Je vous annonce que je vais épouser Agnès.

– Si vite ?

– Elle m'aime et je peux vous dire qu'elle est plus belle encore que la belle Hélène. Une beauté comme je n'en ai jamais vue. Il me tarde de lui faire des enfants.

– Faire des enfants, quelle drôle d'idée ! se lamenta Pagan de Labécède. Tu as bien le temps de faire des enfants qui seront la proie du diable.

– Détrompe-toi, Pagan, mon temps est compté. Quant au diable, il est déjà dans la beauté d'Agnès. Eh bien, tant pis ! Je me donne au diable. Corps et âme.

Pagan secoua la tête vigoureusement, soupira : « L'abstinence est la volupté de l'âme. » Sa réflexion n'engendrant aucun écho, il finit son gobelet d'un trait et alla le remplir à nouveau. Il n'y avait pas, dans la nouvelle religion, d'interdit sur le vin, et il avait l'habitude de combattre par ce plaisir autorisé ses petites contrariétés.

– Où est-elle en ce moment, cette nouvelle Hélène, seigneur vicomte ? s'interrogea finement Frézoulet. Je ne la vois pas avec vous, et tout le monde la cherche.

– Elle est en de bonnes mains, chez monseigneur de Roquessels, qui n'est plus évêque, d'ailleurs. Il doit me trouver un prêtre sans tache, pour nous marier.

– Un prêtre sans tache ? ricana Pagan en rotant, ça n'existe pas.

– Il faudra bien en trouver un, je n'ai pas le choix. Les Bonshommes étant opposés au mariage, comme Pagan vient de nous le rappeler, et à la multiplication de nouvelles *tuniques de chair*, comme il dit, il me faut donc un prêtre romain. Si ça ne tenait qu'à moi, je ne serais pas exigeant, le premier venu ferait l'affaire.

– Qu'est-ce qu'il ne faut pas entendre ! grommela Pagan. Aucun sacrement n'a de valeur s'il est administré par un prêtre indigne, en état de péché. C'est pourtant simple à comprendre : comment pourrait-il transmettre l'Esprit-Saint, s'il n'est pas habité par Lui ?

Raimon-Roger balaya l'argument d'un revers de main :

– Je n'ai pas besoin du Saint-Esprit pour faire des enfants à Agnès. Mais ce que je ne voudrais pas, c'est qu'ensuite le seigneur pape refuse de les légitimer, sous le prétexte que le mariage n'était pas pleinement valable.

– Aucun mariage n'est valable, gronda le seigneur de Labécède, aucun. Le diable, qui est partout, est aussi à bonne place dans la cérémonie du mariage. Et je ne parle même pas de la nuit de noces, et ses grotesques gesticulations. Quelle répugnante bestialité !

Raimon-Roger s'esclaffa :

– Quelle vision de l'amour, chez les hérétiques !

– Nous ne parlons ici que de l'amour charnel, précisa Pagan, le doigt levé.

– Mais que devient Héloïse dans cette histoire ? s'écria Frézoulet dans un dernier assaut. Il espérait encore retarder le jour fatal où son suzerain prendrait femme, tournant le dos à ses amis. Que devient la belle Héloïse, continua-t-il, dont la beauté souveraine éclipsait même les princesses d'Orient, et dont vous étiez tant épris ?

Raimon-Roger se renfrogna. Il soupira, le regard vague.

– Ah ! fit-il, elle n'est pas pour moi.

– Serait-elle fille d'empereur ? rétorqua le géant des monts de Lacaune, qui connaissait parfaitement son père.

– Tu sais bien que son père refuse de me la donner. Il m'accuse d'être un cathare fieffé. Il ne me la donnera jamais.

– Ainsi vous renoncez, seigneur vicomte, lui infligea Frézoulet.

Raimon-Roger secoua la tête :

– Mon pauvre Benvengudo – Frézoulet fut touché d'être interpellé par son nom de baptême, et regretta d'un coup d'avoir entrepris de chicaner son suzerain – je ne suis plus un enfant, je sais reconnaître ce qui est impossible. De toute façon je ne veux plus avoir de commerce avec Paris. C'est un monde de fer, où tout n'est que prétexte à faire la guerre. Même la religion n'est qu'une succursale de la guerre, qui domine tout.

– Fort heureusement, dans le Midi, nous sommes davantage tournés vers la joie, l'amour, les douceurs de l'existence, s'exclama Pons d'Olargues, pirouettant avec grâce. Non pas que je veuille en abuser ! se récria-t-il, surprenant le regard noir de Pagan. Car j'aspire moi aussi à la perfection de la nouvelle foi. Et à l'entendement du bien. Et au salut de mon âme, à tout ça... Mais, bon, j'ai décidé de prendre mon temps... Et s'ils viennent nous chercher noise, s'emporta-t-il tout à coup, sous le faux prétexte que nous ne prions pas comme eux, nous leur montrerons que nous savons nous battre !

Il sortit son épée du fourreau, passa le pouce sur le fil de la lame, se tailla. Frézoulet éclata de rire en battant des mains.

– En attendant l'arrivée des *Francimans**, répliqua Raimon-Roger, je dois me débarrasser de la mère et de la sœur aînée d'Agnès. J'attends de vous une bonne idée, pour une fois.

– Donnons la mère à Frézoulet, proposa Pagan, ils sont proches par la foi, et par la corpulence. Et l'aînée à l'un des frères Aniort. Rien ne peut les rebuter.

– Je ne veux pas de la mère, s'insurgea Frézoulet. Elle est trop vieille pour moi aussi. Et je la sens rétive comme une vieille mule.

Pons suçait son pouce qui rosissait de sang vermeil.

– En attendant que Frézoulet se décide, dit-il, je vous propose d'aller faire une visite à mon oncle, le seigneur de Servian. Ce n'est pas loin d'ici. Il nous régalera quelques jours, pendant que nous lui ferons le récit de notre séjour à Paris. Nous attendrons tranquillement que les Furies lèvent le camp.

Il grimaça en examinant son pouce, tenta de minimiser l'incident en souriant à ses amis.

– Enfin une bonne idée ! s'exclama le vicomte.

---

* Les Français (habitants de l'Île-de-France).

Plus tard il soupira :

– Quand je pense que ce sont des femmes qui m'interdisent mon propre logis, c'est à peine croyable.

– Seigneur vicomte, l'enseigna Frézoulet doctement, les yeux baissés, c'est une femme qui nous a fait chasser du paradis terrestre. Alors vous savez, nous faire quitter un château... Pour elles, c'est peu de chose. Mais si nous mangions un petit morceau, l'air du matin m'a mis en appétit.

Ils mangèrent, burent à satiété et se reposèrent, écoutant bouche bée les aventures d'Aton et de Leïla, tour à tour émerveillés et indignés. Leïla chantonnait, indifférente à la conversation. Les amis d'Aton la contemplaient en soupirant.

Puis ils partirent pour Servian, à quelques lieues de Béziers, à travers des vignes et des champs d'oliviers. Le *castrum** de Servian apparut dans le lointain au milieu de la garrigue, comme une offrande, une sorte de ville biblique au sommet de laquelle le château se haussait encore sur le ciel.

Les portes qu'ils passèrent successivement, coiffées de logements en ruine, n'étaient pas gardées. Ils avalèrent au trot les rues montantes ravagées par les fondrières, bordées cependant de quelques belles demeures aux larges baies géminées, et après avoir fait le tour complet du pech de Servian, et un peu plus, ils pénétrèrent dans la cour du château, déserte.

On n'y voyait pas une rosse, pas un porc, pas un poulet.

Un valet maigre et vieux finit par apparaître. Il traversa la cour pour leur indiquer l'écurie où ils devaient mener leurs chevaux, avant toute chose. Ils durent les déshabiller eux-mêmes.

Un autre valet, aussi vieux que le premier, en guenilles, s'approcha des bêtes pour les bouchonner avec une maigre poignée de paille. « L'oustal d'Estève de Servian est bien chiche, songea Raimon-Roger, à moins que tout le monde n'ait été envoyé à quelque corvée annuelle, pour rebâtir un coin de rempart ou recharger un chemin. Ce qui serait bien étonnant. »

Pons était allé avertir son oncle de leur arrivée. Ils trouvèrent sur le pas de la porte un homme maigre et sec, ratatiné, au front jaune et plissé, vêtu de chausses raccommodées et d'un surcot de drap noir blanchi d'usure.

---

* Bourg fortifié, entouré de murailles.

Le châtelain salua le vicomte en empoignant ses mains. Raimon-Roger lui rendit son salut :

– Dieu vous garde, seigneur de Servian.

– Et qu'il protège surtout *la Gleisa de Diòs**, s'exalta le seigneur Estève, s'essayant vainement à sourire.

« Pardieu ! il me rappelle que je suis en terre hérétique, le vieux diable, comme si je ne le savais pas, songea Raimon-Roger. Est-ce un avertissement ? »

– Je ne vous fais pas visiter le domaine, seigneur vicomte, poursuivit le vieillard, il est trop connu de tout le monde. Chez moi tout est ouvert, par charité chrétienne, et jamais un pauvre ne s'en est retourné le ventre vide. Je ne vois d'ailleurs rien qui mériterait votre contemplation.

« Qu'a-t-il à cacher, le vieux singe, se demanda Raimon-Roger sans quitter sa mine avenante. Il craint visiblement de me voir me promener dans ses coursives, je me demande bien pourquoi. Peut-être redoute-t-il que je constate l'opulence de ses réserves, en comparaison des maigres redevances qu'il m'envoie quand il y pense ? »

– Allons dans la salle grande, chevaliers, on vous y servira des rafraîchissements. Ah ! si j'avais su que vous me feriez l'honneur d'une visite, mon cher vicomte, je vous aurais reçu autrement. Encore que je n'ai plus le goût des grands fastes, comme par le passé. On se lasse de tout.

Raimon-Roger le rassura : ils avaient décidé de venir le visiter sur un coup de tête, pour s'éloigner opportunément de Béziers. Des raisons diplomatiques en étaient la cause. Qu'il considère que ce qu'il ferait serait bien fait.

Le châtelain se réjouit fort de ces paroles, qui leur valurent une nouvelle figure de gargouille.

– Dans tous les cas je vous retiens à souper, seigneur vicomte, et votre refus m'offenserait.

– Nous resterons bien volontiers, seigneur Estève, mais vous devrez nous loger.

– Nous nous serrerons.

---

* « L'Église de Dieu ». Les hérétiques cathares appelaient ainsi la nouvelle Église, pour dire qu'elle était la véritable Église de l'Évangile ; l'autre, celle de Rome, étant celle de Satan.

Raimon-Roger n'avait vu personne dans le château. Un valet apparut enfin, apportant des gobelets de bois et une grande cruche. Pleine d'eau pure.

– Rien de tel qu'une eau fraîche pour se désaltérer, se réjouit le seigneur Estève. Buvez, buvez ! jeunes gens, il y en a d'autre.

Tout respirait la parcimonie, la ladrerie. Le château semblait déserté. Le châtelain vivait manifestement comme un ours.

« Qui voudrait passer sa vie à veiller une figure d'agonisant, songea Raimon-Roger, un agonisant qui n'a même pas la courtoisie de penser à mourir. »

Comme Leïla s'éloignait dans les autres pièces, intriguée par les fresques à demi effacées qui coloraient encore les murs, le châtelain alla la chercher à petits pas pressés et colériques.

– Revenez ! Vous pourriez vous perdre, damaisèla, lança-t-il de loin d'une voix tranchante.

Il semblait craindre par-dessus tout les visites.

Frézoulet, qui reniflait infailliblement la lésinerie à table, commençait à faire grise mine. Pons aussi, qui voyait l'image de sa famille ternie irrémédiablement. Seul Pagan de Labécède se réjouissait de cette austérité monastique, qu'il attribuait à l'influence de l'Église nouvelle, et qui le rapprochait sans effort du chemin de la sainteté.

Ils passèrent à table avant la nuit, pour économiser le luminaire. Une seule tablée réunissait les chevaliers et leur hôte, et les domestiques. Depuis que son épouse s'était fait hérétiquer, pour vivre dans un couvent de Parfaites, quelque part du côté de Fanjeaux, il n'y avait plus de domna au château. Seule une vieille cuisinière, décrépite et infirme, se maintenait encore dans les lieux, dormant dans la souillarde, comme un dogue, pour veiller sur les provisions.

L'un des valets apporta un bouillon pâle avec des airs cérémonieux, encouragé par son maître qui s'exclamait :

– Oh oh ! que ce bouillon est engageant !

Chacun vint puiser dans l'*oule** avec son bol.

– Il est claret ! s'étonna Frézoulet.

On apporta ensuite une poule bouillie, à la peau épaisse.

---

* Pot en terre, marmite qui va au feu.

– Pour vous honorer, seigneur vicomte, nous avons avancé le jour de la poule au pot. C'est un mets de prince, que mon valet réussit mieux que les maîtres queux du roi.

Le seigneur Estève tira le plat à lui pour découper lui-même la volaille coriace et présider à sa distribution. Il détacha les grandes pattes qu'il se réserva, ainsi que la tête, leva une aile qu'il donna à Raimon-Roger, l'autre pour son neveu Pons, les cuisses et les filets qu'il distribua également, après les avoir coupés et recoupés.

Il fit enlever prestement la carcasse, où restait attachée encore un peu de chair, pour un prochain bouillon. Frézoulet la suivit du regard, fort dépité.

– Vous mangez de la viande, seigneur Estève ? fit-il brusquement, comme pour se venger. Je croyais que votre religion vous l'interdisait.

– Ami, sachez que je ne suis pas un fanatique, et qu'il m'arrive d'enfreindre cette règle quand je régale, parce que j'aime souper en joyeuse compagnie. Dieu me pardonnera.

– De toute façon, il ne vous accusera pas de faire bombance… Et je ne dis pas cela pour vous disputer votre part !

Le vieux châtelain suçait les pattes d'un air gourmand.

– Sachez, jeune homme, que je suis bien connu, dans tout le Bédérès, pour avoir en abomination la pompe romaine.

– Je vous crois sur parole !

– Il faut de tout pour faire un monde, conclut Raimon-Roger, qui ne voulait pas laisser monter la dispute.

– Je suis de votre avis. Alors, qu'avez-vous vu à Paris, cher vicomte ?

Pons répondit à la place de Raimon-Roger, qui ne souhaitait pas s'étendre sur ses déboires parisiens.

Un valet amena un pichet de vin, qu'il versa lui-même dans les gobelets de bois. Il les remplissait à demi d'un vin noir et épais, et les complétait avec de l'eau. Quand les invités avaient bu une partie du gobelet, le valet venait le compléter à nouveau avec de l'eau, tant que le vin pouvait la colorer.

Des féveroles entourant quelques os blancs, qui faisaient penser à des cailloux des Causses, vinrent compléter ce repas de roi.

– Ah ! que tout cela est délectable ! trompeta plusieurs fois le seigneur de Servian. Oh ! Nous ne faisons pas chaque jour pareil festin, vous le comprenez ! Mais je ne voudrais pas qu'on dise non plus qu'au château de Servian le vicomte d'Albi, Carcassonne et Béziers a été mal reçu.

Comme il recherchait l'assentiment de Raimon-Roger, de ses petits yeux perçants et secs, le vicomte protesta d'un grognement. Une parole l'aurait trahi. Frézoulet sourcillait, inspectant sans cesse la table dans un sens, dans l'autre, cherchant quelque miette à glaner. Il ne restait que quelques féveroles brûlées au fond du plat, et des os sans chair.

– Allons, resservez-vous, jeunes gens ! lança le seigneur Estève avec chaleur. Seigneur d'Arifat, reprenez-en, on dévore à votre âge…

Frézoulet prit un air effarouché :

– Je ne voudrais pas abuser !

Le seigneur Estève tapa dans ses mains, de plus en plus réjoui. Sa mine sèche comme un vieux quignon se fendit d'un sourire effrayant, pour annoncer :

– Et ce n'est pas fini !

Frézoulet reprit espoir : et s'il ne s'était agi finalement que d'une misérable mise en bouche ?

Le valet revint avec un corbeillon de noix, et du pain.

– Un véritable festin ! s'exalta le seigneur Estève. Pour vous faire honneur, vicomte !

Chacun eut trois noix. Frézoulet demanda, comme une faveur, un peu de vin *sans eau*, justifiant sa requête par l'âpreté de la noix, qui réclame une boisson à l'attaque franche.

Lançant le bras comme un homme qui abandonne la lutte, le châtelain laissa la bride sur le cou au valet, ayant vu que le vin allait manquer. Et en effet le seigneur d'Arifat dut se contenter de quelques gouttes au fond du gobelet.

– Je tiens la sobriété pour une vertu cardinale, au moins égale à la piété, et à la charité, commenta le seigneur Estève. Demain, nous nous mettrons à l'eau pour nous guérir de ces excès.

Chacun pensa au même moment, par-devers lui : demain nous serons loin !

Comme Leïla avait de nouveau disparu dans le château, le seigneur de Servian s'éclipsa et partit à sa recherche. On entendit des éclats de voix et Leïla réapparut, réticente, poussée par le seigneur Estève.

– On ne voit personne dans votre palais, seigneur Estève, remarqua Raimon-Roger sur un ton neutre. Où est passée votre gent, écuyers et valets d'écurie, valets d'armes, chevaliers, sans parler des femmes qui sont la joie de tous les châteaux, celles qui ornent la cour du châtelain, et celles qui sont à la cuisine, et dans les chambres, qui lavent le linge, chantent, égayant les salles et les coursives de leurs rires et de leurs bavardages ? On ne voit pas non plus d'animaux dans la cour…

– Peut-être ont-ils souffert de vos excès de table ? ironisa Frézoulet, les mains jointes par le bout des doigts.

Il semblait prêt à toutes les impertinences.

– Seigneur vicomte, sourcilla le vieux baron, à notre époque nourrir du monde coûte fort cher. Vous connaissez le proverbe : « À table des lions, à bataille des moutons ! » Et comme Dieu n'attache d'importance qu'à nos saintes actions, je ne vous cacherai pas plus longtemps que j'ai renvoyé tout le monde. Sinon ces vieux serviteurs, que j'ai gardés par charité, autant dire.

– Et qui travaillent pour rien, rajouta Frézoulet.

– Je les nourris plus qu'ils ne me servent.

– Alors ils ne doivent pas vous servir souvent… répliqua le géant, de moins en moins prudent.

– Et comment administrez-vous la châtellenie ? demanda Raimon-Roger sur un ton peu aimable. Qui rend la justice ?

– J'ai remarqué qu'elle s'administrait aussi bien toute seule.

– Et si on attaque votre château ?

– Je me défendrai par la prière.

– C'est moins cher ! railla encore Frézoulet.

– Imaginez que le pape parvienne à ses fins, et qu'il nous envoie une armée de ribauds pour faire rôtir nos hérétiques…

– Ou supposés tels, car c'est le pape qui est le plus grand hérétique.

– Si vous voulez. Ça ne les empêchera pas de mettre la main sur nos seigneuries. Que ferez-vous ?

– Cela n'arrivera pas. Le Dieu bon ne le permettra pas.

– Et pourtant il en a permis bien davantage.

Le vieux seigneur haussa les épaules.

Ils couchèrent tous ensemble sur des couches humides, enroulés dans des vieux draps et des couvertures poussiéreuses qui sentaient le pissat.

Raimon-Roger se releva au milieu de la nuit, incapable de dormir, et alla jusqu'aux écuries se rendre compte des soins donnés à leurs chevaux. Il pensait bien qu'ils n'avaient pas eu un régime plus favorable que les maîtres.

Longeant un long bâtiment, il vit de la lumière à une fenêtre. Il monta sur un tonneau et aperçut, dans l'entrebâillement du volet, l'intérieur d'une pièce, où quatre hommes en prière murmuraient entre leurs dents, s'agenouillaient, se relevaient. À tour de rôle ils lisaient dans un livre.

« Des Bonshommes, pensa-t-il, voilà l'appât qui va attirer les loups de Rome. Que devons-nous faire ? Ils sont partout. Il n'est plus temps de les exterminer. Les livrer au roi de France ? Au seigneur pape ? Les cacher ? Je ne pourrais jamais les livrer, les envoyer à la mort. Je les ai toujours connus ; la plupart sont bons ; et il y a chez eux davantage de sainteté que dans toute l'Église catholique, apostolique et romaine. Car eux embrassent la religion nouvelle non pas pour parvenir à un état brillant, mais pour épouser la pauvreté. Ils ne se consacrent pas à Dieu pour avoir l'assurance de bien manger, et de bien boire, mais avec la certitude de vivre dans le dénuement. Comme les apôtres du Christ. *Pauvres du Christ* se nomment-ils, et sans orgueil. Personne ne peut leur disputer cette distinction. »

Raimon-Roger se rendit compte qu'il se préoccupait de plus en plus souvent du sort de sa principauté, des intentions de l'Église, de la venue d'une armée du pape.

« Qu'adviendrait-il si une armée venait, et qu'elle investisse mes cités, mes châteaux ? J'aurais des ordres à donner. Lesquels ? Ouvrons les portes et rendons-nous ? Résistons jusqu'à la mort ? Négocions ? Négocier, oui, mais quoi ? La tête de nos Bonshommes ? »

Il ne pouvait imaginer, toutefois, une armée venant ravager sa principauté au nom du Christ, et les prélats, les chanoines, les prêtres, les moines des abbayes encourageant les envahisseurs à tuer des chrétiens, les désignant du doigt en criant : « Tuez-les ! » Non, ce n'était pas pensable. Dieu ne le permettrait pas.

Cependant il sentait que son heure approchait. Il se félicita d'avoir choisi Agnès pour femme. Il aurait bientôt des enfants, de beaux enfants qu'il protégerait du monde mauvais jusqu'à ce qu'ils soient capables, à leur tour, de défendre les terres nobles de leurs aïeux. Il pourrait alors s'en aller. Ainsi tournait la roue de l'existence, une génération poussant l'autre.

Il sortait à peine de ses enfances, et déjà il devait se préoccuper de planter une nouvelle génération, plus belle, plus forte.

Mais le seigneur pape, dans son effroyable désir de vindicte, lui laisserait-il le temps de semer, de cultiver, de voir venir la moisson ? Il n'y avait pas de temps à perdre.

IV

Ils avaient quitté Servian dans la matinée, après avoir ingurgité une soupe chaude qui n'était que de l'eau grasse parfumée au cerfeuil, dans laquelle flottaient quelques vieux quignons à la croûte noire et amère. Raimon-Roger avait trouvé dans l'âpreté de ce déjeuner la force de tancer le vieux seigneur et d'exiger au moins qu'il entretienne les murailles, et qu'il peuple son château d'hommes d'armes, de chevaux et de chevaliers prêts à faire face à une invasion.

– Et vous allez entraîner tous les hommes au combat, le dimanche matin, à la sortie de la messe...

– Je n'y vais point !

– Peu importe, à la sortie des vêpres, ou de l'estaminet, ou au retour des champs, à l'heure qui vous conviendra, mais chaque semaine sans faute. Tous les hommes valides devront s'entraîner à la défense de la cité.

Raimon-Roger revoyait les Bonshommes en prière, la nuit précédente et, malgré le respect et la considération qu'il leur portait, il ne pouvait s'empêcher de les imaginer comme des marins révoltés, organisant volontairement le naufrage de leur nave* pour en finir avec les tourments de la vie en mer.

– Et, avait ajouté le sénéchal Raimon de Termes, n'oubliez pas de curer les fossés. Je les ai vus, ils sont à sec. Ils sont si peu

* Navire, nef de Méditerranée.

profonds qu'ils ne servent à rien. Et ils sont si peu entretenus qu'il y pousse des arbres.

– Ce sont des cerisiers que j'ai fait planter, se récria le châtelain, des pommiers, des poiriers. Et même des cognassiers. Nous sommes bien contents d'avoir des fruits pour nous rafraîchir l'été, sans de grosses dépenses.

– Vous arracherez les arbres, vous creuserez les fossés, et vous renforcerez les murailles, avait ordonné Raimon-Roger d'une voix qui s'emportait.

– Er qui va payer ? Ces travaux coûtent fort cher, seigneur vicomte. Ce n'est guère le moment, avec toutes mes charges... Si je faisais mes comptes, je crois qu'il ne me resterait rien cette année, et d'ailleurs...

– Ne me racontez pas d'histoires, seigneur Estève. Votre châtellenie est la plus grosse du Bédérès, et la plus riche. Elle devrait être la plus forte. Je vous préviens que si Servian n'est pas proprement mis en défense pour Noël, le Noël qui vient, avec des réserves d'armes et des vivres pour un siège de trois mois, c'est moi qui ordonnerai les travaux et les dépenses. Et je ne lésinerai pas sur les ouvrages, croyez-le bien ! Avec moi ça vous coûtera le double.

Le seigneur Estève avait tressailli, s'était rebiffé :

– Tu es trop jeune pour me commander, Raimon-Roger. Ton père n'aurait pas permis que tu me parles sur ce ton !

– Mon père est mort – Dieu ait son âme – depuis plus de dix ans. Aujourd'hui c'est moi votre suzerain. Souvenez-vous de ce que je viens de vous dire, seigneur Estève. Il m'appartient de protéger mes vicomtés contre le danger qui nous menace, et vous devez m'y aider, en bon vassal. Or, vous vous occupez de tout autre chose !

Le vieux châtelain avait feint une douleur au cœur. Raimon-Roger ne s'était pas laissé distraire :

– Je me demande bien où passe votre argent. Je vais diligenter une enquête.

Il allait en parler à son chancelier. Mais il savait que le seigneur de Servian soutenait sans réserve *la Gleisa de Diòs*, qui le considérait comme le pilier de la nouvelle Église dans le Bédérès. Il était de notoriété publique qu'il mettait à la disposition des Bonshommes ses chevaliers, ses écuyers, ses chevaux. Il leur faisait courir le pays la nuit et le jour, autant qu'il était nécessaire, pour accompagner et servir les Bonshommes.

Voilà pourquoi on ne voyait plus âme qui vive au château, sinon des Parfaits cachés dans les celliers.

– Votre chevalerie est au service de *la Gleisa de Diòs*, fulmina Raimon-Roger qui ne se contenait plus. Éparpillée aux quatre vents, elle ne risque pas de défendre la cité.

Mais il était probable que le vieux singe s'était constitué un trésor de guerre, pour le cas où l'histoire tournerait mal.

Le seigneur Estève avait levé les yeux au ciel, soupiré :

– Quand je pense que je t'ai fêté comme le fils prodigue...

– Je ne me souviens pas d'avoir mangé le veau gras, avait répliqué Frézoulet.

– Les jeunes n'ont aucune mesure, aujourd'hui. Ils pensent que tout leur est dû !

Raimon-Roger s'était impatienté. Il avait fixé le vieillard droit dans les yeux :

– Puisque vous ne voulez pas comprendre, seigneur Estève, je ferai examiner vos comptes de l'année écoulée, et nous verrons bien si vous êtes aussi pauvre que vous voulez le laisser croire.

– Si tu crois que j'ai le temps de tenir des comptes !

– Vous serez plus tôt à l'amende.

– L'amende ne te rapportera rien, je n'ai pas un denier d'avance.

« Il crierait famine sur un tas de blé », s'était indigné Benvengudo d'Arifat.

Le seigneur de Servian avait fixé longtemps le vicomte qui s'en allait, de ses petits yeux noirs, secs. Il avait lancé de loin, l'air mauvais :

– Tu me persécutes parce que je suis de la nouvelle foi, je le sais maintenant. Serais-tu à la solde des loups de Rome ? Ô ! Dieu du Ciel ! Qui a vu ton père et qui te voit !...

Raimon-Roger s'était arrêté et s'était retourné, impatienté. Il avait toujours devant les yeux les quatre Parfaits en prière dans la bâtisse qui fermait la cour, portant sur leur visage émacié comme la vision enchantée d'un autre monde. Il avait compris que ces hommes n'étaient plus sur terre, et qu'ils ne s'intéressaient pas du tout aux affaires de ce monde. Les visions célestes qu'ils faisaient surgir dans leur cerveau épuisé par les veilles et les privations, ces images les rendaient invulnérables, insensibles aux menaces, aux tourments ; la plupart auraient préféré se jeter dans le feu plutôt que de revenir sur terre. Oui, il le savait maintenant, leur farouche entêtement menait le Midi, pas à pas, inexorablement, à l'affrontement avec Rome. Et peut-être à sa destruction. Mais eux s'en moquaient.

– Seigneur de Servian, avait rétorqué le vicomte en revenant sur ses pas, souvenez-vous : avant de penser au salut de votre âme, vous avez le devoir de protéger vos sujets. Commencez par rappeler votre chevalerie. Ensuite, mettez en œuvre très vite les travaux de défense nécessaires pour résister à un siège de trois mois. Votre château n'est pas en état, ni les murailles de la cité. Nous reviendrons vous inspecter avant la fin de l'année. Vous nous présenterez vos comptes. Sachez que rien ne sera oublié.

Pons d'Olargues faisait grise mine, comprenant que son héritage s'était de nouveau éloigné à perte de vue. Mais ce qui le chagrinait le plus était l'image d'avarice que son oncle donnait de sa famille. De son lignage. Cela, il ne pouvait l'avaler.

– Je m'occupe de tout ! avait lancé le châtelain au dernier moment, pour sauver la face, et peut-être son trésor.

Il s'efforça de sourire et les salua depuis la porte de sa forteresse.

– Souvenez-vous, seigneur Estève, à Noël je reviendrai voir ce qui a été fait.

– Et gare à vous ! avait averti Frézoulet d'une grosse voix.

Le seigneur de Servian s'était incliné de nouveau, silencieux.

Revenus à l'auberge du Mulet-Couronné, dont ils avaient fait une sorte de camp militaire, les compagnons du vicomte allaient à tour de rôle repérer les mouvements de l'ennemi au château de Béziers, espérant la libération de la place.

Azalaïs, la sœur d'Agnès, quitta les lieux la première, quelques jours après, proclamant qu'elle ne resterait pas en repos tant qu'elle n'aurait pas exercé sur le vicomte une terrible vengeance. Mais sa mère ne parlait pas de s'en aller.

Raimon-Roger considéra qu'il aurait plus de légitimité, et donc plus de conviction, à se défendre d'elle et à la pousser dehors. Il donna le signal du retour.

Ils allèrent d'une seule galopade jusqu'au château. Bernat de Canet les attendait avec une impatience rogneuse, brandissant un parchemin déroulé qu'il agitait comme un éventail. Il voulait régler de nombreuses affaires d'importance avec le vicomte, qui concernaient l'administration de ses seigneuries.

– Seigneur vicomte, où étiez-vous passé ?

– Je m'étais retiré en quelque lieu secret, en attendant le départ des Furies...

– Vos disparitions sans prévenir me rendent la tâche d'administrer fort difficile, seigneur vicomte. Je passe mon temps à vous chercher.

– C'est parce que vous êtes toujours fourré avec la comtesse de Montpellier, mon cher chancelier. Mais si vous vouliez bien m'en débarrasser, une bonne fois pour toutes, ainsi que de sa fille aînée, avant qu'elle ne revienne, je pourrais retourner vivre au grand jour. La vie serait simple à nouveau.

– Que leur reprochez-vous, à la fin !

– D'être des ogresses, et de vouloir me dévorer.

Bernat de Canet fronça ses sourcils :

– J'ai su que vous aviez amené la plus jeune chez monseigneur de Roquessels. Que voulez-vous en faire ?

– L'épouser.

– Avant l'aînée ? Ce serait une nouveauté.

– Mon cher chancelier, les meilleures coutumes disparaissent un jour ou l'autre. Il faut vivre avec son temps. Aujourd'hui on épouse en premier la plus jeune. Surtout quand elle a la beauté d'Agnès...

– En attendant, nous devons régler au plus vite les affaires en suspens, si vous ne voulez pas susciter justement de nombreuses inimitiés.

– Je vous écoute, mon bon ami.

– Vous devez racheter à Guilhem Peire de Vintrou, qui est proche de la mendicité, ses possessions de Saint-Amans, d'Hautpoul et autres lieux, à bon prix.

– Vous m'avez dit que ses possessions ne valent rien.

– Seigneur vicomte, il ne s'agit pas de vous enrichir, mais de rendre son rang à un vassal qui n'a plus rien. Et de le faire sans qu'il en soit humilié.

– Pensez-vous que mon geste le retiendra de trahir à la première occasion ?

– Nous savons tous que cet homme est incertain. Il est sans

foi. Mais si vous ne l'aidez pas, il est certain que vous aurez un ennemi de plus.

– Un ennemi de plus ? J'en ai tant que cela ?

– Vous n'en avez pas beaucoup parce que vous n'avez pas encore pris l'habitude de commander. Les ennemis viendront avec les honneurs. Je continue : vous devez autoriser Pons de Bessan à construire un château neuf à Buat, avec une grosse aide en deniers, car il n'a pas de quoi payer la première pierre ; vous devez...

– Seigneur de Canet, si Pons de Bessan n'a pas de quoi construire un château, pourquoi le fait-il ?

– Pour vous complaire, seigneur vicomte.

– Mais je ne lui ai jamais demandé de construire un château ! Je passe mon temps à les interdire. D'ailleurs à votre demande.

– Il veut avoir une forteresse sûre pour vous défendre, s'il y a la guerre.

– Il veut surtout avoir une forteresse pour défendre ses revenus, et les accroître par de nouvelles exactions. Voilà ce que je crois.

– Il est certain qu'il y a de l'orgueil dans sa demande. En fait il brûle de donner un nouvel éclat à son lignage. Qui pourrait le lui reprocher ?

– Sans deniers, son lignage ne brillera pas longtemps.

– C'est pourquoi je lui ai promis de nouveaux fiefs qui accroîtront ses revenus, et lui permettront d'achever ses tours. Et vous aurez gagné un vassal fidèle.

– Encore un vassal fidèle qui, fort de sa nouvelle forteresse, trahira à la première occasion. Ensuite, qu'avez-vous imaginé...

– Vous devez faire des donations aux abbayes de Villemagne, de Saint-Papoul, de Saint-Pons, et d'autres ; les abbés de ces monastères sont mécontents de ne jamais vous voir. Par les temps qui courent, une visite à chacun est pour vous une ardente obligation. Le plus tôt possible sera le mieux.

– Quelle corvée ! J'espère que Dieu m'en tiendra compte, et qu'il se souviendra des efforts que les visites des monastères me coûtent. Pensez-vous que les prières des mécréants comptent double ? Ce ne serait que justice, nous nous donnons beaucoup de peine, et sans aucun plaisir en retour.

– Seigneur vicomte, c'est avec de tels propos que vous vous forgez une réputation d'hérétique.

– Et si je l'étais, hérétique ? Que feriez-vous ?

– Moi qui vous connais, je sais que vous avez trop peu de religion pour en changer. Vous l'avez dit, vous êtes un mécréant. Que voulez-vous que les Bonshommes fassent de vous ?

Le chancelier laissa venir un petit rire grinçant qui le secoua malgré lui.

– J'ai très peu de religion, répliqua Raimon-Roger que le sujet n'amusait guère, parce qu'il y en a trop dans ce pays. Comment choisir ? Chacun me jure que sa religion est la vraie. Même Adalla me jure que la religion mahométane est la seule vraie religion, parce qu'elle est la dernière et qu'elle corrige les erreurs des autres. Ma conclusion est que, ou bien tout le monde a raison, ou tout le monde a tort.

– C'est ce que je dis : vous êtes un mécréant. Vous avez tort de tenir ces propos.

– Oh ! Nous ne sommes plus à Paris ici ! Dans le Midi chacun peut penser ce qu'il veut. Continuons ! Il y en a encore beaucoup ?

– Toute cette page, recto et verso.

– Dites-moi plutôt où est la comtesse Agnès.

– La mère ?

– Oui.

– Vous voulez la voir ?

– Au contraire, je veux l'éviter, comme l'agneau se détourne du chemin du loup.

– Elle ne sort pas de sa chambre depuis que vous avez disparu. Mais où étiez-vous ? Vous pouvez bien me le dire…

– Cher chancelier, chacun a ses petits secrets. Mais que fait-elle dans sa chambre, toute la journée ?

– Personne ne le sait.

– Vous m'effrayez. Je pensais qu'elle finirait par lever le camp, comme sa fille aînée.

– Qu'allez-vous faire ?

– Elle sera bientôt ma belle-mère, je ne peux pas la chasser. Elle ne veut pas quitter sa chambre ? Eh bien, qu'elle y reste !

V

Raimon-Roger attendait au château Neuf d'être appelé par l'évêque. Il bouillait d'impatience, et s'irritait de ses nuits sans sommeil, autant à cause de la comtesse Agnès, qu'il n'avait pas revue depuis plusieurs jours, et dont il imaginait qu'elle lui préparait un mauvais coup dans le secret de sa chambre, qu'en raison de son désir de revoir sa fille cadette, Agnès la Belle, et de la serrer dans ses bras.

Plus Agnès était inaccessible, et plus sa mère, toujours invisible, habitait son esprit car il la craignait. Il la voyait comme un dragon commis à sa garde, une créature diabolique tapie dans l'obscurité de son antre et à laquelle il devrait un jour se mesurer, et vaincre, s'il voulait emporter la belle jusque dans son lit.

Une nuit, il rêva que la comtesse mère était présente dans la chambre, réellement, et qu'elle le surveillait de ses yeux noirs et sauvages. Il se justifiait devant la comtesse comme un coupable, et n'osait la renvoyer.

Quand il se réveilla, las et glacé, troublé par ces songes tenaces, il mit un moment à comprendre qu'il était sorti du rêve. Il continuait à apostropher la comtesse à haute voix, sur un ton acerbe et, ô prodige ! elle lui répondit.

La voix de la comtesse était à peine reconnaissable. Elle n'était pas du tout autoritaire, comme à l'accoutumée, mais suppliante.

– Raimon-Roger, faisait la voix, ne me rejetez pas, s'il vous plaît. Voyez, je suis à vos genoux, comme une servante.

Raimon-Roger resta silencieux. Cette voix étrangère, brisée par l'émotion, et qui avait perdu non seulement son ton impérieux mais aussi tout éclat, toute fermeté, le déconcertait terriblement. Il finit par douter à nouveau de sa réalité.

– Où êtes-vous ?

– Là, derrière la portière.

Raimon-Roger s'assit sur son lit, prêt à s'enfuir. La présence invisible, mais charnelle, de la fière comtesse lui était une menace insupportable, contre laquelle il n'avait pas d'armes. Il l'imagina encore fondant sur lui, l'enveloppant de son corps lourd, puissant, l'enserrant dans ses bras ronds avec l'énergie du désespoir, violant sa bouche, mordant sa poitrine, s'emparant de sa virilité comme un oiseau de proie, le liant à elle pour la vie.

– Depuis quand êtes-vous là ?

– Je suis venue chaque nuit veiller sur toi. J'écoute ton souffle, qui me remplit de joie.

Il tressaillit quand il entendit un léger bruit de pas se rapprochant de son lit.

– Où êtes-vous ? répéta-t-il.

– Au pied de ton lit, mon amour.

– Moi je ne vous aime pas, s'empressa-t-il de préciser.

– C'est ce que tu crois… Mais qui peut lire dans son propre cœur ?

– Je le sais.

Il l'entendit pleurer.

« Elle me joue la comédie, pensa-t-il. Elle sait que peu d'hommes résistent aux larmes des femmes, mais son jeu est cousu de fil blanc. Ses pleurs ne me touchent pas le moins du monde. Laissons-la faire, elle va vite se lasser. Quand elle aura compris la vanité de ses simagrées, elle retrouvera sa superbe. Avec son impatience habituelle elle m'intimera l'ordre de l'aimer sans discuter. Là, voyant revenir au jour sa nature exigeante, je serai en état de la mettre dehors de mes propres mains. »

Mais les sanglots ne cessaient pas, menus, discrets, manifestement irrépressibles. Le vicomte commença à s'émouvoir.

– Pardonne-moi Raimon-Roger, articula-t-elle entre deux sanglots, je ne mérite pas ton amour, je le sais, mais je meurs du désir de te complaire. Je meurs d'amour et de honte. Je ne puis pas décrire ma souffrance… elle est si étrange, si nouvelle. Je suis bien punie ! Comme j'ai mal !

– Domna, reprit Raimon-Roger, de plus en plus décontenancé, vous vous faites du mal pour rien, je ne… je n'ai pas d'inclination pour vous.

Il avait dit cela d'un ton mal assuré, craignant de la blesser, ce qui mettait en doute ses propos.

– Et moi je t'aime de toutes les fibres de mon corps ! Et je rêve de te servir. Je le dis avec l'amertume de la pécheresse, j'en rougis jusqu'aux oreilles, mais je rêve d'être désignée comme ta servante, et plus que cela, comme ton esclave. Entièrement dévouée à ta personne. Pour la vie.

– Mais, *domna comtessa*, vous êtes folle ! À votre âge…

– Comme tu es cruel, mon jeune ami, et juste. Je suis folle, oui, folle du plus beau chevalier de la terre. Insulte-moi, je t'en donne le droit, tout ce qui vient de toi me réconforte, m'est source de consolation, même tes insultes, tu vois ? Tout plutôt que ton indifférence.

Raimon-Roger était de plus en plus embarrassé. Il s'efforçait de paraître peu ému, et voulut sortir du lit. Du bout du pied il toucha un corps. Avant qu'il n'ait eu le temps de replier ses jambes, deux bras les encerclaient, l'immobilisant dans l'attitude pensive d'un homme à son lever. Ses pieds reposaient sur le ventre de la comtesse. Il sentit sur ses mollets sa joue baignée de larmes, et la fraîcheur d'une chevelure.

– Domna, supplia-t-il, lâchez-moi ! Vous ne pouvez pas faire ça !

– Je suis folle, c'est vrai. Je suis indigne de toi, si jeune, si beau, si droit. J'avoue que je mourais d'ambition et d'orgueil quand je t'ai connu ; tout cela est vrai. J'étais excédée du sort de veuve qu'on me réservait ; j'étais prête à tout pour recouvrer richesse et puissance, même de sacrifier mes filles. Tu vois ? je te dis tout ! Je t'ouvre mon cœur comme je ne l'ai fait pour personne. Pas même à mon confesseur. N'es-tu pas fier de me voir à tes pieds, sans résistance, livrée à ta volonté ?

– Non.

– Et moi, j'ose te l'avouer, j'ose le dire, je me donne à toi sans réserve, comme l'esclave se dispose sans hésiter à satisfaire toutes les volontés de son maître.

Raimon-Roger tentait de se dégager, mais elle resserrait la prise de ses jambes, le tirant vers elle comme pour sentir le poids de son corps d'homme sur son ventre, nu sous la chemise.

Le vicomte se sentit pris comme dans une lise.

–Foule-moi aux pieds, Trencavel, s'exalta la comtesse, humilie-moi tant que tu voudras ; plus tu m'humilieras et plus tu seras humain envers moi. S'il te plaît ! Et plus tu me donneras de joie.

Raimon-Roger cessa de lutter et lui abandonna ses jambes. Elle desserra son étreinte au bout d'un moment, et ils ne bougèrent plus. « Quelle nuit m'attend ? » se demandait-il.

Plus tard, au creux de la nuit, elle déclara :

–Dis-moi ce que tu désires, et je te le donnerai.

–Je veux... épouser votre fille Agnès.

Il voulait en finir. La comtesse tressaillit.

–Je te la donnerai, et l'autre aussi. Et moi aussi. Tu mérites bien trois femmes.

–Votre fille Agnès me suffira.

–Les mahométans ont bien quatre femmes, sans compter les concubines. C'est du moins ce qu'on dit. Nos rois de France aussi sont couverts de femmes. Et personne ne le leur reproche.

Raimon-Roger se tut. Il pensait qu'elle était vraiment folle.

L'aube les trouva ainsi, la comtesse au sol, embrassant les membres du vicomte, lui ses pieds dans son giron, assis sur le bord du lit.

N'osant faire le moindre geste, pour ne pas susciter de nouvelles confidences, ce qui le mettait à la torture, il dormait sur ses coudes.

Ils se réveillèrent ensemble. Raimon-Roger se leva en marchant sur le corps plein de la comtesse. Elle exhala un soupir mais ne dit rien.

–Je pars me marier, domna, lui lança-t-il en soulevant la portière, d'une voix qu'il s'efforça de rendre ferme, sinon tranchante. Je voudrais que vous ne soyez plus ici quand je reviendrai avec mon épouse.

Des sanglots lui répondirent. Elle bafouilla :

–Je te souhaite d'être heureux de tout mon cœur ! et elle s'évanouit. Ou se tut.

Raimon-Roger alla à la recherche de domestiques pour se laver et s'habiller. Il rencontra Bernat de Canet, parla avec lui un moment et quitta son palais. Avec ses compagnons il se rendit dans le vieux château de son père, qu'il avait connu dans son enfance, et qui faisait face au palais épiscopal. Là, dans le vieux palais désert, où vivaient comme des souris de vieux serviteurs, et des sergents, il attendit des nouvelles de sa fiancée.

Un cimetière le séparait d'Agnès. Il tenta depuis les hautes fenêtres de surprendre la donzelle dans les jardins de l'évêché, malgré le mur de l'enclos canonial. Mais le mur était haut, et les jardins les plus charmants, ceux où coulaient des ruisseaux sur les galets, où gazouillaient des fontaines éclaboussées de lumière, au milieu des roseraies, des tonnelles, s'étageaient au midi en terrasses qui descendaient abruptement vers l'Orb. Il ne pouvait les apercevoir.

Il finit par croire qu'Agnès avait été exilée, renvoyée à Lattes, dans le château de sa mère, ou à Agde chez son oncle l'évêque, enfermée dans une cellule obscure, coupée du monde, en espérant que le temps effacerait la flétrissure que son rapt avait fait porter sur l'honneur de sa famille.

Il décida de monter une expédition militaire avec ses compagnons pour retrouver la jeune fille, châtier les coupables – mais uniquement si elle le lui demandait, si elle souhaitait se venger – et puis la mener triomphalement au premier autel qui se présenterait.

VI

Un messager vint apporter la nouvelle : monseigneur de Roquessels attendait le vicomte sans délai.

Raimon-Roger et ses compagnons traversèrent l'esplanade et s'engouffrèrent aussitôt dans la vaste demeure de l'évêque. Monseigneur de Roquessels les accueillit avec aménité, sachant pourtant que nombre de chevaliers du vicomte étaient de la nouvelle foi. Mais peut-être pensait-il les ramener dans le droit chemin par la douceur.

L'évêque envoya Raimon-Roger dans les jardins. Agnès apparut comme une madone miraculeuse au fond d'une allée, devant un massif de roses, appuyée à la margelle du puits.

Quand elle aperçut le vicomte, elle s'enfuit. Raimon-Roger la rattrapa aisément, la saisit par les épaules, sans ménagements. Elle cacha son visage dans ses mains, débita :

– Ne me regardez pas, seigneur vicomte, pour l'amour du Ciel !

Raimon-Roger tenta de lui écarter les mains. Elle résistait.

– Mais qu'as-tu ? l'interrogea-t-il sur un ton bourru.

– Je suis trop laide !

– Laide ? Je n'en connais pas de plus belle que toi.

– Vous ne m'avez pas regardée.

– Montre-toi !

Elle ouvrit ses mains en tremblant, lui présenta son visage rougi par le soleil. Elle tendit le cou, les paupières baissées.

Son nez avait pelé, ainsi que son front. Tout son visage était tavelé de taches de rousseur. Son menton vermillonnait. Ses lèvres étaient sèches, fendillées.

– Vous avez vu ce que le soleil m'a fait ? fit-elle au bord des larmes. À vous attendre, je suis devenue une vieille faneuse.

Raimon-Roger éclata de rire. Il contempla la jeune fille, ses yeux en amande, rêveurs, où se noyaient des paillettes dorées, son visage à l'ovale parfait, son front lisse, ses cheveux de miel…

Il déposa un baiser sur son front, entre les sourcils.

– J'aime tout chez toi ! s'exclama-t-il.

Elle se serra timidement contre lui, à le toucher. Sa bouche fine et toujours frémissante retenait difficilement un sanglot.

Raimon-Roger admira son attitude comme alanguie, son cou flexible, la courbe de ses hanches.

– Ta mère ne t'a pas dit de te méfier du soleil ?

– Ma mère est avec vous, seigneur, dans votre château. Je le sais.

Sa lèvre tremblait. Il lui prit la main sans un mot et la ramena au palais. Il ne voulait pas lui parler de sa mère.

Le prélat leur annonça qu'un prêtre digne de confiance les marierait dans l'église de Rennes. Il rappela solennellement que la capitale du Razès* était un fief des Trencavel depuis la nuit des temps, et que les rois de France n'y avaient jamais obtenu aucun droit.

Le prêtre qui les marierait desservait la paroisse de Coustaussa, voisine de Rennes. Il était un ami personnel de l'évêque.

Ils partirent immédiatement pour Carcassonne. Agnès était accompagnée de trois religieuses, deux femmes âgées aux sourcils épais et gris, et une novice pour les servir. Les sœurs étaient chargées de chaperonner la future vicomtesse.

La troupe n'ayant pu galoper, à cause des femmes, ils arrivèrent à Carcassonne dans la nuit bien close.

Le lendemain, à l'aube, des fourriers furent envoyés au château de Rennes. Ils devaient préparer le séjour des

* Comté mis en place par Charlemagne, avec pour capitale Rennes (Rennes-le-Château), qui était à l'époque une cité importante et fortifiée.

nouveaux époux, et de leurs invités. Pendant ce temps Agnès, que les religieuses s'efforçaient de soustraire à la contemplation du vicomte, faisait retraite dans tous les lieux consacrés de la cité.

Agnès se demandait, parfois, si les bonnes sœurs dans un excès de zèle chrétien ne cherchaient pas à détourner le voyage de son but premier, pour l'amener à prononcer des vœux de renoncement au siècle. Comme les bénédictines l'emmenaient à l'église Saint-Vincent, dans un faubourg hors de la cité, elle se plaignit à la novice, qui avait son âge :

– Oh ! Encore des prières ! Qui aurait imaginé qu'il faille tant prier pour se marier.

La novice, qui s'appelait Flors, lui rétorqua :

– Domna, prenez ma place, je prends la vôtre !

Agnès gloussa :

– Mais ma sœur, vous voulez vous marier, vous aussi ?

– C'est mon vœu le plus cher, avec un homme aussi beau que le vicomte.

– Et que faites-vous au couvent ?

– Ce sont mes parents qui m'ont donnée aux bénédictines de Béziers. Ils ne veulent pas me marier. Ils ont déjà la charge de ma sœur aînée. Et mon frère qui est écuyer, et qui voudrait être chevalier.

– Vos parents ne sont pas riches ?

– Mon père est chevalier de bourse chez un seigneur de Provence, près de Beaucaire. Son seigneur ne lui donne que peu d'argent, et encore, quand il y pense. Et comme ma mère n'a hérité de rien, ils n'ont qu'un tout petit bien. Oh ! domna, gardez-moi près de vous, je serai votre compagne.

– Mais est-ce possible ?

– Dites que vous voulez me garder pour vous aider à faire vos prières, matin, midi et soir.

Agnès sourit :

– Moi, je veux bien que vous fassiez les prières à ma place. Nous pourrions être amies. Mais qu'en pensera mon futur mari ?

– Parlez-en au vicomte, je vous en prie. En ce moment, que pourrait-il vous refuser ?

– Il est vrai que le moment est bien choisi. C'est promis, Flors, je lui en parlerai, même si je ne sais pas ce que je vais lui dire.

Mais les bonnes sœurs qui vous ont emmenée voudront vous reprendre, c'est certain.

– Elles peuvent se passer de moi.

– Elles ont un grand souci de votre âme, je suppose, et je les imagine plus coriaces que mon mari.

– Mon âme va bien. Et de toutes les façons elles feront ce qu'on leur dira de faire.

– Elles n'ont pas l'air commodes.

– C'est à cause de la moustache !

Elles s'esclaffèrent.

– Mais elles sont bonnes au fond.

Ils partirent de bonne heure pour Rennes, au cœur des montagnes bleues des Corbières. Il y avait dans le cortège le vicomte et ses compagnons, Agnès et ses chaperons, et Bernat de Canet qui avait suivi le vicomte à Carcassonne, avec son conroi de vieux barons.

Le chancelier n'en revenait pas des changements qui se succédaient de jour en jour. Il n'était pas fâché de la tournure que prenaient les événements, même s'ils suivaient des chemins de traverse. Il se réjouissait d'aller au mariage du vicomte.

Parties au chant du coq, les religieuses pensaient s'arrêter tôt dans l'après-midi, invoquant leur grand âge. Mais Agnès, qui en avait assez de visiter des chapelles, des monastères, des églises, et de réciter des prières à tout bout de champ, encourageait les chevaliers à avancer. Ils n'accordèrent aucun répit aux vieilles nonnes, pressant les mules par-derrière, les tirant par-devant. Les femmes arrivèrent à Rennes à la nuit tombée, gémissantes et rompues.

Au passage, Raimon-Roger avait envoyé chercher le prêtre de Coustaussa, qui vint sans délai au château. Il apparut en sueur, et se mit à table avec eux.

C'était un homme brun et corpulent, aux lèvres épaisses, qui respirait fort. Il fit honneur à la cuisine du castel, sans fausse honte, et encore plus au bal des tonnelets que Frézoulet, soucieux de ne pas retarder le service, manipulait au-dessus des cruches avec cette impression de facilité et de simplicité que donne la grande habitude.

Quand le prêtre fut rassasié, il interpella le vicomte :

– Seigneur vicomte, ne me cachez rien. Quelle est votre foi ?

– Ma foi ? Je suis de l'Église de Dieu.

Le prêtre sourit.

– Nous sommes tous de l'Église de Dieu, mais êtes-vous fidèle à l'ancienne Église, ou adepte de la nouvelle ? Dites-moi clairement, êtes-vous de la foi cathare, ou de la foi romaine ? Si vous êtes hérétique, ça change tout.

– Ça change quoi ?

– Les cathares n'approuvent pas le mariage, dont les œuvres de chair perpétuent le monde matériel, qui appartient au Malin. Dans le cas où vous seriez secrètement de la foi cathare, je ne pourrais que vous mettre en garde contre l'ivresse de la volupté, le bouleversement des sens, le poison de la concupiscence, et vous rappeler que la chair est corruptible, la vie terrestre vaine, et que le désir de se perpétuer dans son lignage n'est qu'une misérable bouffée d'orgueil.

– Pétarel ! Mariez-nous dans la foi romaine !

– Dans la foi romaine, je vous astreindrai au contraire au devoir conjugal et à l'œuvre de génération. Faire venir au monde le plus d'enfants que vous pourrez est une sainte obligation. Mais vous devrez jurer fidélité à l'Église catholique, apostolique et romaine, et maintenir dans la familiarité des saintes Écritures votre épouse et vos enfants.

– Mais vous, vous représentez quelle Église ? Je m'y perds.

– C'est selon…

– Vous êtes à la fois le représentant de Rome et celui de l'Église cathare ?

– Tout à fait. Dans ces pays reculés, voyez-vous, il faut savoir tout faire.

– Mais… quelles sont vos convictions personnelles ? demanda Pons d'Olargues, que ces propos indignaient. À qui avons-nous à faire ? insista-t-il, l'œil rond.

Le prêtre se dandina sur le banc. Le sujet visiblement le passionnait. Il fit claquer sa langue.

– Chaque camp a de bons arguments, et je mentirais si je vous disais que ma préférence va au dogme catholique romain, bien que je prêche avant tout pour le seigneur pape, qui me fait vivre. Mais le fait est que j'ai de la sympathie aussi pour la doctrine cathare.

Il but un coup, grimaça, ouvrit ses mains :

– Cependant, tout ne me convient pas dans la nouvelle foi ! J'y vois aussi quelques errements, quelques fantaisies, et quelques règles qui me révoltent.

– Lesquelles ?

– Je pense à ces macérations, à cet acharnement à vous dégoûter des fruits de la vie sur terre. Par exemple, moi j'aime la bonne chère…

– Nous l'avions remarqué, ricana Pons, levant les yeux au ciel. Vous avez une façon de piller les plats qui est toute romaine.

Le prêtre ne releva pas. Il poursuivit son raisonnement avec conviction :

– Aussi n'ai-je d'autre solution, mes seigneurs, pour être en accord avec moi-même, que de prêcher les deux religions. C'est à la demande de chacun.

– Et vous n'avez pas une petite préférence ?

– Ma préférence serait que les deux religions n'en fassent plus qu'une.

– Comme moi ! s'exclama Raimon-Roger.

– Chacune a du bon, et les deux ensemble seraient deux fois meilleures. C'est mon opinion. Je prie Dieu tous les jours de m'accorder cette joie avant de me rappeler à Lui.

– Comment savez-vous que Dieu va vous appeler auprès de Lui, le railla à nouveau Pons, si vous avez enfourché le mauvais cheval ?

– Dieu connaît le fond de notre cœur, beau seigneur. Il n'a que faire des rites et des coutumes en matière de religion. Toutes les religions sont tournées vers le même Dieu le Père. Pour Lui, soyez assurés que toutes les religions se valent. Je pense même qu'il doit bien rire de nos disputes.

Raimon-Roger se demanda si le curé de Coustaussa était bien le religieux qui convenait pour une célébration sans tache. L'union des religions dont le prêtre esquissait le rêve, et qu'il partageait, et que professaient ici et là de grands esprits philosophiques, n'avait pas encore eu beaucoup d'échos à Rome, à sa connaissance, sinon pour s'en méfier. Il avait même entendu dire que cette idée d'un rapprochement des religions mettait le seigneur pape et son entourage dans une colère noire.

Quoi qu'il en soit, il fallait en finir. Raimon-Roger se tourna vers Agnès, qui l'interrogea du regard ; il lui sourit et revint vers le prêtre :

– Dom, je voudrais que vous nous mariiez sur l'heure. Pourquoi attendre ?

– Impossible, répliqua le prêtre, l'œil flamboyant.

– Et pourquoi ? s'insurgea Agnès.

– Vous ne travaillez pas la nuit ? demanda Pons, sarcastique.

Raimon-Roger prit un ton conciliant pour interroger le curé :

– Y a-t-il quelque empêchement ? Nous n'avons aucune parenté, Agnès et moi. C'est certain.

– Vous devez auparavant passer la nuit en prière dans l'église.

– Encore des prières ! souffla Agnès.

– Je vous marierai demain à la première heure.

– Vous pensez, seigneur curé, que mon mariage sera plus *parfait* après une nuit de prière ? ironisa Raimon-Roger.

– Peut-être plus fécond.

– Eh bien ! allons-y pour les prières. Il n'est plus temps de reculer. Une nuit est vite passée. Et, de toute façon, elle est déjà bien avancée.

Agnès boudait. Elle s'était préparée pour une nuit de noces, non pas pour aller s'agenouiller dans une église humide et sombre, avec des religieux à la foi douteuse et changeante. Raimon-Roger tenta de la réconforter :

– Ma mie, une nuit, c'est peu de chose. C'est l'épreuve avant la récompense.

– Voyez donc, mon promis, s'il n'est pas possible d'avoir la récompense sans l'épreuve. J'ai déjà passé une semaine en prières, j'en ai mal aux genoux. Je vais finir par attraper la mort, dans ces églises humides et délabrées, sous des toitures percées.

– Ma douce, le seigneur curé nous dit qu'il ne peut nous épargner les prières. C'est comme les épices dans une sauce, c'est indispensable pour que ce soit meilleur. Nous devons tout faire pour avoir une belle descendance.

– C'est Dieu qui le demande, confirma le curé de Coustaussa, les paupières baissées, avec un aplomb stupéfiant.

– Qu'en savez-vous, rétorqua Agnès avec une vivacité querelleuse qui étonna le vicomte, il vous parle souvent ? Alors demandez-lui plutôt comment garder éternellement l'amour de son mari.

– Damaisèla, reprit le curé sur un ton patient, abandonnez-vous humblement dans le sein de Dieu. Lui, vous protégera de tout.

– De l'infidélité de mon mari ?

– Agnès… s'écria le vicomte, amusé et contrarié.

– Dieu vous protégera de tout, damaisèla, si vous savez le prier.

– Tout ce que je demande, c'est d'être assurée de l'amour de mon mari.

– Je peux te répondre, il est assuré, la consola Raimon-Roger, lui prenant la main.

– Alors j'ai une première faveur à vous demander, mon beau chevalier : donnez-moi la novice qui accompagne les bonnes sœurs de Béziers. Elle sera ma compagne de prières.

– Et qu'en pensent les religieuses ?

– Je ne sais pas. Elles penseront ce que vous leur direz de penser. Elles ont fait vœu d'obéissance, et considèrent qu'obéir est comme de prier. Moi, vous me rendriez heureuse.

– Qu'en pense le seigneur curé ?

– Je ne vois pas de mal à cela. Mais la novice, que je ne connais pas, y consentira-t-elle, de son plein gré ?

– Oui, j'en réponds, se hâta Agnès. Nous sommes déjà très amies.

– Alors, qu'elle entre dans ma mesnie, conclut en souriant le vicomte. Est-ce tout ?

Agnès saisit vivement la main du vicomte et la tira à elle, la posant sur sa gorge, ses deux mains à elle par-dessus. Puis elle la baisa avec dévotion.

Arrivèrent des vins grecs avec des oublies* et des échaudés au miel. Le curé de Coustaussa se fit remplir deux coupes qu'il disposa devant lui, en faisant la lippe, puis il empoigna au passage un corbeillon et ne parla plus de religion.

Agnès, qui supportait les banquets avec une grande impatience, aurait bien aimé en finir, se marier à la sauvette et s'enfuir avec son bel amour loin des hommes, et peut-être de Dieu. Mais Raimon-Roger voulait un mariage respectueux de toutes les règles, que personne, plus tard, ne pourrait contester.

* Pâtisserie cuite entre deux fers, comme les gaufres, mais ensuite roulée.

VII

Raimon-Roger avait demandé à Aton et Leïla de les accompagner dans l'église. Il voulait des visages amicaux autour de lui, tout au long de cette interminable nuit. De son côté, le prêtre était flanqué du seigneur d'Al Bézu, un homme sec et maigre, à la chevelure longue des Nabatéens, entortillée dans des courroies de cuir rouge. Taciturne, son profil d'aigle et son regard de feu effrayaient Agnès. Il ne parlait qu'avec le prêtre, sans compter les quelques mots qu'il avait échangés avec Aton, pour lui déclarer simplement qu'il l'emmènerait dans son nid d'aigle.

Agnès, de son côté, aurait bien voulu garder auprès d'elle la novice, Flors, qui avait son âge, mais le curé de Coustaussa s'y était opposé. Comme elle lui en demandait la raison, le curé avait répondu à la future vicomtesse, rudement, qu'il ne pouvait pas la lui donner.

Tous ensemble, avançant deux par deux, ils avaient suivi le prêtre jusqu'à l'église, voisine du château. La nuit était magnifique sous le ciel étoilé, l'air doux, lourd des senteurs florales de l'été.

Comme Raimon-Roger voulait aider le prêtre qui se battait avec l'énorme clef et la serrure de la porte de l'église, Agnès le tira par la main et lui tendit ses lèvres. La porte s'ouvrit en grinçant, découvrant une bouche noire. Raimon-Roger avança avec Agnès, qu'il retenait par la taille parce qu'elle voulait retourner.

Il nota en silence que l'église n'était pas ouverte souvent, visiblement, et donc que le Razès était également sous l'emprise de la nouvelle religion, qui considérait les temples catholiques comme des synagogues de Satan : pompeux, coûteux et inutiles aux prières.

Chacun portait une torche, sauf Agnès. La danse des ombres dans la nef anima les statues de bois, et la jeune comtesse de Montpellier se serra de nouveau contre le vicomte. De ses yeux terrifiés, agrandis par la nuit, elle chercha son regard. Raimon-Roger lui serra la main, puis lui caressa la joue. Elle murmura : « Seigneur, ne m'en veuillez pas, j'ai une peur affreuse du noir… » Elle posa sa tête sur sa poitrine.

Le prêtre appuya son pied sur une plaque dorée qu'il piétina plusieurs fois, devant une dalle sculptée, donnant à son corps rond et massif un rebond souple assez comique. Raimon-Roger reconnut la dalle : c'était le bas-relief que Na Cavalers lui avait montré lors de sa précédente venue à Rennes. Il représentait un chevalier s'interposant vaillamment entre son épouse à cheval, qui soufflait dans un cor, appelant à l'aide, et ses ennemis.

Il se souvint de l'histoire de ce seigneur de Rennes attaqué par les Sarrasins, et qui se battit jusqu'à la mort pour protéger sa cité, jusqu'à l'arrivée de l'empereur Charlemagne appelé à l'aide par son épouse. Le guerrier résista si bien que sa cité fut sauvée. Mais lui y laissa la vie, au bout d'une nuit de féroces combats.

Na Cavalers avait laissé entendre qu'une scène semblable se répéterait dans peu de temps. Raimon-Roger en serait cette fois le héros malheureux. Mais qui seraient les assaillants ? Pas les Sarrasins. Ils avaient été repoussés jusqu'au pays de Valencia, et une incursion à la vitesse de l'éclair dans les montagnes des Corbières, après avoir traversé le royaume d'Aragon, était bien improbable.

Était-il imaginable que les assaillants soient des chrétiens ? Des barons de France ? Une armée francimane ?

La dalle bascula, découvrant un étroit escalier de pierre qui s'enfonçait sous le chœur. Une petite crypte se révéla à la lumière des torches. Elle recelait sur les côtés deux enfeus, fermés d'une pierre mortuaire. Le curé de Coustaussa les commenta :

– Vous devez savoir que le roi Dagobert le Second avait épousé la fille du comte du Razès, Giselle, dont il avait eu un fils du nom de Sigisbert. Comme le roi était lui-même menacé, par précaution il avait envoyé ici, à Rennes, son fils Sigisbert, sur les terres de sa mère. Ce fils élevé dans les montagnes du Razès épousa Magdala, la fille du comte de Narbonne. Ils ont eu un fils, qui à son tour conçut des enfants, et ainsi de suite jusqu'à nos jours. C'est de cette façon que s'est perpétuée la lignée des rois mérovingiens, après qu'ils ont été détrônés par Pépin le Bref, avec la complicité du seigneur pape. Il est triste de penser que le diable s'était déjà emparé du trône de saint Pierre…

Raimon-Roger était abasourdi. Ainsi donc, la veille de son mariage, il apprenait que dans sa vicomté du Razès survivait un descendant des rois mérovingiens, qui reléguait le roi Philippe Auguste, son cousin, au rang d'usurpateur !

– L'empereur Charlemagne, poursuivit le curé, s'empara de la couronne impériale et tenta par tous les moyens d'exterminer les descendants de Sigisbert, l'antique lignée mérovingienne. Mais en vain, car la descendance de Mérovée a survécu. Du moins jusqu'à aujourd'hui.

« Se pourrait-il, imaginait Raimon-Roger, que le bras armé du seigneur pape, sur lequel il se fonde pour châtier les seigneurs du Midi, soit un usurpateur ? Mais quelles preuves avait-on de l'existence d'un héritier du roi Dagobert le Second ? »

– Seigneur curé, l'interrompit Raimon-Roger, y a-t-il aujourd'hui encore, vivant et pensant, un descendant du roi Dagobert dans ce pays ? Répondez-moi franchement.

Le prêtre avança son pied, chaussé d'une galoche montante malgré la chaleur de l'été. Il fit crisser la semelle de cuir, dure comme du bois, sur les petits galets disposés sur le sol de la crypte. Il hocha la tête, ferma ses gros yeux dans une attitude décente qu'il semblait affectionner, et laissa tomber modestement :

– Franchement, seigneur vicomte, je vais vous le dire : le dernier descendant du roi Dagobert est devant vous.

– C'est vous ?

– C'est moi !

– Le dernier roi mérovingien ? J'ai du mal à vous croire.

– Oui seigneur vicomte, comme vous me voyez, c'est moi qui suis le véritable chef du royaume de France.

– Comment est-ce possible ?

– Je vous le prouve. Voyez ces tombeaux. Que lisez-vous sur les dalles qui les recouvrent ? Voyez ici : *Sigisbertus...* Et sur celle-là, lisez. Que voyez-vous gravé dans la pierre, pour l'éternité ? *Magdala...* Sigisbert est le fils du roi Dagobert, Magdala la fille du comte de Narbonne, son épouse. Ce sont eux qui sont gravés dans la pierre de la dalle, au-dessus de nous, défendant la cité de Rennes jusqu'à la mort.

– Ah oui ! Contre les mahométans.

– Mensonge ! Ils n'ont pas défendu la cité contre les mahométans mais contre l'usurpateur, Charlemagne lui-même !

– Ce n'est pas ce qu'on m'a dit.

– Chacun chante la sienne. Mais sachez que la vérité éclatera bientôt aux yeux du monde, car l'empereur Charlemagne n'a pu détruire notre lignée, qui est venue jusqu'à moi. Et malgré la complicité du pape Étienne, à l'époque, et de ses successeurs, le temps n'est pas loin où je remonterai sur le trône.

– Mais comment allez-vous faire, seigneur curé, pour vous perpétuer, vous ?

– Je me marierai, pétarel.

– Vous êtes prêtre.

– De nombreux prêtres sont mariés, par ici ; pourquoi pas moi ?

– Aujourd'hui, c'est interdit. Le seigneur pape l'a rappelé récemment.

– Qu'il parle pour lui ! Je prendrai femme si j'en ai envie. Du moins dès que la nécessité s'en fera sentir.

– C'est-à-dire ?

– Quand nous aurons reconquis notre indépendance, comme au temps du bon roi Dagobert. Souvenez-vous de ce que je vous dis : notre délivrance est proche.

– Et le roi de France ?

– Je ne l'oublie pas. Nous allons nous débarrasser du roi de France, et du seigneur pape par la même occasion. Nous allons nous débarrasser des deux à la fois, puisqu'ils sont complices, et alliés, comme cul et chemise, et les remplacer par un roi à nous et par un pape à nous. Tout simplement.

– Le roi, ce sera vous ?

– Parfaitement.

– Mais le pape ? Un pape de la nouvelle foi, je suppose ?

– Bien entendu. Nous ne manquons pas de saints hommes, chez nous, qui ne sont pas bien loin.

– Vous pensez à Guilhabert de Castres ? On dit qu'il a l'étoffe d'un grand pape. Bien sûr, un pape cathare.

– Je vois que vous comprenez vite, seigneur vicomte, et je vous invite à vous joindre à nous.

– Vous êtes nombreux dans ce complot ?

– Ce n'est pas un complot, c'est une libération.

– Je commence à me demander si l'évêque de Béziers, qui m'a envoyé vers vous, ne serait pas de votre parti…

– Parfaitement. Il est le plus grand ennemi du seigneur pape. Vous avez vu comme il a rabattu son caquet au légat… Il l'a mouché comme un valet de cuisine.

– Je comprends mieux pourquoi il a été destitué…

– Si vous nous rejoignez, vous connaîtrez les noms de tous nos amis, ils sont légion ici. Et je vous nommerai mon sénéchal. Sénéchal du roi du Midi.

– N'allons pas trop vite… Vous souvenez-vous que vous devez nous marier ?

– Je m'en souviens, seigneur vicomte. Mais si je vous ai demandé de m'accompagner dans cette crypte, c'est dans un but précis : vous faire connaître mes ancêtres. Vous ne pouvez plus les ignorer.

– J'en reste stupéfait.

– Et je vais devant vous les interroger.

– Qui ? Sigisbert et Magdala ?

– Parfaitement.

– Ils vous parlent ?

– Ils parlent par ma bouche. Que ceux qui ont des oreilles entendent.

Agnès fronça les sourcils. Elle implora Raimon-Roger du regard, tournant les yeux vers l'escalier.

– Repartons… lui fit-elle à mi-voix. Je n'aime pas ce prêtre.

Le vicomte lui fit signe que non.

Au centre de la crypte était scellé un pilier sculpté. Le curé fit mettre tout le monde en cercle autour du pilier, en se tenant par la main, après avoir glissé les torches dans des mains de fer scellées dans le mur, dont les doigts dessinaient des anneaux.

– Vous allez voir…

Ils tournèrent sur quelques pas et Leïla, qui semblait déjà détachée de tout, se mit à gémir. Aton voulut la consoler. Le prêtre, avec douceur, lui demanda de la laisser tranquille.

– Elle est déjà partie, votre femme ! fit-il. Elle n'est pas très accrochée à la vie terrestre…

Raimon-Roger s'intéressa au pilier, qui possédait quatre faces. La pierre était très ouvragée. Il reconnut des entrelacs sur trois côtés, et une croix wisigothe couronnée de l'alpha et de l'oméga sur le quatrième, celui qui était tourné vers l'orient. Le prêtre leur demanda de tendre les bras afin de faire un cercle parfait. Il commença à prier, enchaînant les *Pater Noster*, les *Ave Maria*, les *Credo*, puis il se mit à cantiller des psaumes d'une belle voix profonde, les paupières baissées.

Agnès s'inquiétait de rester là toute la nuit. Elle sentait le sommeil la gagner, un engourdissement étrange et irrésistible dont elle aurait voulu se libérer. Elle tenait la main de Raimon-Roger d'un côté, du prêtre de l'autre, et s'y retenait pour ne pas tomber. En face d'elle, le seigneur d'Al Bézu avait fermé les yeux. Avec son visage émacié, sa chevelure de Nabatéen nomade, serrée par une courroie qui ceignait le front, il ressemblait à un Christ souffrant sur la croix. Il donnait la main au prêtre d'un côté, et de l'autre à Leïla, qui tenait ses paupières baissées. Ses narines blanches palpitaient, et elle poussait de petits gémissements.

« Elle a beaucoup souffert », pensa Agnès, qui avait de la sympathie pour la jeune femme. Elle voyait en elle une sorte de Shéhérazade, arrachée à la cruauté des Sarrasins.

Aton, à ses côtés, était impassible.

Le prêtre chantait en latin, d'une voix lente et forte, assurée, qui les berçait comme par une houle. Agnès avait l'impression d'être une naufragée accrochée à sa planche.

La voix du prêtre peu à peu prit une couleur étrange, un ton plus étouffé, plus nasillard, comme une résonance caprine. Agnès l'observa du coin de l'œil, épouvantée. L'homme avait rouvert les yeux, et ses gros yeux saillaient des orbites. De sa bouche, qui montrait les dents, sourdait une voix qui n'était plus la sienne. Elle scandait :

« Et l'on verra grand peuple tourmenté
Par la loi sainte de l'Église romaine.
Bruit, chant, cris, bataille,
Fer et flamme violant la loi humaine,
Cris : Tuez tout ! Tuez tout !
L'oiseau de proie volant à la sénestre
Il adviendra un cas bien merveilleux
Dans les châteaux, au palais vieux :
Le changement des têtes aux fenestres. »

Les torches s'éteignirent. Agnès cria. Elle voulut retirer ses mains de celle de Raimon-Roger et de celle du prêtre, mais ils la tenaient si fermement que ses efforts ne servaient à rien. Leurs bras étaient durs comme du fer.

Des bruits étranges se firent entendre dans la nuit, des claquements, des crissements. Paniquée, Agnès ne pouvait empêcher ses yeux de fuir en tous sens, guettant l'obscurité. Elle s'attendait à subir l'assaut d'une créature monstrueuse.

Elle perçut des gémissements lointains. Comme ses compagnons restaient de marbre, transformés en statue autour du pilier de porphyre, elle se souvint des récits incroyables d'Aton. Se pouvait-il qu'ils aient quitté leur enveloppe charnelle pour aller voyager dans un autre monde ?

De légers courants d'air tourbillonnaient autour d'elle, comme au passage de créatures invisibles. De qui ?

La voix reprit, de plus en plus plaintive :

« Du cers* viendra la servitude.
Et le verbe divin
Sera à mort frappé.
Et sera oublié, et perdu,
De l'entendement du bien
Le secret.
Mais quand la grande étoile chevelue
Pendant sept jours dans le ciel brûlera
Au levant un grand feu se verra
Couleur d'or et de ciel.
Et le rameau refleurira. »

---

* Vent du nord dans le Midi.

Le prêtre se tut. Un long silence suivit, pendant lequel les compagnons d'Agnès s'ébrouèrent. Le curé de Coustaussa se racla la gorge, frotta les semelles de ses galoches sur le dallage rugueux de la crypte. Il attaqua quelques psaumes de mémoire, les laissa bientôt en suspens, tournant dans la crypte. Il frappa une pierre à feu sur une poignée de paille et de la bourre de laine, dans une petite niche, faisant renaître la lumière, au grand soulagement d'Agnès. Ils rallumèrent toutes les torches.

Le curé revint contre le pilier avec un psautier et les fit s'agenouiller. Il lança la litanie des saints.

Agnès s'inquiéta. « Des saints, il y en a des centaines ! » souffla-t-elle à Raimon-Roger.

La douleur de ses genoux, blessés par les petits galets du sol, lui était insupportable.

Avant que la litanie ne fût achevée Agnès se releva. Le prêtre lui lança sa capelette pour en faire un coussin mais elle la lui rendit :

– Seigneur curé, je vous en prie, permettez-moi de remonter au milieu des vivants, je me sens mal.

– Encore un instant de patience, domna. Il n'y en a plus pour longtemps.

– Je vous en prie, je n'en puis plus. Vos diableries m'ont terrifiée. Je suis peureuse, vous savez.

– Juste un instant. Vous allez manquer le meilleur.

Le prêtre la fit asseoir sur sa capelette, le dos appuyé à la pierre froide du mur, et proposa un moment de recueillement. Ensuite il lut un petit récit de la naissance du monde :

> « À l'origine, le Père céleste avait fait tous les esprits et toutes les âmes au ciel, et ces esprits et ces âmes étaient avec Lui. Puis le diable alla à la porte du paradis, voulant y entrer, et il ne put le faire ; il resta à la porte trente-deux ans ; puis il entra au paradis par fraude, pris de pitié par le portier, et quand il y fut il persuada les esprits et les âmes faits par le Père céleste que leur condition n'était pas bonne, parce qu'ils Lui étaient soumis, mais que s'ils voulaient le suivre, aller dans le monde, il leur donnerait des possessions, c'est-à-dire des terres, des vignes, de l'or et de l'argent, des épouses et tous les biens du monde

visible. Trompés, les esprits et les âmes suivirent le diable… »

Raimon-Roger n'en revenait pas d'entendre de la bouche d'un prêtre la lecture de la création du monde selon le dogme cathare.

Comme la nouvelle Église pousse vite, se dit-il. Monseigneur de Roquessels avait raison : il est trop tard pour l'arrêter. Quand je pense qu'il est aussi du complot… Je me demande si je ne verrai pas la disparition de l'Église de Rome avant ma mort. Nous serons tous cathares. Après tout, ils ne sont pas moins dignes de porter la parole de Dieu, ces Bonshommes et ces Bonnes Domnas. Mais nous laisseront-ils manger à notre goût, à notre faim, et faire des enfants ? C'est important !

Le prêtre poursuivait son récit :

> « Il entraîna un bon tiers des âmes sur terre, comme il est dit dans saint Jean, l'Apocalypse : "Sa queue entraînait le tiers des étoiles du ciel, et elle les envoya sur la terre." Il en tomba pendant neuf jours et neuf nuits, comme une pluie serrée… »

Agnès voyait passer derrière ses paupières baissées des gerbes d'étoiles, et des comètes qui illuminaient le ciel, l'éclairant de diaprures bleues et vertes.

> « Le Père céleste alors, se voyant en quelque sorte déserté par les esprits et les âmes, fut averti par les anges fidèles. Il se leva de son trône et posa son pied sur un trou par lequel les esprits et les âmes tombaient…
>
> Les esprits qui ne consentirent pas, mais assistèrent seulement à cette perturbation, tombèrent aussi, et c'est d'eux que sont faits les esprits des hommes et des femmes… »

« Quelle naissance du monde laborieuse, pensait Raimon-Roger. À choisir je préfère l'histoire d'Adam et d'Ève, c'est plus simple. Au moins Dieu reste maître chez lui, il ne vit pas dans un courant d'air. Penser que Dieu omniscient ne voit pas ce qui se passe dans son dos, derrière son fauteuil… c'est difficile à croire. Malgré toute mon amitié pour Pagan de Labécède, et Pons d'Olargues, et tous mes amis de la nouvelle foi, je me demande vraiment si ces cathares sont bien sérieux. »

Le prêtre poursuivait :

> « Mais ces esprits, après être descendus du ciel sur la terre, se rappelèrent le bien qu'ils avaient perdu, et s'affligèrent du mal qu'ils avaient trouvé. L'un d'eux dit au diable : "Pourquoi nous as-tu trompés, pour que nous te suivions et quittions le ciel ? Tu n'y as rien gagné parce que nous y retournerons tous !"
>
> Le diable lui répondit qu'ils ne retourneraient pas au ciel, car il ferait à ces esprits, à ces âmes, des tuniques de chair telles qu'ils n'en pourraient sortir, et dans lesquelles ils oublieraient les biens et les joies qu'ils avaient eus au ciel. Et le diable fit alors les corps… »

Comme s'il s'attendait à voir tomber des âmes dans la crypte, de temps en temps le prêtre surveillait un trou rond dans la voûte, fermé par une pâte de verre qui formait une masse noire et luisante. Quand le premier rayon du soleil venant du vitrail du chœur traversa la pâte de verre, il désigna l'Alpha sculpté sur le pilier de porphyre, l'illuminant. La lettre était dorée. Le rayon glissa sur l'Oméga, l'incendiant pareillement. Le prêtre cantilla :

– Je suis l'Alpha et l'Oméga, Celui qui est, Celui qui était, Celui qui vient. Je suis le Tout-Puissant ! Ô sublime vision…

Il laissa éclater un chant byzantin à la gloire de la lumière divine. Il chantait d'une voix de gorge, en tressautant, ployant les genoux comme s'il marchait d'un bon pas vers la victoire.

Agnès s'éveilla en sursaut, gémit, saisit la main de Raimon-Roger qui lui sourit et l'aida à se relever. Après le chant et quelques prières, encore, et une ultime recommandation à Dieu de l'âme des rois mérovingiens, le curé de Coustaussa invita l'assistance à remonter.

Revenus dans le chœur, le curé referma la dalle ouvragée, soigneusement, effaçant tout accès à la crypte, et recommanda :

– Bien entendu, pas un mot de ce que vous avez vu et entendu !

Raimon-Roger découvrit sur la bordure de la dalle, à la faveur de la lumière rasante de l'aube, une écriture qu'il n'avait pas encore remarquée. Il enleva la poussière du bout des doigts et lut un mot : AMOR. « Amour ? » s'interrogea-t-il, tandis qu'Agnès le répétait après lui avec une évidente satisfaction.

Le curé qui s'en allait revint au-dessus de la dalle, épela à l'envers :

– R, O, M, A. Cette domna, seigneur vicomte, c'est l'Église de Rome qui appelle Charlemagne. Elle s'est alliée avec l'empereur pour faire disparaître mon ancêtre.

Il s'exprimait avec brusquerie, gonflé d'une sainte indignation. Respirant un grand coup, les poings serrés, il s'exclama :

– Tout est écrit, là, et personne ne veut le voir !

Il sembla se recueillir un instant, les paupières baissées, peut-être pour apaiser sa rage, et repartant d'un bond il ramena le groupe sous le porche de l'église. Bientôt, à leur grand étonnement, une foule énorme les entoura. Le prêtre de Coustaussa disparut un moment et revint caparaçonné dans ses habits sacerdotaux. Agnès ne put s'empêcher de palper les broderies éclatantes de sa chasuble.

– C'est du fil d'or ! fit-elle à Raimon-Roger, étonnée de tant de richesse. Comme c'est joli !

Le curé harangua l'assistance, présentant les futurs époux au peuple de Rennes. Ensuite il commença la cérémonie en chantant un psaume :

– Que le Dieu d'Israël vous unisse et qu'il soit toujours avec vous…

« Il a tourné la page, sourit Raimon-Roger, il est revenu au rite romain. »

Le prêtre prit à chacun des fiancés la main droite, les joignit, et leur fit prononcer le serment de ne jamais s'abandonner. Il les bénit et ils pénétrèrent dans l'église pour la messe. La foule, joyeuse et fervente, venue d'on ne savait où, entra à leur suite, chargée de luminaires.

Quand le prêtre leur rappela l'obligation de respecter la consigne de la Genèse : « Et de deux ils deviendront une seule chair… » Raimon-Roger se tourna vers Agnès et lui sourit d'un air averti. La jeune fille s'empourpra, baissa les yeux. Ses paupières devinrent deux fentes, deux lignes d'ombre revenant vers les tempes, longuement ciliées.

Raimon-Roger imaginait Agnès nue dans ses bras. Il la regarda intensément. Agnès surprit son regard amoureux et sur sa lèvre voltigèrent des éclats de joie.

Ils quittèrent l'église, traversèrent la foule pour revenir au château, tout proche. Des vassaux s'agenouillaient devant eux, des femmes faisaient la révérence, qu'ils embrassaient sur les deux joues.

Ils gagnèrent la salle grande, suivis d'une foule en liesse qui vint défiler autour de la haute table, où les nouveaux mariés trônaient. Ils durent faire bonne mine, et subir sans impatience le défilement du peuple gros et menu du Razès, entrant par une porte et sortant par une autre. On aurait dit que tous leurs sujets étaient venus, toutes affaires cessantes, présenter leur hommage et leurs vœux sincères, avec dans les mains quelque produit de leur travail, ou de leur talent. Ensuite, la mine joyeuse, ils allaient se faire servir dans la cour.

« Mais qui leur a dit ? se demandait le vicomte, effaré par le cortège infini de ses sujets, qui leur a dit que je me mariais ? »

Quand le banquet fut bien engagé, Raimon-Roger, voyant ses barons et tous ses vassaux fort réjouis, quitta la salle en emmenant son épouse. Il avait mis dans le coup ses amis qui s'éclipsèrent un à un.

Ils quittèrent au galop la cité de Rennes.

Raimon-Roger avait imaginé, pour plaire à son épouse, de passer sa nuit de noces au château de Puivert, réputé pour avoir abrité, dans les temps passés, de merveilleuses cours d'amour.

Aton et Leïla auraient voulu, quant à eux, rejoindre sans plus de retard l'étrange forteresse d'Al Bézu, où ils comptaient aller se réfugier, loin du monde. Mais Raimon-Roger les avait suppliés de les accompagner à Puivert, et Aton qui aimait beaucoup son demi-frère avait fini par accepter, malgré les réticences de Leïla que la foule effrayait.

Agnès se contenta de rappeler à Raimon-Roger :

– Flors vient avec nous !

Les femmes allèrent aux écuries réclamer des juments paisibles marchant l'amble. Il n'y en avait pas. Elles enfourchèrent comme les hommes des chevaux de selle, des palefrois bien dressés et calmes, riant sans manières avec les chevaliers qui les accompagnaient, et qui les plaisantaient sur l'audace de leur tenue.

Ils se comptèrent. Ils étaient quatorze à passer la porte de la cité de Rennes au galop : le vicomte et son épouse, accompagnée de Flors, Pons d'Olargues, Pagan de Labécède, Frézoulet, Aton et Leïla, Raimon de Termes. Et, avec le seigneur d'Al Bézu, les quatre seigneurs du pays de Sault, les quatre frères Aniort.

Les frères Aniort ne se séparaient jamais. Ils formaient à eux seuls un conroi, ou plutôt une meute, inquiétante et formidable. Leurs chevelures rousses, qu'ils laissaient parfois flotter sur leurs épaules, comme des bannières, étaient aussi célèbres que la couronne d'épine du Christ ; leur vue suffisait pour éloigner routiers et ribauds, et tous les coupeurs de bourse.

Raimon-Roger se demanda s'il vivait le plus beau jour de sa vie. Il serait, quoi qu'il arrive, le plus nouveau.

VIII

Grimpant dans la montagne, ils rejoignirent le grand chemin qui menait à Foix. À la fin du jour, comme ils finissaient au pas pour épargner les montures, et le derrière de Flors qui pleurait de douleur, apparut dans le soleil couchant le beau château de Puivert.

Flors gémit, d'émerveillement cette fois, en apercevant les murailles et le donjon de pierre ocre flamboyant dans l'azur sombre, frappé de plein fouet par la lumière du soir. Des têtes minuscules aux fenêtres les épiaient. Les chevaliers crièrent et partirent au galop, Raimon-Roger en tête, comme la bannière rouge et or des Congost se déployait en haut de la tour de guet. Agnès crut voir un animal céleste ondulant lentement dans le ciel.

Ils traversèrent le village au pied du puy, et empruntèrent le large chemin qui menait à la porte du château. À mesure qu'ils montaient apparaissait en bas, s'étalant après le village, un vaste lac qu'un verrou rocheux empêchait de se déverser trop vite dans la plaine de Chalabre.

– Irons-nous nous y baigner ? demanda Agnès réjouie, montrant le miroir des eaux qui reflétait la couleur du ciel. S'il vous plaît, mon petit mari ! J'ai toujours voulu me marier dans des eaux profondes, comme les sirènes, rit-elle.

– Peut-être as-tu été sirène au temps de la guerre de Troie, s'amusa Raimon-Roger.

– Peut-être… Au fond elle n'est pas si bête, cette idée de réincarnation que nous content les cathares. J'ai souvent l'impression de revivre des souvenirs anciens, d'être attirée par… comme si je revenais d'une autre vie. Comme si je revenais sur mes propres traces.

Raimon-Roger rit franchement :

– Marcher sur ses traces, ça s'appelle tourner en rond !

Agnès s'esclaffa. Elle se tourna vers Flors, qui était à la traîne.

– Je suis une sirène ! lui lança-t-elle.

Flors haussa les épaules, grimaçante, debout sur les étriers. Elle répliqua, excédée :

– Et moi je suis de la chair à pâtée !

Raimon-Roger aimait voir Agnès gaie, riant à belles dents. Il avait remarqué que, depuis que Flors lui tenait compagnie, elle était beaucoup plus enjouée.

Ils pénétrèrent dans la vaste cour du château. Une femme opulente les accueillit d'un large sourire, une main sur sa poitrine houleuse.

– C'est domna Arpaïs, l'épouse du châtelain, souffla Raimon-Roger à Agnès.

Ils descendirent de cheval et s'embrassèrent.

– Cette femme a connu la gloire dans sa jeunesse, poursuivit Raimon-Roger un peu plus tard, en pénétrant dans le château. Tous les troubadours du Midi défilaient chez elle pour la chanter et retenir son attention. Finalement, elle a épousé Bernat de Congost, un hérétique pure laine. Cette face de carême lui a attaché les ailes, et de la plus belle cour d'amour du Midi il en a fait un couvent de pénitence.

– Encore la secte ! s'exclama Flors.

– Ici on ne parle pas de secte, intervint Raimon-Roger, mais d'Église. *La Gleisa de Diòs*… C'est plus respectueux.

– Peu importe, répliqua Flors, que ce soit une secte ou *la Gleisa de Diòs*, si je dois renoncer à tous les plaisirs, eh bien ! qu'elle ne compte pas sur moi !

– Et c'est une religieuse qui parle !

– Qu'elle ne compte pas sur moi non plus ! rajouta Agnès.

Les deux jeunes filles se fixèrent du regard et rirent aux éclats.

– Ils ont des enfants, les Congost ? demanda Agnès.

– Pas que je sache.

– Comment en feraient-ils, s'ils ne peuvent pas se toucher ? s'exclama Flors, épiant le visage d'Agnès jusqu'à ce qu'elle l'ait vue sourire.

– Quand une femme n'a pas d'enfants, c'est qu'elle n'aime pas son mari, conclut Agnès, péremptoire.

– Pas toujours, rectifia Flors.

– Si, toujours ! s'entêta Agnès.

Elles éclatèrent à nouveau de rire.

Elles découvrirent avec ravissement que des musiciens étaient là, très nombreux. Il y avait ceux du vicomte, et ceux que domna Arpaïs avait pu faire venir au pied levé, quand elle avait appris que Raimon-Roger désirait vivre sa nuit de noces dans son château. À son mari qui récriminait, domna Arpaïs avait rétorqué fermement :

– On ne marie pas tous les jours le plus beau chevalier du Midi ! Et même s'il se marie un peu à la sauvette... Pour une femme, la nuit de noces doit rester inoubliable.

Bernat avait bougonné qu'il avait tout oublié de sa nuit de noces, qu'il ne s'en portait pas plus mal, et que seule comptait la première nuit en paradis.

Il y avait déjà foule dans le château. Tout le pays de Sault et le Quercorb voulaient en être. Raimon-Roger présenta ses chevaliers à domna Arpaïs, toute en joie. Elle fit semblant de s'évanouir en voyant les frères Aniort, qui étaient pourtant du pays de Sault voisin, et qu'elle connaissait depuis qu'ils étaient dans les langes. Mais elle ne les avait pas revus depuis un bon moment, semblait-il. Ils étaient devenus des hommes.

Elle s'extasia sur leur taille, leur mine guerrière, s'amusa à les mettre l'un à côté de l'autre, dans l'ordre des baptêmes, pour constater qu'ils gardaient au fil des années leur différence de taille, ce qui lui permettait de toujours les reconnaître. Géraud, l'aîné, était le plus petit. Nerveux, pète-sec, il menait la bande avec une autorité tranchante. Le second, Bernat-Othon, était un peu plus grand et la proximité de son existence avec celle de son aîné mal commode l'avait poussé à acquérir de notables qualités de modération. Le troisième, Guilhem, était plus grand et plus fort que Bernat-Othon et le dernier, Guilhem-Bernat, était un géant à la force colossale, mais dont le regard trahissait un esprit assez faible. En plus de sa taille, et son air niais, il se distinguait par la présence d'un corbeau sur son épaule, qu'il appelait Léon, du nom du pape qui avait couronné l'empereur Charlemagne. Car, au grand désespoir du curé de Coustaussa, Guilhem-Bernat vénérait Charlemagne.

Raimon-Roger présenta ses amis à la châtelaine. Elle s'extasia sur la montagne de chair qui répondait, avec une contrariété visible, au sobriquet de Frézoulet. Le seigneur d'Arifat s'efforçait néanmoins de paraître à son avantage. Il ronronna comme un chat quand domna Arpaïs lui tâta les bras. Il en profita pour s'informer :

– Connaissez-vous les navettes de Rabastens ?

– Si je les connais ? Par Dieu qui fit le monde, j'en mange chaque matin.

– Y en aura-t-il ce soir au souper ?

– S'il y en aura au souper ? Mais, mon petit Frézoulet, vous connaissez le dicton :

> « Pour une bonne fête
> Pour un grand festin
> Pas de vin sans les navettes
> Les navettes de Rabastens. »

– Non, je ne le connaissais pas.

– On apprend tous les jours, jeune homme…

Une main perdue sur sa vaste poitrine, dont elle embrasait la profonde vallée de ses énormes bagues, elle tâtait Frézoulet de l'autre, tout en devisant. Le géant des monts de Lacaune se montra d'humeur joueuse. Prenant son *oustalière** dans ses bras, non sans quelque peine, il alla l'asseoir sur un tonneau, lui causant une terreur pleine de plaisir.

– Quelle force de la nature ! s'exclama la domna d'une voix passionnée.

Baissant le ton, elle s'adressa à Trencavel :

– Je suis certaine qu'il est monté comme un taureau, votre chevalier !

---

* L'hôtesse, qui reçoit dans son oustal.

Agnès gloussa, Flors lança sur un ton impertinent : « Qu'est-ce que vous attendez pour aller y voir ! » et Frézoulet rougit comme une donzelle. Pour se donner une contenance, il peigna avec ses doigts écartés sa chevelure rousse, l'étalant soigneusement sur ses épaules, le regard plein d'orgueil. Il déclara sur un ton de clerc :

– Je suis comme Dieu m'a fait. Rien de plus.

Il soupira comme un philosophe.

Domna Arpaïs le contempla les yeux humides, et son regard se perdit.

– Ah ! Que de bons souvenirs qui m'envahissent ! fit-elle.

Elle emmena les mariés dans leur chambre, en haut du donjon, une pièce haute, voûtée d'ogives qui retombaient sur des culs-de-lampe portant des musiciens.

Raimon-Roger lui demanda si elle réunissait toujours des cours d'amour, où le temps se partageait entre la compagnie des troubadours, s'échinant à trouver de nouvelles *cansos**, et les aventures amoureuses des domnas, venues là, pour la plupart, à l'insu de leur mari.

– Et les baignades dans le lac, ajouta domna Arpaïs, c'était quelque chose.

Son regard se voila à nouveau. La main devant sa gorge généreuse, les doigts écartés, elle secoua le bras de Trencavel.

– Ah ! fit-elle d'une voix faussement plaintive, combien de nos bâtards qui lui doivent la vie, à ce lac, par une nuit chaude d'été ! Mon Dieu ! c'était le paradis ! Amour et volupté, cansos et belles soirées, c'était là toute notre occupation. Mais qui vous a parlé de ce temps béni, seigneur vicomte ?

– Béni par qui ? par le diable ?

– On s'en moquait bien du diable, à cette époque. Qui vous a raconté ces histoires ?

– Ma mère, la comtesse Adélaïs.

– Bien sûr… Elle est venue souvent nous rendre visite.

– Tout le monde en parle encore, de ces cours d'amour. Ceux qui y sont venus, et ceux qui auraient bien voulu y venir.

– Oui, oui, nous aurions pu recevoir tout le Midi. Allons ! tout cela est du passé !

---

* Chanson de troubadour.

– Non non ! se récria Agnès, j'exige une cour d'amour en mon honneur ! Aujourd'hui même.

Domna Arpaïs lui prit les mains.

– Agnès, si vous saviez comme j'étais adulée en ce temps-là. J'avais tous les hommes à mes pieds.

– Et aujourd'hui c'est vous qui leur courez après !

– Ah ! Que la jeunesse est cruelle... Aujourd'hui c'est vous la princesse, profitez-en ! Vous allez voir, nous allons passer une soirée comme vous n'en avez jamais connue chez votre père, qui voulait être le bouclier de l'Église romaine.

La chambre s'ouvrait d'un côté sur la cour, de l'autre sur le vaste lac qui s'étendait sur la plaine. Des hameaux s'étaient installés tout autour.

– Irons-nous nous baigner ? demanda Agnès. J'en meurs d'envie.

– À minuit, comme autrefois, répondit la domna de Puivert, l'air gourmand. Sous le regard de la lune, personne ne connaîtra votre prime nature avant votre mari.

Domna Arpaïs repartit, laissant les jeunes gens.

– Soyez sage, lança-t-elle d'un air coquin, tout le monde vous attend dans la salle grande.

Ses yeux roulèrent autour de la pièce en scintillant. Des femmes apparurent, qui venaient chercher Agnès pour la baigner, tandis que des valets portaient de l'eau au vicomte, pour qu'il puisse se rafraîchir avant de passer à table.

Raimon-Roger examina longuement les musiciens sculptés sur les culs-de-lampe, les nervures de la voûte, les tentures qui couvraient les murs d'éclats dorés et colorés.

Le lit était immense, couvert d'une housse de soie verte. Le vicomte le parcourut des yeux comme s'il inspectait le prochain champ de bataille. Il imagina Agnès se dévêtant dans une confiance totale, s'en remettant à sa connaissance de la vie, et des femmes, pour lui faire franchir le pas. Oui, il avait bien fait de la choisir, de l'enlever. Il n'avait rien fait dont il dût un jour avoir honte. Ni pour lui ni pour elle. Il pensa à sa mère, qui avait connu le château de Puivert à l'époque de ses fêtes débridées. Si elle le voyait depuis le Ciel, elle devait s'amuser de ce retour au pays de l'amour, non pas l'amour de loin mais l'amour de près, au plus près de la chair. Sensuel et délicieux.

« Mais comment ce pays peut-il avoir inventé à la fois la *fin'amor** et la foi cathare, qui vomit toute pensée voluptueuse ? » se demanda-t-il une fois de plus en riant.

Agnès revint. Elle croisa son regard, lut ses pensées et lui sourit d'un air complice. Elle paraissait tout à coup déterminée, prête à un coup de main audacieux. Elle lui donnait du courage. Ils étaient comme des assiégeants montant à l'assaut d'une forteresse, s'encourageant mutuellement. Mais la forteresse, c'était eux !

Raimon-Roger embrassa Agnès.

– Je crois que c'est notre premier vrai baiser, seigneur, remarqua Agnès, troublée.

Raimon-Roger s'en étonna.

– Le premier vrai baiser ? Tu crois ?

– Il était temps ! ajouta-t-elle sans respirer, avant qu'il ne reprenne sa bouche.

Il avait l'idée d'un long baiser, très long, qui ne finirait jamais, comme les aimait la comtesse de Ribagorza.

Le chevalier trouva à cette petite bouche fraîche, pour la première fois, une joie, une exaltation et bientôt une excitation, toutes nouvelles. Il lui semblait découvrir des terres vierges, d'une délicieuse fraîcheur.

Agnès l'interrompit brusquement parce que des femmes apparaissaient à la porte, qui venaient l'habiller. Elle poussa Raimon-Roger dans le couloir.

– Allez mon seigneur, je dois me faire belle pour vous faire honneur.

Raimon-Roger quitta la chambre à regret. Combien de temps allait-il encore attendre avant de connaître sa femme ? Il rejoignit sa mesnie qui commençait à boire bruyamment dans la salle grande. Quelle ne fut pas sa surprise d'y trouver le curé de Coustaussa. Il s'étonna :

– Allons, seigneur curé, vous avez craint de manquer un festin mémorable ?

– Allons, vicomte, vous n'avez pas craint de vous priver de ma royale présence ?

– Que voulez-vous dire ?

---

* Représente l'amour parfait, fin et délicat, fidèle (jusqu'à un certain point...).

– Avez-vous déjà oublié que je suis le dernier descendant des rois mérovingiens, par Dieu notre juge ? Et donc le seul roi légitime de ce pays.

Raimon-Roger sourit.

– Pardonnez-moi, seigneur roi, mais je ne m'y suis pas encore habitué.

– Vous ne me croyez pas... Vous serez surpris avant longtemps !

Domna Arpaïs vint se mêler à la conversation, et Raimon-Roger comprit que le prêtre était un familier du château.

« Il s'en passe dans ce pays de Razès, médita-t-il avec une pointe de dépit, et personne ne me dit rien. Il est vrai que je n'ai pas manifesté jusqu'ici une grande passion pour l'administration de mes vicomtés. Il est temps de me mettre à l'écoute de mon peuple, gros et menu. Parce qu'entre les cathares qui veulent apprendre au seigneur pape et à ses prélats à lire les Évangiles, les rois mérovingiens qui réapparaissent par miracle et revendiquent le trône de France, le roi d'Aragon qui veut être roi du Midi, sans parler du comte de Toulouse mon oncle, qui cherche par tous les moyens à me reprendre mes vicomtés, ce ne sont pas les occasions de faire la guerre qui manquent, chez nous. Si je n'y mets pas bon ordre rapidement. »

Le curé de Coustaussa revint avec à la main des cornes de bœuf, cerclées d'or. Il en tendit une au vicomte. Elle contenait un hypocras fortement aromatisé.

– Je suppose, seigneur curé, que j'ai eu tort d'aller voir mon cousin Philippe Auguste, qui n'est qu'un usurpateur.

– Parfaitement. Et vous n'en tirerez aucun avantage, je vous le dis. Il ne pense qu'à lui, comme tous les tyrans. Mais si vous pouviez le faire venir jusqu'ici, en chair et en os, nous pourrions lui tendre une embuscade, l'attraper et nous en débarrasser. Je suis pour les solutions radicales.

– Vous êtes trop sûr de vous.

– Dieu est avec nous. Il a en abomination l'injustice.

Agnès tardait à descendre. Raimon-Roger sortit dans la cour, évitant de trop boire. Il se sentait fébrile. Domna Arpaïs, qui sans en avoir l'air ne le quittait pas des yeux, sortit derrière lui. Elle l'appela :

– Raimon-Roger, sache que j'ai bien connu ta mère. Elle était une femme admirable. On en parlera encore dans mille ans, souviens-toi de ce que je te dis.

Elle avait couvert sa gorge d'un collier d'ambre et d'or, qu'elle entortillait autour de ses doigts, pendant que l'autre main prenait la taille du vicomte, sans manières, lui caressant le dos et les fesses, le poussant vers le portail du château.

– Ce Frézoulet, badinait-elle, quelle force de la nature ! Tu devrais me l'amener plus souvent.

Raimon-Roger nota avec un certain amusement le tutoiement, les caresses, les pelotages. Domna Arpaïs avait du mal à se débarrasser d'anciennes habitudes. Il lui sembla la connaître depuis toujours.

La soirée était encore chaude. Une brise tiède rendait l'air doux, chargé des essences de la garrigue qui couvrait le puy, autour du château, d'une verdure impénétrable.

La domna châtelaine lui montra le lac, qu'un éclat lunaire trahissait sous le ciel déjà blanc d'étoiles.

– Vois-tu, ce lac, c'était mon paradis terrestre – l'autre ne me préoccupait guère, à l'époque. Ce lac était mon refuge, parce que mon époux n'y venait jamais. Il n'aime pas l'eau.

– Ni le vin ?

– Guère... Ce soir, tu te baigneras dans le lac avec ta femme, et je te garantis que l'héritier ne traînera pas des pieds pour se faire voir.

– Ah !

– Oui, l'eau de ce lac est miraculeuse. C'est prouvé. Des femmes en mal d'enfant viennent se baigner dans ses eaux depuis l'Aquitaine. Il y en a même qui viennent d'Aragon.

Raimon-Roger revint vers la salle grande. Il n'appréciait guère les confidences féminines, qui lui faisaient découvrir un monde étrange, animal et inquiétant.

– Je vous accompagnerai... souffla-t-elle comme ils revenaient vers le gros donjon.

Raimon-Roger s'insurgea :

– Vous pensez que j'ai besoin d'aide ?

Domna Arpaïs pouffa de rire :

– Je vois bien que non ! Mais cela ravivera mes souvenirs de jeunesse. Le paradis sur terre, tu m'entends Raimon-Roger, ici j'ai connu le paradis sur terre, et maintenant je suis une vieille femme.

– Oh ! Vous êtes encore très bien…

Elle croisa ses bras sous sa somptueuse poitrine, faisant gonfler les chairs qui, soulevant le collier à chacune de ses respirations, le faisaient scintiller de mille feux. Puis, mettant une main lourdement baguée sur cette pâte débordante, comme pour la contenir, elle soupira :

– Ne te fatigue pas, je me connais. Et ta femme ne m'a laissé aucun espoir.

Agnès apparut, belle comme une princesse orientale, tellement apprêtée que Raimon-Roger la reconnut à peine. Elle avait foncé ses sourcils blonds, et ressemblait aux saintes femmes des enluminures byzantines, ce qui lui donnait un regard étrange.

La vicomtesse s'installa aux côtés de son mari, à la table haute, un léger sourire mystérieux voletant sur ses lèvres fines et carminées. Elle avait à sa dextre le châtelain Bernat de Congost, à la mine contrite, et Raimon-Roger côtoyait domna Arpaïs, au lumineux sourire.

Le châtelain, qui avait à peine salué ses invités, prenait un air absent pour rappeler qu'il n'approuvait pas ce banquet. De toute façon, il n'avait plus rien à faire avec le monde terrestre.

Le repas fut néanmoins splendide. Frézoulet découvrit avec ravissement le *pederam**, une façon pyrénéenne d'accommoder le tripous, et se déclara heureux comme un pape.

Des spectacles variés distrayaient les convives entre chaque service. Défilèrent des musiciens, des chanteurs venus des vallées, des acrobates, des *jouglars***, des dresseurs d'animaux, des vrais chevaliers attaqués par de faux Sarrasins.

Des écuyers proposèrent des tours de force, des tours d'adresse ; ils se défiaient. Les quatre frères Aniort alignèrent à trente pas des enfants peu éveillés, tête nue, une pièce d'argent dans la main et une courge sur la tête. La blancheur de leur front débarrassé de la coiffe tranchait drôlement au-dessus de leur face cuite au soleil.

Les seigneurs d'Aniort armèrent chacun leur arc, avec une

---

* Gras-double, plat de tripes de mouton à la mode pyrénéenne.

** Jongleurs qui font des tours, jouent d'un instrument de musique et surtout chantent le répertoire des troubadours.

lenteur religieuse, et transpercèrent les courges comme un seul homme.

Ils avaient disposé les enfants par taille, du plus petit au plus grand, et s'étaient placés eux-mêmes dans le même ordre. Ils entreprirent de compliquer les choses en inversant l'ordre des tailles. Le plus grand des enfants fut placé en face de l'aîné des Aniort, le dominant d'une bonne tête. Le plus petit avait devant lui le géant Guilhem-Bernat, affublé de son corbeau assez habile pour se maintenir sur l'épaule de son maître pendant qu'il tirait.

Des chevaliers lancèrent des paris.

La tension était si forte qu'un enfant pleura et laissa tomber sa courge, au moment où les flèches partaient. La flèche se ficha dans la porte d'un placard. Les frères Aniort furent fort applaudis cependant, et de nouveaux paris furent lancés. Mais les parents survinrent, avertis par de bonnes âmes. Ils reprirent les enfants.

Les musiciens lancèrent une carole. Agnès quitta ses chaussures pour danser pieds nus, le fond de sa robe relevé à la ceinture. Flors l'imita et lui donna la main. Raimon-Roger s'étonnait de l'entrain de son épouse, et de la complicité qui était née entre les deux jeunes femmes.

Pendant ce temps, domna Arpaïs faisait distribuer les dernières friandises, l'hypocras parfumé à la cannelle, au gingembre et à la graine de paradis, le saugé* et les vins grecs. Des servantes apportèrent des marmelades de fruit, avec les fameuses navettes de Rabastens. Arpaïs en offrit un corbeillon à Frézoulet, qui frappa dans ses mains de contentement. Elle s'assit sur ses genoux avec le naturel d'une servante de taverne, pendant que le bougre, sommé de donner son appréciation, la faisait attendre en dévorant le corbeillon d'échaudés, les yeux clos comme un premier communiant.

La domna le somma de s'exprimer. Il déclara avec toute sa conviction, sérieux comme un moine au chapitre :

– Le pederam et les navettes, ma colombe, que du bonheur !

Arpaïs lui sauta au cou et le tint longtemps embrassé.

– Oh ! mon Frézoulet ! gémit-elle.

On était aux matines quand la châtelaine lança joyeusement :

---

* Vin blanc mélangé à de l'eau de sauge.

– Et maintenant, allons nous purifier dans les eaux miraculeuses du lac !

Elle rappela un vieux rite, qu'il fallait respecter sous peine d'avoir du malheur pendant un an, ou même toute sa vie. Avant de se jeter à l'eau, chacun devait lancer une pièce de monnaie ou, faute de mieux, un morceau de pain, qui attirerait le diable et emporterait les maléfices.

Flors, très excitée, emmena Agnès, l'obligeant à courir. Les deux jeunes filles, un peu ivres, n'arrêtaient pas de rire. Quand la foule commença à sortir dans la cour, Bernat de Congost apparut au-dessus de la mêlée, grimpé sur une table, les bras étendus comme le Christ.

L'assemblée se figea. Raimon-Roger chercha des yeux domna Arpaïs. Elle pinçait ses lèvres, le regard furibond.

Devant l'apparition spectrale de son époux, le silence se fit rapidement.

– Je vous interdis d'aller vous baigner dans le lac, vous m'entendez ? lança Bernat de Congost d'une voix caverneuse, qui portait loin.

Le sourcil frondeur, les bras déployés comme un oiseau de malheur, il poursuivit dans le silence revenu :

– Vous devriez avoir honte d'écouter de pareilles sornettes que ma diablesse de femme vous fait accroire. Le diable n'est pas davantage dans le lac qu'à l'église, ou dans ce château. Il est partout autour de nous, il rôde comme un malfaiteur. Mais il est encore plus à sa besogne là où hommes et femmes se mettent nus, et se désirent. Car c'est le diable qui fait naître le désir charnel, et pousse l'homme à imiter la bassesse des animaux. Et vous pouvez me croire : ce n'est pas un croûton de pain qui va le tromper. Aussi, pour l'amour que vous avez non pas de moi mais de Dieu, n'écoutez pas ma diablesse de femme. Personne n'ira se baigner ! Au nom du Dieu bon notre juge, que chacun fasse la paix avec son voisin, sa voisine, et s'en revienne chez lui sans querelle ni tapage. Qu'il rende grâces à Dieu et qu'il se couche sagement, sans mauvaise pensée.

Il étendit ses mains au-dessus de la foule :

– Je vous donne ma bénédiction. Que Dieu vous garde, et vous accompagne pour une bonne fin.

Après ce sermon bien frappé, l'assistance resta indécise. Elle hésitait à choisir son camp. Certains se demandaient si le seigneur de Puivert était bien sérieux. Aussi répéta-t-il, battant des bras :

– Allez ! Allez vous coucher, et que Dieu vous garde et vous accorde une bonne fin !

Arpaïs se précipita sur son époux en hurlant :

– Mais qu'est-ce qui t'a pris !

Elle fit une tentative pour monter sur la table, mais n'y parvenant pas elle lui agrippa une jambe, cherchant à le faire tomber. La salle grande se vida en un instant, et Raimon-Roger resta seul avec Agnès et le couple châtelain.

– Femme, la paix ! se défendait Bernat de Congost, ruant comme un âne.

Il s'accroupit sur la table, d'un coup, s'assit maladroitement et se laissant glisser au sol, tout en repoussant les assauts de son épouse qui voulait le gifler, il s'enfuit comme il put dans l'escalier, sa femme derrière lui le poursuivant, lui lançant des injures, le traitant de *pisse-froid*, de *cul-bénit*, et de *crapaud*.

Les domestiques entreprirent de nettoyer la salle grande où devaient dormir des chevaliers.

– Je crois que mon heure est venue, murmura Raimon-Roger.

On entendit le seigneur Bernat déclamer, du haut de l'escalier :

– Quand je pense que ta mère, domna Fournière, est Parfaite à Mirepoix, où elle tient le couvent le plus saint du comté de Foix ! Et sa fille qui se roule dans la fange de la lubricité, comme une femme de sergent ! Comme une putane !

– Il faut de tout pour faire un monde ! répliqua Arpaïs, une main indignée sur sa gorge largement offerte à la curiosité publique. Et je préfère ma place à celle de ma mère. Ah ! si tu n'étais pas aussi bête…

Agnès attendit que l'escalier fût libéré pour disparaître et rejoindre sa chambre, accompagnée de Flors.

– À bientôt, mon petit mari… lança-t-elle en riant à l'adresse de Raimon-Roger, qui rougit devant ses compagnons.

– Ne buvez pas trop, seigneur vicomte, lança à son tour Flors, le regard noyé, les joues rouges. La nuit n'est pas finie, pour vous…

Les jeunes femmes disparurent dans une cascade de rires.

Les amis de Raimon-Roger n'étaient visiblement pas

pressés d'aller se coucher. Ils allèrent chercher encore du vin et des échaudés, qu'ils emportèrent dans la cour. Frézoulet ramena quelques navettes, qu'il prétendait avoir dénichées par miracle sous des panières, avec son flair d'exception. Mais tout le monde l'avait vu les mettre lui-même de côté, dès leur sortie du four.

Raimon-Roger, pris entre son désir de rejoindre son épouse et la chaude compagnie de ses amis, s'attarda à boire le coup de l'étrier, encore et encore.

Il craignait tellement de se retrouver sous la coupe d'une femme, comme il arrivait à des chevaliers valeureux et qui, du jour au lendemain, perdaient le goût de leur métier, de la guerre, et même des chevaux !

Il sortit dans la haute cour où, dans la douceur de la nuit, des hommes et quelques femmes étaient encore attablés. D'une petite porte, en bas d'une tour, se détacha la silhouette de domna Arpaïs. Elle vint droit sur le vicomte et, lui prenant le bras en silence, elle l'emmena dans l'autre cour.

– Raimon-Roger, lui dit-elle quand ils furent seuls, autant je crois que mon mari est un imbécile, autant je crois aux présages. Si tu es ici ce soir, c'est bien par la volonté de Dieu.

– Personne ne vous contredira.

– Une volonté volontaire, je veux dire.

– De mieux en mieux.

– Parce que j'ai un secret à te révéler. Je l'ai gardé trop longtemps. Tu es venu pour l'entendre, je le sais maintenant.

– Je suis venu ici passer ma nuit de noces dans la plus belle chambre du plus beau château du Midi, le château de *Fin'amor*, qui a connu les plus belles femmes de notre temps.

– Justement, ta mère était l'une d'entre elles. Et c'est d'elle que je dois te parler.

– La nuit de mes noces ? Vous attendrez bien jusqu'à demain…

– Raimon-Roger, j'ai trop attendu. Ce que j'ai à te dire, tu dois le connaître avant d'engager une nouvelle descendance. C'est pour moi une impérieuse obligation de te le faire savoir.

– Dieu du Ciel ! Mais qu'avez-vous à me dire de si important sur ma mère ? Je sais déjà tout.

– Presque tout… Sache que le roi Alfonse…

– Oh ! celui-là !

– Justement ! Le roi Alfonse d'Aragon était amoureux fou de ta mère.

– On me l'a assez dit !

– Ses déconvenues faisaient rire toutes les cours de la chrétienté. Il avait menacé de mort un troubadour qui vivait au château de Burlats, près de ta mère. Le pauvre homme avait dû s'enfuir à la cour de Montpellier pour sauver sa vie.

– Vous parlez d'Arnaut de Mareuil, qui écrivait tous les matins à ma mère un salut d'amour, depuis Montpellier. Le père d'Agnès, à l'époque, les faisait porter à Burlats par un écuyer à cheval, pour ne pas avoir la mort du troubadour sur la conscience. Arnaut de Mareuil était si désespéré de ne plus voir ma mère qu'il se laissait mourir.

– Voilà ! Pendant ce temps, ta mère promettait au roi d'Aragon de lui ouvrir la porte du paradis, si tu vois ce que je veux dire ; mais sans jamais le faire. C'est alors que Trencavel – ton père – donna ses vicomtés au roi Alfonse, pour qu'elles ne soient pas confisquées par Rome. Il venait d'être excommunié une nouvelle fois.

– Je sais cela.

– Le roi Alfonse crut que la porte du paradis, devant laquelle il patientait depuis trop longtemps, allait enfin s'ouvrir. Il négocia avec Trencavel, qui mit peut-être ta mère dans la donation, nous ne le saurons jamais.

– Et c'est tant mieux, domna.

– Moi, j'aurais bien aimé le savoir… Bref, Trencavel vassal du roi d'Aragon, il ne risquait plus d'être dépouillé de ses terres, ni de ses droits. Le roi d'Aragon lui avait tout rendu en fief, bien évidemment. Tout marchait donc comme avant. Mais Alfonse tenait à sa récompense : l'amour de ta mère.

– Je sais tout cela. Il lui a couru après pendant des années. Elle lui envoyait à sa place sa cousine Alix, ou quelque donzelle de sa compagnie. Il devait l'accueillir dans une chambre noire, où il était interdit sous n'importe quel prétexte de faire de la lumière. La donzelle s'enfuyait avant le jour. Ma mère me l'a raconté elle-même. Elle n'avait pas de secret pour moi.

– Sauf un… Le roi d'Aragon finit par savoir que ta mère s'était jouée de lui. Il se vengea en confisquant les revenus de son douaire. Ce n'était pas rien : Trencavel lui avait donné tout le Razès, Limoux et Quillan, cent châteaux et tours. Le roi a tout gardé.

– Ce roi n'était pas seulement un grand nigaud, il était aussi petit et mesquin.

– Attends, Raimon-Roger. Ne dis pas trop de mal du roi Alfonse d'Aragon, tu pourrais le regretter.

– Largesse et courtoisie lui étaient aussi inconnues que les royaumes arctiques, ou les sources du Nil.

– Admettons. Donc il confisqua les biens de ta mère, pour se venger d'une tromperie que toutes les cours avaient connue avant lui.

Elle éclata de rire, une main sur sa vaste poitrine, l'autre sur son ventre qui tressautait. Son rire s'acheva dans une sorte de râle.

– Il faut avouer que c'était drôle, résuma-t-elle.

– C'est tout ce que vous aviez à me dire ? demanda Raimon-Roger, agacé.

– Mais attends ! Un jour que le roi Alfonse passait ici, comme il le faisait souvent en allant ou revenant dans son royaume, ta mère était là. Ils ne s'étaient pas revus depuis longtemps, tant ils étaient fâchés l'un contre l'autre. Le roi voit ta mère nue se baignant dans le lac. J'ai vu son visage se transfigurer. Toute la haine qu'il avait contre ta mère s'est transmuée en amour, en un instant. La folle passion l'avait de nouveau envahi, comme au premier jour. J'ai eu pitié de lui : « Allez ! lui ai-je dit, allez vous baigner avec elle. Elle vous attend. »

– Elle l'attendait ?

– Pas du tout. Elle ne savait pas qu'il venait.

– Vous non plus ?

– Moi si. Je voulais les réconcilier, en fait, qu'ils redeviennent bons amis. Mais quand j'ai vu la tête que faisait le roi Alfonse, apercevant ta mère dans le lac, son regard désespéré, toute cette souffrance qui remontait jusqu'à sa bouche, jusqu'à son front, j'ai compris qu'il n'avait jamais cessé de l'aimer. Je n'ai pas eu le cœur de l'arrêter. Je lui ai laissé croire que la comtesse Adélaïs était venue pour lui.

– Vous feriez une bonne mère maquerelle…

– Allons, Raimon-Roger, je ne voulais pas de mal à ta mère. Tu ne peux pas me le reprocher.

– Continuez !

– Il partit en courant et plongea dans le lac tout habillé. Ta mère riait. Au fond, une telle passion, elle qui avait tant souffert aussi, de son côté, je pense qu'elle en fut émue. Elle a fini par se dire : Pourquoi lui résister ? Il n'est pas pire qu'un autre. C'est ainsi qu'ils vécurent ici quelques jours, ensemble. Ils ne se sont pas quittés un instant.

– Ça ne prouve pas qu'elle se soit donnée à lui, si c'est ce que vous voulez dire.

– Neuf mois après, mon petit, tu venais au monde.

– Le roi d'Aragon serait mon père ? Attention à ce que vous dites !

– À cette époque, ta mère était revenue vivre maritalement avec Trencavel. Mais c'était une façon de parler. La preuve, c'est qu'elle était ici, et seule.

– Vous n'avez pas de preuve plus... certaine ?

– Je n'ai que mon intime conviction de femme.

– C'était ça, votre secret ?

– Tu préférais que je le garde pour moi ?

– Oui.

Domna Arpaïs embrassa le vicomte, lui parla à l'oreille :

– Raimon-Roger, je t'aime comme un fils...

– Comme si ça ne me suffisait pas d'avoir deux pères, j'ai aussi deux mères ! ricana-t-il.

– Ne me raille pas, Raimon-Roger. Il était de mon devoir de te prévenir. Même si Dieu seul connaît la vérité, et la garde pour Lui, sache que ta mère a connu le roi Alfonse d'Aragon, charnellement. Et qu'il n'est pas impossible que tu sois son fils.

– Le roi Pedre le sait-il ?

– Pas par moi, en tout cas. Mais qui dit que son père, sur son lit de mort, ne lui en a pas parlé ?

– Que dois-je faire ?

– Dieu te portera conseil. En attendant va rejoindre ton épouse, qui doit s'impatienter. Aime-la de tout ton cœur. Et du reste...

Domna Arpaïs rit et le secouant comme un prunier elle l'envoya en avant avec une force de charretier.

– Allez ! Raimon-Roger ! Que le sang de nos rois irrigue de sa force merveilleuse toute ta descendance ! Va !

Fort troublé, Raimon-Roger rejoignit ses compagnons dans la salle grande.

« Mais qui suis-je ? » se demanda-t-il rudement. Il vida une coupe, une autre et encore une autre. Frézoulet grignotait sans conviction quelque pâtisserie mal cuite, qui avait échappé à la dévoration de la foule des invités. Il soupirait, perdu dans ses pensées.

Pagan dormait le menton sur sa poitrine. Son souffle soulevait les pages d'un petit livre d'oraisons devant lui, qu'il faisait suivre obstinément, bien qu'il n'ait jamais pu en lire une page entière sans sombrer dans un somme délectable.

Pons d'Olargues avait disparu dans les étages avec un écuyer affreusement maniéré, fils naturel d'un chanoine de Narbonne.

Quelques chevaliers dormaient déjà à poings fermés, le visage enfoui dans leur coude, et Raimon-Roger les imita. Un poids énorme s'était appesanti sur ses épaules, tout à coup, et il plongea dans un sommeil profond et bruyant, jusqu'à l'aube.

Quand il se réveilla, nauséeux, l'esprit embrouillé, il vit devant lui une jeune femme en pleurs qui l'observait attentivement, les bras croisés. La bouche amère… C'était Agnès. Il lui sourit.

Sans un mot, Agnès tourna les talons et, suivie de Flors qui jeta au vicomte un œil venimeux, elle disparut à grandes enjambées furieuses.

Raimon-Roger mit un moment à reprendre ses esprits. Il sortit dans la cour, se débarbouilla avec l'eau d'un seau sans se soucier de sa propreté et, se coiffant avec ses doigts, il partit à la recherche de son épouse.

Un écuyer lui indiqua qu'elle était partie faire une promenade en forêt avec son amie, sur des chevaux assez calmes. Il ne savait pas vers où elles étaient allées.

– Tu ne pouvais pas les arrêter ? gronda Raimon-Roger.

L'écuyer ouvrit de grands yeux :

– Les arrêter ? Et pourquoi ?

– Pourquoi ? Est-ce que je le sais, pourquoi ?

L'écuyer salua très bas et s'éloigna rapidement.

Raimon-Roger s'en revint vers le grand corps de logis du château.

« Je suis marié, pensa-t-il, je n'arrive pas à le croire. »

Lui revinrent à l'esprit les révélations de domna Arpaïs.

« Je me suis marié avec Agnès, c'est un fait, marmonna-t-il. Mais elle, elle s'est mariée avec qui ? »

Il partit d'un gros rire en passant la porte : elle n'avait pas fini d'être surprise.

Frézoulet lui demanda courtoisement où s'en étaient allées les donzelles, et s'il fallait aller à leur recherche.

– Je ne sais pas, répondit Raimon-Roger sur un ton léger. Qu'elles aillent où elles voudront ! On ne demande pas à un prince de sang de surveiller sa femme.

Frézoulet leva un sourcil, approuva sans chercher à comprendre, gracieux, et retourna dans ses rêveries.

IX

Le chemin quitta la forêt et s'engagea dans une campagne cultivée. Agnès aperçut le petit clocher triangulaire d'une chapelle, pâle, émergeant des frondaisons, entouré de quelques toitures. Elle en fut soulagée et pensa s'y arrêter. Mais le chemin contourna le hameau et s'en éloigna.

– Où allons-nous ? s'inquiéta Flors.

– Je vois un château au loin. Nous nous y restaurerons, et nous nous ferons raccompagner jusqu'à Puivert.

Elles poussèrent les juments qui accélérèrent le pas d'amble en ronflant. Le château au loin se rapprochait très lentement.

En arrivant, les jeunes femmes croisèrent des paysannes qui disparaissaient sous les ballots de foin qu'elles transportaient sur leur dos. Elles posèrent leur fardeau quand Agnès arrêta sa monture.

Leur visage froissé, luisant de sueur, reprit un air avenant.

– Que Dieu vous garde, leur lança Agnès.

– Que Dieu vous garde, domnas, et vous fasse surtout une bonne fin, répondirent les deux femmes à l'unisson.

– Où sommes-nous ?

– Domna, vous êtes à Chalabre, répondit la plus jeune, ouvrant de grands yeux.

– Et vous, d'où venez-vous ? demanda sa compagne, circonspecte.

– Du château de Puivert.

– De chez Bernat de Congost ? C'est un saint homme !

Agnès s'esclaffa, prit un air dédaigneux :

– Il passe trop de temps en prière, à notre goût.

La paysanne la plus âgée se récria d'une voix suraiguë :

– Et comment croyez-vous gagner le Ciel, *bela domna* ?

– Sur mes deux jambes ! répliqua Agnès fièrement. Pas avec les genoux rompus par les heures en prière, et des centaines de génuflexions. Ni mourant de faim.

– Ni privées de musique. Ni privées de baignade, et tout le reste... trompeta Flors.

– Ah ! vous ne savez pas ce que vous dites ! Vous serez moins fières d'attendre devant la porte fermée du paradis, au jour de votre jugement !

La jument de Flors tendit ses grosses lèvres vers le ballot d'herbe appétissante. La paysanne prit la mouche et lui donna un coup de bâton sur le nez, l'interpellant :

– Ce n'est pas pour toi !

La jument surprise recula d'un bond et Flors bascula sur son encolure. Elle cria, tomba rudement sur le sol.

Les femmes implorèrent le Ciel et s'empressèrent de la relever. Comme Flors se plaignait, grimaçant de douleur, elles décidèrent de l'emmener chez les Bonnes Domnas, qui tenaient un couvent dans le village.

– C'est un oustal très bien tenu, et très propre, commenta la plus âgée avec un air de grand respect. Les Bonnes Domnas sont très pieuses. Bien sûr, il faut faire attention à ce qu'on dit...

Elle dévisagea Flors ostensiblement.

– J'ai été nonne, rétorqua la donzelle, je sais ce qu'est un couvent.

– Nonne du pape ? avança la paysanne.

– Bénédictine.

La vieille cracha.

– Nonne du diable... ajouta-t-elle pour elle-même.

L'ancienne novice se prit la tête dans les mains, se récria :

– Nous sommes tombées en plein dans un nid d'hérétiques, ma domna. Pourvu qu'elles ne piquent pas comme les guêpes !

Les femmes lui retournèrent un regard outragé.

Flors tenta de marcher, claudiquant et gémissant. Elle se tâta une hanche, une épaule. Agnès lui sourit.

– Allons chez les Bonnes Domnas, fit-elle calmement. Elles te soigneront avec un onguent de leur composition, et nous pourrons rentrer. Menez-nous, lança-t-elle aux paysannes.

Les femmes rechargèrent leur ballot sur les épaules, avec des gestes lents et sûrs, et passèrent devant. Flors geignait comme un chiot, suspendue d'une main à la selle, en espérant un peu de soulagement. En vain.

Bientôt apparurent, au pied du versant qui portait la forteresse, les toits d'un beau village.

– Ainsi nous sommes à Chalabre, fit Agnès. C'est une charmante cité.

– Je m'en souviendrai ! rétorqua Flors qui s'était saisie de la crinière de sa monture.

Pour finir elle alla à la queue, et se fit tirer.

L'oustal des Bonnes Domnas était, au cœur de la cité, une vaste bâtisse. Dans une petite cour intérieure, fraîche et ombreuse, de toutes jeunes filles filaient, écoutant en silence une domna qui leur lisait, sans les commenter, des passages d'un livre de piété.

La domna, distraite par l'arrivée des femmes, se leva et, refermant le livre avec soin, elle vint les accueillir.

– C'est domna Arnaude, la châtelaine, souffla une des accompagnatrices. C'est une sainte femme.

Les deux paysannes plantèrent un genou en terre, se courbèrent, les mains jointes, réclamant d'une voix forte, croyante, l'une après l'autre : « Bonne Domna, bénissez-moi, et priez Dieu pour moi, qu'il fasse de moi une bonne chrétienne, et me conduise à une bonne fin. »

La prieure tendit ses mains au-dessus d'elles, tour à tour, répondant avec une conviction totale : « Nous prions Dieu pour vous, qu'il fasse de vous une bonne chrétienne, et vous conduise à une bonne fin. »

Les deux femmes répétèrent leur supplique une seconde fois, puis une troisième, sur le même ton insistant. Satisfaites, elles restèrent ainsi un moment, immobiles comme des pierres, comme des statues de bois, recueillies dans l'Esprit-Saint qui était au milieu d'elles. Puis elles se relevèrent lourdement et s'éclipsèrent, le regard pétillant de joie.

La prieure sortit de son recueillement et sourit à Agnès, avec une expression d'une bonté inexprimable.

– Votre amie est meurtrie ? fit-elle, préoccupée.

– Elle a fait une chute de cheval.

– Ce n'est pas sans conséquence ; tant et tant qui se tuent en tombant de cheval.

– Nous n'en sommes pas encore là ! ironisa Flors en grimaçant.

La Parfaite caressa la joue rose de Flors :

– Vous voulez bien que je vous examine ? lui demanda-t-elle comme un service, j'ai quelques connaissances en médecine.

Flors fit oui de la tête et la suivit comme une petite fille, claudiquant avec ostentation.

La prieure revint seule.

– Elle n'a rien de cassé, dit-elle avec une satisfaction sincère, joyeuse, le visage rayonnant de son insondable sourire. Mais elle a de multiples contusions. Nous allons la soigner avec un onguent qui fait des miracles. Une de nos compagnes s'en occupe. D'où êtes-vous, damaisèla ?

– Je suis Agnès de Montpellier, l'épouse du vicomte Trencavel.

La prieure ne put cacher sa surprise. Elle frappa dans ses mains :

– C'est donc vous la belle inconnue ? Je suis heureuse de vous rencontrer, domna Agnès. Enfin le mystère du mariage du vicomte est levé ! Savez-vous que, dans notre petite cité, vous accaparez toutes les conversations de nos braves gens ? Comme vous êtes jeune ! Il est vrai que je suis une vieille femme, je trouve tout le monde jeune. Mais tout de même, ma mie, vous êtes une enfant !

– Est-ce vrai que vous étiez la châtelaine de ce bourg, avant d'ouvrir cet oustal de Bonnes Domnas ?

– C'est la pure vérité. Mais n'y voyez aucun esprit de sacrifice. Je suis veuve, et la vie dans une forteresse me pesait énormément. Imaginez-vous un instant au milieu de la soldatesque, nuit et jour. Je n'avais pas de raison d'y rester. Mais parlons de vous. Vous aimez votre mari ?

– À la folie ! Mais aujourd'hui un peu moins. Nous nous sommes disputés.

– J'espère que ce n'est pas sérieux.

– Je ne sais pas. Nous nous sommes mariés hier et cette nuit était notre nuit de noces.

– Oh ! C'est bien souvent une épreuve pour les femmes. Les hommes ne se rendent pas compte…

– Il n'est pas venu dans mon lit. Il est resté avec ses chevaliers.

La prieure lui renvoya un lumineux sourire.

– Soyez patiente… Il a trois jours pour accomplir son devoir conjugal.

– On dit que les cathares abominent l'œuvre de chair, vous le pensez ?

– Chère vicomtesse, je vois que vous désirez mieux nous connaître… Vous entendez parler de nous, à tort et à travers, en bien et en mal, et vous vous posez beaucoup de questions. C'est bien naturel. Je ne peux pas vous proposer mieux que de rester ici avec nous quelques jours, dans notre petite communauté. Vous verrez qui nous sommes, sans mensonge, et nous vous dirons tout ce que nous savons sur la nouvelle Église. Cela vous agrée-t-il, de découvrir par vous-même notre vie au service du vrai Dieu ?

– Parfaitement.

– Et votre compagne aura le temps de se remettre. Elle serait bien incapable de remonter à cheval, ce soir, croyez-moi. Venez, que je vous présente à mes compagnes. Qui aurait dit ce matin que nous recevrions notre vicomtesse ? C'est le Bon Dieu qui vous envoie au milieu de votre troupeau, pour compter vos brebis.

Agnès sourit :

– Je ne sais trop encore qui sont mes brebis.

– Il est vrai que, par les temps qui courent, il n'est pas toujours facile de distinguer les brebis des loups. Nous encore, les loups, nous savons les reconnaître !

– Et qui sont les loups ?

– Le pape et ses évêques.

– Comme vous y allez !

– Souvenez-vous de la parole de Jésus aux apôtres : « Voici que moi je vous envoie comme des brebis au milieu des loups. » Les brebis du Christ, au fil du temps, conduites par de mauvais bergers, sont devenues des loups. Aujourd'hui le seigneur pape, qui a fait du trône de saint Pierre la synagogue de Satan, envoie ses loups, déguisés en brebis, au milieu de nous. Mais c'est nous les brebis du Seigneur, que la Louve romaine attaque et écorche.

– Je vous avoue que j'ai beaucoup de mal à vous suivre.

– Et pourtant, il vous appartient de nous protéger des loups. Vous êtes notre suzeraine.

– La Louve romaine… C'est Rome, le seigneur pape ?

– Oui, chère amie, vous devez nous protéger de Rome, de ses légats, de ses prélats, de ses prêtres. Toute gent lupine.

– Mais pourquoi tant de haine envers l'Église de Rome ? Elle a de saints prêtres, elle aussi. J'en connais.

– Elle a de saints prêtres. Mais même les saints prêtres sont dans l'erreur. Sans le savoir, ils servent le dieu d'ici-bas, Satan. Que le Dieu bon les prenne en pitié !

Agnès soupira. Cette croyance aux deux mondes, le bon et le mauvais, doublée d'une hostilité intransigeante envers l'Église catholique, apostolique et romaine, un tel acharnement l'étonnait énormément. Elle n'arrivait pas à comprendre une attitude aussi tranchée. Elle voyait bien que le mal était partout, bien sûr, dans l'Église comme hors de l'Église. Il lui arrivait même, et souvent, de porter sur le monde un regard sombre. Mais jamais elle n'avait désespéré de voir advenir dans sa vie terrestre un vrai bonheur. Et le miracle s'était accompli. Elle avait rencontré l'amour sur un cordon de sable, au bord de la mer. Au moment où elle s'y attendait le moins, au moment où elle se désespérait le plus. Mais peut-être ce bonheur serait-il de courte durée ? Peut-être deviendrait-il rapidement une source de souffrance ? Elle se posait sérieusement la question.

Elles entrèrent dans l'ouvroir, ouvert sur la rue. Il y régnait une intense activité. Des jeunes filles toutes fraîches, les cheveux serrés sous un voile, et des femmes plus âgées, la mine grave, peignaient la laine, la cardaient, filaient, mettaient le fil en écheveaux et l'ourdissaient, pour finir, dans un air épais qui sentait le suint. De la pièce voisine, plus petite, parvenaient les claquements secs des métiers à tisser. Agnès en compta deux, menés par de robustes commères.

Domna Arnaude invita chacun à se rapprocher. Invoquant la grande mansuétude divine, elle présenta Agnès, guidée par l'Esprit-Saint jusqu'au cœur de la nouvelle Église. Elle cita l'apôtre Paul, l'apôtre Jean, et engagea la récitation du *Notre-Père*, du *Je vous salue Marie*, et de quelques psaumes à la gloire du Dieu bon.

Pour finir, la prieure bénit tout le monde, leur envoyant l'Esprit-Saint. Elle prit Agnès par la main et elles se rendirent dans le corps d'habitation, où étaient encore des femmes de tous âges, agenouillées, en prière, sous la direction d'un diacre à la figure pâle et à la barbe poivre et sel.

La prieure l'emmena ensuite dans une sorte de réfectoire, où de Bonnes Domnas d'un certain âge l'attendaient autour d'une grande table, pour commencer le repas. Le diacre arriva peu après et s'assit, un peu à l'écart.

La prieure présenta Agnès, et toutes les femmes manifestèrent leur joie de la recevoir. La prieure précisa à la vicomtesse que ses compagnes, toutes de noble naissance, toutes venues des châteaux, avaient été consolées*. Elles avaient reçu le consolament* de bonne fin, qui leur ouvrait les portes du paradis, et elles vivaient désormais dans la sainteté.

Agnès admira leur courage. Certaines n'étaient pas âgées. Elles avaient volontairement embrassé un état de morte vivante, se privant de tout, passant jour et nuit à prier et à travailler, soignant avec tout leur cœur et aidant leur prochain, quel qu'il soit, à surmonter ses peines. Sans jamais se plaindre, ni porter de jugement.

Devinant les pensées d'Agnès, domna Arnaude lui répondit par les paroles de saint Matthieu : « Nous supportons tout cela parce que nous ne sommes pas du monde. »

« Mais moi, j'aime le monde », s'insurgea Agnès silencieusement.

Elle voulait faire taire la petite voix intérieure qui l'interrogeait cruellement : « Pourquoi pas toi ? Pourquoi courir après les vanités terrestres alors qu'il y a tant à gagner au Ciel… Allons ! Un peu de courage ! »

---

* Le consolament est le seul sacrement reconnu par la religion cathare. Il consiste dans l'imposition des mains, par un Parfait, sur la tête du croyant pour réaliser l'union mystique de l'âme et de l'Esprit-Saint, car seul l'Esprit-Saint a pouvoir de ramener au Ciel l'âme qui en est tombée.

Domna Arnaude, qui avait reçu le même sacrement d'ordination que le diacre, récita trois fois le bénédicité avec toute la tablée, puis bénit un gros pain noirâtre et le distribua. Elle en donna un morceau à Agnès, déclarant :

– Nous partageons le pain en mémoire de la dernière Cène de Jésus. N'y voyez rien qui ressemble à la communion papale. Nous ne pouvons croire que le Christ soit réellement présent dans un morceau de pain.

On leur servit une soupe de fèves dans des bols. Chacune bénit la première gorgée de soupe, et remercia Dieu pour sa bonté. Elles firent de même pour chaque plat (du poisson en pâté, des salades des champs), chaque boisson (de l'eau fraîche coupée d'un peu de vin).

Agnès, qui n'avait jamais été pieuse, trouvait l'accompagnement liturgique assez indigeste.

Pour finir, la domna de service apporta des corbeillons de pommes encore vertes et, parce qu'il y avait une invitée de haute naissance, un petit corbeillon d'oublies. Une pour chacune, qu'elles dégustèrent à petits coups de dent de souris.

L'odeur des gaufres attira Flors, qui apparut dans le réfectoire en boitant et gémissant, déclarant, devant le visage étonné des Parfaites :

– J'ai faim !

Agnès pouffa de rire, et lui fit une place sur son banc. La domna de service lui demanda ce qu'elle désirait manger.

– Une volaille rôtie ! réclama Flors sans ciller.

Un ange passa. Le diacre sourit avec indulgence.

– Mon petit, la reprit la prieure sans rire, nous ne mangeons jamais de viande, sachez-le.

– Jamais jamais ? s'étonna Flors.

– Rien qui soit le fruit d'une copulation charnelle.

Flors ouvrit de grands yeux, soupira :

– Pétarel, je ne viendrai pas chez vous !

– Vous y êtes, chez nous, mon enfant. Nous vous avons accueillie pour vous soigner.

Flors tourna vers Agnès un regard angoissé, mais la vicomtesse qui s'amusait ne chercha pas à lui venir en aide. Résignée, la novice répondit d'une petite voix qu'elle mangerait ce qu'on lui donnerait. La prieure lui fit réciter toutes les prières du rituel du repas, certaines en trois exemplaires, ce qui prit un certain temps. Flors commençait à s'impatienter et roulait des yeux furieux.

Après le repas et les prières de remerciement, elles allèrent à l'ouvroir où elles se mêlèrent à la communauté des travailleuses. Le diacre portait cérémonieusement le livre des Évangiles. Il l'ouvrit à une certaine page, marquée d'une petite ramée. Il la donna à lire à la prieure, qui reçut le livre avec respect.

L'ouvrage était enluminé de lettrines, et de guirlandes d'azur et de vermeil. Agnès constata avec étonnement qu'il était rédigé en langue d'oc, et non en latin, et qu'elle en avait l'entendement immédiat. C'était la première fois que Jésus s'adressait à elle directement dans sa langue, par la bouche des apôtres. Elle en fut bouleversée.

Le diacre néanmoins interrompait souvent la lectrice, pour commenter ce qu'elle venait de lire. Il terminait toujours son intervention les yeux au ciel, lançant la formule : *« Gloria in excelsis Deo ! »**

Tout en écoutant, du moins en apparence, les femmes d'un certain âge continuaient à filer, dévidant la quenouille et faisant tourner le fuseau, d'un geste vif et silencieux.

Flors commençait à s'inquiéter. La nuit était tombée, et leur absence prolongée avait dû mettre le château de Puivert en effervescence. Elle imaginait le vicomte inquiet, guettant aux fenêtres, envoyant tout le village fouiller les forêts des environs avec des torches. Peut-être allait-il la punir ? la renvoyer ?

Elle en parla à la vicomtesse, lui suggéra de rentrer. Le vicomte devait s'inquiéter. Elle imaginait qu'il était fou de rage.

– Je voudrais tant qu'il s'inquiète pour moi, s'exclama Agnès.

– C'est déjà fait, ma domna. Je suis sûre qu'il remue ciel et terre pour vous retrouver.

– J'aimerais bien, mais en même temps je voudrais préserver mon indépendance, être seule à décider où je vais diriger mes pas, dans l'heure qui suit.

– Nous pouvons repartir.

– Non, pas au milieu de la nuit. De toute façon, tu ne pourrais pas remonter sur ton cheval. C'est la prieure qui l'a dit.

---

* Gloire à Dieu dans les Cieux.

– Demain, sans faute.

– Demain nous verrons.

Le lendemain, Agnès et Flors reprenaient le chemin du retour dans la lumière de l'aube, joyeusement, accompagnées par le chant criard des oiseaux et le cantillement de deux Bonshommes qui allaient dans le pays de Sault consoler des mourants.

Ils allaient pieds nus, leurs souliers autour du cou, attendant de rencontrer les chemins caillouteux et taillants pour se rechausser.

La petite troupe rencontra bientôt une bande de cavaliers menés par un chevalier de Puivert. Ils étaient partis à la pique du jour à la recherche des jeunes femmes. Ils sonnèrent du cor et retournèrent tout joyeux, car une récompense les attendait.

– Le vicomte est-il en colère contre moi ? demanda Agnès, tout à coup peu assurée.

– Que non, domna Agnès, répondit le chevalier qui menait le groupe, un jeune homme trapu au sourcil épais. Mais il se fait du souci, ça oui ! Il a envoyé tout le château et tout le village à votre recherche.

Agnès se sentit envahie d'un grand désir de tendresse et d'amour pour son mari.

Les Bonshommes semblaient trouver cette histoire très amusante. Ils bénirent les jeunes gens avec les chevaux, riant de l'émotion suscitée par la disparition de la vicomtesse.

– Voyez, domna, disaient-ils, comme il est difficile pour vous d'échapper au monde. Venez vivre avec nous, revêtez notre bure, et nous vous cacherons pour que vous puissiez vous consacrer à la prière. Le moment venu nous enverrons votre âme au Ciel et votre salut sera assuré.

Agnès ne se voyait pas du tout passant ses nuits en prière.

Elle surprit au loin, sur son puy encore sombre, les fortes tours du château de Puivert, qu'enflammait le soleil du matin. Une grande exaltation la saisit, qu'elle reporta sur l'image de son mari. Oui, elle était heureuse d'être la femme du vicomte. Elle avait pu apprécier, lors de sa courte escapade, combien le nom de Trencavel était prestigieux. L'autorité de son mari était reconnue jusqu'aux confins du Razès, jusqu'en Quercorb.

Son mariage avec Raimon-Roger avait fait d'elle, en quelques jours, une grande domna. « La Vierge Marie m'aime », pensa-t-elle.

Flors gémissait à côté d'elle, cherchant à attirer la compassion du chevalier et de ses écuyers. Parfois l'ancienne nonne changeait radicalement de tactique, et leur présentait un visage aguichant.

Elles arrivèrent assez gaiement dans la cour du château, jusqu'à l'entrée du donjon où Raimon-Roger apparut, réjoui. Il alla vers sa femme.

Voyant les deux Bonshommes derrière elle, il se détourna vers eux et les interpella sèchement, pour rire :

– D'où venez-vous ? Qu'avez-vous fait de ma femme ?

L'œil rieur, l'un d'eux répondit :

– Seigneur vicomte, l'Esprit-Saint est venu sur elle et l'a guidée jusqu'à l'oustal de domna Arnaude, à Chalabre. Nous l'avons nourrie de notre mieux et nous l'avons mise en prière.

Il avança une main noueuse, semée d'écorchures :

– Nous avons prié aussi pour vous, seigneur vicomte. Pour vous et pour elle. Que le Saint-Esprit vous conseille dans tous vos commandements.

Raimon-Roger s'adressa à sa femme :

– Allons ! Agnès ! Il est trop tôt pour te faire consoler ! Réponds-leur que tu es trop jeune pour te priver de ton mari.

– Et vous mon mari, vous ne serez pas privé de votre femme, je vous en réponds, ajouta Agnès sur un ton d'évidence. À moins que vous ne puissiez me souffrir.

Elle n'avait pas oublié sa nuit d'attente vaine.

Raimon-Roger alla vers sa femme, lui prit les mains. Son visage s'éclairait d'un large sourire. Il lui caressa la joue.

Agnès saisit la main et la porta à sa bouche. Elle s'exclama, très exaltée :

– Vous ne le regretterez pas, mon seigneur !

Ils entrèrent ensemble dans le château, tout joyeux, la main dans la main.

– Vous devez avoir soif, lui dit-il doucement.

– Vous me vouvoyez maintenant ? s'étonna Agnès. Suis-je devenue une si grande domna ?

– Vous êtes la domna d'Albi, Carcassonne et Béziers, du Razès et autres lieux. Ce n'est pas rien. Votre prestige égale celui de la comtesse de Toulouse.

– Un jour, nous irons à Toulouse voir votre oncle. J'en jugerai par moi-même.

– Quand vous voudrez, ma douce.

Les Bonshommes s'approchèrent et, à pas lents, entrèrent dans la salle grande à la suite du couple vicomtal.

Aton et Leïla se réjouirent du retour d'Agnès. Leïla, dont le regard n'avait jamais repris sa vivacité d'antan, et dont l'esprit semblait toujours ailleurs, appréciait la présence d'Agnès, ainsi que celle de Flors. À leur vue, ses yeux reprenaient vie, son visage se détendait et se disposait à sourire. Aton s'en était rendu compte. Il manifestait beaucoup de sympathie aux deux jeunes femmes.

Toute la mesnie du vicomte se réjouit également du retour d'Agnès, et réclama du vin. Le seigneur de Puivert, Bernat de Congost, vint lui-même féliciter la vicomtesse, ayant appris avec une grande satisfaction qu'elle s'était réfugiée à Chalabre chez des Parfaites, guidée par l'Esprit-Saint. Il pouvait la considérer désormais comme une disciple.

Autour de lui, toute sa mesnie faisait assaut d'amabilité, manifestant une joie éclatante.

Domna Arpaïs prit Agnès dans ses bras, la serra avec force, à lui broyer les os. Elle s'empara ensuite de Flors, de la même façon, et la fit hurler de douleur.

Agnès découvrait avec surprise, au milieu de ces bruyantes retrouvailles, que ses moindres faits et gestes avaient désormais de l'importance. Deux semaines plus tôt, chez sa mère, sa disparition, même pendant trois jours, n'aurait pas été remarquée. Aujourd'hui, la moindre de ses paroles était commentée sans fin. Ses gestes, ses absences, ses humeurs, tout ce qui la concernait était observé, analysé, discuté.

Elle s'imagina prise dans un filet aux mailles serrées. Fort heureusement elle avait à ses côtés Flors, une sœur, une vraie sœur.

Et un homme, le plus beau chevalier du monde.

X

L'après-midi Raimon-Roger voulut emmener sa femme dans leur chambre, mais Agnès refusa, disant que tout le monde saurait ce qu'ils allaient faire, et qu'elle en serait honteuse.

Le vicomte commençait à se demander si un sort n'avait pas noué leur union pour la rendre stérile. La malédiction des Trencavel ? Et si elle se manifestait en le rendant impuissant ? Par le biais de son origine bâtarde, par exemple, car il ne doutait plus qu'il était un bâtard. Il avait toujours adulé son père, méprisé le roi d'Aragon. Devrait-il désormais aduler le roi d'Aragon et mépriser son père ? Il en serait incapable. Il pensa qu'il faudrait vivre avec cette nouvelle incertitude, celle de l'origine véritable de son sang. Ce mystère se rajouterait aux mystères religieux – quelle religion était la vraie religion, quel Dieu était le vrai Dieu ? – et à l'attente des événements qui se préparaient à Paris, ou à Rome.

Agnès finalement était allée se baigner dans le lac avec Flors et domna Arpaïs. Elle avait interdit à quiconque de les suivre, et personne au château n'avait enfreint les ordres d'Agnès. Ce qui n'empêchait pas les chevaliers de rire sous cape, de faire des commentaires. Raimon-Roger avait surpris autour d'une table la réflexion goguenarde d'un chevalier écarlate : « Elle va lui donner du fil à retordre, la domna Agnès, à notre petit vicomte ! »

Il avait l'impression que tout le monde l'épiait du coin de l'œil, cherchant à savoir où il en était avec son épouse, comment avançait sa petite affaire de nouveau marié.

Les femmes revinrent en fin d'après-midi, les cheveux mouillés, fraîches et ravissantes. Raimon-Roger s'impatientait, non pas pour prendre vite son plaisir, mais parce qu'il commençait à douter de ses propres forces. Il était comme un homme blessé.

Le soir il y eut encore un grand souper, avec des musiciens, des chanteurs, des jeux et des spectacles de chevaux. Enfin Agnès monta, sous l'œil effronté de l'assistance. Raimon-Roger trouvait insupportables tous ces regards qui revenaient impitoyablement vers lui, animés d'une féroce curiosité. Il finit par se lever, agacé, provoquant un joyeux brouhaha, et de plaisants commentaires. Il disparut dans l'escalier en colimaçon, dont il monta les marches quatre à quatre.

Dans la chambre des Musiciens, Agnès était déjà couchée, badinant avec Flors en chemise, un bougeoir à cinq luminaires à son chevet. Flors s'éclipsa en riant. Comme elle se retournait pour faire quelque plaisante remarque, sinon quelque commérage, Agnès lui fit les gros yeux, le doigt sur la bouche.

Raimon-Roger se déshabilla sans un mot. Agnès, sous ses paupières baissées, ne perdait aucun de ses gestes dans la douce lumière des cierges. Il fit passer d'un geste vif sa tunique de soie et d'or par-dessus sa tête, puis sa chemise brodée. Les petites flammes des cierges se courbèrent, et deux s'éteignirent.

Il hésita, les ralluma et se dénuda totalement. Gonflant la poitrine comme un plongeur, il s'agenouilla au bord du lit et, croisant les bras sur les draps de lin blanc, doux et tièdes, il contempla sa femme en silence, appuyé sur ses coudes comme à une fenêtre.

Agnès ouvrit les yeux, lui prit la main.

– Agnès, il faut que tu saches, dit-il à voix basse.

Agnès lui sourit :

– Vous avez déjà connu d'autres femmes, je le sais Raimon-Roger.

– Je suis un bâtard.

– Quoi ?

– Je suis un bâtard du roi d'Aragon. Ma mère m'a conçu ici avec le roi Alfonse. Dans le lac.

– Comment le savez-vous ?

– Domna Arpaïs me l'a dit.

– Elle était là ?

– Oui.

– Mon gentil bâtard, fit-elle en lui caressant le visage. Comme votre petite bâtarde va aimer son gentil bâtard.

– Deux bâtards ! C'est la vengeance de la vieille sorcière de Béziers ! Le lignage des Trencavel qui s'effiloche, qui s'effrange… Bientôt, nous nous retrouverons colporteurs !

– Vous dites n'importe quoi, mon petit mari, s'amusa Agnès. Sachez que l'amour est plus fort que la mort.

Elle se redressa, mit ses bras minces autour de son cou, lui caressa la nuque. Sa jolie poitrine aux aréoles nacrées était à la hauteur de ses yeux. Elle lui mit un tétin rose entre les lèvres.

– Mon petit bâtard, s'amusa-t-elle, tout à coup pleine d'audace. L'amour triomphe de tout.

Elle se souvenait de cette expression apprise dans un livre.

Raimon-Roger avança sa main, tira sur les couvertures, le drap, les descendit lentement, découvrant sa femme peu à peu. Quand apparurent ses hanches neigeuses, son ventre, il s'attendit à un geste de panique de la part d'Agnès, un sursaut de pudeur dont ils auraient fait peut-être un jeu. Mais elle ne se défendit pas. Complètement nue, elle lui sourit, prête pour le sacrifice.

Son sourire forcé retroussait sa lèvre supérieure d'un rictus de louve qui a peur et qui menace. Il admira ses yeux en amande ombrés de longs cils, que l'émotion étirait exagérément vers les tempes, son menton tout criblé de fossettes.

« Elle a du cran, pensa-t-il, elle me connaît à peine. »

Il se demandait encore s'il allait l'aimer comme une sœur ou comme une femme.

– Tu le garderas pour toi, fit-il comme sa main rampait sur son ventre blond, chaud et lisse. N'en parle pas à Flors, surtout. Nous sommes seuls à le savoir. Je peux compter sur toi ?

Il rampait sur le lit, et elle l'attira sur elle avec la force du désespoir.

– Je suis votre servante, seigneur.

Elle lui donna sa bouche, les lèvres entrouvertes. Il sentit ses dents lisses frottées de réglisse.

Il prit dans ses mains son visage aux yeux chavirés. Nez contre nez, il lui vola son souffle, ses lèvres, sa bouche.

Les mains de la jeune fille rampèrent jusqu'à sa nuque, la caressant comme on flatte une encolure, avec une incroyable indécence.

Agnès sentait la moustache et la barbe blonde de son mari pénétrer sa peau, irriter ses lèvres, et elle en eut du plaisir. Raimon-Roger s'écarta pour contempler sa femme ; il en avait bien le droit ! Elle resserra l'anneau de ses bras minces pour se soulever et se dissimuler contre lui, la tête dans son cou, respirant son odeur d'homme.

– Ne me regardez pas ! fit-elle en riant.

Elle sentait son haleine vineuse et, bien qu'elle ne boive guère de vin, cette odeur forte, habituellement écœurante, ne lui déplaisait pas dans la bouche de son mari.

« Voilà la vie, le bonheur de vivre, pensa-t-elle, le soulevant avec ses hanches ; je ne laisserai pas ma place pour un royaume, pour un empire. Ni pour éviter la mort. »

Il embrassa son visage, son front, ses paupières closes, ses sourcils blonds, ses joues en feu, ses tempes humides, son cou, ses épaules. Des baisers furtifs, brusques, presque des coups, une marque, un sceau.

– Mon beau chevalier ! s'exclama-t-elle. Mon fils de roi !

Elle sentit ses dents. Il la mordillait, et elle en conçut, mêlée à la terreur, une nouvelle excitation. Elle revint vers la nuque, les doigts ouverts dans ses cheveux fins, l'encourageant du bout des doigts : « Va mon amour, va, continue, ne t'arrête pas… » disaient ses caresses.

Elle gémissait sous les morsures, d'une petite voix plaintive. Elle s'étonnait qu'un homme de guerre ait la peau si douce, si proche de l'enfance. Elle s'étonnait qu'un chevalier soit si vulnérable.

Il lui prit les seins, caressa son torse juvénile comme pour jouir de la différence qu'il sentait entre la résistance des côtes, saillantes, et la fermeté pleine des mamelettes, qui s'érigeaient avec indécence. Elle en était à la fois surprise et ravie.

La langue du vicomte revint doucement la fouiller ; ses mains à elle descendirent le palper là où, pour la première fois, elle osait poser ses yeux. Leurs reins se cambrèrent à l'unisson, comme mus par un élan préparé dans la nuit des temps. Ils frissonnèrent, s'affrontant comme des lutteurs, se jetant en avant, rendant coup pour coup. Raimon-Roger se souleva et lui offrit sa virilité. Les yeux chavirés, la bouche tordue par l'effort, Agnès l'empoigna et s'ouvrit pour l'accueillir.

Elle ne savait pas si ça lui plairait à lui, si ça lui plairait à elle. Elle le reçut en se mordant les lèvres, gémit, sentit qu'il l'envahissait tout entière. Elle suffoqua.

Elle agrippa son dos, surprenant d'effrayantes lignes de force qui naissaient dans le mouvement de ses hanches, creusant la chair avec une vigueur animale, une force impitoyable, monstrueuse, qui la bouleversait.

« C'est le plus beau jour de ma vie, se répétait-elle, tremblante, la plus belle nuit. »

Elle cria de douleur, de joie, se tut d'un coup, parce qu'elle n'était plus sûre de ne pas perdre tout contrôle, de ne pas hurler, ruer, se débattre. Sa voix pouvait l'effrayer, l'interrompre. Toute sa fougue serait perdue. Elle aimait tant le sentir galoper à cause d'elle, sur elle, durement. Elle avait mal, mais plaisir et douleur se succédaient ou se mêlaient dans cette heure première. Elle ne voulait pas interrompre la chaîne du plaisir.

Elle descendit ses mains jusqu'à ses hanches, ses fesses, et lui imprima un mouvement lent et profond. Puis le chevalier s'emballa de nouveau et elle crut devenir folle. Elle pensait : il va me fracasser. Elle entendit ses petits cris à elle, lancés vers les voûtes, les culs-de-lampe portant les musiciens, les murs, ne sachant plus qui gémissait. Lui aussi souffrait. Des petits cris qui lui faisaient redresser la tête, comme hors de l'eau. Agnès en était bouleversée, émue jusqu'au plus profond d'elle-même. Elle se sentit aspirée dans une tempête de plaisir et perdit presque connaissance.

Quand elle reprit ses esprits, elle entendait une femme crier. Elle ne sut que lentement que c'était elle. Elle étouffait sous le poids entier de son époux. Il l'écrasait sans retenue, à demi endormi. Un poids mort qu'elle n'aimait pas du tout. Elle le repoussa, le faisant basculer sur le côté.

Raimon-Roger la quitta. Elle se sentit vide et froide ; elle gémit de désespoir.

– Je suis mariée, murmura-t-elle, pour le meilleur et pour le pire.

– Peut-être pour le pire ! chuchota Raimon-Roger, dont la tristesse avait tout à coup envahi son âme.

Agnès sanglota, répétant : « Mon Dieu ! Mon Dieu ! Mon Dieu ! »

Elle avait entendu parler de la malédiction des Trencavel.

Ils s'enlacèrent à nouveau avec force, et s'assoupirent. Agnès remua dans la nuit, lui tournant le dos. Il épia son souffle régulier et appliqué, enviant sa facilité à tout oublier pour s'abandonner au sommeil.

Le réveil fut merveilleux. Agnès à demi endormie vint se nicher dans son cou, et rendormit son corps chaud sur son épaule. Il s'enivra de son odeur de femme, et des senteurs de l'été qui entraient par la baie ouverte, avec l'air déjà tiède.

Plus tard, la rumeur du monde l'attira aux fenêtres. Son regard se vida dans les eaux vertes du lac, bousculées par un troupeau de vaches qui venaient boire. En face, sur l'autre rive frangée de vaguelettes, des pêcheurs montaient dans une barque.

Il se retourna, contempla sa femme. Il interpella les musiciens qui portaient sur leur dos les ogives de la voûte : « Je connais le *joy** ! »

Il se sentait heureux de cette force irrépressible qu'il avait exhibée sous les yeux, sous la main de son épouse. Il se dit : « Il me faut en remercier les châtelains de Puivert. »

Cherchant une bonne idée agréable à Bernat de Congost, son oustalier malgré lui, il décida d'aller jusqu'à sa chambre. Il pensait lui proposer, en toute amitié, une belle chasse.

Il quitta le lit en silence, attendri par le petit souffle d'Agnès endormie.

Il trouva Bernat de Congost en prière. Le châtelain termina sans hâte son oraison avant de recevoir le vicomte et d'écouter sans joie sa requête. Dès qu'il eut compris où le vicomte voulait en venir, il l'interrompit et lui répondit sur un ton exaspéré, en serrant les poings, qu'il avait renoncé à chasser depuis bien longtemps, parce qu'il ne mangeait pas de viande, et pour ne pas

* État d'allégresse, d'exaltation ou de félicité amoureuse absolue, cher aux troubadours.

enfreindre la règle des Bonshommes de ne jamais verser de sang inutilement. Raimon-Roger insista, parla de divertir ses invités, de soulager le sort de ses *villains**, à qui les bêtes sauvages faisaient beaucoup de tort. Et de conforter sa propre gloire.

Le seigneur de Puivert répétait avec obstination :

– Que voulez-vous que je fasse de votre viande sauvage ?

Raimon-Roger fit une dernière tentative :

– Mon père m'a toujours dit que chasser était le passe-temps le plus agréable, le plus utile et le plus noble qu'on puisse trouver...

– Croyez-vous, seigneur vicomte, lui rétorqua le bonhomme, que le paradis vous sera ouvert parce que vous aurez détruit le gibier de ce pays ? Croyez-moi : pas un chasseur n'entrera en paradis !

Raimon-Roger ne s'était jamais posé la question de savoir si la chasse était ou non agréable à Dieu. Il en conclut que le seigneur de Puivert était fou. Mais il ne renonça pas pour autant à son idée et chargea des opérations son sénéchal, Raimon de Termes. Celui-ci fit venir des hommes du village.

L'assemblée avait longuement discuté du choix de la bête à courre. Chacun évoquait son gibier favori. Pour l'un c'était le loup, animal rusé entre tous, infatigable, et qui promettait des courses échevelées sur une pleine journée. Pour d'autres c'était l'ours, très commun dans les forêts du Quercorb, et dont la puissance colossale favorisait les beaux exploits à la lance et à l'épée. De plus, on pouvait se parer de sa précieuse fourrure. Pour d'autres c'était le sanglier, ou le cerf, ou le loup-cervier, le renard, et d'autres bêtes plus petites, comme le blaireau, sans parler de la chasse au vol, qui avait les faveurs de certaines domnas du Quercorb, ou de la chasse aux filets, qui avait la faveur des manants.

Agnès vint s'en mêler, se récriant sans retenue qu'elle n'admettrait jamais que l'on tue devant elle un loup, qui est un noble animal, ni un ours, qui laisserait des orphelins, ni un cerf ou une biche, ni un chevreuil, bêtes trop douces qui pleurent en voyant le couteau du chasseur. Ni un lapin.

---

* Villain ou vilain : qui habite la villa, grande exploitation rurale du haut Moyen Âge. Paysan.

– Que reste-t-il ? bougonna Raimon de Termes.

– Ma princesse, nous chasserons le sanglier, lui répondit Raimon-Roger, amusé et surpris de la soudaine fermeté de son épouse.

– Le sanglier, je veux bien, admit Agnès, c'est un animal noir, avec un œil dur et cruel.

Raimon de Termes se tapa les mains sur les cuisses. D'autres chevaliers murmurèrent. Ils craignaient par-dessus tout que leur suzerain ne tombe en quenouille, sous la coupe d'une femme.

– La poule ne doit pas chanter devant le coq ! répéta Frézoulet, l'œil sévère, assez fort pour être entendu du vicomte.

Raimon-Roger éclata de rire.

– Allons ! Frézoulet, lui lança-t-il, ce n'est pas demain que je tiendrai la quenouille à ma femme. Mais aujourd'hui je dois lui complaire, et lui donner raison en tout. C'est notre courtoisie qui le veut.

Frézoulet tourna les talons, chantonnant : « On ne vit jamais femme belle, qui ne fut aussi rebelle… »

Raimon de Termes lui rappela ce dicton du Termenès : « Des femmes et des chevaux, il n'y en a pas sans défaut. »

Agnès, qui avait l'oreille fine, entendait tout, mais elle y trouvait un surcroît de volonté à défier franchement les chevaliers. Ils la surveillaient du coin de l'œil, épiant sa chevelure blonde, dont les mèches se soulevaient gracieusement au gré de la brise, venant avec une obstination agaçante cacher l'amande de ses yeux, et qu'elle écartait de ses longues mains blanches, d'un geste vif, vêtue comme un homme des habits du vicomte, les sourcils froncés, la bouche frémissante. Tous pensaient : quelle belle garce !

Les chevaliers finirent par s'éloigner, exaspérés et l'œil amoureux.

– Elle est gentille, mais je la sens frondeuse, commenta un jeune donzel au large visage vermeil. Les autres approuvèrent d'un grognement et éclatèrent de rire.

L'après-midi, les veneurs partirent à la recherche d'une compagnie de sangliers, ou d'un vieux mâle. On avait assigné à chacun sa quête, dans toutes les directions.

Les frères Aniort déclarèrent qu'ils connaissaient un énorme sanglier, aperçu plusieurs fois vers le pays de Sault. Ils s'offrirent à le retrouver et à y mener la chasse. Ils partirent avec des veneurs.

Le lendemain matin, à l'aube, les chasseurs s'assemblèrent avant le lever du jour dans la vaste cour du château, pendant que les valets et les écuyers habillaient les chevaux. Le maître veneur fit son rapport devant le vicomte et son sénéchal, et tous les seigneurs présents. Le châtelain ne descendit pas, bien qu'il fût éveillé. Une pâle lumière dorée éclairait la fenêtre de sa chambre, en haut du donjon.

« Il est en prières », se dit Raimon-Roger, excédé.

Le maître veneur rappela, avant de fermer l'assemblée, que le sanglier est le fauve le plus dangereux sur la terre, car il peut tuer un homme ou une bête d'un seul coup de ses défenses, comme d'un coup de couteau.

– J'ai moi-même été porté maintes fois à terre, dit-il pour finir, moi et mon coursier, par un sanglier. Et mon cheval tué.

Les chiens étaient déjà partis. On entendait les valets corner, de loin en loin, pour signaler leur avancée. Chacun épiait l'aube, espérant entendre soudain l'appel à l'assemblée sur des traces fraîches. Mais rien ne se passait. Les chevaliers montèrent en selle et s'en allèrent au pas derrière le vicomte et le maître veneur. Ils pénétrèrent lentement dans la forêt habitée par les chiens.

Deux heures plus tard Agnès, Flors, et les domnas des chevaliers qui le souhaitaient, montaient en selle pour rejoindre la chasse.

– Elle est lancée, s'écria tout à coup un valet monté, la main à l'oreille. Ils ont rencontré le sanglier, et maintenant ils le poursuivent.

On entendait la voix des chiens sans interruption, et les trompes cornaient de chasse, sans répit.

– Aurons-nous le temps d'arriver avant qu'ils ne le tuent ? demanda Flors qui semblait assez excitée.

Agnès plaisanta :

– Tu voudrais lui sauver la vie ?

– Pas du tout. C'est une bête fort laide, sauvage, indigne de mes caresses.

– Si j'ai bien compris, tu t'inquiètes plutôt de manquer ce magnifique spectacle d'un porc qu'on égorge…

Les domnas rirent avec complaisance, faisant la fine bouche. Flors répliqua :

– Ma domna, ni l'un ni l'autre. Mais pourquoi courir après la chasse si nous arrivons quand tout est fini ? Autant rester ici. Nous le mangerons d'aussi bon appétit.

Agnès haussa les épaules. Elle fit avancer sa jument.

– Nous allons nous promener, voilà tout ! répondit-elle.

Elles allèrent à l'amble sur un chemin qui contournait le lac pour se diriger vers le pays de Sault, mais la chasse était redescendue dans la vallée, et courait vers le comté de Foix. Les écuyers à cheval, chargés de la délicate mission d'accompagner les domnas, se concertèrent et, changeant brusquement de direction, ils coupèrent à travers bois pour intercepter la chasse au passage. Ils espéraient tomber sur la bête, et la forcer à leur tour sans plus de cérémonie, pour leur plus grande gloire.

Des valets de chiens apparurent, tenant en laisse des limiers, le nez au sol. Les hommes parlaient fort. On entendait les chiens courants au loin, qui semblaient s'éloigner encore. Un valet expliqua que les chiens étaient partis à la suite d'une autre bête, et que celle qu'ils couraient depuis le matin les avait trompés. Ils tâchaient de reprendre sa trace avec les limiers.

La chasse revint. Les écuyers, inquiets pour la sécurité des domnas, les emmenèrent sur un chemin qui descendait en serpentant mollement dans la vallée de l'Hers.

– Ne quittez pas le sentier, recommandaient-ils, il ne vous arrivera rien.

Les femmes riaient, plaisantaient malgré la nervosité croissante de leur monture. Elles interpellaient les écuyers, qui ne rêvaient que de rejoindre la chasse, et de courir à bride abattue derrière les bêtes débusquées.

Quand trois sangliers affolés traversèrent le sentier devant les chevaux, les écuyers, comme pris de folie, se lancèrent à leur poursuite sans attendre le maître veneur, ni les chiens. Les chevaux des cavalières suivirent, et bientôt toute la compagnie s'éparpilla dans les bois. Agnès avait retenu sa monture, bien dressée, et celle de Flors, qui la suivait comme une ombre. Les deux jeunes femmes entendirent un moment les cris de leurs compagnes, puis elles se retrouvèrent seules. Flors éclata de rire :

– Les moineaux se sont envolés.

– Laissons-les et poursuivons sur le chemin, commanda Agnès. Nous arriverons bien quelque part.

– Nous allons perdre la chasse, ma domna.

– Elle est aussi perdue que nous.

– Votre mari va maronner…

Agnès sourit.

– Tu as vu comme il a été gentil ? Il m'a promis de ne tuer que les sangliers.

– Vous aimez tant les ours que ça ?

– Je n'ai jamais pu oublier une histoire que racontait un veneur à mon père, quand j'étais petite. Les chiens cernaient un ours immense, qui se défendait comme un beau diable. Quand les hommes sont arrivés, et l'ont encerclé, le visant de leur arc, de leur épieu, ou pointant leur épée, et qu'il a vu qu'il allait succomber sous les coups de tant de chasseurs, il s'est abandonné. Il s'est assis, et cachant sa tête entre ses pattes il s'est mis à pousser des cris presque humains. Des cris déchirants.

Agnès en avait les larmes aux yeux. Flors se racla la gorge.

– Moi, si je me marie un jour, ce sera avec un gentil chevalier, aussi, fit-elle.

– Tu veux déjà te marier, Flors ? Tu sors à peine du couvent !

– J'ai dit : si je me marie un jour.

– Maintenant que je t'ai rendu la liberté, tu voudrais me quitter ?

– Oh non, ma domna ! Je ne vous quitterai jamais !

– Alors tu devras épouser un chevalier du vicomte.

– Il n'en manque pas de très beaux…

– Lequel, par exemple ?

– Je préfère le garder pour moi. Je vous en parlerai plus tard.

Elles rebroussèrent chemin vers le château tout en babillant. Agnès parlait beaucoup à son cheval, le traitant d'imbécile s'il n'obéissait pas, ou de petit chéri s'il était sage et appliqué. Quand il lui arrachait les rênes des mains, d'un coup de tête, pour brouter, elle le traitait de gros goinfre.

Elle s'excusait platement si elle l'avait grondé injustement. Le cheval ne lui en tenait pas rigueur, se souciant uniquement de ne pas manquer les belles ramées qui passaient à portée de sa bouche gourmande.

– Tu sais à quoi je pense ? déclara tout à coup Agnès.

– Non, ma domna. Mais je vais peut-être le savoir.

– Puisque tout le monde nous a abandonnées, allons jusqu'à Chalabre rendre visite à domna Arnaude. Nous y passerons la nuit. Qu'en penses-tu ?

– J'en pense que ce n'est pas une bonne idée.

– Pourquoi donc ?

– Parce que le vicomte se fera du souci. Il passera la nuit à nous chercher, et il punira sévèrement les écuyers qui étaient à notre garde. J'en serais très affligée.

– Il est écuyer, ton petit chéri ?

– Oui, mais il espère être bientôt chevalier.

– Il était avec nous ?

– Non, ma domna, je lui ai interdit de m'accompagner quand je suis avec vous.

– Je comprends, il est entreprenant. Où est-il maintenant ?

– Il est avec le vicomte.

– Tu ne veux pas me dire qui c'est ?

– Non, ma domna. Je vous le dirai quand il voudra m'épouser.

– Surtout, ne lui donne rien avant.

– Oui, ma domna.

– Attends au moins qu'il s'engage sérieusement.

– J'essayerai.

– Tu n'as pas l'air très sûre de toi…

– Oh ma domna ! Vous pensez, après le couvent… Vous comprenez ?

– Je comprends de mieux en mieux.

Le château apparut sur son puy couvert de buissons et de chênes verts.

– Allons ! fit Agnès, avec une autorité de reine, force un peu ton cheval, et au galop !

– Misère pour mes fesses !

– Tu les feras soigner par qui tu sais !

– Oh ! ma domna, vous n'êtes guère charitable.

– Pas avec une petite dévergondée.

Elles éclatèrent de rire et Agnès, enfourchant son cheval comme un homme, les cuisses nues, partit au galop à l'assaut du château.

Elles avaient totalement oublié la chasse.

XI

Aton rappela qu'il devait rejoindre au plus tôt la forteresse d'Al Bézu. Le vicomte déclara à domna Arpaïs qu'ils allaient la quitter.

– Je vais accompagner Aton et Leïla jusqu'à leur nouvelle résidence, s'excusa-t-il. Ils vont vivre en plein ciel au cœur des montagnes des Corbières.

– Dans un désert où ne survivent que les loups, précisa Aton comme s'il craignait les visites.

– Faites attention aux loups-garous, seigneur Aton, s'exclama domna Arpaïs en roulant des yeux terribles.

Ils quittèrent le château de Puivert le lendemain, Raimon-Roger et son épouse, Flors, Aton et Leïla, les plus proches compagnons du vicomte, le seigneur d'Al Bézu, de plus en plus taciturne, et les quatre frères Aniort. Les deux Bonshommes venus de Chalabre fermaient la marche, pieds nus. La petite troupe s'était mise en route dans une aube pourpre, espérant être rendue au port avant la tombée de la nuit.

Ils furent rattrapés sur le chemin de Quillan par trois cavaliers aux montures velues, poussiéreuses. Petites et vives, elles ruaient de fureur tous les trois pas.

– Dieu vous garde ! lança le chevalier de tête en leur barrant le passage.

Les femmes poussèrent un cri. Elles s'imaginaient soumises à rançon, dans ce bout du monde. L'homme était barbu et enturbanné de vieilles hardes pour se protéger du soleil, le teint cuivré, vêtu d'un pourpoint déchiré. Par les crevés boursouflait une chemise d'un blanc douteux. Ses bottes n'avaient plus de semelles. Il tenait en selle sur ses pieds nus. Son regard farouche, fier, ne semblait pas affecté par la pauvreté de sa tenue.

Sa chevelure était tirée sur la nuque en queue de cheval, ceinte de courroies de cuir, comme les frères Aniort et, comme eux, il portait un arc en bandoulière et un carquois de peau contenant un bouquet de flèches.

Les chevaliers s'observèrent un moment sans rien dire, comme des ennemis. Puis Léon, le corbeau de Guilhem-Bernat, s'envola brusquement en croassant ; il se posa un instant sur l'épaule du premier cavalier, comme pour le saluer, puis il fit de même avec ses compagnons, leur effleurant l'épaule, avant de revenir sur son perchoir coutumier. Les frères Aniort se déridèrent.

– Holà ! Par le diable, mais c'est Faruc ! s'exclama l'aîné.

– Dit Bourrut, précisa son frère, comme si ce détail avait son importance.

– Qu'est-il arrivé ?

– C'est votre père, répliqua l'homme d'une voix gutturale. Votre père réclame les Bonshommes. Il veut être consolé sans faute, et faire une bonne fin.

Les quatre frères grognèrent, branlant du chef, montrant aux messagers qu'ils donnaient foi à leurs propos, et qu'ils ne leur en tiendraient pas rigueur. L'aîné se tourna vers Raimon-Roger :

– Seigneur vicomte, nous vous quittons.

– Que se passe-t-il ?

– Notre père se meurt. Il veut être consolé.

Raimon-Roger réfléchissait. Le seigneur du château d'Aniort avait donné du fil à retordre à son père – celui qu'il tenait encore à toute force pour son vrai père, faute de preuves – le vicomte Roger. La famille Aniort, la première du pays de Sault, était remuante, guerrière, indestructible, et sujette aux rébellions par principe, sans d'autre raison que le plaisir de tenir tête aux grands barons.

Le vicomte se dit que Dieu lui donnait l'occasion de s'attacher l'amitié des frères Aniort. Il ne devait pas la négliger. Il déclara :

– Nous venons avec vous, seigneurs d'Aniort. S'il est l'heure pour votre père de quitter notre monde, du moins le fera-t-il avec tous ses amis autour de lui.

Il regarda Aton, qui lui envoya un discret assentiment.

Les cavaliers de l'oustal d'Aniort firent tourner sur place leurs petits chevaux poilus, et repartirent brutalement au galop en bourrant de coups de talon leurs montures teigneuses, qui ruaient sans cesse, comme des jeunes chevaux mal débourrés.

Le conroi du vicomte s'ébranla à petite allure, emmené par les frères Aniort qui gardaient une face impassible, hermétique. À l'entrée d'un chemin vertigineux, plongeant dans les gorges du Rébenty, les cavaliers aux petits chevaux les attendaient pour les guider. Agnès et Flors, impressionnées par la profondeur du précipice, dans lequel les petits chevaux se jetèrent sans hésitation, descendirent de leur monture et poursuivirent à pied. Mais la pente était si forte, par endroits, et le chemin si étroit – à peine de quoi poser le pied – qu'elles finirent par descendre sur les fesses.

Les chevaliers avaient pris les chevaux des femmes en dextre. Ils se moquaient d'elles, se levant sur les étriers, jouant à se couper la route. Agnès, prise de vertige, implorait silencieusement Raimon-Roger, qui semblait l'ignorer. Elle n'osait l'appeler, car elle redoutait d'être rabrouée.

Au fond de la gorge, dans la fraîcheur bienfaisante du torrent, Agnès dut lever la tête pour distinguer en plein ciel, au milieu du ravin qui s'élargissait un peu à cet endroit, le château fort d'Aniort, perché sur un énorme piton. La forteresse rayonnait de la lumière du jour sur son étroit rocher, surgi de l'ombre épaisse de la vallée comme d'une bouche du diable.

Ils contournèrent longtemps l'escarpement, sur un chemin un peu plus large, pour accéder au château par le versant le moins pentu. Les fers des chevaux glissaient sur les rochers, mais personne ne semblait s'en soucier. Flors poussait à tout bout de champ des cris stridents, qui faisaient coucher les oreilles des bêtes.

Tout au long du chemin, sur les replats, étaient installés des chenils qui s'éveillaient au passage des cavaliers, provoquant un vacarme épouvantable.

Agnès s'était résolue à remettre sa vie entre les sabots de sa blanche jument. Pâle, muette, cependant soucieuse de ne pas perdre sa dignité de suzeraine, elle espérait toujours un encouragement de son mari, un geste affectueux, au moins un regard de connivence. Mais Raimon-Roger, comme pris dans son rôle de chef de bande, ne lui portait aucune attention.

Un long escalier aux marches taillées dans la roche les accueillit à l'ombre de grands arbres. En haut de l'escalier guettait la mère, domna Esclarmonde, dont le visage empreint d'une insurmontable lassitude laissait penser qu'elle était déjà veuve. Raimon-Roger ne la connaissait que de réputation. Il découvrit avec curiosité une femme âgée, sèche, droite, vêtue d'une robe informe, sombre et délavée, taillée dans une sorte de couverture matelassée. Ses jambes couvertes de chausses épaisses étaient entourées de courroies colorées, à la mode carolingienne.

Comme les messagers s'avançaient, le cheval en main, pour passer la porte du château, la vieille domna les arrêta d'une claque sèche sur le premier museau qui s'approchait, criant :

– Les chevaux dehors !

Les messagers s'arrêtèrent, interloqués.

– Mais pourquoi ? tenta un chevalier.

– Parce que la prochaine est pour toi ! répliqua la châtelaine, la main levée.

Les messagers retournèrent en maugréant, provoquant une grande pagaille. Sans s'en émouvoir, les mains devant les yeux pour se protéger du soleil qui scintillait à travers les feuillages, la châtelaine apostropha ses fils :

– Les voilà enfin, ces jean-foutre, à courir quand leur pauvre père se meurt ! Bande de sans-cœur !

Son visage, encadré par d'épaisses nattes blanches, semblait taillé à la serpe. Le cortège s'arrêta à nouveau, et sur les quatre visages des jeunes Aniort apparut brusquement la même mine butée. Le corbeau s'envola et alla sans bruit se poser dans une prairie.

L'aîné se racla la gorge, montrant le vicomte :

– Ma mère, nous étions avec notre seigneur…

Raimon-Roger salua, confirma, le visage amène :

– Domna, je viens de me marier. Vos fils en ont été témoins.

Les quatre Aniort branlèrent du chef comme un seul homme.

– Ne faites pas les sots devant moi ! répliqua la domna, le visage empourpré.

Elle retourna d'un pas vif et les mena dans la grande chambre, où gisait le seigneur d'Aniort, immobile. Son corps sec était à peine discernable sous une épaisse couverture. Il portait un béguin de lin qui lui encadrait le visage comme une guimpe. Sa maigreur faisait ressortir son nez en bec d'épervier, dont tous ses fils avaient hérité, l'aîné avec une saillie plus forte encore, plus busquée.

Les deux Bonshommes s'approchèrent et débutèrent les prières, et l'office du consolament. Il y avait déjà quelques personnes dans la chambre, reculées contre les murs. Quelle ne fut pas la surprise de Raimon-Roger de reconnaître le visage lourd, épais, du curé de Coustaussa.

– Tiens ! le « roi mérovingien », murmura le vicomte, que fait-il ici ? Est-il venu assister un de ses fidèles ? Ou bien représente-t-il l'Église papale ? En tout cas, il n'a pas le pouvoir d'administrer le consolament de bonne fin, sinon la domna d'Aniort n'aurait pas envoyé chercher les Bonshommes.

Il s'approcha du seigneur curé, qui attendit le dernier moment pour faire semblant de découvrir le vicomte.

– Le seigneur d'Aniort était votre ami ? demanda Raimon-Roger en guise d'introduction.

Le curé acquiesça :

– Guilhem d'Aniort était des nôtres.

– C'est-à-dire ?

– Il avait mis son épée au service de ma justice. Il me reconnaissait comme le véritable descendant des rois de France. Et il adhérait totalement à la nouvelle foi.

– Les deux marchent ensemble ?

– Forcément. Le seigneur pape et le roi de France se sont associés, à l'époque, dans l'usurpation de ma couronne royale. Et, depuis, le sceptre et la tiare se soutiennent, bien évidemment. Mais si l'un chute, l'autre chutera aussi. Mon travail en sera facilité.

– C'est bien simple ! En attendant, c'est vous qui avez perdu un grand soutien.

– Le seigneur d'Aniort me laisse ses quatre fils, tout acquis à ma cause. Ils haïssent l'Église romaine, le seigneur pape, et d'ailleurs toute autorité, d'où qu'elle vienne. Ils ne rêvent que d'en découdre, et je suis le seul homme à qui ils soient disposés d'obéir.

– Et moi, vous m'oubliez.

– Je ne vous oublie pas. Vous serez mon premier vassal quand j'aurai reçu ma couronne. Je vous ferai duc et je vous comblerai d'honneurs. Vous commanderez mon armée, et toute mon administration.

Raimon-Roger s'amusa :

– Si je dois m'occuper de tout, autant prendre votre place...

Quand la cérémonie fut achevée, et le moribond comme endormi, le vicomte quitta la chambre avec ses compagnons. La nuit tombait. Ils allèrent sur une galerie de bois qui s'étirait vers le couchant, surplombant le précipice. Au fond coulait le ruban d'écume du torrent. Il était si loin que le vacarme de ses eaux bouillonnantes ne parvenait pas jusqu'au château.

« Aucune armée ne peut prendre une telle place forte », se dit Raimon-Roger.

Il avait pris l'habitude d'évaluer la force de résistance de tous les châteaux de sa principauté, au fur et à mesure qu'il les visitait, comme si le pape allait mettre en branle sa croisade le lendemain ; et même s'il pensait que les choses finiraient par s'arranger, et que la menace d'une croisade contre le Midi n'était qu'une ruse pour ramener les fidèles dans les églises, sans être obligé d'aller les chercher un par un, il profitait de ses visites pour imposer toujours aux châtelains quelques travaux de fortification, afin de leur inculquer un esprit de vigilance.

Mais il ne voyait pas ce qu'il aurait pu demander à la famille d'Aniort ; leur château était imprenable.

L'aîné des fils, Géraud, vint le trouver, son arc toujours en bandoulière :

– Seigneur vicomte, que comptez-vous faire maintenant ?

– Qu'en pensez-vous ? demanda Raimon-Roger à ses compagnons.

– Quand je n'ai pas mangé, les idées ne me viennent plus, s'excusa Frézoulet avec un grand naturel.

– Nous allons vous servir quelque chose, répondit le fils aîné. Allez dans la salle grande.

Tout le monde se hâta vers la salle grande, où les fils Aniort servirent eux-mêmes le vin et des pâtés au vicomte et à sa mesnie.

Agnès et Flors réapparurent, entourées par les femmes du château, muettes et comme sidérées par la sublime présence de la vicomtesse. Agnès avait défait ses cheveux blonds, qui scintillaient comme des fils d'or. Avec ses joues rouges, ses yeux étincelants, sa beauté fraîche et un peu sauvage, elle inspirait l'amour à tous les hommes qui maintenant s'entassaient tout suants dans la salle grande, éclairée de torches fumeuses et, sur la table haute, de quelques bougeoirs.

Les flammes dansantes des torches animaient des têtes de cerf, de sanglier, d'ours, de taureaux sauvages qui encombraient les murs et les poutres du plafond, jusqu'au manteau de bois de la cheminée, confectionné de planches grossières.

Ce côté du château était entièrement en bois. L'air circulait par les jours visibles entre les rondins des murs.

Le vent se leva, dans la nuit, apportant une fraîcheur bienfaisante. Des têtes momifiées qui tapissaient les murs descendit une rumeur, un mugissement doux, comme une plainte profonde. L'assemblée, un moment, se figea dans le silence.

– Ce sont les âmes inconsolées qui nous implorent, commenta une femme.

Géraud, l'aîné des frères Aniort, l'injuria pour la faire taire. Agnès prit la main chaude de Flors, qui n'était pas plus rassurée.

Au milieu de la nuit, des coups de vent engendrèrent de véritables brames. Des femmes quittèrent la table précipitamment, marmottant des prières de consolation pour les âmes errantes.

– C'est notre seigneur Guilhem qui nous quitte ! glapit une femme.

Géraud d'Aniort la traita de « sorcière ».

Le repas était entièrement et uniquement composé de gibier, à l'odeur forte et sauvage. Agnès et Flors ne mangèrent que du pain. Frézoulet déclara avoir fait un festin de roi.

Puis un mugissement terrible se fit entendre, venant des trophées, une plainte à fendre l'âme sourdant entre les dents découvertes des animaux.

– Qu'est-ce qu'il se passe ? implora Agnès.

– Il se passe qu'il est trépassé ! cria domna Esclarmonde, la châtelaine, restée auprès du moribond.

Les fils se levèrent bruyamment, et Raimon-Roger les accompagna. La domna du château leur montra le seigneur Guilhem, dont elle avait fermé les yeux. Elle commenta sobrement :

– Dieu soit loué, celui-là, il a fini de me tourmenter.

Les quatre frères courbèrent la tête en gémissant, comme pour recevoir une ultime correction de leur père, puis l'aîné s'avança et fit le signe de la croix.

La mère furieuse lui lança :

– Qu'est-ce que tu fais, pauvre innocent ! Tu chasses les mouches ?

Raimon-Roger se souvint que les cathares avaient en abomination la croix, et le signe de croix.

Géraud se troubla ; mais il était le nouveau seigneur d'Aniort, depuis quelques instants tout au moins, depuis la mort de son père. Il hésita à affronter l'ire de sa mère, se ressaisit, furibond, et s'avança pour répliquer :

– Nom de Dieu ! Je fais désormais selon ma volonté. Et vous devrez faire de même.

Le visage de la mère se durcit, pâlit ; son regard noir prit la fixité redoutable d'un œil de faucon, et bondissant comme un serpent se portant à l'attaque elle gifla son fils, hurlant :

– Respecte ta mère !

Géraud se figea. Regrettant son geste vif, la mère se dandina un moment, tournée vers son époux, comme pour le prendre à témoin de la rébellion de son fils.

– Qu'il respecte sa mère ! fit-elle à son mari.

Raimon-Roger demanda où ils allaient enterrer le défunt.

– N'importe où ! répondit la mère. Nous pouvons l'enterrer n'importe où, et le plus tôt sera le mieux. Dieu n'a rien à lui dans ce corps qui ne ressuscitera jamais. Maintenant, il appartient aux vers.

Géraud s'avança droit sur elle, hérissé comme un porc-épic, pour la contredire de nouveau :

– Mais nom de Dieu, attendez au moins que son âme se soit envolée…

Elle répliqua :

– Il n'avait pas d'âme…

– Ah ! Tout de même…

Elle ouvrit brusquement le volet d'une baie qui donnait sur

le précipice, écarta la couverture qui recouvrait le seigneur d'Aniort et, ceinturant le corps sans poids de ses bras secs et nerveux, elle sembla se battre avec le mort un moment et puis danser, tournant avec lui, étroitement embrassés. Elle l'appuya contre le mur et, d'un geste ample et puissant, elle le passa par la fenêtre, glapissant :

– Il n'avait pas d'âme, tu m'entends ? Il n'en a jamais eu !

Les quatre frères n'avaient pas bougé, abasourdis, ni les Bonshommes, ni l'assistance, figée d'horreur. L'aîné se dandina et s'avança d'un pas, toujours encombré de son arc, de ses flèches, cherchant vainement à placer son autorité. Les mots ne lui venaient pas aisément.

– Mais nom de Dieu ! nom de Dieu, je l'ai entendu parler du Ciel. Il y comptait !

– Tous ceux qui parlent du Ciel n'y vont point ! rétorqua la mère, le regard fixe, provocateur, le visage comme en bois, casqué d'une épaisse chevelure blanche, ébouriffée, le voile glissé sur les épaules.

« Une prophétesse biblique, se dit Raimon-Roger, une pythonisse. Je me demande comment Géraud va s'y prendre pour lui arracher les rênes de la seigneurie. »

Il alla rejoindre ses chevaliers dans la salle grande, mais tout le monde était parti, importuné par les mugissements des bêtes des bois clouées sur les murs. On enlevait les tables pour étendre à la place des paillasses de fougères, pour les hommes qui n'avaient pas de chambre.

Raimon-Roger alla à la recherche d'Agnès et la trouva avec Flors, consolant toutes deux des oursons déjà grands, que le second fils Aniort, Bernat-Othon, grand chasseur, élevait pour son plaisir. Ils étaient déjà ferrés, un anneau passé dans le nez, auquel pendait une petite chaîne. Leurs pattes étaient enveloppées dans des poches de cuir pour éviter les coups de griffes.

Le vicomte dormit avec ses hommes dans une salle basse, ouverte sur le torrent, laissant les chambres aux femmes. Agnès dormit avec Flors, et les oursons que Bernat-Othon consentit à leur laisser.

La plainte des trophées hanta les salles du château toute la nuit, comme un chant funèbre, auquel se mêlait toutes les heures le grondement continu et régulier des prières des femmes, malgré les ordres de domna Esclarmonde.

Au matin, Flors se plaignit :

– Les oursons ont fait *la tralla** toute la nuit !

– Moi non plus, je n'ai pas dormi, avoua Agnès.

Elle supplia Bernat-Othon, montrant les trois oursons qui n'arrêtaient pas de jouer, et qu'elle menait avec elle :

– S'il vous plaît, seigneur d'Aniort, enlevez-leur ces horribles anneaux.

– Domna, je ne peux le faire, ils s'enfuiraient.

– Ils recouvreront la liberté. S'il vous plaît, seigneur d'Aniort.

– Domna, ce n'est pas mon intention de leur rendre la liberté.

– Que voulez-vous en faire ?

– Les dresser à chasser les ours.

– Vous allez les dresser à trahir leurs frères ? Quelle cruauté ! S'il vous plaît, laissez parler votre cœur, et ôtez-leur ces anneaux qui les blessent.

– Mon cœur de chasseur me dit de les leur laisser, riota Bernat-Othon.

– Alors offrez-les-moi, que je puisse veiller sur eux... Je les instruirai.

– Comme une mère ? ricana sans retenue le chevalier d'Aniort. Ce ne sont que des bêtes, domna, d'une grande force et d'une grande méchanceté avec l'âge.

– Avec moi, ils ne seront jamais méchants ! Je les traiterai bien et ils m'aimeront.

– Leurs embrassades sont mortelles, domna Agnès. Elles ne manqueraient pas de vous faire du mal, et le vicomte ne me le pardonnerait pas.

Le visage d'Agnès reflétait une intense souffrance. Elle ne pouvait détacher son regard des petits ours qui se battaient gentiment entre eux, emmêlant leurs chaînes, roulant comme des boules de fourrure sur les pieds des convives.

Agnès se tourna vers le vicomte :

– Mon époux, dites à ce chevalier, qui a un écu ferré à la place du cœur, de me laisser emmener ces oursons, pour l'amour que vous avez de moi.

---

* Faire *la tralla* : s'agiter, faire du bruit en s'amusant.

Les chevaliers, les servantes, les valets firent cercle, très intéressés. Ne disait-on pas déjà que le vicomte était mené par sa femme, à peine marié ? Qu'elle lui avait pris le dessus ?

Bernat-Othon se redressa de toute sa taille :

– Vous ne les emmènerez jamais contre mon gré, domna, répliqua-t-il fermement, même si le roi de France, ou le roi d'Aragon, me le commandait. Sachez qu'ici je suis mon maître. C'est vous qui êtes dans mon oustal, dans mon pays de Sault.

Sa bouche s'était arquée mauvaisement au-dessus d'un menton qui avançait prodigieusement, à la façon d'un portrait taillé à la hache dans un billot.

– Et moi je les lui donne ! s'exclama domna Esclarmonde, qui arrivait précipitamment. Cette damaisèla a bien raison de ne pas aimer la chasse. Je ne l'aime pas non plus.

La situation s'embrouillait. Raimon-Roger hésitait. Il pressentait qu'il avait là l'occasion de mettre en selle le nouveau seigneur d'Aniort, mais il était peiné de ne pas satisfaire les désirs d'Agnès, dont la tendresse pour les animaux, d'une touchante naïveté, lui plaisait.

Il n'avait, de son côté, jamais apprécié de voir souffrir un animal.

Comme Agnès commençait à pleurer, il se décida à intervenir :

– Ma domna, fit-il d'une voix neutre, demandons au seigneur d'Aniort ce qu'il en pense. Nous sommes ici dans sa justice. C'est à lui de trancher.

Géraud d'Aniort s'approcha d'Agnès :

– *Domna vicomtessa*, commença-t-il, se dandinant d'un pied sur l'autre, les pouces passés dans le ceinturon, il ne serait pas raisonnable d'emporter ces oursons. Vous ne sauriez qu'en faire dans un an, quand ils seront plus hauts que vous. Ils pourraient vous lacérer, vous mordre, vous violer peut-être, on l'a vu par le passé. Et arrêtez donc de les plaindre, ils seront bien nourris toute leur vie. Mieux que dans la nature. Ils ne manqueront de rien.

Raimon-Roger déclara :

– Les ours du pays de Sault resteront au pays de Sault. Et maintenant en route !

Agnès bouda, mais chacun pensait que le nouveau seigneur d'Aniort avait fait une bonne justice entre son frère et la vicomtesse. Une justice de bon sens.

On vint leur apprendre qu'Aton et Leïla s'étaient impatientés et qu'ils avaient déjà quitté le château, avec les deux Bonshommes et le seigneur d'Al Bézu.

Raimon-Roger en fut peiné, mais il déclara qu'il comprenait leur empressement, car ils s'étaient beaucoup attardés après leur mariage. Il ajouta qu'il n'était plus utile d'aller jusqu'au château d'Al Bézu.

Ils quittèrent le repaire des Aniort dans la matinée. Agnès, jusqu'à Quillan, n'ouvrit la bouche qu'une fois, pour dire au vicomte :

– Raimon-Roger, vous ne m'aimez pas. De toute façon, je le savais !

Raimon-Roger ne répondit pas. Il avait insisté pour que les frères Aniort restent auprès de leur mère, même s'il était clair qu'elle n'allait pas se laisser mourir de chagrin. La châtelaine les avait tous chassés en déclarant à ses fils :

– Allez-vous-en, les hommes ne servent à personne.

Raimon-Roger se dit que la veuve du seigneur d'Aniort n'avait pas eu la bonne fortune de faire un mariage d'amour, certainement. La réputation du seigneur d'Aniort était celle d'un homme cruel, brutal, très vindicatif, sans foi ni loi. Il se promit de veiller à ce que ses fils ne marchent pas sur les pas du père, dans un état permanent de rébellion, sous de faux prétextes.

Au contraire, il allait les inciter à s'employer chacun à faire régner la justice et l'humanité sur ce pays de Sault si sauvage, couvert de landes et de forêts. Comme Roger, son père, le lui avait appris.

Il n'oubliait pas qu'il partageait le pays de Sault avec le comte de Foix, son cousin. Il se doutait bien que la population n'hésiterait pas à se débarrasser d'un mauvais maître pour en prendre un autre plus aimable. Ou plus lointain.

Il se rapprocha d'Agnès et lui passa tendrement la main dans le dos, jusqu'à la taille, sans rien dire. Agnès l'ignora, mais il savait qu'elle le guettait, espérant depuis longtemps un geste affectueux. Il lui sourit et crut voir voleter sur le visage de son épouse un tressaillement de joie, vite contenu.

Il alla le cœur léger en tête du conroi, au milieu des frères Aniort qui en étaient le fer de lance. Silencieux, indestructibles.

XII

Aton et Leïla s'étaient échappés du château d'Aniort avec la complicité enjouée des deux Bonshommes, et celle bourrue du seigneur d'Al Bézu, non moins pressé qu'eux de rejoindre son château.

Partis à l'aube, ils abandonnèrent les Bonshommes à Quillan, où les réclamaient quelques moribonds soucieux de leur confier le salut de leur âme. Les chevaliers firent le reste du chemin d'une traite, au galop, joyeux d'avoir quitté l'agitation permanente, à la fin pesante, qui accompagnait toujours le vicomte et son épouse, et la malséante presse, les querelles qui, chaque soir, au moment du souper et du gîte, troublaient la cour.

Le châtelain d'Al Bézu, Bernat Sermon, qui n'avait pas dit trois mots pendant tout son séjour à la cour de Trencavel, s'anima à la vue de ses montagnes. Il les mena à travers les pâturages buissonnants d'un plateau ensoleillé, portant un regard princier sur les vastes étendues herbeuses, qu'il imaginait déjà sous la neige, immensément blanches, immaculées.

À l'ombre d'un arbre, il défit ses cheveux qui recouvrirent ses épaules musculeuses. Il récita à haute voix trois *Notre-Père* et remercia Dieu de les avoir préservés de toute tribulation.

Forçant la voix, il évoqua par bribes, au galop, ses plus émouvants souvenirs, sa jeunesse âpre et batailleuse, ses rencontres avec des loups formidables, du temps où il chassait. C'était avant de se convertir à la religion cathare.

– La chasse vous est interdite, désormais ? s'étonna Aton.

– Pas interdite, corrigea le châtelain, mais elle doit répondre à une nécessité, tout au moins être utile. Or, quelle utilité de chasser quand on ne mange pas de viande ?

– Vous aimez les loups ? demanda Leïla. Moi je les aime.

– Ici, donzelle, si vous n'aimez pas les loups il ne faut pas rester.

On voyait au loin des troupeaux de moutons éparpillés sur les collines, ou s'enroulant lentement autour d'un berger immobile, fiché dans le sol avec son bâton.

La nuit tombait quand ils aperçurent devant eux une large vallée qui ressemblait à une auge, couverte de forêts sur les versants, jusqu'en haut des crêtes, sauf d'un côté où un roc calcaire, nu comme la main, portait une sorte d'excroissance rocheuse. Ils étaient encore trop loin pour faire la différence entre le rocher et un ouvrage construit de main d'homme, mais ils se doutaient bien qu'il s'agissait de la forteresse de Bernat Sermon, qui se dressait dans le ciel sur le plus haut sommet. Le pied du pech majestueux était couvert d'une forêt d'yeuses, si fournie qu'elle paraissait impénétrable dans le crépuscule.

Les chevaux, fatigués d'avoir galopé sans repos, ralentissaient et devaient être excités sans cesse avec les jambes ou la trique. Bernat Sermon haussa les épaules :

– Les chevaux n'en peuvent plus, fit-il. Bientôt, il faudra les porter. Nous ne serons jamais là-haut avant la nuit. Tant pis ! Comme rien ne nous presse, nous allons nous arrêter au hameau des Tipliès, là-bas au bord du ruisseau. Des familles louvières y habitent. Nous grimperons au château demain matin, avec le jour, et des chevaux frais.

Le hameau des Tipliès barrait l'entrée de la vallée, de sorte qu'il en était le passage obligé, comme une porte incontournable. Bernat Sermon précisa qu'en cas de visite importune, par exemple quelque inquisiteur romain, attiré par la mauvaise réputation du lieu, un feu fumeux alertait rapidement la garnison du château. Les intrus pouvaient compter être bien reçus.

– De nombreux Bonshommes vivent là-haut, révéla le châtelain. Et nous avons souvent la visite de dom Guilhabert de Castres, notre saint évêque, avec ses plus fidèles compagnons.

Nous devons les protéger de la vindicte papale. Aussi quand un *espie** de Rome se présente, ou un prêtre qui ne nous est pas favorable…

– Parce qu'il y a des prêtres qui vous sont favorables ?

– Beaucoup par ici. Dans ce pays rude, la plupart sont de notre côté. Mais si nous avions à faire à quelque clerc qui nous serait hostile, avertis par le feu nous aurions le temps de cacher nos Bonshommes, pour ne pas attirer l'attention du seigneur pape. On ne sait jamais. Avec toutes ces rumeurs de croisade…

Comme ils approchaient du hameau, ils virent un loup qui s'enfuyait dans les herbes. Arrivé à l'orée d'un bois, il se redressa et poursuivit sa route sur ses pattes de derrière, sans se presser. Il allait dans la direction de Rennes.

– Qui est-ce ? demanda Aton.

Le châtelain répondit par un geste fataliste.

– Qui peut le dire…

Ils approchèrent du hameau et trois hommes vinrent les accueillir. Leur démarche était lourde et balancée.

– Voilà les chefs de famille, commenta le châtelain. Ne craignez rien, nous sommes bons amis. Ils veillent sur le château et le château veille sur eux.

Aton se demanda pourquoi le châtelain tenait tant à les rassurer. Mais quand les hommes furent proches, et que leurs traits apparurent distinctement dans les dernières lueurs du crépuscule, il s'inquiéta en découvrant des faces velues aux sourcils barrés, des figures appointées en museau, des chevelures drues et épaisses, des oreilles pointues.

– Hommes ou bêtes ? se demanda Aton en épiant l'espèce de rictus qui étirait leur bouche sèche, dure, et qui devait s'apparenter à un sourire. Un sourire carnassier, barré d'énormes canines jaunes.

D'une voix gutturale, ils souhaitèrent la bienvenue à Bernat Sermon, l'empoignant avec force, l'embrassant longuement, les uns après les autres, et même plusieurs fois, l'enlaçant de leurs bras puissants, massifs, et le gardant un moment contre leur poitrine en tressautant, impulsant pour finir un balancement léger et rapide, une sorte de bercement affectueux.

---

* Espion.

Le rituel achevé, ils se tournèrent vers Aton et sa compagne, se contentant de leur prendre les mains entre leurs longues mains rêches, froides, griffues, et de les brandir chaleureusement en esquissant quelques courbettes.

Aton les salua d'un rire jovial et Leïla, enchantée, leur répondit par un sourire désarmant.

Les trois hommes les invitèrent par gestes à venir jusqu'au hameau. Ils les menèrent dans une grande chaumière trapue, couverte de genêts, percée d'une porte basse et de petites ouvertures. À l'intérieur se tenaient dans l'obscurité des femmes aussi velues que les hommes, mais aux traits plus fins, racés. Elles échangèrent quelques mots, des sifflements, des grognements, des ululements accompagnés de glapissements, des gémissements de gaieté.

– Ils ont leur langage, précisa le châtelain. Un langage très ancien que je suis le seul à comprendre. Les femmes demandent qui vous êtes, si vous êtes ensemble, si vous avez des petits. Des enfants…

Des femmes portaient des bébés suspendus sur leur ventre, dans des linges crasseux. Les enfants s'agrippaient à leur cou et avaient les traits louviers de leurs parents. Leïla leur sourit, leur caressa la tête, les oreilles, qu'ils avaient couvertes d'un duvet brun et très pointues.

Les femmes riaient bouche ouverte, laissant venir une sorte de soupir joyeux qui bientôt, quand elles se furent accoutumées à la présence des nouveaux venus, dégénéra en cascades de rire, têtes baissées et rassemblées dans une sorte de mêlée amicale, d'où elles lançaient des œillades furtives. Mais l'un des hommes les gronda brutalement et elles se turent.

Il n'y avait pas de feu, ni d'éclairage dans la salle grande, sinon une lampe à huile minuscule dans un coin, qui permettait à peine de se déplacer sans se cogner. Il n'y avait pas d'autre siège que des nattes, des tapis de verdure, des paillasses d'herbe sèche sur le sol. C'est là qu'on leur servit le repas.

– Ils mangent la viande crue, les prévint Bernat Sermon. Mais ils font aussi des sortes de pain, des pâtisseries avec toute sorte de farines. Ils cuisent tout dans des fours bien fermés, parce qu'ils ne supportent pas la vue d'une flamme. Ils disent que s'ils contemplaient les flammes ils seraient envoyés en enfer. Mais je pense qu'ils ont peur du feu, pour des raisons qui nous sont inconnues, à nous comme à eux.

Les femmes apportèrent des galettes fumantes, des pâtés, et de la viande faisandée dont l'odeur effaçait totalement la bonne odeur de pâte. Les hommes se ruèrent sur la viande, qui disparut en un instant.

– C'est déjà mieux, sourit Aton quand la viande eut disparu, engloutie. On peut se remettre à respirer.

Des oublies sucrées avec du miel achevèrent le repas. Les femmes, toujours embarrassées des enfants, à qui elles distribuaient de petits morceaux de pâte, ou de viande, apportèrent à boire dans des jarres. Ce n'était que de l'eau.

– Ils ne connaissent pas le vin, commenta encore le châtelain.

Il demanda aux hommes-loups, pour honorer ses visiteurs, de chanter quelque chanson. Les hommes et les femmes vinrent s'entasser devant eux, debout, les jambes nues, velues sous les bliauds de grosse toile de chanvre, les bras tombants, les mains longues et velues, griffues, s'ouvrant comme pour une meilleure attaque de la voix.

Aux hurlements poignants des hommes répondirent les glapissements des femmes, des hululements aigus, dans une sorte de déchaînement où chacun devait renchérir sur la voix de son voisin, jusqu'à la couvrir. Ils s'agitaient violemment, tapant du pied dans un tempo endiablé.

Puis les femmes se mirent en rond autour des hommes, avançant à petits pas, relevant la croupe et battant la mesure avec leurs mains, sans bruit. Des plaintes aiguës éclataient ici et là, accompagnées d'un déhanchement suggestif. Elles fixaient les hommes d'un air entendu et ironique.

Les hommes restaient sur place, faisant trois pas en avant, deux en arrière, courbant le dos, les pieds écartés.

Leïla sentait des frissons remonter dans son échine. Elle entra en transe, et s'évanouit. Aton la tira hors de la chaumière. L'air frais la fit revenir à elle.

Quand le trépignement s'acheva, le châtelain s'exclama :

– C'est magnifique !

– C'est très puissant ! convint Aton, sidéré.

Le concert se poursuivit, tempéré, dominé par le contre-chant aigu des femmes qui planait au-dessus des basses masculines, suivant un rythme qui faisait penser aux douces ondulations d'une eau troublée.

Le chant s'acheva par un murmure, bouche fermée, assez harmonieux, qui enthousiasma les visiteurs. Les femmes s'embrassèrent, les hommes se serrèrent les mains.

– Ce sont de braves gens, commenta le châtelain, larmoyant. Maintenant, il ne faut pas les mettre en colère. Ils peuvent devenir féroces.

Le lendemain, les hommes au réveil allèrent se laver dans le ruisseau. Ils quittèrent leur bliaud, leur chemise sur la berge, exposant leur torse puissant et entièrement velu aux premiers rayons du soleil.

Voyant le torse d'Aton, blanc et glabre, ils rirent de bon cœur, et en conclurent qu'il était malade. Ils repartirent au hameau en plaisantant joyeusement. Les femmes avaient déjà passé au four de quoi leur faire quitter le jeûne de la nuit. Ils mangèrent tous de bon appétit et Bernat Sermon donna l'ordre du départ. Ils ne devaient pas s'attarder davantage.

– Ils vous trouvent amusants, dit-il à ses compagnons en attaquant le sentier qui menait jusqu'à la forteresse d'Al Bézu.

Aton remercia d'un faux sourire. Lui aussi les trouvait drôles, et même par moments franchement burlesques.

– Il faut de tout pour faire un monde, rétorqua-t-il. Nous reviendrons…

Les chevaux étaient ardents et montaient avec une vaillance admirable. Mais peut-être étaient-ils seulement pressés de décharger leur fardeau et de consacrer enfin tout leur temps à mâchouiller une odorante botte de foin.

La forteresse, aperçue la veille dans le ciel bleu, apparut de nouveau sur la crête blanche comme un prolongement rocheux naturel. Ils s'enfoncèrent dans un bois épais. Quand ils sortirent de sous l'épaisse voûte des chênes verts ils distinguèrent, levant la tête vers la haute falaise, des murailles, des tours, des barbacanes, des baies et des portes, des encorbellements.

– Belle bâtisse ! concéda Aton à Bernat Sermon, qui épiait sa réaction.

– Imprenable ! répondit l'autre avec fierté.

– Aucune forteresse n'est imprenable, seigneur Sermon, rétorqua Aton.

– Ici nous sommes dans la main de Dieu. Ou peut-être au creux de son oreille. Dans tous les cas, nous sommes sous sa protection.

Ils longèrent une petite église entourée d'un cimetière.

– Ce cimetière contient de nombreux corps de templiers qui se sont battus et qui sont morts sur les terres sarrasines. Ils ont exigé d'être enterrés ici, dans ce champ sacré qui appartient au Temple depuis sa création.

– Comme un retour aux origines.

– Aux origines de la foi du Temple. Sachez que c'est d'ici que sont venus les douze premiers chevaliers du Temple, inspirés par le souffle divin qui habite cette terre sacrée. Ils avaient mis spontanément leur épée au service du prieur du saint Sépulcre, à Jérusalem, bien avant la constitution de l'ordre.

– Ils dorment tous là ?

– Tous les douze dans le petit cimetière. Leurs tombes forment les quatre bras de la croix de Saint-Gilles, comme on la voit sur l'étendard des comtes de Toulouse. C'est sous cette croix qu'ils ont combattu durant la première croisade, vous vous en doutez.

– Belle fidélité à leur seigneur !

– Autrefois, on n'avait pas besoin de jurer sa fidélité à son seigneur. Elle allait de soi.

Ils poursuivirent leur chemin jusqu'à une porte qui n'était pas gardée, traversèrent une première fortification, à mi-pente. Les chevaux étaient en nage, sans pour autant ralentir l'allure, comme s'ils connaissaient les lieux. À moins qu'ils n'aient été déjà excités par l'odeur des écuries venue des cimes.

Une seconde porte les fit pénétrer dans les soubassements de la forteresse. Un étroit couloir, qui les exposait sur une dizaine de pas aux archers, les mena à une autre porte, gardée celle-là, équipée de grands vantaux de bois ferré. La porte était surmontée de hourds branlants et doublée d'une herse.

Ils descendirent de cheval et entrèrent. Le châtelain embrassait tout le monde, hommes et femmes, trois fois, selon le rite cathare, sauf son épouse qu'il considérait avec une respectueuse réserve. Des Bonshommes nombreux vinrent l'accueillir amicalement, manifestant un empressement domestique et une joie sincère de le revoir. Il s'agenouilla devant eux, s'inclina jusqu'au sol en demandant leur bénédiction.

Se relevant prestement après ses dévotions, il emmena sans attendre Aton et Leïla, pour écourter la conversation que les Bonshommes entreprenaient avec les nouveaux arrivants. Ils traversèrent de petites salles, passèrent du côté du donjon par une galerie de bois surplombant le vide. Le seigneur Bernat Sermon leur désigna du doigt, sans un mot, l'immense panorama qui s'étendait face à eux, les montagnes des Corbières à perte de vue, l'énorme pic de Bugarach devant eux, son village en bas, autour du château.

Sous leurs pieds leur regard se vida dans un abîme vertigineux, jusqu'à une métairie qui paraissait minuscule. Le châtelain la désigna :

– Cette métairie, là-bas, est la ferme des Baruteaux. Elle appartient au Temple.

– Encore !

– Ils possèdent la moitié du pays, et moi l'autre moitié. On appelle aussi cette métairie *la taverne des templiers.* On dit qu'elle est enchantée… En fait, c'est plutôt le vin de ses caves qui enchante les chevaliers du Christ venus se reposer des combats en Palestine, ou en Espagne. Et plus loin, sur le ruisseau de la Blanque, le hameau que vous voyez m'appartient. C'est la Vialasse. Tout est à moi, même l'église et la maison forte.

– Vous qui êtes de la foi cathare, qu'avez-vous à faire d'une église ?

– J'en touche tous les droits. Ce n'est pas rien.

– Et vous entretenez un prêtre ?

– Le prêtre est des nôtres. Il prêche l'Évangile de la véritable Église de Dieu, quand il le peut. C'est moi qui le nourris.

Ils restèrent là un moment, fascinés par le vide qui les séparait de la vallée de la Blanque, et du pic de Bugarach, énorme, couvert d'une frondaison sombre, crépue, puis ils pénétrèrent dans le donjon par une porte coiffée d'un épais linteau. Ils traversèrent sans s'arrêter la salle grande et ressortirent du côté opposé par une portanelle peinte en jaune.

Elle s'ouvrait sur un ravin qui bordait la forteresse du côté du couchant. Après le ravin se dressait fièrement une sorte de petit castelet, bâti sur un étroit rocher.

– Voici votre demeure, proclama Bernat Sermon, désignant

de la main le petit château, un donjon flanqué d'une tour. Vous êtes chez vous.

Un pont en bois reliait le castelet au château fort, qui se relevait depuis le château.

– Le refuge du castelet peut se transformer en véritable prison, se dit Aton. Mais il ne s'en émut nullement. Une force étrange l'attirait dans ce petit château, ainsi que Leïla.

– C'est comme si nous y étions nés, dit-elle en prenant possession des lieux.

Depuis l'unique baie du donjon, une grande ouverture à deux arcs jumelés, ils aperçurent le castrum de Rennes, serré derrière ses murailles. Au milieu dominait le château, entouré d'un manchon de toitures rousses.

L'intérieur du donjon était presque nu, avec un coffre et une table, quelques sièges sans dossier. Au-dessus de la salle grande, une chambre proposait un grand lit carré, un coffre et une petite table. Au-dessus de la chambre, une terrasse protégée par un parapet dentelé de créneaux les rapprochait du ciel.

Ils restèrent toute la journée à embrasser le panorama démesuré des montagnes des Corbières, à scruter les massifs lointains, bleutés, d'un bleu sombre, mystérieux sous l'azur du ciel parcouru de petits nuages, des poussins de nuages qui passaient sans se presser et semblaient jouer. En bas, les prairies à moutons, sous leurs pieds, formaient des tapis de fleurettes.

La nuit tomba alors qu'ils étaient toujours à la fenêtre, sans penser encore à la quitter, Leïla assise sur le banc de pierre dans l'embrasure, sur un large coussin, pâle et rêveuse, Aton pensif, debout les bras croisés, campé comme un justicier.

La voûte du ciel s'illumina peu à peu. En face d'eux, la cité de Rennes s'infusa dans la nuit claire, masse sombre portant comme un navire quelques luminaires dans le gréement, des torches ou des cierges scintillant à travers les baies ouvertes du donjon, des lampes votives derrière les vitraux de l'église.

Tout à coup ils aperçurent ensemble, distinctement, un rai de lumière au-dessus du château de Rennes. Ils pensèrent à un trait d'union entre la terre et le ciel, extrêmement lumineux.

– Qui prie au château à cette heure ? s'exclama Leïla sur un ton joyeux. Et avec une telle ferveur !

Aton haussa les épaules :

– Un hérétique peut-être, un cathare au cœur pur et sans méchanceté. Ce n'est pas ce qui manque.

– Je pense qu'il ne va pas tarder à remonter au Ciel, celui-là, ajouta Leïla. Il est peut-être à l'*endura** ?

– L'endura ? Ce n'est pas bien, l'endura. C'est comme de vouloir forcer la main de Dieu. Non, il faut attendre qu'Il nous appelle, nous le savons. Mais... oui, il ne va pas tarder à nous quitter... Il est déjà parti.

– Parti ?

– Oui, en route vers le Ciel. Sa prière monte droit comme une lance. Il est dans le passage, je le sens. On va bientôt lui ouvrir...

– Et nous ?

– Nous ?

– Quand partirons-nous ?

– Nous, plus tard.

Ils se sourirent dans le noir.

Aton sortit de sa contemplation en agitant ses jambes. Il chercha un flambeau.

– Je me demande qui c'est... répéta Leïla en le rejoignant.

Ils montèrent s'installer en haut, sur la terrasse, au cœur des étoiles qui formaient une voûte blanche au-dessus de leur tête.

Toute la nuit les loups hurlèrent dans les montagnes environnantes, crescendo, jusqu'à l'aube. Dès que le jour se leva ils se turent, et l'air s'emplit du chant des oiseaux.

– Comme j'aime ce pays... murmura Leïla. Nous sommes à la porte du Ciel.

– C'est bien possible, mais néanmoins nous devrons attendre.

---

* Décision d'un croyant de se laisser mourir par l'abstinence de tout aliment et de toute boisson. Cette pratique, en fait rare, concerne surtout les grands malades déjà hérétiqués, qui veulent en finir.

XIII

Agnès et Flors traversaient un verger chargé de fruits, le visage caressé par une douce brise d'automne. Chacune tenait à la main sa jument, qui tirait sur la longe pour happer au passage quelques feuilles.

On voyait souvent les jeunes femmes se promener à pied dans les environs de la cité de Carcassonne, suivant les chemins buissonniers qui longeaient les vignes, les bordures des ruisseaux, les pâturages, la jument en main. Quand les beautés capricieuses s'arrêtaient pour brouter une touffe d'herbe, une ramée de noisetier, leurs maîtresses s'insurgeaient, les querellaient, les grondant gentiment. Les juments résistaient un moment, le temps de se gaver, et reprenaient avec joie leur pas gracieux et sautillant.

Les chevaliers qui suivaient des yeux la promenade des domnas s'irritaient de ce spectacle bien propre à rendre les chevaux gras à lard, paresseux et indociles, à leur humble avis. Mais les jeunes femmes n'en avaient cure, indifférentes aux commentaires savants du côté de la haute cour, aux plaisanteries grossières du côté des écuries, poursuivant à tour de rôle la narration de leur courte vie, avec une abondance de détails qui aurait paru à beaucoup inutile, mais qui les passionnait en occupant idéalement l'après-midi.

Flors avait révélé sans réticence à son amie son entrée forcée dans les ordres, parce qu'elle était trop familière avec les écuyers de son père, et les hommes du seigneur châtelain. Elle avait aimé un beau jeune homme qui n'était pas noble.

– Mais... est-ce que vous avez... il t'a...

– À vous je ne le cacherai pas, ma domna, il m'avait mis le petit Jésus dans la crèche. Et je n'en ai point honte ! Il voulait m'épouser.

– Mais tu es bien loin d'être la petite oie blanche que je pensais ! s'était exclamée Agnès en simulant l'effroi.

– Mon frère Gui a eu vent de mon aventure, je ne sais comment. Il était très jaloux, et il m'a dénoncée à mes parents. Mon père m'a alors obligée à prendre l'habit de nonne, pour sauver leur honneur, disait-il.

Agnès s'était réjouie :

– Sans moi, tu serais déjà une vieille femme, aux genoux usés par la prière. Tu me dois la vie.

– Quand j'aurais des enfants, ma première fille s'appellera Agnès !

– Si elle a mon caractère, je te plains !

– Ma domna, vous n'êtes guère méchante.

– Raimon-Roger me trouve bien libre pour une domna, surtout devant le monde. Il me dit que « la poule ne doit pas chanter devant le coq », que mon père aurait dû m'apprendre au moins ça. Mais il n'a pas l'air de trop s'en faire, pour le moment. Il lui arrive d'en rire.

– Il est jeune, votre mari, il est comme nous. Il aime la vie. Ce n'est pas comme ce vieux barbon qui tient le château de Bellegarde, où sont mes parents. Mon père est chevalier de bourse, il est nourri et logé, et c'est à peu près tout. C'est le vieux seigneur de Bellegarde qui les a obligés à m'enfermer dans un couvent, j'en mettrais ma main à couper.

– Pour quelle raison ? Il est votre parent ?

– Point ! Mais sa jeune épouse s'est enfuie avec un chevalier qui gardait son château pendant qu'il était à la guerre. Il y a bien longtemps déjà, mais depuis, ce vieux bouc ne pense qu'à se venger des femmes.

Flors se tut, perdue dans ses pensées.

– Au moins, vous et votre mari, vous vous aimez... rêva-t-elle.

Agnès soupira :

– Comment saurais-je si Raimon-Roger m'aime ?

– Il vous a bien fait sa cour ! Il lui a fallu du courage pour vous avoir.

– Point du tout, c'est moi qui me suis jetée à son cou.

– Il ne vous a pas repoussée, c'est bon signe.

– Il m'en faut davantage pour être heureuse.

La jument tira sur la longe, d'un coup sec, pour rafler une touffe d'herbe verte ; Agnès s'emporta :

– Qu'elle est sotte cette jument ! Tu vois, tu m'as arraché l'épaule. Saleté !

Elle la tira violemment pour lui relever la tête, mais la jument résistait, indifférente aux efforts de sa maîtresse. Agnès éclata de rire, lui caressa l'encolure :

– Comme tu es gourmande ! Tu vas devenir ronde comme une barrique, et les chevaliers vont se moquer de toi !

Agnès dut attendre que l'animal daigne se remettre en marche.

– Je vois bien dans ses yeux qu'il vous aime, vous pouvez me croire, poursuivit Flors.

– Je suis loin d'être traitée comme une reine. L'autre jour, dans le pays de Sault, il m'a donné tort.

Elles arrivaient au terme de leur périple, qui était le moulin farinier du château de Couffoulens, bâti sur un affluent de la rivière Aude, en amont de la cité de Carcassonne. Elles y venaient souvent. À deux lieues des remparts de la cité, tout au plus, le moulin de Couffoulens était le terme le plus lointain de leur promenade.

Une pucelle y vivait avec son père, une tante, et plusieurs valets. L'histoire assez triste de cette jeune fille, qui avait perdu sa mère dans son jeune âge, et qui avait été élevée par une méchante marâtre, elle aussi décédée, les avait émues. Elles avaient décidé de veiller sur son sort.

Le moulin enjambait la rivière d'une élégante voûte surbaissée, en pierre de taille. Sur ce socle fortifié, noirci par une lèpre verdâtre jusqu'aux plus hautes eaux d'hiver, au ras des meurtrières, reposait un grand étage à colombages, où s'ouvraient de nombreuses baies aux dimensions variées, et un vaste grenier.

La pucelle était à sa fenêtre, découpant son beau visage de jeune fille dans un cadre de bois assez finement sculpté.

Elle s'appelait Aude, ce qui plaisait beaucoup à Agnès. Aude racontait que sa mère, qui venait de la ville, avait voulu à toute force la nommer ainsi, bien qu'aucune de ses aïeules n'ait jamais porté ce nom, pour l'inciter à quitter sa famille et à aller découvrir le vaste monde, comme les eaux qui viennent des montagnes courent jusqu'à la mer.

Aude passait de longues heures à contempler les eaux de son moulin, qui filaient entre les deux hautes rives, convaincue qu'elle quitterait un jour le berceau de sa naissance. En attendant, elle menait une existence morose avec son père, hérétique déclaré, et sa tante, la sœur de son père, qui avait reçu le consolament et ne mangeait plus de viande.

Quand la jeune fille vit la vicomtesse, avec son amie, et les deux juments qui encensaient de la tête pour ne pas être attachées trop court, elle sourit et s'empressa de descendre. Elles s'embrassèrent. Aude pliait le genou, au début, mais Agnès lui avait recommandé de ne plus le faire. Quand elle venait chez elle, elles étaient entre amies.

Elles entrèrent toutes les trois dans la salle, une grande pièce qui servait à tout. Des sacs de grains, ou de farine, en occupaient une bonne partie. On y mangeait et, le soir, on veillait au coin du feu en écoutant les Bonshommes.

L'âtre, bâti dans un coin en grosses lauzes, restait allumé toute l'année, été comme hiver, car l'eau circulant sous la maison entretenait une fraîcheur glaciale en toute saison. Aude s'affaira pour leur servir une boisson rafraîchissante, du vin coupé d'eau et du poiré, mis au frais sous le moulin.

Le meunier, tout enfariné, vint saluer les domnas, imité peu après par la tante, dont le visage momifié par l'âge et les privations, et la peur du diable, effrayait Flors. Les jeunes filles avaient coutume d'aller se promener sous les frais ombrages, le long du chenal d'amenée qui, avant d'atteindre le moulin, irriguait au passage des vergers et des pâturages.

Un bruit de chevaux interrompit les bavardages.

Le meunier sortit sur le chemin qui bordait le moulin, l'œil inquisiteur. Les femmes suivirent. Des mules habillées de couleurs vives et enrubannées s'approchaient d'un pas lourd et régulier, sous un dais de bannières pieuses et de crucifix. Elles étaient chargées de personnages corpulents vêtus de sombre, sous de grands chapeaux.

Devant eux, quatre moines marchaient à pied, en chantant.

– Voilà les suppôts de l'Église de Satan ! s'exaspéra le meunier.

Sa sœur approuva d'un grand soupir.

– Et à leur tête, méchant comme le diable, le chien de garde de la Louve romaine, compléta le meunier.

– De qui parlez-vous ? demanda Agnès, inquiète.

– Domna, je parle de Pierre de Castelnau, le légat du seigneur pape, vous ne le connaissez pas encore ? Il vaut mieux pour vous.

– Je ne l'avais jamais vu, mais j'en ai entendu parler. Il veut extirper l'hérésie cathare du Midi.

– La soi-disant hérésie ! rétorqua la tante. C'est lui l'hérétique !

– Et à côté de lui, poursuivit le meunier, la mine de plus en plus sombre, le grand échalas coiffé d'un grand chapeau noir, qui lui donnerait l'air d'un routier navarrais s'il n'était pas monté sur une vieille mule, c'est Archivenin, le grand vicaire de l'évêque de Béziers. Un traqueur de bons chrétiens, lui aussi.

– Tiens ! Je ne l'avais pas reconnu, commenta Agnès. Pourtant, je l'ai déjà rencontré, cet Archivenin. Chez monseigneur de Roquessels, dans son palais de Béziers. Lui me fait peur.

– Vous avez bien raison de vous en méfier, il a un regard de basilic, et sa morsure est enragée, rétorqua le meunier. Mais que viennent-ils faire par ici ?

– Ils ne font que passer leur chemin, seigneur meunier. Ils ne vous cherchent nullement.

– Ta-ta-ta ! Si ce n'est pas pour moi c'est pour mon frère, comme on dit, ou pour ma sœur en religion.

Agnès lui prit le bras :

– Seigneur meunier, laissez-les passer, je vous en prie. Vous allez attirer l'attention sur vous et sur votre famille. Si vous vous déclarez, ou si vous les injuriez, vous irez en prison.

– Domna, quand on sait que la vie sur terre est un néant, on ne craint pas la prison. Qui de nous ne serait pas heureux de donner sa vie pour l'Église de Dieu ? Et d'aller droit au paradis ? Nous sommes de meilleurs chrétiens qu'eux, et nous n'avons à recevoir de leçon de personne. Vous allez voir.

– Je vous en prie, seigneur meunier, ne les provoquez pas !

– Ce sont eux qui me provoquent. Ils viennent me narguer devant ma porte.

Le cortège arrivait à la hauteur du moulin. Les moines qui ouvraient la marche chantaient en regardant droit devant eux, indifférents au pays qu'ils traversaient. Suivaient des clercs et le légat du pape, qui chevauchait une grande mule à la livrée cardinalice. Il était flanqué du grand vicaire de Béziers sur une monture aux oreilles de lapin. Le meunier s'adressa à eux :

– Holà ! La milice du diable ! Qui cherchez-vous ? Qui allez-vous encore tourmenter ?

– Qu'y a-t-il ? demanda Pierre de Castelnau, se réveillant.

Le pas régulier de la mule, conjugué aux chants des moines qui lui rappelaient les offices nocturnes dans son abbaye de Fontfroide, autrefois, le plongeait bien souvent dans une somnolence béate, dont il ne se défendait pas car elle lui permettait de reprendre des forces, en vue du prochain combat. Or les batailles se succédaient sans répit, dans ce Midi rongé par la corruption hérétique.

Archivenin lui montra du doigt le bonhomme enfariné, campé sur ses courtes jambes, qui l'interpellait de nouveau. Sa mule s'était arrêtée d'elle-même, les oreilles couchées, comme si elle craignait d'avoir mal entendu, ou pour participer à la dispute. Archivenin arrêta la sienne, les yeux agrandis d'indignation.

– Ça sent l'hérétique ! trompeta-t-il bruyamment.

– La grande synagogue de Satan envoie ses loups sucer le sang du peuple, déclama le bonhomme les mains sur les hanches, mal rasé, le visage empourpré.

Son regard était terrible.

Comme le légat se contentait d'observer le fou furieux qui lui coupait la route, silencieux, se demandant encore de quoi il retournait, le meunier poursuivit sa diatribe :

– Rome envoie ses loups pourchasser les fidèles du Christ, éliminer les derniers témoins de son imposture, terroriser le peuple afin qu'il oublie Dieu !

– Qui êtes-vous, mon pauvre ami ? demanda Pierre de Castelnau, fronçant ses sourcils chenilleux.

– Je ne suis pas votre ami. Je suis mestre Rainald, meunier de mon état, et honorablement connu. J'ai à ferme le moulin banal* du vicomte…

– Ah ! Le vicomte… le coupa Archivenin, levant une main. Je n'en suis pas étonné.

– J'ai à ferme le moulin banal du vicomte à Couffoulens, répéta avec irritation mestre Rainald. Il me rapporte tout juste de quoi ne pas mourir de faim. Et pendant ce temps l'Église romaine s'empiffre, elle se vautre dans le luxe et la fornication.

Le légat sursauta, jeta un œil sur la belle bâtisse, sifflota :

– Vous ne donnez pas l'impression de mourir de faim. Mais qu'avez-vous dit d'autre ? Vous avez parlé de luxe. Il est vrai qu'on en trouve chez les prélats, pour la gloire de Dieu. Vous avez parlé aussi de fornication, pauvre homme. C'est un des nombreux mensonges que répand la secte que nous combattons, commenta-t-il à l'adresse d'Archivenin et des autres clercs.

Il se tourna à nouveau vers le meunier :

– La secte dont vous êtes un suppôt, je le vois bien.

– Et vous, vous êtes le suppôt de la synagogue de Satan, je le maintiens.

– Ô ministre de douleur ! déclama tout à coup Archivenin. Artisan de félonie !

Il leva les yeux au ciel.

Pierre de Castelnau, ayant retrouvé tous ses esprits, roula des yeux terribles :

– Qui te paye pour déclarer de pareilles infamies ?

– Ô monstrueux ennemi du Christ ! poursuivit Archivenin. Ô féroce persécuteur !

– Demandez-moi plutôt qui voudrait me payer pour me faire taire !

– Ô enfant de scélératesse ! Ô fils de perdition !

– Tu ne sais pas ce que tu dis, rétorqua le légat. Vous prétendez dans votre secte qu'il existe un Dieu bénin, qui est au Ciel, et un Dieu malin, qui a fait la terre et tout ce qui vit, et que vous traitez de menteur et de meurtrier. Ce sont des folies, inspirées par le diable !

---

* Le ban est le pouvoir de maintenir l'ordre public, et de lever les impôts. Le moulin banal est le moulin public, dont l'usage est souvent obligatoire, et qui fait l'objet d'une redevance au seigneur qui l'entretient.

– C'est vous qui servez le diable, ô douleur !

– Ô semence de méchanceté ! Ô poison de perfidie ! récitait Archivenin avec un air de martyr.

Le légat, qui allait répliquer, se tourna vivement vers le grand vicaire :

– Arrêtez ça, Archivenin !

Il revint vers le meunier :

– Remercie la Providence que je n'ai pas mes hommes d'armes avec moi, aujourd'hui ; sinon je t'emmenais à Carcassonne, te faire goûter le pain de tribulation, et l'eau de repentir.

– Je ne crains pas la prison !

– Mais je reviendrai te voir, tu peux y compter.

La tante était allée couper une ramée et en frappa à tour de bras la croupe de la mule du légat, criant :

– Allez-vous-en, méchant homme !

– Ô premier-né de Satan ! relança Archivenin. Ennemi de la croix ! Ô champion des hérétiques !

Le légat aperçut Agnès et Flors.

– Et vous, qui êtes-vous ? De nouvelles recrues de la secte, je présume.

– Vous parlez à la vicomtesse de Carcassonne et Béziers, se récria le meunier.

– Ah ! La fille du comte de Montpellier, par la main gauche. Vous venez vous initier aux fantaisies de la secte cathare, domna ? Quand je pense que votre père était le bouclier de l'Église catholique, apostolique et romaine, ô douleur ! Quant à toi, meunier, qui répands avec délectation l'immondice de l'hérésie, et la boue de la calomnie, tu auras de mes nouvelles avant longtemps.

Il était maintenant bien réveillé, et s'agitait sur sa mule qui piétinait.

– C'est vous qui allez avoir de mes nouvelles, enfant de Bélial.

– Ô homme diabolique ! Ô complice des méchants ! Ô artisan de cruauté ! s'insurgea Archivenin, excitant en vain sa monture pour la lancer sur le perturbateur.

– Allons-nous-en, déclara Pierre de Castelnau. Nous reviendrons.

– Ô cruauté inouïe ! Prince d'apostasie ! Ô ignare de vertu.

– Allons ! Avançons ! Vous savez, Archivenin, que vos litanies sont agaçantes, à la fin ?

– Ô cruelle rétribution d'une œuvre pieuse ! Ô cruelle trahison...

– Vous m'avez entendu, Archivenin ?

– Ô rage scélérate ! Ô chaume d'éternel incendie...

Les moines reprirent les hymnes, et le conroi repartit. Pierre de Castelnau se retourna pour lancer une nouvelle fois :

– Je reviendrai !

– Nous reviendrons ! confirma Archivenin à bout d'inspiration.

Le cortège s'éloigna, disparut derrière un bosquet.

Les jeunes femmes étaient fort marries. Elles n'avaient jamais assisté à une prise de bec entre l'Église de Rome et la nouvelle Église. Agnès avait ressenti avec une espèce de terreur la haine inexpiable qui les opposait, et qui allait bien au-delà des désaccords sur le dogme. Elle en fut très alarmée.

Elles tardèrent à se remettre en route, ne voulant pas risquer de rencontrer à nouveau le légat du pape et son cortège. Au palais de Carcassonne, qu'elles atteignirent au crépuscule, une autre surprise les attendait. Monté sur un vieux cheval gris, efflanqué, un jeune homme brûlé par le soleil guettait le retour de Flors. Avec sa barbe en broussaille, sa tunique déchirée, son pauvre armement, ses yeux noirs et brillants, fiévreux, il faisait penser à quelque ancien pèlerin de Palestine devenu ermite, cheminant de paroisse en paroisse, apportant l'Évangile en demandant l'aumône. Comme les premiers apôtres.

Quand les jeunes femmes apparurent dans la cour, il se laissa glisser de sa monture, avec une agilité féline inattendue. Agnès pouffa de rire en le voyant venir vers elles, une chausse descendue qui lui laissait la jambe nue, embarrassé par une immense épée qui devait dater de Charlemagne.

Flors ne riait pas. Le regard médusé, elle murmura :

– Mon Dieu ! Mon Dieu ! Gui, mon frère...

– Ah ! Tu le connais...

– Je vous dis que c'est mon frère ! Que me veut-il ?

– Eh bien, il va nous le dire.

Le jeune homme s'approcha, salua les jeunes femmes :

– Dieu vous garde, domna ! Dieu vous garde, ma sœur, et vous sauve du péché !

Il avait une voix de canard, sèche, lasse, sans vie.

– Je suis la vicomtesse, se présenta Agnès, et votre sœur est sous ma garde. Son âme n'est pas en danger, que je sache.

– C'est à moi d'en juger, domna, je suis son frère. Sachez que Flors a prononcé ses vœux chez les bénédictines de Béziers. Or, elle les a quittées honteusement.

– Elle a quitté le couvent de Béziers à ma demande, pour me tenir compagnie et m'assister dans mes prières. Elle prend soin des pauvres qui viennent au palais, et distribue mes aumônes. Qu'y trouvez-vous à redire ?

Le jeune homme secoua la tête, son visage s'entailla d'un mince sourire.

– Nos parents s'inquiètent, domna vicomtessa, non sans raison. Ils veulent savoir ce que leur fille est devenue ; pourquoi a-t-elle quitté le couvent, si vite ? Ils y ont apporté une dot, elle l'a peut-être oublié. Nos parents, quoique de bonne noblesse, sont pauvres.

– Ce n'est pas moi qui le leur ai demandé ! s'insurgea Flors.

– Allons, venez à table, nous en discuterons, coupa Agnès, de plus en plus intriguée.

Le cavalier refusa de pénétrer dans la salle grande.

– Non ? Et pourquoi ?

– Je voudrais parler à ma sœur. J'ai un message pour elle, récrimina-t-il de sa voix desséchée, lasse. C'est... très personnel.

– À votre guise, répliqua Agnès. Je vous laisse.

Le jeune homme attendit qu'Agnès ait disparu et, prenant une mine sévère, il interpella sa sœur :

– Flors, qu'as-tu fait ? Tu nous as déshonorés !

Le visage de Flors reflétait la peur et le dépit. Elle se redressa, prête à faire face :

– Pourquoi ?

– Tu as quitté le couvent comme une voleuse, sans l'autorisation de notre père !

– Et alors ? Il m'y avait mise sans mon autorisation !

– Je vois bien que tu es restée rebelle ! Ce n'est pas bon, ça ! As-tu pensé à ton salut ? Dieu ne te pardonnera pas aussi facilement que moi.

– Tu n'as rien pardonné. Pourquoi es-tu venu ?

– Ma sœur, je pars en Espagne combattre les Sarrasins. Je n'en reviendrai qu'avec les éperons d'or de chevalier. Ou mort, les pieds devant.

Flors lui prit les mains, avec une spontanéité touchante.

– Ne meurs pas, fit-elle.

– Père t'attend. Il veut que tu ailles le voir. Dieu veuille qu'il te pardonne ta folie.

– Je ne reviendrai pas au couvent. Il faudra qu'il s'y fasse…

Une gifle, portée sans force, l'interrompit. Elle porta la main à sa joue avec un petit cri, non pas de douleur, mais de surprise.

– Tu es comme lui, laissa-t-elle tomber.

– Tu étais l'épouse du Christ. Tu as répudié le Christ, tu te rends compte ?

Flors laissa passer sur ses lèvres un léger sourire.

– Il ne manque pas d'épouses, fit-elle sur un ton rassurant.

– Ne parle pas comme ça ! Pense à nous, à notre honneur, pense au chagrin de ta mère.

– Ma mère me comprend, j'en suis certaine.

– Tu n'avais pas le droit de quitter le couvent sans notre autorisation.

– Vous me l'auriez donnée ?

– Je ne sais pas. Le mal est fait. Le père t'attend. Jure-moi que tu iras le voir ?

– À Bellegarde ? En Provence ?

– Bien sûr ! Où veux-tu qu'il soit !

– C'est loin !

– Tu te feras accompagner. Jure !

– Je le jure.

– Avant Noël.

– Avant Noël. Tu t'en vas déjà ?

– Oui !

– Attends ! Je vais te présenter au vicomte. Il est fort courtois, et plaisant, lui.

Le visage fermé de son frère, brûlé par le soleil, le grand air, se fendit d'un sourire rusé :

– Un plaisant hérétique… Père t'en parlera. Tu iras le voir, c'est bien sûr ?

– Je t'ai dit oui.

– Au retour, dans un an, ou plus, ou moins, je ne sais pas, je m'arrêterai ici. J'espère que tu n'y seras plus.

– J'espère que j'y serai encore !

Elle reçut une seconde gifle, plus forte que l'autre. Elle le regarda fixement, les lèvres serrées.

– J'espère qu'à mon retour j'aurai la joie de ne pas te trouver ici, chez les hérétiques.

– La vicomtesse est mon amie. Et elle n'est pas du tout hérétique. Elle est la fille du comte de Montpellier, le comte Guilhem, qui était le bouclier de l'Église romaine dans le Midi.

Le jeune homme hocha la tête silencieusement, grogna, et s'en retourna sans un mot de plus. Il remonta en selle sur son cheval épuisé et, repassant sous la porte de la cour, il disparut.

– Quel sauvage ! pensa Flors, il n'a pas changé.

XIV

Il se nommait Gui de Bellegarde, mais il aimait qu'on l'appelle *le Guerrejat*, le guerroyeur. Son père était un pauvre chevalier de bourse, qui n'avait jamais pu acquérir de grands biens, et était resté à la merci des humeurs de son châtelain. Il ne parvenait à lui arracher quelques piécettes d'argent qu'à l'occasion des grandes fêtes religieuses.

Gui s'était juré, dès son plus jeune âge, d'échapper à la servitude des chevaliers de bourse, et de se tailler une belle seigneurie à la pointe de son épée.

N'ignorant pas qu'il ne pourrait jouir très longtemps de sa conquête sans un suzerain puissant, il rêvait d'entrer au service d'un grand baron. Il pensait au comte de Toulouse, le plus puissant seigneur du Midi après le roi d'Aragon, et peut-être avant lui. Il ne savait trop.

Il imaginait qu'averti de ses exploits guerriers en Espagne, dont la renommée passerait bientôt par-dessus les montagnes des Pyrénées, à la manière du Cid Campeador, le comte de Toulouse le supplierait de venir dans sa mesnie pour renforcer son armée, et le garder de ses ennemis. Le comte de Toulouse en personne.

Il s'imaginait arrivant à Toulouse, au château Narbonnais. Le comte le recevrait aimablement, prendrait ses mains dans ses mains, poserait sa bouche sur sa bouche, et le gratifierait d'une magnifique forteresse sur le Rhône. Ou ailleurs. Gui n'avait pas de préférence pour le pays environnant. Ce qu'il voulait, c'était une grande seigneurie plantée d'une belle forteresse, avec dans la haute cour des dizaines de chevaliers intrépides, impatients de partir en chevauchée.

En attendant, il enrageait de n'être qu'un modeste écuyer, à vingt-deux ans, quand tant de donzels bien nés, entraînés aux bonnes manières, au *domnejar**, avaient chaussé les éperons dorés du chevalier depuis longtemps. Sans avoir accompli d'autre exploit que de se lever tous les matins, et même sans avoir jamais donné un coup d'épée pour de bon.

Gui le Guerrejat avait espéré longtemps une bonne guerre, qui lui aurait donné l'occasion de se faire remarquer, d'attirer l'attention d'un homme puissant. Il aurait sauvé la vie de son maître, au moins une fois, et celui-ci se serait fait un plaisir et un honneur de l'adouber, sans rien demander en échange.

Le grand baron reconnaissant payerait naturellement la fête, et de plus l'armement, le harnachement, le cheval ou plutôt les chevaux, car un chevalier digne de ce nom a trois chevaux au moins : un cheval de guerre, un palefroi pour la parade et la promenade, ou un coursier rapide, et un cheval de bât. Sans parler de ceux que montent ses écuyers, ses valets, ses archers, ses *coutiliers***, ses sergents, qui l'accompagnent.

Oui, il faut beaucoup d'argent, pensait-il, de gros revenus pour être chevalier. Seul un baron qui lui devrait la vie accepterait de l'adouber et de l'équiper. Et de l'entretenir. Tout à la fois. Sans qu'il ait besoin de s'humilier, comme le faisait son père depuis trente ans devant le châtelain qui le nourrissait.

Son père n'avait même pas de quoi remplacer son cheval. Il montait le plus possible les chevaux de son seigneur, et celui-ci ne manquait pas de lui en faire le reproche, publiquement, sur un ton humiliant.

Gui avait vite compris qu'il ne devrait compter que sur lui-même. Son destin était entre ses mains, – des mains solides et fortes, nerveuses, grâce à Dieu ! – qui portaient des coups terribles pendant les exercices à l'épée, ou à la hache d'armes. Gui

---

* Art de courtiser les domnas.

** Armés d'un couteau spécial, les coutiliers sont chargés d'achever les blessés et surtout les chevaliers tombés à terre.

se sentait tout à fait capable de se faire respecter sur un champ de bataille, un vrai champ de bataille. Il avait hâte de rencontrer les Sarrasins.

Il s'était mis un temps au service du seigneur d'Uzès, mais celui-ci voyageait beaucoup et Gui était resté cantonné aux écuries, sans autre mission que de donner du foin aux chevaux. Son goût outrancier pour les armes, que peu d'hommes partageaient dans cet oustal d'Uzès, rongé par les bavardages et le domnejar, l'avaient rapidement isolé du reste de la mesnie. Il n'était en vérité bien accueilli que dans le monde des valets et des palefreniers, aux écuries, dans les lices, ce qui lui convenait d'ailleurs, car il aimait beaucoup les chevaux. Sauf qu'il ne risquait pas, de cette façon, de se faire remarquer d'un grand seigneur. Encore moins de chausser les éperons d'or.

À la cour du seigneur d'Uzès, son goût des armes, des exercices violents, l'avait plutôt desservi, comme son mépris des troubadours, des jouglars, son impatience devant les spectacles somptueux qui se déployaient presque chaque soir, pendant ou après le souper, où tout n'était que simulacres et faux-semblants.

Sa parole brusque, brève, presque criée, qui effrayait les femmes, sa voix de canard, désagréable, n'avaient rien arrangé.

Il imagina un moment de se faire connaître dans les tournois, et de gagner ses éperons d'or à la pointe d'une lance. Mais les tournois étaient rares dans le Midi. Il ne s'agissait, le plus souvent, que de vaniteuses parades à l'occasion d'un mariage, ou d'une paix signée, prétextes à exhiber ses richesses.

Les vrais tournois, qui rappelaient véritablement la guerre, qui en étaient une sorte de raccourci, n'existaient que dans les pays de France, de l'autre côté de la Loire, dans les provinces de Normandie, de Champagne, et bien sûr en Île-de-France, dans le domaine royal. Là où la guerre était bien considérée, respectée. Vénérée comme un sacerdoce.

Gui aurait bien voulu se rendre dans ces pays batailleurs, où les plus vaillants, un jour ou l'autre, finissaient par se revêtir d'un manteau de gloire. Mais faute d'argent, tant pour voyager que pour s'équiper convenablement, il dut y renoncer.

Il commençait à désespérer de sa bonne fortune à venir, quand à Beaucaire, dans une auberge, il rencontra un chevalier français qui revenait d'Espagne, où il avait été guerroyer contre les Sarrasins. Ravi de l'attention sincère que Gui lui manifestait, il lui raconta son aventure de A à Z, répondant de bonne grâce à ses questions, reprenant plusieurs fois, avec chaque fois de nouveaux détails, les récits des combats et des rencontres avec les Arabes, ces grands guerriers aux mœurs étranges.

Il avait même vu des dromadaires, dressés pour le combat. Il n'avait jamais eu aussi peur de sa vie. Gui avait éclaté de rire, ce qui ne lui arrivait jamais.

La soirée passa comme un éclair, et puis la nuit, et au petit matin Gui proclama qu'il allait se rendre en Espagne. Là, il accomplirait des exploits extraordinaires, et en remerciement on le doterait de biens magnifiques, et d'une grande autorité sur tout un pays.

Quand il annonça à son père et à sa mère qu'il pensait aller guerroyer en Espagne, contre les Maures, les Sarrasins, les Arabes et autres abominables païens, ses parents y consentirent sans peine. Ils lui donnèrent quelques modestes économies pour s'équiper, ajoutées à la petite bourse que lui octroya son seigneur châtelain. Tout le monde était soulagé de le voir partir.

Ses parents lui demandèrent de passer voir sa sœur, là où il la trouverait, car le couvent avait écrit qu'elle avait quitté la clôture pour aller vivre à la cour du vicomte Trencavel, une grande famille du Midi, certes, et riche, mais malheureusement infestée d'hérésie. Du moins à ce qu'on disait.

– Elle fait réciter les prières à la vicomtesse, le matin, à midi et le soir, répéta plusieurs fois sa mère. Surtout les vendredi, samedi et dimanche. Mais le reste du temps, que peut-elle bien faire ?

– J'enquêterai, mère, répondit Gui, tout heureux de voir son avenir s'ouvrir sous le ciel ibérique. Et s'il s'avérait que son âme soit en danger de connaître l'enfer, et vous le déshonneur, vous et moi, ajouta-t-il la mine sévère, au retour je vous la ramènerai.

– Pas chez nous, mon fils, s'exclama son père, pas ici. Qu'en ferions-nous ? Tu la ramèneras au couvent. Nous avons payé pour elle ; elle devrait s'en souvenir.

– Bien, père. Quoi encore ?

– Rien d'autre. Mais si elle devait être celle par qui le scandale arrive, je préférerais qu'elle soit morte !

– Dois-je le lui dire ?

– Je te laisse juge… Si tu constatais qu'elle a pris une fort mauvaise pente à la cour du vicomte Trencavel, dont on dit qu'il va à sa perte, eh bien ! répète-lui ce que nous pensons d'elle. Dis-lui que nous ne pourrions souffrir qu'elle nous déshonore une seconde fois.

Gui avait embrassé sa mère, son père, sa sœur aînée qui ne s'intéressait guère à son aventure, toute à ses projets de mariage ; il avait enfourché un vieux cheval mis à la réforme, que lui avait offert généreusement le châtelain, trop heureux de se débarrasser de l'un et de l'autre. Avec cette monture il espérait, sans en être bien sûr, traverser les Pyrénées.

À Béziers, il alla prier dans l'église Sainte-Madeleine. Il parla à Dieu, à la Vierge Marie, à sant Jordi surtout, le *guerrejat*, et leur demanda de travailler tous ensemble pour la réussite de la guerre sainte qu'il allait mener contre les infidèles. Il leur suggéra de lui accorder les éperons de chevalier, en récompense de ses exploits.

Ensuite, il se rendit au couvent des bénédictines, où avait vécu sa sœur, pour savoir ce qui s'était passé, et où il avait le plus de chance de retrouver Flors. Les religieuses l'envoyèrent à Carcassonne. Parvenu au pied de l'antique cité, il avait été ébloui par la majesté de l'enceinte, le nombre de ses tours, la force de ses portes, la beauté du palais comtal, et l'architecture de la cathédrale Saint-Nazaire, qui de loin ressemblait à un château fort.

« Ces Trencavel, avait-il pensé, quel fameux lignage ! »

Pour autant, il n'avait pas souhaité les connaître. Il avait hâte de rejoindre le lieu de rendez-vous où se rassemblait l'armée qui allait combattre les mahométans, avec le désir secret de les refouler et de les rejeter de l'autre côté de la Méditerranée.

Il ne voulait pas s'avouer qu'il n'aurait pu rencontrer un grand seigneur comme Trencavel dans son état, et devant sa sœur passer pour un mendiant. Il préférait fréquenter des écuyers, comme lui, des chevaliers d'aventure, des hommes sans autre bien qu'une grande vaillance, un grand courage. Des frères d'armes, tous égaux devant la mort.

Une fois dans la cour intérieure du palais, il avait attendu sa sœur. Quand il avait vu apparaître Flors à cheval, et sur une bête magnifique, une jument arabe fine et gracieuse, à la robe tourterelle, nerveuse comme une martre, dansant au-dessus du sol qu'elle touchait à peine, et la vicomtesse montée de même, il avait cru surprendre deux déesses, deux fées sur des chevaux ailés. Il avait été tellement saisi par ce spectacle que son premier désir fut que les jeunes femmes poursuivent leur course autour de la cour, autour de l'orme majestueux aux feuilles d'or qui en occupait le centre, sans se lasser.

Mais comment oublier qu'il n'avait, lui le futur conquérant de l'Espagne maure, qu'une méchante rosse ? Une vague de jalousie, de révolte, l'avait taraudé et poussé à repartir. Tant qu'il n'aurait pas accompli ses exploits, tant qu'il ne serait pas, au milieu d'eux, un pair entre les pairs, il ne chercherait pas à connaître ce monde brillant, raffiné, ce monde de la vie facile, dispensateur de plaisirs et de luxe.

Quand la nuit fut complètement tombée, il s'arrêta près d'une grange, déshabilla son cheval et le laissa brouter à son aise, sans l'attacher. Il savait que le cheval était trop fatigué pour aller chercher ailleurs une vie meilleure.

Il dormit sur le foin qui recouvrait le sol de la grange, et au matin reprit sa route sous un ciel couvert. L'air était humide et frais, idéal pour dévorer les lieues. Mais il devait économiser son cheval, et mettre pied à terre dans les montées, les terrains lourds, la traversée des rivières, des torrents, et chaque fois qu'un obstacle risquait d'endommager les ferrures ou les sabots de sa monture. Il perdait beaucoup de temps.

Il arriva au château de Foix à la fin du mois d'octobre, y trouva un conroi de chevaliers prêts à partir pour l'Espagne, et se joignit à eux. Ils passèrent en Espagne par le val d'Aran, descendirent jusqu'à Lérida. Un moine les accompagnait, qui avait été chevalier avant d'être le prieur d'un petit couvent auvergnat. Heureux de retrouver la fraternité des armes, la paresseuse inaction des garnisons, et soucieux de faire oublier sa tonsure, il riait de tout et à toute occasion, avec un entrain qui, pour Gui le Guerrejat, sonnait faux. Quand il avait bu il manifestait un enthousiasme forcené pour la guerre sainte « contre les païens ennemis de la croix du Christ ».

Gui rageait. Sa vieille rosse était morte en route et il montait le palefroi d'un chevalier banneret*, un magnifique cheval qu'il

* Chevalier qui commande une bannière, l'équivalent d'une compagnie.

devait soigner et pomponner. Il enrageait d'être traité comme un écuyer ordinaire, alors qu'il aurait voulu être traité comme un noble guerrier.

Le soir aux haltes, Gui le Guerrejat s'entraînait aux armes avec ses compagnons. Mais ses assauts étaient si durs que bientôt plus aucun chevalier ne voulut l'affronter. Il se rabattit sur les sergents d'armes à cheval, des paysans solides à qui il en imposait facilement, et qui n'osaient se dérober. Ainsi se trouva-t-il cantonné, une fois de plus, au milieu des sergents et des valets, des *ignobles*, lui qui venait d'une des plus nobles familles de Provence.

La troupe retrouva à Lérida une petite armée, commandée par le vicomte de Béarn, Gaston de Moncade, un homme petit et trapu aux pommettes rouges, toujours tête nue. Il était à moitié chauve mais il réussissait à conserver une tresse dans le cou. Il ne savait que crier. Il portait à la ceinture – une ceinture de chevalier faite de plaques dorées, ciselées comme un joyau – une épée courbe maure. Gui n'en avait jamais vu.

Le vicomte réunit devant lui la troupe venue de Foix et, faisant glisser hors du fourreau l'épée courbe, il la leva lentement vers le soleil et leur dit :

– Cette épée, si vous la voyez briller au soleil, comme ceci, au-dessus de votre tête, vous voyez la mort.

Gui tressaillit, une délicieuse terreur l'émut jusqu'au tréfonds de sa poitrine. Enfin, la guerre, la vraie.

« À partir d'aujourd'hui, pensa-t-il, je n'aurai plus à retenir mes coups. C'est l'heure de vérité. Le monde entier saura bientôt qui je suis. »

De Lérida ils allèrent jusqu'à Alcaniz, où les attendaient les chevaliers de l'ordre de Calatrava, qui y tenaient une importante commanderie.

Les chevaliers vivaient dans leur forteresse comme les templiers, priant et se battant sur la frontière des terres sarrasines, souvent en vain, mais sans rechigner. Ils avaient été chargés de conduire l'armée au front de guerre. Au combat.

Un matin, à l'aube, le grand commandeur d'Alcaniz, un homme âgé aux cheveux courts, gris de fer, raide sous sa grande cape blanche, mais au regard dur comme l'acier, réunit les frères en formation d'avant-garde et, étirant son corps sec, sans poids, sur ses étriers, il donna le signal du départ. L'armée, commandée par le vicomte du Béarn, les suivit.

Fasciné, Gui ne les quittait pas des yeux, ces chevaliers blancs. Vêtus d'une tunique à chevaucher, d'une grande cape blanche frappée d'une croix rouge fleurdelisée, soulignée de noir, ils avançaient en formation serrée, calmement, sans retard.

Il aurait voulu en être.

Il se dit qu'un jour il serait chevalier blanc de Calatrava, moine soldat, redoutable *matamauros*, choyé par les rois ibériques. Fer de lance de la *Reconquista*. Il avait trouvé sa voie.

Le deuxième jour, les chevaliers se mirent en colonne, tout armés, cuirassés sous la cape. L'armée fit de même, divisée en escadrons encadrés par les écuyers armés, qui portaient les lances et les épées, tenant en dextre les chevaux de combat.

Des éclaireurs étaient envoyés en avant, à l'aube, et dans la journée. L'armée avançait chaque jour plus lentement, comme si elle s'attendait à tout moment à rencontrer l'ennemi.

Le soir, le grand commandeur allait reconnaître une grande clairière, une vallée ouverte, un versant bien dégagé, et lançait :

– Hébergez-vous, seigneurs frères, de par Dieu.

Les chevaliers blancs descendaient de leur monture dans une belle envolée de capes, et faisaient monter les tentes en rond autour de celle du grand commandeur, et de la tente chapelle. Chaque escadron de l'armée faisait de même, mais tous ceux qui n'étaient pas chevaliers dormaient à la belle étoile, sous les couvertures. Les chevaux conservaient la selle et le mors, une forte garde prenait position autour du campement, faisant circuler le mot d'ordre.

Gui dormait à la belle étoile, mais il n'en était pas affecté. Il se sentait gagné par une exaltation délicieuse et indéfinissable, sous la voûte céleste, comme grisé, indifférent à ses compagnons, vidant jusqu'à tard dans la nuit, parfois jusqu'à son tour de garde, son regard dans le rougeoiement du feu. Il attendait son heure, il savait qu'elle viendrait.

Le cinquième jour ils investirent un village musulman, quelque part dans la sierra de Gudar. La population s'enfuit dans les champs et le grand commandeur ordonna aux fourriers de vider les maisons, de prendre toute la nourriture et le foin pour les chevaux.

Des écuyers ramenèrent joyeusement des femmes et des jeunes filles au camp, chantant à tue-tête et mimant par des gestes obscènes leurs intentions. Les femmes étaient habillées à la mode sarrasine. Certaines pleuraient, se laissaient tomber de tout leur poids, comme privées de forces, comme si elles espéraient qu'on allait les oublier là, par miracle, abandonnées sur le sol. D'autres tentaient désespérément de s'enfuir, ou conservaient une attitude fière, indifférentes aux menaces comme aux sollicitations.

Des frères de Calatrava vinrent les arracher rudement à leurs persécuteurs, obligeant les écuyers à se rendre à la tente chapelle pour s'y confesser, avant d'être soumis à une dure pénitence. De vieux routiers contemplant la scène commentèrent :

– Demain il y aura bataille, car les frères de Calatrava ont le souci d'effacer tout péché mortel la veille d'une rencontre avec l'ennemi.

Comme Gui restait pensif, l'un d'eux précisa à son intention :

– Il ne faut pas que quiconque ait à craindre la mort sur le champ de bataille à cause de ses péchés. Car demain, nous ne pourrons que vaincre ou mourir. C'est la loi non écrite des chevaliers de Calatrava.

On était désormais au cœur des terres sarrasines. Gui s'étonnait de ne rencontrer aucun guerrier ennemi. Un écuyer des frères de Calatrava lui rétorqua :

– Toi, tu ne les vois pas, mais eux te contemplent depuis longtemps !

Et plus tard :

– Ils se montreront quand ça leur ira bien. Voilà pourquoi !

Ils quittèrent la forêt et s'engagèrent sur une *meseta*, un plateau désert parcouru par d'immenses troupeaux de moutons.

On leur montra à l'horizon, mêlées au sol brun et mauve, les tentes bistres, rayées de bandes sombres, des tribus bédouines et berbères. « Nous y sommes », pensa Gui avec un réel soulagement. Il cherchait à voir l'importance de l'armée ennemie, mais ils étaient trop loin pour compter les combattants, ni même les tentes, ou les pavillons.

En se rapprochant, il découvrit de nouveaux campements, éparpillés sur les épaulements, dans les combes, au bord des ravins.

– C'est une grosse armée, répétait le vicomte de Béarn, passant dans les rangs l'épée courbe au clair, toujours en mouvement dans une allure colérique qui faisait penser à un homme toujours en retard, toujours pressé. Sa calvitie, qui ressemblait à une tonsure, sans cesse exposée aux rayons du soleil, avait la couleur du cuir de sa selle.

Il rappela qu'il avait le commandement total des opérations, sous le patronage du grand commandeur d'Alcaniz, et que toute indiscipline serait punie sévèrement.

– Si un chevalier, précisa-t-il en articulant lentement comme s'il parlait à des enfants, si un chevalier avide de vaine gloire, rempli d'orgueil et de vanité, lance une attaque sans y être autorisé par moi, ou par un chevalier banneret qui aura reçu l'ordre de moi, je le ferai pendre !

Il ajouta :

– Trop de batailles ont été perdues, dans le passé, à cause de l'orgueil et de l'arrogance des chevaliers.

Gui fut affecté au service d'un jeune seigneur, Alonso de Padilla, qui était le neveu de l'évêque de Gerona. Ce jeune homme suffisant et autoritaire méprisait les écuyers, et Gui le détesta immédiatement. Pour autant, rien n'aurait pu l'empêcher de se battre comme un lion, ni même d'aller en sa compagnie à la rencontre de la mort.

L'après-midi, l'armée était en ordre de bataille, s'étalant sur toute la largeur du plateau, tandis que l'ennemi, qui s'était rassemblé rapidement à la vue des chrétiens, s'approchait au rythme rapide des tambours.

Chacun tâchait de voir devant lui qui venait, piétons, cavaliers, archers, afin de mieux se préparer. Gui, couvert d'une lourde cotte de mailles des pieds à la tête, montait un vieux cheval de guerre, plutôt paisible. Il était chargé de protéger Alonso de Padilla qui était devant lui avec ses compagnons chevaliers, formant un escadron serré couvert de fer. De cette montagne ferrée Alonso se distinguait sans peine, avec son armure blanche toute neuve, forgée à la nouvelle manière. Les larges plaques de fer qui dans son harnois dominaient largement sur les mailles treslies, assuraient une sécurité presque totale, mais rendaient ses gestes lents et lourds. Il était coiffé en outre d'un heaume hermétique, et Gui se demandait ce qu'il pouvait bien voir quand il avait baissé son viaire*.

Il ne put s'empêcher de penser que l'armure du seigneur Alonso avait été forgée pour un pleutre.

Le Guerrejat avait reçu comme consigne de ne pas perdre de vue le jeune homme et de lui éviter surtout d'être capturé, car son oncle l'évêque, qui voulait bien entretenir des combattants contre les Sarrasins, ne voulait pas entendre parler de rançon. Gui avait appris par cœur le détail de ses armoiries, figurées sur le caparaçon du cheval. Il avait noté également la couleur de sa lance, blanche et bleue, pour le reconnaître facilement dans la foule.

Leur groupe faisait partie de la bataille** du vicomte de Béarn, au centre. L'aile droite était commandée par le maréchal de l'ordre de Calatrava, regroupant en tête les trente chevaliers de l'ordre, dont le manteau blanc comme neige formait avec la robe des chevaux, blanche également, ou légèrement grise, comme une machine de guerre géante et étrangement flexible.

La troisième bataille se trouvait à gauche, un peu en retrait, prête à épauler le centre en cas de besoin, et capable de se porter immédiatement au contact de l'ennemi, si celui-ci tentait de contourner l'armée chrétienne.

Les tambours du Maghreb résonnaient de plus en plus fort, de plus en plus près, usant les nerfs, et les chevaux commencèrent à encenser et à s'agiter. Ils retournaient, se traversaient, cherchant à échapper au mors, aux éperons, à la main qui sans ménagement les remettait en position d'attaque.

Quand apparurent les premiers turbans, qui semblaient bondir au-dessus des buissons de lentisques, de genévriers, contournant les fourrés de buis et de chênes verts, les hommes s'agitèrent et les chevaux, comme s'ils ressentaient l'inquiétude de leur cavalier, et qu'elle leur fût insupportable, se mirent à tourner en rond.

Apparut alors une sorte de haute vague de couleur cameline, une vague immense qui allait d'un bout à l'autre de l'horizon, et sur laquelle dansaient des hommes voilés, se maintenant assis

* Masque de fer attaché au casque, qui se rabat sur le visage avant la bataille.
** Corps d'armée.

sur la vague mouvante avec une aisance féline, une souplesse animale.

– Attention les méharis ! Devant vous ! crièrent plusieurs voix en même temps, avec une précipitation alarmante.

En se rapprochant la vague parut s'émietter, se disloquer, tandis qu'apparaissaient plus distinctement les longs museaux fendus des dromadaires, les longs cous serpentins qui semblaient tirer derrière eux une énorme masse, des corps ronds comme des tonneaux, caparaçonnés de soie verte, hérissés de plaques d'argent brillant au soleil.

Les tambours se mirent à vibrer d'un furieux battement de coups redoublés, et les méharis tendant le cou plongèrent dans un lent basculement, comme par jeu, qui se révéla bientôt être un galop endiablé, tandis que les conducteurs au visage caché les fouettaient à tour de bras, les pieds sur l'encolure, retenus par un pommeau en croix, semblant flotter sur la vague. Ils gardaient une épée courbe sur les genoux.

Gui vit les chevaliers de tête se préparer à charger, baissant le viaire de leur heaume d'un geste bref, machinal, puis laissant descendre la lance, soigneusement arrêtée sous l'aisselle. Ils lancèrent les chevaux qui partirent au galop d'un coup, brutalement, l'arrière-main s'affaissant, glissant les jarrets sous eux, l'encolure relevée dans une sorte de bondissement libérateur.

Le neveu de l'évêque s'ébranla bientôt devant Gui, qui le suivit comme une ombre. Il tâchait de ne pas se laisser distancer par son protégé, ni par le gonfanon de son escadron, ni par celui du vicomte de Béarn, loin devant, défendu par dix chevaliers tous prêts à mourir pour que la simple étoffe rectangulaire, plus haute que large, portant trois vaches rouges clarinées d'azur, l'une au-dessus de l'autre, ne tombe jamais entre les mains des ennemis.

Les méharis se jetèrent sur les chevaliers chrétiens et sur leurs chevaux la gueule en avant, comme indépendante du corps, s'ouvrant à droite et à gauche pour happer, mordre, dévorer tout ce qui passait de vivant à sa portée. Ils étaient conduits, ou plutôt accompagnés par des guerriers du désert dont le voile vert sur la bouche formait comme un viaire étrange, et le turban sur la tête comme un heaume exubérant.

Les chevaliers chrétiens, assis au fond de la selle, mal protégés par un écu suspendu au cou, les visaient soigneusement de la pointe de leur lance. C'était inutile car avec une violence inimaginable les chameaux se jetèrent sur les montures des chevaliers et les renversèrent, les mordant cruellement, leur enlevant des morceaux de chair, de cuir, sectionnant les queues, les oreilles, ouvrant les gorges. Fous de terreur, de douleur, les chevaux se relevaient s'ils pouvaient, débarrassés de leur cavalier, hurlant comme des humains, exposant leur flanc aux lanciers sarrasins, refluant en désordre et tentant d'échapper à la férocité des monstres.

Les lignes des chevaliers rompirent rapidement. Un grand désordre gagna les premiers rangs, engendrant un début de panique. Le neveu de l'évêque, don Alonso, se laissa emporter par sa monture qui ne pensait qu'à s'enfuir, et s'éloigna des combats. Gui le rappela, mais sans conviction. Il n'était pas mécontent d'être débarrassé d'un fardeau inutile. Résistant au fort courant qui ramenait les chevaliers vers l'arrière, jurant, rageant, le Guerrejat poussa son cheval en avant, lui labourant les flancs avec ses éperons pour l'obliger à se rapprocher du gonfanon du vicomte de Béarn.

Celui-ci semblait pris dans un tourbillon.

Il vit le vicomte se débattant comme un forcené, taillant à droite, à gauche, tête nue, la tonsure écarlate, une épaulière à demi arrachée.

Gui comprit que les méharis n'avaient qu'un but : parvenir jusqu'au vicomte de Béarn, paniquer les chevaux, pousser le vicomte à fuir. L'armée suivrait.

En attendant, les chevaliers autour du gonfanon se défendaient comme des diables. Ils tenaient encore leur lance, formant une sorte de hérisson sur lequel les chameaux hésitaient à venir s'aventurer, sous peine d'être transpercés immanquablement.

Des archers survinrent, qui envoyèrent des nuées de flèches bourdonnantes sur les chrétiens. Gui poussait toujours son vieux cheval revenu de tout vers l'escadron du vicomte de Béarn. Il aperçut enfin les grands tambours de guerre qui depuis un bon moment lui retournaient les entrailles. Ils étaient tout proches, à portée de flèche, montés deux par deux sur des mules dont on avait bouché les oreilles. Ils se rapprochaient des méharis, les talonnaient, produisant un vacarme épouvantable pour les mettre en rage.

Le vicomte se battait avec l'énergie du désespoir, taillant de l'épée à droite et à gauche, debout sur les étriers, ne laissant son cheval retourner que pour mieux le remettre dans la bataille, brutalement, tandis que des hommes enturbannés, cuirassés, bottés, armés de crochets au bout d'une hampe, commençaient à l'entourer d'un anneau mortel.

Gui poussa un hurlement et fonça dans la mêlée, forçant son cheval à s'ouvrir un chemin dans la presse, à toute force. Un dromadaire lui coupa la route, énorme, qui allongea le cou pour prendre son cheval à la gorge, tandis que son conducteur levait l'épée sur lui. Gui baissa sa lance et, d'une poussée brusque, transperça le guerrier voilé, l'envoyant en bas de sa monture. En tombant l'homme voilé lui jeta un regard noir et furieux, comme s'il ne comprenait pas ce qui arrivait.

– Eh oui, fils du diable, murmura le Guerrejat, jubilant, tu ne peux pas gagner à tous les coups !

Il pensa comme une certitude : « Le vrai Dieu est avec nous ! » puis : « J'ai bien amélioré mon coup de lance ! »

Il se dit qu'il ne pourrait pas renouveler un aussi bel exploit dans la presse. Il jeta sa lance.

Le chameau tenait fermement son cheval à la gorge, qui gémissait sans pouvoir s'arracher aux mâchoires voraces. Gui en rage se leva d'un bond sur les étriers, laissant la main descendre jusqu'à la poignée de son épée. La main revint, serrant l'arme avec force. La lame fit un orbe brillant au soleil, un cercle parfait pendant lequel la seconde main de l'écuyer rejoignit la première, la recouvrant avec une rapidité extrême, qui rendit le geste presque invisible, et l'épée retomba sur le cou de l'animal avec une force terrible. La tête tomba d'un coup, libérant un flot de sang qui noya tout autour de lui.

Loin de se savoir vaincu, le dromadaire retourna, trotta vers ses frères qui assaillaient le vicomte, les bousculant, les aspergeant d'un jet vermillon, et se cognant à tout.

Les méharis, décontenancés par cette créature étrange, cherchaient à l'éviter, hésitants, puis retournèrent brusquement, effrayés par le sang qui, en gros bouillons, rosissait tout.

Gui, debout sur les étriers, avait poussé un cri immense,

comme un cri de victoire. Quand la bête exsangue s'écroula les chevaliers qui avaient surpris le coup d'épée de l'écuyer surent où était leur salut.

– Sus aux méharis ! crièrent-ils, tuez les chameaux avant tout !

Comme pour montrer la voie, Gui fonça de nouveau pour aborder un autre chameau. Il frappa le conducteur par-derrière, lui fendit le crâne, libérant le turban qui partit dans le vent comme une enseigne, une bannière, et, se levant sur les étriers, il porta un coup terrible au cou de l'animal. Le chameau tomba, comme assommé, mais sa tête resta attachée.

– Sus aux méharis ! répétaient les chevaliers.

Le mouvement de retraite des méharis s'accéléra, malgré les efforts des conducteurs voilés qui tentaient à coup de fouet et de cris gutturaux de les remettre dans la presse. En vain.

Les chevaliers repartirent en avant, suivis par le gonfanon aux trois vaches rouges clarinées d'azur du vicomte de Béarn, qui s'était arrêté de tourner en rond et suivait les chevaliers en faseyant.

Des piétons armés de solides lances et des archers portant de grands boucliers de cuir, derrière lesquels ils pouvaient s'abriter impunément après avoir tiré, arrivèrent de plus en plus nombreux du camp des Sarrasins, prenant la place des méharis qui se débandaient. Les chevaliers foncèrent sur les archers, comme survenait l'aile gauche chrétienne.

Craignant d'être débordée, l'armée sarrasine recula, avec ses mules, ses tambours, les archers, les piétons, et les méharis.

Sur la droite, les frères de Calatrava, moins fortement attaqués, conservaient la maîtrise du terrain. Voyant le vicomte de Béarn en difficulté, ils vinrent vers lui et les Sarrasins se replièrent en bon ordre jusqu'à l'autre bout du plateau, investissant une forêt. À la faveur de la nuit ils disparurent.

Le soir au camp, le vicomte de Béarn, accompagné du commandeur de Calatrava et de quelques frères, et d'une foule de chevaliers, vint visiter ses troupes au bivouac. Quand il aperçut Gui, accroupi devant un feu, il alla droit sur lui et lui demanda :

– Comment t'appelles-tu ?

– Gui de Bellegarde, dit *le Guerrejat*.

Le surnom amusa le vicomte.

– C'est bien toi, le Guerrejat, qui as décapité le méhari d'un seul coup d'épée ?

Gui s'inclina, incapable de répondre. Le vicomte, le regard perçant, lui mit amicalement la main sur l'épaule :

– Fameux coup ! fit-il.

Il se tourna vers le grand commandeur :

– Je ne l'aurais pas cru si je ne l'avais pas de mes yeux vu.

Ce fut au tour du commandeur d'acquiescer.

– On dit que tu es arrivé au bon moment… poursuivit le vicomte. On dit même que tu m'as sauvé la vie…

– Et peut-être la victoire, rajouta le commandeur d'une voix lasse, passant sa main dans ses cheveux courts, gris de fer.

– La victoire… répéta le vicomte, pensif, nous n'y sommes pas encore, dom. Du moins avons-nous pris quelque avantage. En tout cas, Gui le Guerrejat, je pense que je te suis redevable d'être ce soir aussi robuste que je l'étais ce matin.

Gui ouvrit les bras, en signe de fatalité, et de sa voix de canard, étouffée par l'émotion, il répondit :

– Seigneur vicomte, j'en suis heureux, par Dieu et la sainte Pucelle.

– Demande-moi ce que tu veux !

– Je veux être chevalier.

– Chevalier ?

– C'est beaucoup pour moi.

– Ton père l'est ?

– Oui.

– Agenouille-toi.

L'écuyer se laissa tomber sur les genoux, se demandant s'il ne rêvait pas, s'il n'était pas en train d'assister à une sorte de miracle.

– Dieu et la sainte Pucelle m'ont entendu, se dit-il, ils ont bien de la bonté pour moi.

– Passez-moi votre épée, demanda le vicomte au frère maréchal. La mienne, qui vient d'un pays sarrasin, ne convient pas pour invoquer notre Dieu.

Il prit l'épée du frère maréchal, qui contenait une relique dans le pommeau, et posa la lame sur l'épaule droite de l'écuyer, ordonnant :

– Répète après moi : Seigneur très saint, Père tout-puissant…

– Seigneur très saint, Père tout-puissant…

– Toi qui as permis sur terre l'emploi du glaive pour réprimer la malice des méchants…

– Toi qui as permis sur terre l'emploi du glaive pour réprimer la malice des méchants…

– Et défendre la justice…

– Et défendre la justice…

– Toi qui, pour la protection du peuple, as voulu instituer l'ordre de la chevalerie…

La déclamation faite, Gaston de Béarn donna trois coups d'épée sur l'épaulière de l'écuyer, proclamant :

– Au nom de Dieu, de saint Michel et de saint Georges, je te fais chevalier.

Un coup de poing sur la nuque, brutal, clôtura la cérémonie, avec la récitation du *Notre-Père* et la bénédiction d'un prêtre, qui envoya ensuite de l'eau bénite avec un rameau dans toutes les directions, sur les hommes et les chevaux.

Le jeune homme se releva, chevalier. Le vicomte l'embrassa. Gui laissa un instant éclater sa joie, riant en se frappant les cuisses du plat de la main, cherchant le regard de ses compagnons, incrédule, hilare, puis, comme si de rien n'était, il se remit à fourbir les fers de ses armes.

Des compagnons vinrent l'inviter à boire, mais il refusa poliment. La rage était déjà revenue, l'envie de se battre, de foncer sur l'ennemi, de le bouter hors d'Espagne. L'envie de purifier le monde.

XV

Les deux armées s'étaient poursuivies pendant des semaines, jouant au chat et à la souris, lançant des coups de main, une fois l'une, une fois l'autre, simulant parfois une attaque générale. Sans grand effet. Les mahométans se rapprochèrent d'Albarracin, et allèrent s'enfermer derrière les hauts murs de la cité.

Gaston de Béarn commanda le siège d'Albarracin. Il jubilait. La chute de la cité musulmane ouvrirait toute la région aux armées chrétiennes, et rendrait plus aisée la grande offensive sur Valencia qu'il espérait depuis des années.

Les frères de Calatrava, qui patronnaient l'expédition, étaient beaucoup plus réservés. Connaissant bien le pays, ils craignaient que l'armée chrétienne ne finisse par se disloquer sous les coups des *algaradas** meurtrières dont les Sarrasins s'étaient fait une spécialité en Espagne. Ils craignaient aussi la dysenterie, cette malédiction des armées, qui ne manquait jamais d'apparaître quand le siège s'éternisait. Tout cela aux frais de l'ordre.

On n'avait pas vraiment tranché. L'armée chrétienne campait autour de la cité mais sans l'investir totalement, ce qui permettait aux mahométans d'entrer et de sortir par une porte, et de se faire ravitailler par la rivière. L'hiver, arrivé tôt, rude et peu propice aux déplacements comme aux combats, avait écarté tout risque de bataille, mais avait retenu l'armée sur place.

---

* Attaque brusquée, coup de main.

Renonçant à emporter la ville, les chrétiens avaient pris leurs dispositions pour vivre sur le pays, du mieux possible, pendant que le vicomte de Béarn repassait les Pyrénées, sous la neige, pour aller mater quelques vassaux récalcitrants. Il les avait châtiés sévèrement et, fort de ce succès, était revenu dans l'armée en même temps que les premiers beaux jours, avec l'intention d'en finir.

Sa première mesure fut de resserrer le siège, et d'empêcher toute liaison entre les assiégés et le reste du monde. Le rio Guadalaviar fut surveillé, les portes, petites et grandes, tenues sous la menace des archers et des sergents à cheval, derrière de solides palissades. Aucune communication n'était plus possible entre la ville et le pays environnant.

Le vicomte était confiant. Gui était resté au service de don Alonso sans beaucoup de charges car le jeune seigneur avait disparu avec l'arrivée des nuits fraîches. Il s'était réfugié tout l'hiver au chaud chez son oncle, l'évêque de Gerona, et n'en était revenu que depuis quelques jours, sans se presser, mais déjà de mauvaise humeur.

– Quand on n'a eu que la peine de naître, disait le Guerrejat, tout fait peine.

Don Alonso n'avait rien perdu de sa morgue, ni de son esprit de récrimination. Il se plaignait à longueur de journée de la nourriture, trop grossière, trop monotone, du manque de confort, et du manque de soins aux chevaux. Il faisait fouetter les écuyers au moindre prétexte, et Gui lui-même, quoique chevalier de bonne réputation depuis son exploit en bataille, quelques mois auparavant, n'était pas à l'abri de ses insultes.

Il lui reprochait en particulier ses manières brusques, son mutisme, le manque d'égards à sa personne, qui aurait dû transparaître dans la moindre de ses paroles, le moindre geste en sa présence.

– Je n'ai que des culverts à mon service, se plaignait-il à un frère chevalier de Calatrava, qui était de ses amis. Ils ne savent même pas découper la viande convenablement.

Fort heureusement la surveillance de la cité, fortement resserrée, imposait de nombreux services de guet, et le seigneur Alonso n'avait guère le loisir de persécuter ses hommes. Toutefois, étant revenu au camp avec de l'argent, et des soldadiers* payés par son oncle, il avait obtenu le commandement d'un grand escadron, qui évoluait sous sa seule bannière. Il en tirait un orgueil démesuré, donnait des ordres à tort et à travers, et inventait chaque jour de nouvelles corvées.

Une nuit, une demi-douzaine de ses soldadiers furent égorgés dans leur sommeil. Le seigneur Alonso en fut bouleversé, non pas tant d'avoir perdu cinq ou six combattants, payés par son oncle, mais de penser au risque qu'il avait couru cette nuit-là, imaginant les égorgeurs se faufilant dans sa tente. Il eut si peur qu'il punit toute sa mesnie, chevaliers, écuyers, sergents, valets, tout confondu, les mettant à l'amende, au pain et à l'eau pour avoir bien dormi cette nuit-là.

La semaine suivante, d'autres soldats furent égorgés, toujours en pleine nuit, mais dans un autre quartier du campement militaire. Le vicomte de Béarn, le grand commandeur des frères chevaliers, le maréchal, les chevaliers bannerets, tout le monde s'inquiéta sérieusement, car ces meurtres étaient commis avec une discrétion et une aisance diaboliques.

Le neveu de l'évêque ne dormait plus, se dressant dans son lit de camp au moindre bruit, ce qui avait un très mauvais effet sur son humeur et le rendait encore plus odieux, si possible. Gui ne dormait pas non plus, non par crainte de subir un mauvais sort, mais à cause de la rage qui l'animait désormais sans répit, contre son chef, et contre les égorgeurs nocturnes, dont on ne savait même pas s'ils étaient des soldadiers du camp ou des ennemis, profitant de la nuit pour sortir de la cité.

L'idée que des Sarrasins passaient impunément les portes de la ville, ou quelque issue secrète, pour aller parcourir la campagne toute la nuit, à leur volonté, et à travers le camp, impunément, avant de revenir se mettre au lit, était proprement ahurissante. Cette idée était inacceptable à l'esprit du vicomte de Béarn et des frères chevaliers de Calatrava, même s'ils reconnaissaient volontiers, pour les avoir beaucoup combattus, que les mahométans étaient des guerriers intrépides et très habiles, très ingénieux et, pour tout dire, beaucoup plus malins que les chevaliers venus du royaume de France, qui tombaient dans tous

* Mercenaire (touche une solde).

les pièges qu'on leur tendait, même les plus grossiers, pourvu qu'on sache au préalable les mettre en colère. Ce qui, une nouvelle fois, était en train de se passer.

Le vicomte de Béarn fit doubler la garde devant les portes de la ville, pourtant déjà fort étroitement surveillées par des hommes d'armes épiant nuit et jour les sorties, postés à moins d'un jet de flèche derrière des palissades ou un abri léger. Il fit doubler les gardes du camp, également, et imposa aux chevaliers bannerets la création de patrouilles de nuit, dont les cheminements ne devaient être connus que d'eux seuls.

Ces mesures semblèrent produire leur effet, car il se passa deux semaines sans incident. Et puis, une nuit, une véritable tuerie fut découverte au matin, le massacre d'une de ces patrouilles mises en place sur ordre du vicomte de Béarn. Or, il s'agissait des hommes du seigneur Alonso, une nouvelle fois, que Gui connaissait bien pour avoir l'habitude de les commander.

La tuerie avait eu lieu à l'écart du camp, sur un sentier qui menait dans les collines avoisinantes, comme si la patrouille avait croisé les pas d'un autre groupe venant des collines. Grâce à Dieu, Gui avait été en service la nuit précédente et toute la journée, et avait eu droit à un repos complet cette nuit-là. Mais à la fin il le regretta. Il désirait ardemment rencontrer ces hommes de la nuit.

Don Alonso, apprenant la nouvelle au matin, s'était effondré. Son visage lourd et rosé, qui faisait penser à un chanoine de cathédrale, se décomposa, ses traits s'alourdirent comme s'ils perdaient tout soutien, toute résistance, et il vieillit de dix ans en une journée.

Les traits du visage de Gui le Guerrejat, au contraire, semblaient dans le même temps se durcir et s'aiguiser, comme passés au feu de la colère. Avec un instinct de fauve en chasse, que reflétait toute son allure de plus en plus féline, il avait compris d'où venaient les tueurs, ou du moins comment ils se déplaçaient sans se faire remarquer à travers le camp, apparaissant tout à coup penchés sur leur victime avant de disparaître aussi mystérieusement.

Les nuits suivantes, Gui patrouilla seul, refusant obstinément toute aide, toute compagnie dans les collines qui bordaient le camp sur un côté. Il avait eu du mal à convaincre le vicomte de Béarn d'interrompre les patrouilles avec lesquelles le chef de l'armée espérait mettre fin aux attaques nocturnes. Mais il lui avait aisément démontré leur inutilité, face à un ennemi invisible.

Gui était persuadé d'être dans la main de Dieu, et ne doutait pas un instant que Dieu lui montrerait ce qu'il devait savoir pour protéger l'armée du Christ, qui combattait pour la vraie religion. Il se déplaçait peu, silencieusement, comme un loup, une genette, dormant n'importe où dans les collines, enroulé dans sa grande cape noire, armé d'une épée et d'une dague. Son obsession était de passer totalement inaperçu.

Une nuit il distingua une lumière, mais si brève qu'il se demanda s'il n'avait pas été victime d'une illusion, ou si le bref éclat surpris par hasard n'était pas le reflet d'une étoile dans une flaque d'eau, par exemple, ou peut-être un rayon de lune sur un éclat de cristal de roche. Il attendit sans bouger et bientôt il put distinguer à la faible clarté lunaire les silhouettes sombres d'hommes à la queue leu leu, avançant dans un ordre parfait, chacun tenant du bras tendu le bassin de son compagnon. Sans s'écarter, sans faire le moindre bruit.

« Voilà des compagnons qui savent où ils vont. Suivons-les », se dit le Guerrejat.

Il se mit à leur suite, silencieux. Les ombres s'arrêtèrent en approchant du premier poste de garde. L'un d'eux lança un cri d'oiseau nocturne, et un garde vint vers eux. Gui n'en croyait pas ses yeux. Le garde s'approcha des Sarrasins, et le premier, qui menait la bande, s'avança pour lui mettre quelque chose dans la main. « Une bourse ! » pensa Gui, indigné. Le groupe se détourna et, mené par le soldadier, pénétra dans le camp.

– Ça suffit ! J'en sais assez ! murmura-t-il.

Il rattrapa le groupe en quelques bonds et poignarda le dernier guerrier de la file, qui tomba en poussant un soupir douloureux. Son compagnon se retourna, juste pour prendre l'épée à travers le corps. Les autres guerriers se débandèrent, reprenant la direction d'où ils venaient.

Gui ne chercha pas à les retenir, mais au contraire les laissa aller pour mieux les suivre. Ils se perdirent dans les collines. Le chevalier ne s'en inquiéta pas beaucoup, et alla jusqu'à la petite lueur qu'il avait entraperçue. Il retrouva au même endroit l'espèce de lueur pâle et mouvante qui semblait sortir de terre, au fond d'un *barranco** sans importance, une ravine de rien du tout tapissée de sable blanc. La lueur venait d'un trou dans le versant, masqué par des broussailles, qui ouvrait sur une grotte naturelle. De la grotte partait un couloir creusé par les eaux des crues.

La lueur mouvante filait dans les profondeurs de la terre. Gui hésita, il n'avait pas de luminaire, mais le désir de découvrir l'ensemble du chemin secret était plus fort que tout. Il s'élança vers les fuyards, l'épée à la main, les rattrapa rapidement et ralentit l'allure pour éviter de se faire voir.

Bientôt le boyau irrégulier, parfois large, parfois étroit, que les eaux de crue avaient creusé, fut remplacé par une galerie de mine parfaitement rectiligne, avec une voûte en berceau, assez haute pour se tenir droit, la tête juste un peu inclinée. Le sol de terre battue était doux et silencieux.

Gui admira le travail remarquable des mineurs qui, au pic, avaient réussi à tailler des parois parfaitement droites, des voûtes rigoureusement arquées. Les coups de pics ressortaient à la clarté faible des torches, devant lui, avec une régularité admirable, comme si un sculpteur avait décidé de décorer les murs de petites virgules d'ombre.

Le chevalier entendit des voix qui s'interpellaient brutalement, sans retenue. Peut-être les fuyards étaient-ils arrivés à une porte ? De toute façon il n'avait plus le choix, il ne pouvait pas retourner, dans le noir. Il accéléra son allure et déboucha sans précautions dans une salle vaguement éclairée, dans laquelle s'ouvrait une petite porte de bronze. Les hommes qu'il poursuivait étaient en train de la franchir. Ils se retournèrent, et Gui poussa un cri de surprise : dans les visages luisant dans l'ombre, à demi tournés vers lui, un instant, ne tranchait nettement que le blanc des yeux.

– Des nègres, s'exclama le chevalier, des hommes d'ébène dans l'obscurité de la nuit…

Ils étaient vêtus de chemises et de braies noires, et portaient à la ceinture un grand couteau dans un étui de chasse, qu'ils ne

* Ravin.

tentèrent même pas de sortir. Après un coup d'œil inquiet sur leur poursuivant, ils disparurent dans la bouche d'ombre de la porte.

L'homme qui tenait la porte ouverte, une main sur la serrure, se préparait à fermer le battant de bronze quand il aperçut Gui. Il bondit à l'intérieur de la forteresse, et dans sa précipitation coinça la torche qu'il tenait à l'autre main dans l'ébrasement. Gui d'un bond la saisit. L'homme la lâcha et la repoussa pour fermer la porte. On entendit le bruit de gong des verrous, tirés brutalement.

Récupérant la torche à demi éteinte, le chevalier la ranima délicatement et prit le chemin du retour, priant Dieu de ne pas rencontrer de bifurcations. Il découvrit bientôt avec inquiétude que les enfourchures étaient nombreuses, le sol également piétiné, dans toutes les directions, et s'étonna de retrouver partout le même soin porté au creusement des galeries. Il prit les souterrains au hasard, erra toute la nuit, rencontra des retenues d'eau, des éboulements, et un petit autel qui portait l'image d'une affreuse divinité.

Gui craignit un moment d'être descendu aux enfers. Mais en suivant la même galerie il finit par percevoir une lueur, une infime clarté qui se révéla être une trouée ouverte sur le ciel.

« Le jour est levé, se dit-il, il est temps de revenir au camp. »

Il ne reconnut rien dans le paysage qui s'offrait à lui. Il pensa qu'il avait changé de versant, de montagne peut-être. Il hésita longtemps sur la direction à prendre, et finit par laisser parler son instinct. Il se dirigea vers le soleil levant. Bientôt, il eut la joie d'apercevoir au loin les murailles d'Albarracin et, s'appuyant sur ce repère immuable, il arriva sans encombre jusqu'au camp.

On le cherchait. Son chef, don Alonso, le croyait mort et était d'une humeur massacrante.

Quand il aperçut le Guerrejat, Alonso de Padilla poussa une sorte de hennissement et se jeta sur lui pour le battre, lui reprochant d'avoir fait le mort et de ne pas être mort. Gui lui lança : « J'ai trouvé le nid de vipères ! » et, sans en dire davantage, malgré les sommations de son chef, il fila à la tente du vicomte de Béarn, qu'entouraient les frères chevaliers de Calatrava d'un anneau protecteur.

– Seigneur vicomte, lança le chevalier en entrant dans le pavillon vicomtal comme chez lui, la mine faraude, j'ai trouvé le nid de vipères !

Le vicomte faisait la sieste, mais en entendant la voix de canard du Guerrejat, reconnaissable entre toutes, Gaston de Béarn se releva d'un bond et installa le chevalier à côté de lui, pour écouter confortablement toute son histoire.

Il lui proposa un pichet de vin, que le Guerrejat refusa sèchement.

– Tu seras toujours pour moi un mystère, commenta le vicomte en se remplissant une grande coupe. Allez ! Raconte !

Gui le Guerrejat raconta. Quand il en vint à l'épisode du garde corrompu, le vicomte sursauta et son visage prit un teint rouge brique. Il explosa :

– Cordieu, par tous les diables, un homme à nous qui laissait entrer les égorgeurs ?

– Je l'ai vu de mes propres yeux.

– Pourrais-tu le reconnaître ?

– Peut-être.

– Nous irons le pendre tout à l'heure. Donc, une porte souterraine donne dans la forteresse… Comment allons-nous faire ?

– Défoncer la porte et entrer. Quoi d'autre ?

– Oui, quoi d'autre… Miner les murailles, par exemple, à l'abri des jets de pierre et des flèches tombant des créneaux, voilà qui est tentant, et sans danger. Tu vas nous emmener dans ces souterrains, et nous allons creuser sous les murailles des galeries, étayées de grosses barres de bois. Et puis un joli feu flambant, et tout s'écroulera. Tu comprends ?

– Oui, bonne idée. Et facile à mettre en œuvre de surcroît.

– Viens avec moi, nous allons retrouver ce traître qui a vendu, comme Judas, l'armée du Christ pour quelques dinars.

Le vicomte, accompagné du commandeur de l'ordre de Calatrava, de quelques frères en manteau blanc, des chevaliers de sa mesnie, et de sergents à la mine patibulaire, se rendit dans l'escadron de don Alonso. Il fit réunir la garde de la veille. Un homme manquait. Don Alonso se tordait les mains, se battait les cuisses, les yeux furibonds, tout à coup préoccupé par le service d'ost*.

* Service militaire dû par les vassaux. Campagne militaire.

– Ne cherchez plus, fit le vicomte, la vipère s'est enfuie chez l'ennemi, pleine de vergogne et de perversité.

– Et de cupidité, précisa Gui, parce que j'ai vu la bourse qu'il a reçue. Elle était bien ronde.

– Il ne l'emportera pas au paradis, conclut le vicomte. En attendant, allons voir cette porte de bronze, par laquelle nous allons nous rendre maîtres de la cité. Grâce à Gui le Guerrejat ! fit-il en lui tapant amicalement sur l'épaule. Seigneur commandeur, cet homme est un guerrier de valeur. Il mérite bien une récompense. Qu'en pensez-vous ?

– Je suis bien d'accord avec vous, seigneur vicomte. Que désirez-vous, mon fils, en récompense de votre courage ?

– Seigneur commandeur, je vous demande de me recevoir comme frère chevalier dans votre ordre. Rien d'autre !

– Bonté divine ! Ce n'est pas une petite affaire ! commenta le vicomte.

– Avez-vous bien réfléchi ? demanda le commandeur d'une voix posée.

– Je n'ai pas d'autre désir que de combattre les mahométans sous l'habit des chevaliers de Calatrava.

– Certes ! Mais connaissez-vous l'austérité de nos mœurs, la rudesse de notre existence, au milieu des pires dangers ?

– Je ne crains ni l'austérité, ni la rudesse, ni le danger.

– Pour le danger, je peux vous croire. Mais savez-vous que nous exigeons des frères la plus grande piété ?

– Je le sais.

– Bien, si vous persistez dans votre désir, nous vous recevrons comme novice. Le noviciat dure un an. Ensuite, si vous n'êtes pas rebuté par l'âpreté des camps, et si votre conduite est sans reproche, vous prononcerez les vœux.

– Eh bien ! lança le vicomte tout joyeux, voilà une bonne recrue pour la *Reconquista*. En attendant, préparons-nous à aller visiter le royaume des ombres. Je me demande comment nous pourrons démolir la porte. À moins de miner la muraille ?

– Il faudra des torches, s'exclama Gui de sa voix nasillarde.

– Nous avons tout ce qu'il faut, pour qui nous prends-tu ? s'amusa le vicomte.

Il lui envoya encore une tape dans le dos en riant. Rien ne pouvait lui faire davantage plaisir que de jouer un mauvais tour à l'armée sarrasine.

« Ce Guerrejat, se disait-il, s'il ne s'entend pas avec les frères de Calatrava, je le prendrai dans ma mesnie. Je lui donnerai à garder mes petits barons rebelles, qui se révoltent dès que j'ai le dos tourné. Il les matera sans peine, et je pourrai enfin dormir tranquille. »

XVI

Agnès considérait, perplexe, le visage bouffi du comte de Toulouse. À sa grande surprise elle avait trouvé l'oncle de son mari laid et gros, bien loin de l'idée qu'elle s'était faite de cet homme puissant, couvert de femmes, réputé pour le faste de sa cour et la munificence de ses soupers.

Il avait visiblement une cinquantaine d'années, et déjà cette corpulence des hommes mûrs qui prennent avec l'âge l'aspect d'une forteresse de granit, avec de gros os, des épaules massives, un cou de taureau, et la taille boursouflée d'ourlets de graisse. Son pourpoint se tendait à craquer sous le poids de son ventre, donnant à son torse une rondeur de barrique.

Sa face aussi était épaisse, ses mâchoires bosselées de grosses boules de muscles, trahissant un infatigable mangeur. Cependant, on devinait encore, sous la gangue graisseuse, des traits droits et acérés, taillés au burin. Sa bouche était gourmande, bien ourlée, sans beaucoup d'expression ; simplement masculine, virile. Elle s'ouvrait sur une rangée de dents gâtées et de trous noirs. Quand il riait franchement, d'un rire bruyant, outrancier, ou s'il ricanait, plus souvent, avec un air méchant et rusé, il faisait penser à un routier navarrais.

Devant les prêtres, les prélats qui l'acculaient à avouer ses fautes, ses parjures, il n'avait pas de mal à faire une tête affreuse qui en éloignait plus d'un. On connaissait ses emportements, aussi violents qu'un torrent de boue, et on les craignait.

Mais depuis trois jours qu'elle était à Toulouse, au château Narbonnais, avec son mari, Agnès avait eu l'occasion de remarquer que le comte savait aussi montrer de la noblesse, une certaine prestance, et de l'amitié envers les personnes qu'il aimait. Il l'avait accueillie avec chaleur et lui avait parlé familièrement, dès l'entrée, d'une voix douce, enjouée, choisissant ses mots à la perfection. Il l'avait entretenue de sujets légers, sur un ton badin, légèrement ironique. Comme le dieu Janus, qui avait deux visages, à ses ennemis Raimon de Toulouse montrait une face menaçante, terrifiante, et à ses amis il offrait un visage avenant, aimable.

En certaines circonstances, son regard ne manquait pas de force, ni peut-être de charme. Pour les domnas gracieuses, il avait facilement les yeux amoureux.

Agnès appréciait moins ses yeux quand ils s'attardaient sur elle d'une certaine façon, contemplant sans gêne son corps sagement posé sur un banc à dossier, moulé dans un fourreau de soie verte.

« Ses yeux qui sont gris ont dû être très bleus, beaux et troublants dans sa jeunesse », se disait Agnès. Elle remarquait que son regard s'appesantissait aussi, avec la même insistance, la même lourdeur de maquignon, sur Flors, avec qui elle partageait le banc.

Raimon-Roger siégeait sur un autre banc, du côté du comte et de ses barons, en une chaire très ouvragée, étirant ses jambes devant lui et contemplant ses bottes safranées. Agnès savait qu'il s'ennuyait en écoutant le discours long et confus du nouvel évêque de Toulouse, monseigneur Foulques. Tout le monde l'appelait encore *Folquet*, du temps où il était troubadour. C'était avant qu'il entre dans les ordres. À cette époque il ne faisait pas la morale. Il se contentait de son état de fils de bonne famille, à Marseille, oisif et prodigue de l'argent de son père, se piquant de *trobar** et de musique.

Il n'aspirait alors qu'à rencontrer le grand amour.

On disait qu'il s'était fait moine par dépit, après avoir été repoussé par une femme dont il était éperdument épris. Désespéré, il avait remplacé cette femme, ardemment désirée, par un

* Le *trobar* est l'art de composer et de chanter des *cansos*, des vers qui émeuvent.

amour plus élevé, qu'il pouvait espérer éternel : l'amour de la Vierge Marie. C'est à elle qu'il adressa ses dernières cansos.

Nommé évêque de Toulouse, il avait décidé de consacrer sa vie à l'extirpation de l'hérésie, en général, et à la soumission du comte de Toulouse en particulier. Pour son salut. Mais le comte se moquait de son salut et trouvait ce combat tout à fait à son goût. Il était bien décidé à donner à son tour une leçon de modestie au fougueux prélat.

À côté de l'évêque de Toulouse, que les Toulousains ne parvenaient pas à prendre au sérieux, se souvenant de ses bêlements de troubadour vingt ans plus tôt, dans la même salle grande du château Narbonnais, à sa droite siégeait le légat du pape Pierre de Castelnau. Il était arrivé à l'improviste, en éclaireur.

Il avait été reçu avec réticence par le comte, à qui il voulait imposer une déclaration de foi publique à la faveur de ces jours de fête. Le regard terrible, méfiant, Pierre de Castelnau n'oubliait jamais son métier, même un instant. Il flairait l'assistance, tâchant de deviner sur les faces qui l'entouraient les stigmates de l'hérésie cathare. Convaincu d'être guidé par Dieu, infailliblement, il se fondait volontiers sur quelques indices comme l'aspect physique, la barbe en broussaille, les cheveux longs, la maigreur, la pâleur du teint, ou la modestie de la tenue. Une vêture trop pauvre, uniformément sombre et usée, était une preuve de perversité hérétique presque certaine. Il savait lire aussi dans les yeux de ses interlocuteurs la teneur de leurs sentiments, guidé par l'Esprit-Saint.

– Je ne vois autour de moi que de la haine, disait-il. Ils rêvent de me chasser, de m'occire peut-être.

Il n'en était pas étonné. « La perversion hérétique ronge jusqu'à l'os le Midi railleur et mécréant, avait-il écrit au seigneur pape, dans sa manière imagée. Jusqu'au cœur des familles, jusqu'à l'âme des petits enfants. Je ne connais pas un seul seigneur qui ne détourne quelque revenu de la sainte Église catholique. Et je ne parle pas que des dîmes ! »

Évidemment, pensait-il, ils souhaitent tous le naufrage de Rome. Notre disparition ferait disparaître la dette avec le créancier.

– Bête farouche ! murmura-t-il tout à coup, les yeux sur le comte de Toulouse. Plus féroce qu'aucune autre bête…

Foulques lui jeta un regard interrogateur, et poursuivit son sermon.

– Fils de perdition ! marmonna encore le légat dans un soupir de fauve, avant de reprendre son examen minutieux de la salle.

À côté d'Agnès était assise dans une cathèdre, recouverte de drap écarlate, la dernière femme du comte, sœur du roi d'Aragon, la jeune Eleonor qu'il venait d'épouser. « Elle est noire comme un Tartaril* ! » s'était exclamée Flors en la voyant. Prises de fou rire, Agnès et sa compagne avaient eu bien du mal à faire leur révérence.

Eleonor en effet était très brune, avec des yeux comme des boutons noirs. Sa voix était forte et grave, surprenante pour son âge. Elle n'était pas intimidée du tout, et se comportait en tout comme si elle était née au château Narbonnais. Personne ne connaissait à Toulouse le nombre de ses années. On savait seulement que le comte avait dû attendre qu'elle soit nubile pour l'épouser. Il s'en amusait, laissant dans le doute ceux qui, en dehors du château, la prenaient pour sa fille. Elle n'en était pas moins sa cinquième épouse, la troisième encore en vie.

Quand l'évêque eut achevé son sermon, vouant Toulouse aux flammes de l'enfer, rêvant d'un gigantesque bûcher qui aurait purifié la moitié de la terre, le légat Pierre de Castelnau se leva d'un bond et vint se camper devant le comte.

Raimon-Roger, qui s'amusait à retailler avec sa dague un bâton pour chevaucher, poussa un gros soupir. Agnès s'esclaffa et le fou rire la reprit, qu'elle passa à Flors et à Eleonor, et puis à toutes les autres domnas.

Frère Pierre de Castelnau prit la parole en roulant par avance des yeux furibonds :

– Seigneur Raimon, enchaîna-t-il, par la grâce de Dieu – et non de votre volonté, je vous le rappelle – par la grâce de Dieu comte de Toulouse et marquis de Provence, si nous pouvions ouvrir votre cœur, nous y trouverions toutes les abominations détestables que vous avez commises, à l'insu de la sainte Église. Ou contre elle. Homme orgueilleux, dangereux, pernicieux, envieux...

---

* Tartare. Maure, Sarrasin.

– Vous avez oublié « homme pieux ». C'est pour la rime bien sûr…

– Vous riez ? Insensé que vous êtes, Jésus n'a-t-il pas dit : « Je viendrai comme un voleur » ?

– Je n'aime pas les voleurs, répondit le comte.

La salle riota. Le légat soupira bruyamment, reprit du souffle, tonna :

– Nous attendons toujours, pour vous réconcilier avec le Ciel, que vous accomplissiez nos commandements : Expulsez les hérétiques de vos terres, et les juifs ; délaissez les nouveaux péages que vous avez installés indûment ; rendez les églises que vous avez fortifiées, les dîmes que vous avez détournées, les terres aux monastères que vous avez spoliés…

Pendant que le légat parlait, la face cramoisie, le comte Raimon le narguait d'un sourire sardonique, les mains levées, les doigts écartés, agitant ses mains qu'il faisait tourner comme des marionnettes, de petites poupées.

– Et par-dessus tout, poursuivit le légat de plus en plus empourpré, par-dessus tout – il se cramponnait au bras de sa chaire, le pétrissant avec rage – obéissez aux fidèles serviteurs de l'Église catholique, apostolique et romaine. C'est d'elle que vous tenez tous vos domaines, souvenez-vous-en !…

Le comte ouvrit de grands yeux, comme s'il s'éveillait, étonné par les propos du légat :

– Et si je ne m'en souviens pas, grand débiteur de balivernes, que m'arrivera-t-il ?

Le légat fit un effort ultime pour se contenir. Il serra les poings et se mit à tressauter comme s'il avait le mal des ardents. Le front ruisselant, une oreille écarlate, l'autre blanche, en proie à une rage qui mettait le désordre dans sa propre nature, et risquait à tout moment de l'emporter vers le trépas, il ajouta dans un râle, d'une voix enrouée, éraillée, cassée par sa rage impuissante, mais les yeux toujours noirs, furibonds :

– Si vous ne faites pas une prompte pénitence pour le pardon de vos innombrables péchés, seigneur comte, nous enjoindrons à tous les princes voisins de se dresser contre vous, comme contre un ennemi de Jésus-Christ, avec permission à chacun de garder toutes les terres dont il pourra s'emparer de vous !

– Et qui sont ces princes voisins à l'affût de mes domaines, prêts à me dépouiller à votre commandement ?

– Je pense à l'illustre roi d'Aragon.

– Il est mon beau-frère, comme vous le savez. Je n'ai rien à craindre de lui, j'ai sa propre sœur en otage, plaisanta-t-il, montrant sa jeune épouse. Et d'ailleurs il me doit trop d'argent pour venir prendre mes terres. En fait, c'est moi qui détiens les siennes, en garantie.

Les deux hommes se regardèrent avec la tendresse de deux dogues au-dessus d'une dépouille de lapin.

– Qui encore ? demanda le comte, d'une voix suave.

– Votre vassal Raimon-Roger Trencavel. Il est riche et puissant, il ne dédaignera pas un morceau de votre comté.

– Trencavel est mon neveu, le fils de ma sœur, d'illustre mémoire. Il ne fera rien contre moi. D'ailleurs il est ici, devant vous. Demandez-le-lui.

Il montra Raimon-Roger qui s'était arrêté de tailler sa baguette, les mains immobiles, à demi levées, mais le moine passa outre :

– Et le roi d'Angleterre, le roi Jean, il en a les moyens !

– J'ai auparavant épousé sa sœur Jeanne, d'illustre mémoire, qui m'a donné un fils. Mon beau-frère ne viendra pas m'attaquer. Il est un ami fidèle.

– Le roi de France ! Lui n'est pas votre beau-frère, ricana le légat, ça se saurait !

– Non, mais son père était le beau-frère de mon père. Ce n'est pas vieux.

– Il ne vous aime pas, et ça je le sais de source sûre.

– Il est mon parent, mon cousin germain. Il m'a écrit qu'il ne viendrait jamais m'attaquer sur mes terres. Qui encore ? Je ne suis entouré que de parents et d'amis !

Pendant ce temps était entré derrière le légat un homme, un jouglar qu'Agnès avait remarqué la veille, pendant le souper, parce qu'il était très familier avec le comte, qui n'avait devant lui aucun orgueil. Le bateleur le raillait ouvertement et le comte le supportait sans impatience, riant avec lui.

L'homme, habillé richement, mais sans gagner la moindre prestance dans ses habits de prix, sales, froissés, déchirés, avec un visage lourd, aux traits épais, et la taille guère plus grande que celle d'un enfant, s'approcha silencieusement du moine. Il se mit à mimer ses gestes furibonds, derrière lui, lançant les bras, se dandinant d'une jambe sur l'autre, fronçant les sourcils à sa manière.

L'assistance sidérée retenait son souffle.

– Allons, réponds-moi ! poursuivait le comte, qui as-tu avec toi pour venir me prendre mes terres, quels parents, quels amis ? Combien de chevaliers, combien de batailles viendront te défendre quand je te botterai les fesses ?

Le jouglar se rapprocha encore pour mimer les gestes du légat en même temps que lui, dans le temps où il les accomplissait, avec une intuition admirable. Pierre de Castelnau finit par s'en apercevoir. Il se retourna d'un bloc, comme s'il faisait face à une armée de soldadiers. Le comte éclata de rire, et tout le monde avec lui. Le mime se signa, fit une génuflexion avec une ampleur exagérée et s'enfuit.

Le comte applaudit, et avec lui une partie de l'assistance.

Pierre de Castelnau, levant les bras, s'exclama, avec dans les yeux une stupéfaction, une incrédulité, et aussi une furie proche de la folie :

– Ô comte de Toulouse, monstrueux ennemi du Christ, féroce persécuteur, ô nouvelle trahison des Toulousains, véritable race de vipères, toute gâtée par la glu de l'hérésie…

Il fut interrompu par l'entrée de deux hommes émaciés vêtus de noir, que le comte alla accueillir avec une respectueuse familiarité, et qu'il installa derrière lui. Il ne fallait pas être grand clerc pour comprendre de qui il s'agissait. Mais le comte voulait se payer la tête du légat jusqu'au bout, lui faire boire la coupe de la dérision jusqu'à la lie. Il présenta sans gêne à l'assistance les deux Bonshommes, deux diacres qui vivaient dans sa mesnie, à son service, au château Narbonnais.

Attachés à la personne du comte, ils le suivaient dans tous ses déplacements.

Pierre de Castelnau resta un moment ahuri, comme étourdi, assommé par ce qu'il voyait. Il se réveilla lentement :

– Ô impie, fit-il dans une plainte à peine humaine, roulant ses gros yeux noirs de fureur, ô cruel et barbare tyran, n'êtes-vous pas couvert de honte de favoriser ainsi ouvertement les cathares ?

Son visage rougit violemment :

– Mais je vous empêcherai de ruiner l'Église de Rome ! cria-t-il. J'écraserai les sectateurs de la perversité hérétique, et s'il le faut j'attirerai sur vous les malheurs de la guerre !

Il reprit son souffle, laissa tomber d'une voix rauque, épuisé :

– Désormais, seigneur comte Raimon, je vous déclare ennemi de Dieu et des hommes.

Il fit quelques moulinets avec ses poings et, rassemblant sa chape et son ample robe de moine, il sortit en bondissant, voulant montrer combien son emportement était profond et sincère, et combien sa forte corpulence, sa haute stature, son âge, n'avaient pas plus de poids qu'un fétu de paille dans le tourbillon de sa fureur.

Dom Foulques le suivit, martelant le sol de ses fines bottes fleuries et marmonnant des malédictions à l'encontre du comte et de sa mesnie.

Quand les représentants de l'Église romaine eurent disparu, l'assistance émit un murmure joyeux et le comte se leva en éclatant de rire. Il s'efforça de mimer les gros yeux et les paroles dures du légat.

Il fit servir du vin. Il se montra attentionné envers Agnès et Flors, leur apportant lui-même des friandises. Affable, souriant, il incitait Agnès à boire :

– Allons, ma nièce, lui disait-il, prenez et buvez tout, car ceci est mon vin.

Il aimait parodier les saintes Écritures. Agnès, dans le désir de lui plaire, prenait la coupe en souriant. Elle la portait des deux mains à son visage, comme s'il s'agissait d'une fleur. Le comte la contemplait, sous le charme. Il se répétait : « Pétarel, j'ai la plus belle nièce du monde ! Mon neveu ne doit pas s'embêter… »

Quand il fut ivre, il saisit Agnès par les épaules et s'exclama :

– Sachez qu'ici tout vous appartient, Agnès. Vous êtes désormais la petite reine du château Narbonnais, sous la protection du comte de Toulouse. Par tous les diables, et par les caillettes d'amour de Pierre de Castelnau, tout ce que vous me demanderez, vous l'aurez sans faute !

Agnès était gênée de cette attention que le comte de Toulouse lui portait. Ses yeux lançaient des appels muets à son mari, mais le vicomte ne semblait s'apercevoir de rien. Elle se gardait d'en parler avec Flors, car elle n'avait aucune envie d'en rire, comme cela se passait avec les chevaliers qui émaillaient leur conversation d'hommages amoureux, maladroitement, à son adresse ou à celle de son amie, et qu'elles recevaient en s'esclaffant, ou par des reparties ironiques et drôles.

Les empressements du comte Raimon, de plus en plus appuyés à mesure qu'elle tentait de les éviter, avaient quelque chose d'implacable et de déterminé qui l'effrayait.

Elle ne pouvait en parler à Raimon-Roger, pensant qu'elle risquait de mettre la discorde entre les deux hommes, au moment où ils devaient se rapprocher pour s'unir face aux menaces de l'Église romaine. Les rumeurs alarmantes d'une guerre dans le Midi, de plus en plus précises, rendaient la protection du comte de Toulouse précieuse, et même indispensable.

Encore que, au vrai, maintenant qu'elle le connaissait mieux, elle voyait bien que le comte de Toulouse n'était pas moins menacé que le vicomte Trencavel par l'Église romaine. Elle n'aurait jamais pensé que les rapports entre le comte et les prélats puissent être aussi exécrables, aussi tendus. Pas un instant elle n'aurait imaginé que le comte oserait faire preuve d'une telle insolence à l'égard des représentants du seigneur pape. Mais pour cette audace, malgré elle, elle ne pouvait s'empêcher d'admirer le comte.

Sa farouche volonté d'indépendance, son indifférence aux menaces, en un mot sa puissance la fascinait.

Elle craignait toutefois que son mari ne soit emporté contre son gré dans les tourbillons de cette mauvaise querelle. Elle était choquée par les plaisanteries du comte sur la religion, et sa manière impitoyable de tourner en dérision, publiquement, le seigneur évêque et le légat de Rome. Elle pensait que c'était la raison pour laquelle le comte de Toulouse était devenu leur bête noire.

Elle se demanda si Dieu ne lui dictait pas, en la poussant dans les bras du comte, de changer sa conduite et d'en faire l'ami de Rome… Comme sainte Clotilde, qui avait converti Clovis.

« Oui mais, se récria-t-elle, sainte Clotilde était une sainte, et elle était mariée avec Clovis. Dieu ne peut vouloir l'adultère pour réconcilier par ce moyen des ennemis. Ou bien il est un sale Dieu. De toute façon jamais je ne pourrais céder au comte de Toulouse, qui est mon oncle. Sans parler de son âge… Trop vieux, et trop gros ! »

Elle conclut à voix haute :

– Au-dessus de mes forces ! Même pour sauver Rome.

Finalement elle en parla à Flors, en commençant par la vie de sainte Clotilde pour rendre le sujet moins personnel. Flors s'exclama :

– Avant qu'il me mette dans son lit, le comte de Toulouse, vieux et laid comme il est, il faudra qu'il me fasse subir le martyre de sainte Blandine.

– Moi aussi ! rétorqua Agnès.

Flors s'indigna :

– Il veut faire de nous des saintes ? Je n'ai pas quitté le couvent pour retomber dans la sainteté !

Elles inventèrent une prière : « Si ça ne vous ennuie pas, mon Dieu, débrouillez-vous tout seul pour réconcilier le comte avec l'Église. Vous êtes assez grand, et le comte aussi ! »

Quelques jours après, par une belle journée d'automne, cent quarante chevaliers étaient adoubés par le comte de Toulouse et ses grands barons. Parmi eux Raimon-Roger, qui n'avait pas encore reçu les éperons d'or, et qui n'en avait nul besoin, étant destiné au commandement de par sa naissance. Mais il attachait du prix à recevoir solennellement l'épée à deux tranchants, l'un tourné contre les assassins et les larrons, l'autre contre les ennemis de la foi, des mains de son oncle.

Cousin germain du roi de France, beau-frère du roi d'Aragon et anciennement du roi d'Angleterre, fils de la reine Constance, neveu du roi Louis le Septième, d'illustre mémoire, le comte de Toulouse restait un des plus puissants barons du royaume, et de tous le plus dépensier. Son parrainage ne pouvait qu'ajouter un nouveau lustre au lignage des Trencavel.

Le soir, après confesse, Raimon-Roger et ses compagnons se rendirent à jeun dans l'église Saint-Étienne, l'église cathédrale, pour y passer la nuit en prière. Avant l'aube on les mena se baigner, comme pour un nouveau baptême, puis ils furent vêtus d'une chemise de lin blanc, symbole de pureté, et d'une robe vermeille, symbole de leur sang « qu'il faudra pour Dieu répandre, et sa loi défendre ».

Ils revinrent en cortège dans l'église, qui s'était emplie d'une foule de parents et d'amis portant des cierges, tandis que le chœur illuminé comme en plein jour était envahi par un bataillon de clercs affairés, en rocher de lin blanc, qui accueillirent avec des palmes et des cris de joie leur évêque, monseigneur Foulques.

Le comte apparut, entouré de sa mesnie, et les clercs lui tournèrent ostensiblement le dos. Raimon vint en ricanant s'installer confortablement dans le chœur, dans une cathèdre surplombée par un dais pourpre, qui lui était réservé, et qu'il fit rapprocher de l'autel. Comme Agnès se mêlait à la foule, il alla lui-même la chercher et ne fut satisfait que lorsqu'elle se fut assise derrière lui. La cérémonie commença.

Raimon-Roger reçut le premier l'épée à deux tranchants, bénie sur l'autel par monseigneur Foulques, avec ces mots : « Exauce nos prières, Seigneur, et daigne bénir de ta droite de majesté cette épée dont ton serviteur, Raimon-Roger Trencavel, vicomte d'Albi, Carcassonne, Béziers, seigneur du Razès et autres lieux, a désiré être ceint, afin qu'elle puisse être défense et protection des églises, des veuves, des orphelins, et de tous les serviteurs de Dieu, contre les violences des païens. »

Elle fut remise au vicomte par le comte en personne. Il reçut ensuite le baiser de charité et la colée, un brutal coup de poing sur la nuque.

Agnès, les yeux écarquillés, ne perdait aucun détail de la scène, tout à coup émue et émerveillée par la noblesse et la gravité de la cérémonie, mais aussi effrayée par l'évocation insistante de l'esprit de sacrifice qui était exigé du nouveau chevalier, jusqu'à donner sa vie sans hésiter, sans aucun souci de sa personne.

Agnès trouvait cet engagement démesuré, monstrueux, hors de toute humaine condition.

Le comte fit remettre ensuite à Raimon-Roger les éperons d'or, et le gorgerin de l'obéissance à son seigneur, puis il revint à sa place sans se presser, interpellant au passage quelque domna de sa connaissance, et la faisant rire comme au banquet.

Monseigneur Foulques montra de l'agacement en sifflant entre ses dents, puis rappela les trois vertus théologales – « foi, espérance et charité » – qui doivent habiter en permanence le chevalier, et les quatre vertus cardinales qui lui sont nécessaires en tout lieu. Ensuite les grands barons vinrent devant le chœur et adoubèrent les donzels dix par dix. Un religieux rappelait à chaque fournée la prière du chevalier, et la faisait réciter.

« Vous êtes les sergents de Dieu », lança l'évêque aux nouveaux chevaliers en guise de renvoi. Ils quittèrent la cathédrale en cortège, fiers, souriants, Raimon-Roger en tête. Sur le parvis les attendaient de beaux palefrois. Ils montèrent en selle pour aller défiler à travers la ville.

Le comte de Toulouse avait offert à son neveu tout l'armement nécessaire, une épée de grand prix forgée à Tolède, à la lame évidée et portant une formule sacrée, un harnachement de cuir rouge constellé de cabochons et de pierreries, une lance sur laquelle était fixée une bannière de la sainte Église, un haubert à triples mailles qu'aucune lance ne pourrait transpercer, un casque à masque facial, aux soudures bordées d'or et d'argent, et un magnifique cheval d'Espagne, à l'encolure puissante, habillé de sa selle à clous d'argent et de sa housse de soie, aux armes enlacées de Toulouse et de Carcassonne.

– Un présent magnifique ! s'exclama Raimon-Roger en flattant l'animal.

Il essuya des larmes de joie, s'envola dans la selle sans toucher aux étriers, prit la tête du cortège et mena ses compagnons dans Toulouse. Les nouveaux chevaliers devaient se montrer au peuple et le prendre à témoin de leur engagement.

Les Toulousains les accueillirent avec de grands cris d'allégresse. Des jeunes filles prirent d'assaut les chevaux et se firent mener en croupe jusqu'au château Narbonnais. Elles avaient tout le temps du parcours pour se faire inviter au grand banquet offert par le comte.

Le lendemain, un grand tournoi était organisé autour du château Narbonnais. Agnès suivit les combats depuis une fenêtre du bâtiment réservé aux femmes, le gynécée que le comte avait conservé et attribué à ses épouses successives, afin de conserver sa liberté pour la nuit.

Le champ de bataille s'étalait devant le château Narbonnais, vers la campagne, jusqu'à l'horizon. Une parade menée par le comte devant les Toulousains ouvrit les festivités. Le seigneur de Toulouse montait fièrement un magnifique destrier blanc, houssé de soie écarlate bordée d'hermine, et parsemée d'anneaux de métal argenté. Le chanfrein était masqué de cuir sombre orné d'un petit écu d'argent, et s'achevait par une crête en parchemin rouge entre les oreilles. Une carapace de métal articulée, comme les anneaux d'un insecte géant, protégeait son encolure.

– Dieu du Ciel, on croirait qu'il part combattre les Sarrasins, pouffa Agnès.

La large cuirie noire qui corsetait le poitrail et la croupe de la monture s'animait à chaque pas du bruissement de clochettes, et de branlants d'argent à cabochons de cristal de roche. Les branches du mors aussi étaient en argent.

Chaque chevalier était conduit par une domna qui menait le cheval avec un ruban de soie. Le comte aurait voulu être mené par sa nièce, mais Agnès s'étant déclarée souffrante, le comte Raimon dut se contenter de son épouse, Eleonor.

Comme Raimon-Roger lui faisait la même demande, Agnès lui envoya Flors, qui trouva le jeu très amusant. Après la parade, sous le regard émerveillé des Toulousains, des groupes se formèrent pour commencer les hostilités. Mais le comte, qui n'avait jamais eu le goût des armes et craignait les coups, alla rejoindre la tribune. Raimon-Roger le suivit. Le comte ne l'avait pas autorisé à se battre. « J'ai trop besoin de toi, mon neveu », lui avait-il avancé comme explication. Il avait ajouté : « Et nous sommes trop riches pour risquer d'être mis à rançon. »

À Toulouse les règles des tournois étaient encore celles de l'ancien temps, où des bandes de chevaliers se jetaient brutalement sur d'autres afin de les capturer, accaparer les chevaux et tout l'armement, et soumettre à rançon les prisonniers.

En dehors de quelques refuges, marqués par des barres de clôture, il n'y avait pas de limites au champ de bataille. Les bandes s'enfuyaient au loin, dans les bois, s'embusquaient ou revenaient tout à coup au galop, chargeant une troupe moins nombreuse, plus faible.

Les chevaliers du vicomte s'étaient inscrits en nombre. Le premier d'entre eux était Frézoulet, seigneur d'Arifat. Comme Bernat de Canet objectait par habitude que le seigneur d'Arifat ne devait pas combattre, parce que sa puissance sans limite, associée à celle de son énorme cheval, entraînerait immanquablement mort d'homme, Raimon-Roger avait raisonné : « En un champ sans limites, on ne rencontre Frézoulet que si on le veut bien. »

La mine féroce et l'air déterminé du chevalier des monts de Lacaune avaient emporté les dernières réticences.

Personne ne mourut. Néanmoins le tournoi ne fut pas sans surprise, car Frézoulet rencontra son maître, en la personne d'un petit seigneur du Couserans, à la force de bûcheron, qui l'assomma proprement par-derrière d'un coup de masse d'armes. Benvengudo d'Arifat poussa un soupir de baleine et s'affala sur l'encolure de son fidèle Morel.

Malgré tous les efforts de sa noble monture pour le remettre en selle, à grands coups d'encolure, Benvengudo chuta et resta longtemps dans l'herbe, dans un verger qui appartenait à un marchand de pastel. Le verger était loin du château Narbonnais et de la foule, et le marchand de pastel n'y venait point en hiver.

Le géant des monts de Lacaune ne revint à lui qu'avec la fraîcheur piquante de la nuit. Il tenta vainement d'enlever son casque qui, comme il arrivait souvent, avait été enfoncé d'une façon qui rendait impossible de le retirer. Il avait aussi pris un coup sur le viaire, et il avait le plus grand mal à voir devant lui. Néanmoins il tenta de retourner seul au château.

Une colonne d'écuyers et de valets portant des torches partit à sa recherche et le repéra aisément dans la nuit au fracas qui accompagnait sa marche erratique, quand il se cognait aux arbres, aux murs des cabanes, aux clôtures. Un troupeau fuyant devant lui n'avait pas manqué, non plus, d'intriguer.

On le dégagea pour le souper. Le parfum des viandes rôties, des pâtés en cuisson, des épices, suffit à le remettre d'aplomb. Mais il gardait un air morose, le regard bas. Un insoutenable sentiment d'humiliation le submergeait au fur et à mesure que ses compagnons, goguenards, lui racontaient comment il avait été mis hors de combat.

– Cornecul ! rétorquait-il avec l'énergie d'un fauve blessé, ce n'était pas un coup loyal !

Il doutait cependant, après une si terrible épreuve, de pouvoir jamais retrouver l'estime de soi.

XVII

Le lendemain était un dimanche, jour du Seigneur. Ils allèrent le matin en cortège, les domnas à cheval, les hommes à pied tenant les rênes, jusqu'à l'église cathédrale Saint-Étienne, où une grand'messe était célébrée par dom Foulques en personne, en présence du légat et au milieu d'une foule de prêtres, de diacres, de clercs habillés de blanc.

Le comte alla se placer au milieu d'eux, dans le chœur, dans sa cathèdre. Il portait sur le visage cet air d'amusement et d'ironie joueuse que lui inspirait la vue de religieux en habit, se régalant par avance des tours qu'il allait leur jouer.

Les religieux ne se faisaient aucune illusion, sachant depuis longtemps que le comte Raimon ne venait pas dans le chœur par piété, avec le souci de se placer davantage à portée de Dieu, mais simplement pour les narguer, et pour éviter de se mêler au peuple…

La messe commença. Se désintéressant de l'office, dont il n'assumait aucun répons, comme s'il était un petit enfant ignorant la liturgie, le comte Raimon se mit en peine de saluer les uns et les autres, les domnas surtout qu'il appelait de la main, et qui venaient l'une après l'autre, rougissantes, rayonnantes, mettre leur petite oreille contre sa bouche, et écouter les paroles légères qu'il voulait leur dire. Et qu'il ponctuait, parfois, d'un baiser.

Il appela son mime, plusieurs fois. L'autre faisait semblant de l'ignorer mais, devant l'insistance du comte, il fut obligé de s'avancer devant le chœur, et entreprit son petit spectacle. Au moment où le célébrant se tournait vers la foule, ouvrant les bras et proclamant : *« Dominus vobiscum ! »* le mime fit de même, et ensuite il l'imita dans tous ses gestes, y rajoutant quelques grimaces et des gesticulations d'histrion.

– Raimon-Roger, votre oncle est fou ! commenta Agnès.

Raimon-Roger acquiesça. La foule, derrière eux, ronflait d'une rumeur qui pouvait être de la raillerie ou la manifestation d'une colère rentrée.

– Sa haine de l'Église romaine lui fait perdre tout bon sens... convint le vicomte, comme des voix indignées se faisaient entendre, peu nombreuses, mais qui troublèrent le mime.

Toutefois, harcelé par le comte, il finit par répondre aux contestataires en se tournant et en pliant les genoux pour montrer ses fesses.

– En pleine messe chantée... s'esclaffa Agnès, abasourdie, voilà qui est à peine croyable. Mon mari, votre oncle pourrait bien finir dans un cachot, si un jour la protection du roi d'Aragon lui faisait défaut.

– En effet. La défense de mon oncle contre les menées du seigneur pape ne semble pas bien solide. Je me demande si nous ne devrions pas quitter la nave toulousaine avant qu'elle ne coule. Le pilote est ivre, ou fou.

– Restez en paix avec votre oncle, Raimon-Roger, quoi qu'il arrive. Je vous le demande, comme l'aurait fait la comtesse Adélaïs, votre mère. Car une guerre entre vous deux ne pourrait que vous affaiblir l'un et l'autre.

– S'il est enfermé, un jour, je reprendrai les châteaux qu'il m'a enlevés...

Le jouglar avait rejoint le comte et s'était mis devant lui à quatre pattes, pour qu'il puisse poser ses pieds sur son échine. Mais ce jeu ne les amusa pas longtemps. Le petit homme s'assit sur un carreau de soie et, ceinturant de ses bras ses genoux, il suivit l'office, faisant mine d'imiter l'officiant, parfois, en levant les bras, tourné vers les fidèles, entonnant tout à coup un cantique, à contretemps, qu'il ne poursuivait pas longtemps car il n'en savait que les premiers mots.

Le comte riait bruyamment. Il se leva brusquement et s'en alla, prenant au passage son neveu, et sa nièce à qui il donna affectueusement le bras. La foule se serra pour leur laisser le passage, qu'ouvraient sans peine des chevaliers à la mine sévère.

L'après-midi, sur l'insistance des chevaliers du comte, Agnès et Flors allèrent en promenade sur les rives de la Garonne, à cheval. Quatre chevaliers raimondins les accompagnaient, des proches du comte, des commensaux qui vivaient avec lui jour et nuit.

Ils allèrent le long d'un chemin qui bordait le fleuve Garonne, à travers des saulaies, des peupleraies, des bouquets de frênes. Des roseaux bordaient de larges mares. Dès qu'on s'éloignait des berges s'étendaient des pâturages jaunes, où broutaient des troupeaux de vaches, et des bœufs.

Les bords de l'eau étaient plantés de pieux, de piquets de bois qui retenaient les rives. De grosses barques y étaient attachées.

– Ces barques, domnas, viennent des montagnes Pyrénées, déclara l'un des chevaliers, un jeune homme au museau de fouine.

Il avait un œil à demi fermé par une ancienne blessure, et l'autre fixe, dur, rond comme un œil d'oiseau.

Les deux amies s'approchèrent des barques, et furent accueillies par une forte odeur de sauvagine.

– Elles ont transporté des peaux, commenta le chevalier.

Il montra les moulins du château, au loin, en aval, qui masquaient tout un quartier branlant, construit sans ordre le long d'un petit bras de Garonne, sur l'île de Tounis, et qui abritait des tanneries.

En amont, le fleuve se partageait, dessinant une grande île touffue, couverte de fourrés et de grands arbres aux immenses frondaisons. Les chevaliers descendirent de selle, attachèrent les montures. « Que diriez-vous d'une petite promenade en barque, domnas ? » demanda le chevalier au museau de fouine, qui semblait être le chef, et sans attendre la réponse il fit descendre les deux jeunes femmes dans une grande barque qui semblait les attendre. Équipée de sièges confortables, avec de hauts dossiers, et couverte de coussins et de tapis écarlates, elle quitta la rive silencieusement, tandis que les chevaliers se saisissaient des avirons pour aborder en quelques coups de rames la grande île, qu'ils appelaient *le grand ramier*.

Ils sautèrent à terre et maintinrent la barque pendant que les jeunes femmes en descendaient.

– Cette île appartient au seigneur comte, commenta le chevalier. Il y vient souvent se détendre.

– Ici c'est le paradis, proféra solennellement un de ses compagnons, ventripotent. Voyez !

Des oiseaux d'eau s'envolèrent, déployant de grandes ailes d'une blancheur de neige. Flors et Agnès regardaient autour d'elle comme des biches traquées. Elles n'aimaient pas cette nature exubérante, trop épaisse, trop enveloppante. Elles n'avaient connu toutes deux, dans leurs enfances, que la sécheresse des garrigues. La luxuriance des saulaies, des peupleraies, la profusion de cornouillers, d'érables, de frênes, de robiniers, qui s'enchevêtraient et semblaient se combattre, cachant le ciel, sans compter les fougères qui couvraient le sol. Cette mer de feuillages les étouffait.

Le miroitement de l'eau, qui s'écoulait pesamment le long de chaque rive du ramier, ne faisait qu'accroître l'impression d'être prises au piège. Mais à quel piège ?

Les chevaliers étaient courtois, et malgré leur mine de soldadier aragonais ils se comportaient en hommes de bien, prévenants et respectueux.

Un chemin s'ouvrait devant elles, depuis la plage de sable où elles avaient accosté. Les hommes s'enfoncèrent sans hésiter dans le bois, chassant devant eux de grands oiseaux au vol bruyant.

– Ils savent où ils vont, se dit Agnès. Tout ça est prémédité.

Elle regretta que son mari ne les ait pas accompagnées. Elle le lui avait demandé, mais son oncle l'avait réclamé pour discuter d'intérêts communs. Agnès n'avait pas insisté. Maintenant, elle se le reprochait. Constatant que tout était parfaitement organisé, elle se traita intérieurement d'imbécile, de bécasse, et d'idiote.

Ils arrivèrent devant une construction en rondins, une sorte de grande cabane, un petit palais par sa taille, tout en bois. L'un des chevaliers sortit une grosse clef de sous sa cotte et ouvrit la grande porte. Ils entrèrent.

– Il fait froid ! s'exclama Agnès, jetant un regard circulaire aux tapisseries déployées sur les murs, aux sièges couverts de peaux de bêtes, aux trophées, aux chandeliers.

– Nous allons faire du feu, domnas, répondit l'un des chevaliers en préparant la cheminée. Vous allez voir, une belle flambée.

Ses compagnons revenaient déjà avec du bois. L'un d'eux s'appliqua à allumer de l'étoupe et de la paille avec une pierre à feu. L'étoupe prit rapidement, la paille flamba, puis le bois, et bientôt une douce chaleur régna dans la vaste pièce, dont les volets clos imposaient d'allumer tous les cierges.

L'homme à l'œil blessé s'avança, un barricot* dans les bras.

– Le comte nous a recommandé de vous servir du mieux que nous pourrons, et de satisfaire tous vos désirs. Ce vin est de l'ambroisie. En voulez-vous, domna vicomtessa ?

Flors, qui tremblait de froid, dit oui et tendit sa coupe. Mais l'homme qui connaissait les usages remplit d'abord la coupe d'Agnès, puis à ras bord celle de Flors qui resta un moment à contempler les reflets rubis du liquide épais, doux et sucré, devant le foyer. Elle avala sans respirer. Agnès but modérément, en proie à une méfiance qui ne faisait que croître. Elle ne pouvait imaginer quelque danger venant des chevaliers du comte, et cependant l'idée qu'elle était entrée dans un piège, invisible, restait la plus forte.

Le feu flambait agréablement. Elle ressentit bientôt la chaleur du vin coulant dans ses veines. La douceur des luminaires, le chatoiement des tapisseries, des coussins, les odeurs des bois et un parfum de musc insidieusement répandu dans la salle, tant de suavité finit par avoir raison de sa vigilance, et elle s'assoupit.

Quand elle se réveilla, le comte de Toulouse était campé devant elle, altier, intrépide. Son regard la transperçait. Elle se leva d'un bond. Le visage du comte changea, s'anima, allègre et amical.

– Où est mon mari ? fit-elle.

Le comte haussa les épaules :

– Il est en de bonnes mains, plaisanta-t-il. Ne vous en faites pas pour lui.

– Menez-moi à lui, seigneur comte, je vous en prie.

La bouche du comte s'arqua d'une moue contrariée.

– Qu'avez-vous besoin d'un mari, ma nièce, rétorqua-t-il, claquant ses mains sur ses cuisses avec nervosité. Quand je pense

* Petit tonneau.

que tous les hommes de cette terre se damneraient pour un baiser de vous, sans faute…

Agnès, dégrisée, jeta un œil autour d'elle. Les chevaliers avaient disparu, ainsi que Flors. S'approchant d'une fenêtre, dont le volet était soulevé, elle vit sa compagne au loin, au bord de l'eau, avec les chevaliers du comte qui l'entouraient et lui faisaient la conversation.

La jeune femme se retourna. Le comte portait sur sa figure une sorte de sourire fier et arrogant.

– Que me voulez-vous, à la fin ? cria-t-elle.

Elle s'en voulut de céder à la panique. Surtout ne pas se comporter comme un gibier traqué mais, bien au contraire, conserver en toutes circonstances une image forte et inaltérable de grande domna, de noble vicomtesse, intouchable. Contenir le comte dans les limites décentes du domnejar, voilà ce qu'il fallait faire.

– Que voulez-vous, mon oncle ? répéta Agnès plus calmement, que puis-je faire pour vous ?

Sa voix trahissait son inquiétude, malgré elle. Elle se tut.

– Ma nièce, finit par répondre le vicomte, souvenez-vous d'Ève qui nous fit chasser du paradis terrestre. Adam y consentit volontiers. Et moi, pour vous, je consentirais d'aller droit en enfer, car vous êtes encore plus belle qu'Ève.

– Que dites-vous ? Si on vous entendait !

– Je dis ce qui est. Demandez-moi ce que vous voudrez, je vous le donnerai.

– Je n'ai besoin de rien.

– Je ne connais pas de femme qui n'ait quelque chose à demander.

Il s'était approché et se tenait devant elle. Il lui prit la main. Comme il tentait de l'attirer à lui, elle retira sa main brusquement et fila vers la porte. Elle l'ouvrit d'un geste sec, presque étonnée de ne pas la trouver fermée à clef, et se glissa à l'extérieur. Elle courut jusqu'à la rive.

Un peu plus haut, Flors, qui épiait la grande cabane, l'avait vue sortir en courant. Rompant le cercle des chevaliers elle la rejoignit, les chevaliers sur ses talons. Mais aucun n'osa les retenir.

Elles poussèrent à l'eau la petite barque qui avait amené le comte, et qui était échouée sur une langue de sable. Ahanant comme des charretières, elles avancèrent dans l'eau jusqu'à la taille, jusqu'aux légers remous qui faisaient frissonner la surface de l'eau au milieu du courant, et elles basculèrent dans l'esquif sans plus de manières. Flors s'empara des avirons.

Agnès avait perdu une botte, aspirée par la vase, mais ne s'en soucia pas. Elle alla s'asseoir à l'avant. Son regard revint sur l'île. Le comte Raimon contemplait leur fuite depuis la porte du pavillon, et les chevaliers sur la rive faisaient de grands signes en indiquant l'aval, criant tous ensemble. Agnès finit par comprendre qu'ils l'avertissaient de ne pas aller vers les moulins du Château.

La barque suivait le fil du courant tandis que Flors, se battant avec les avirons, ne parvenait qu'à la faire tourner sur elle-même, sans la ralentir.

– Traverse, Flors, vite ! ordonna Agnès. Va sur l'autre rive.

– Je voudrais bien, ma domna, gémit Flors.

Les avirons battaient l'air maladroitement, faisant penser à un gros insecte tombé à l'eau. La jeune femme s'appliquait cependant à donner une impulsion continue à la barque, mais elle ne pouvait empêcher l'embarcation de tourner, une fois dans un sens, une fois dans l'autre, annihilant tous ses efforts.

– Va sur l'autre rive, supplia Agnès.

Le courant les emportait. Les hautes tours du château Narbonnais étaient visibles au-dessus des frondaisons, se découpant sur le ciel avec les enseignes et l'étendard rouge et or des Saint-Gilles. Agnès regretta de ne pas être restée dans sa chambre, attendant sagement son époux.

On distinguait sans peine, vers l'aval, les greniers des moulins du Château, pris dans la muraille, coiffés d'un dernier étage en encorbellement où courait une galerie. Là vivait le meunier et sa nombreuse famille. Puis apparut sur l'eau, sortant des brumes, une masse sombre, une longue bâtisse de bois couverte de planches. Les moulins tant redoutés.

L'énorme charpenterie enjambait la Garonnette d'une rive à l'autre, posée sur une forêt de poteaux, s'appuyant du côté de la cité à une vieille tour romaine.

« Si la barque va sous cette bâtisse, pensa Agnès, elle va heurter les poteaux et les roues à eau qui font tourner les meules. C'est certain. »

Elle percevait le ronflement régulier des grandes roues, et le vrombissement des meules, qui faisaient vibrer le bâtiment comme une harpe.

L'ombre empêchait de distinguer la largeur des passages, mais on devinait un encombrement de madriers, de jambes de force, de pieux placés là en hâte après chaque crue, pour renforcer les poteaux défaillants, brisés par les bois flottants.

– Il ne faut pas aller là-dessous, cria Agnès à Flors, nous allons nous faire déchiqueter !

– Je ne veux pas mourir ! supplia Flors.

Le vrombissement des meules, courant sur l'eau comme sur un dallage, noyait sa voix.

Flors complètement paniquée lâcha les avirons, dont elle n'espérait plus aucune aide, et se mit à pleurer.

Elles cognèrent d'abord à grands coups dans la digue, qui empêchait le courant de rejoindre le grand bras du fleuve pour le diriger vers les moulins. Les jeunes femmes tentèrent de saisir une corde, un madrier, des fascines qui servaient au colmatage de la digue, mais en vain. Le courant était le plus fort, emportant inexorablement la barque vers les moulins.

L'esquif passa devant un déversoir, destiné à évacuer les bois flottants. Il était obstrué par des troncs d'arbres, d'énormes racines, des branchages. Flors s'agrippa à ce fouillis avec l'énergie du désespoir, empoignant des branches, des racines serpentines, des feuillages, penchée à tomber.

– Ma domna ! criait-elle. Agnès lui saisit la taille, s'arc-bouta pour la retenir.

Poussée par le courant, la petite barque s'engagea du nez dans le déversoir, obstruant le courant qui gonfla, soulevant l'embâcle. L'amas de bois, qui n'attendait que ce coup de pouce, franchit le passage en un seul bloc.

La barque glissa dans l'échancrure, plongea, faillit se retourner. Les femmes crièrent. L'eau entra dans l'embarcation, la noyant à moitié. L'esquif acheva sa course folle dans la plaine d'eau du grand bras, le long de l'île de Tounis.

Des pêcheurs de sable, alertés par les cris, vinrent à leur rencontre, et les prirent avec eux. Ils ramenèrent les deux jeunes femmes, trempées des pieds à la tête, sur la rive.

On les mena au milieu d'une foule curieuse dans une maison

cossue, à deux étages, construite avec de robustes colombages, où un bon feu les réchauffa et leur permit de se sécher. Tout le reste du quartier n'était qu'un enchevêtrement de masures en pisé, de pauvres oustals à demi ruinés par les crues, et de cabanes puantes ouvertes sur le fleuve, où l'on travaillait les peaux.

Pendant que leurs vêtements séchaient dans la salle grande, on leur apporta un morceau de fougasse*, et du vin. Agnès se garda bien de révéler ce qui lui était arrivé, et demanda simplement qu'on la ramène au château sur une paisible monture.

Dans un coin, près d'une petite fenêtre, une vieille femme lisait dans un livre à voix haute, chantonnant, remuant les lèvres avec application. Elle portait autour du cou un ruban de velours noir. Comme Agnès s'en allait, elle se leva et, lui barrant le passage avec une obstination courtoise, elle avança sa main, posa le livre sur son front et prononça sur un ton solennel le salut cathare : « Nous prions Dieu pour vous, domna Agnès, qu'il fasse de vous une bonne chrétienne, et qu'il vous conduise à une bonne fin ! »

Satisfaite, elle lui sourit et revint à la fenêtre.

Passant sur le pont branlant de Tounis, Agnès aperçut de nouveau les tours du château Narbonnais. Elle se demanda ce qu'elle allait raconter à Raimon-Roger pour expliquer son aventure. Elle ne voulait pas être la cause, comme la belle Hélène, d'une nouvelle guerre entre les Trencavel et les comtes de Toulouse. Elle ne voulait pas être la cause de la ruine du Midi.

Flors, qui avait eu très peur et voulait se venger, exhortait Agnès à tout raconter à son mari, quelles qu'en soient les conséquences. Elle exigeait même qu'Agnès demande publiquement réparation pour l'outrage que le comte de Toulouse, « cet arpaillan, ce fils de pute » lui avait fait subir.

Agnès s'enferma au château dans le vieux gynécée, et prévint son mari qu'elle ne quitterait plus sa chambre jusqu'à leur départ.

---

* Sorte de brioche en forme de couronne, cuite au four.

XVIII

Gui le Guerrejat avançait en tête avec une torche fumante, guidant par les souterrains, à l'abri du regard des assiégés, un détachement de l'armée, jusque sous les murailles d'Albarracin. Derrière lui suivait un gros conroi de chevaliers, de sergents, de charpentiers, de valets de toute sorte, qui formaient un long serpent le long des galeries.

Le visage impassible, Gui cachait sous une tranquillité feinte sa fierté rageuse, son ardente ambition.

Quand la galerie déboucha dans la grande salle creusée dans le roc, la porte de bronze apparut. Le maréchal des frères de Calatrava, qui commandait l'expédition, fit faire halte à toute la colonne avant que la grande salle ne fût totalement envahie. Il s'approcha de la porte, l'examina. Il appela les charpentiers, parla avec eux un moment, et déclara simplement :

– Nous allons enfoncer la porte.

Les charpentiers se mirent en peine de monter sur place un bélier. Ils avaient apporté toutes les pièces nécessaires. Ils assemblèrent en un rien de temps un grand chevalet, y suspendirent une longue poutre de fer dont le bout avait vaguement la forme d'une tête de bélier, en plus pointu. Les hommes attachèrent à cette poutre des cordes de sparte sur lesquelles ils tirèrent, de plus en plus fort, pour impulser au bélier un mouvement de balancier.

Quand le premier coup résonna contre la porte, ce fut comme

un coup de gong, un vacarme énorme qui se prolongea en échos pendant un temps infini sous la ville.

– Maintenant, ils savent que nous sommes là, déclara Gui. Il ne faut plus compter sur l'effet de surprise.

Les hommes tiraient sur les cordes, entretenant le balancement. Le bélier dessinait dans les airs, en ronflant, un mouvement de plus en plus large, de plus en plus ample, avant de se précipiter contre la porte dans un vacarme assourdissant.

– Et si les mahométans avaient construit la porte en bronze pour ne pas se laisser surprendre ? suggéra Gui. Car il est impossible d'attaquer la porte sans aussitôt alerter les habitants.

Le maréchal de Calatrava haussa les épaules.

Gui s'attendait à tout moment à voir la porte s'ouvrir, et une armée de combattants se ruer sur eux, tuant un grand nombre de chrétiens avant de retourner derrière les remparts. Mais rien ne se produisait. La ville semblait vidée de ses habitants.

Pendant ce temps, le bélier continuait à frapper bruyamment, obstinément, sans parvenir à endommager sérieusement la porte. Elle était bien un peu enfoncée par les coups, mais elle tenait bon.

– M'est avis que cette porte n'est pas ordinaire, s'exclama avec impatience le maréchal des frères de Calatrava. Elle est d'une résistance à toute épreuve. Par Dieu notre Juge, je ne sais pas comment nous allons faire.

– Démolissons les fondations, ce sera peut-être plus facile.

– Essayons encore un peu.

Le bélier poursuivit ses attaques inlassablement, sans d'autre effet que de bosseler la plaque de bronze.

– Quelque chose amortit les chocs par-derrière, ou dans les murs. Il est à craindre que nous n'arrivions à rien de ce côté-là.

– Attaquons-nous carrément aux fondations, répéta Gui que cet échec rendait hargneux.

Le maréchal acquiesça.

– Demain, concéda-t-il, nous reviendrons avec les sapeurs et les mineurs, et tous les outils nécessaires. Nous attaquerons directement les fondations, jusqu'à ce qu'un mur s'écroule.

Il donna l'ordre du retour. Le vicomte de Béarn, à qui le maréchal rendit compte en arrivant au camp, trépigna.

– Ces fils de pute, répétait-il, ils ont tout prévu. Je ne serais pas étonné qu'ils nous aient tendu un piège, finalement. S'ils n'ont pas réagi à notre attaque, c'est qu'ils manigancent quelque chose. Mais quoi ?

– Seigneur vicomte, rétorqua le maréchal, je crois plutôt que les habitants n'ont pas réagi parce qu'ils savent leur porte solide, un point c'est tout. Nous verrons bien demain s'ils continueront à dormir quand nous attaquerons la muraille. Ou du moins ses fondations.

– Les avez-vous vues ?

– Qui ?

– Les fondations, pardieu. Les connaissez-vous ?

Le maréchal passa ses doigts dans sa barbe blanche.

– Heu… non, pas encore. Il faudrait creuser… parce que la salle de la porte est en fait une cave creusée dans le grès. On n'y aperçoit aucune maçonnerie. Mais nous les trouverons, ces satanées fondations. Sans faute !

– Dieu vous entende, seigneur maréchal ! Vous savez, poursuivit le vicomte, je n'ai pas confiance. Maintenant que les Sarrasins savent que nous connaissons les souterrains, et que nous y avons accès sans leur demander la permission, ils devraient être quelque peu effrayés. Or ils n'ont pas bougé. Personne n'a tenté de quitter la cité. Ils voudraient nous voir revenir dans les souterrains qu'ils ne s'y prendraient pas autrement. Aussi demain, seigneur maréchal, prenez beaucoup d'hommes d'armes. J'ai le pressentiment qu'ils nous préparent quelque chose.

– Seigneur vicomte, n'ayez aucune crainte. Nous sommes capables de nous défendre. Et même de les attaquer, et de nous emparer de la ville. Faites-moi confiance.

– Je vous fais toute confiance, seigneur maréchal. Mais je n'ai aucune confiance dans les Sarrasins.

Le lendemain, Gui et le maréchal revinrent dans les souterrains avec une troupe nombreuse. Ils avançaient prudemment, mais rien n'avait changé depuis la veille. Gui avait semé un sable très fin devant la porte, pour savoir si quelqu'un l'avait ouverte, et était sorti en leur absence, mais le sable n'avait pas été piétiné. Personne ne semblait s'occuper de ce qu'ils faisaient.

« C'est insensé ! » se répétait Gui.

Il se souvint des paroles du vicomte, qui pensait que cette inaction, cette indifférence était une feinte pour les attirer. Elle devait cacher un piège mortel.

Les sapeurs et les mineurs se mirent immédiatement au travail. À l'aide de grands pics ils creusèrent la paroi rocheuse de part et d'autre de la porte, jusqu'à trouver une muraille en gros blocs taillés, qu'ils dégagèrent rapidement. Ils s'attaquèrent aux énormes blocs qui servaient aux fondations, tentant de les faire éclater. Mais les blocs étaient épais, bien scellés. Le pic ne les entamait que très lentement, très difficilement.

– Nous sommes là pour longtemps, s'impatienta le maréchal. Ces fondations troyennes sont une merveille.

Torse nu, les hommes travaillèrent toute la journée, piquant la muraille pour endommager les pierres et les desceller, avec des pics, des pointerolles et d'énormes masses. Tout autour, des forgerons avaient installé des foyers sur des trépieds, et remettaient les outils au feu pour les raviver, les redresser, les appointer, tandis que dans les galeries des soldadiers armés jusqu'aux dents attendaient de donner l'assaut.

Au soir, les sapeurs n'avaient pas réussi à percer la muraille. La troupe revint au camp, silencieuse. Gui était morose. « Demain, nous passerons », se répétait-il. Il ne pouvait imaginer de renoncer. Il avait certes hâte de rejoindre la commanderie d'Alcaniz, où il devait être reçu comme novice des frères de Calatrava, mais pas avant d'avoir pris au préalable la cité d'Albarracin.

Il était convaincu que cette prise lui apporterait un grand prestige, et qu'après ce coup, sa réception dans l'ordre le plus fermé d'Espagne apparaîtrait comme allant de soi. Ainsi il n'aurait plus à supporter la morgue des grands barons, de ces *ricomes** qui, à l'image de don Alonso de Padilla, l'avaient toujours traité comme un rustre d'écurie, un homme de main, un malheureux écuyer.

Le jour suivant, les sapeurs, à force de cogner sur les murailles, finirent par dégager un grand trou, profond, qui débouchait dans une vaste galerie voûtée, bâtie en bel appareil. La galerie semblait se poursuivre après un coude, car on n'en voyait pas la

* Mot à mot : « Riche-homme ». Désigne en Espagne les grands seigneurs.

fin. Un éclaireur qui s'était faufilé dans la brèche rapporta que d'autres souterrains débouchaient dans cet étrange couloir.

– Il semblerait, commenta le maréchal, que les entrailles de la cité soient parcourues de souterrains. Nous allons les prendre par surprise.

Il se tourna vers Gui qui se tenait à ses côtés, tandis que les hommes venaient s'agglutiner autour de l'orifice.

Le chef des sapeurs demanda :

– Que faisons-nous, seigneur maréchal ? Nous élargissons ? En étayant à mesure, et puis un grand feu, tout s'écroulera jusqu'aux créneaux.

Le maréchal réfléchissait. Les Sarrasins ne pouvaient plus désormais dormir sur leurs deux oreilles. Pourquoi n'attaquaient-ils pas, au moins pour refermer la brèche ?

Il se tourna vers Gui :

– Le Guerrejat, fit-il en lissant sa barbe, allez avec deux ou trois hommes prévenir le vicomte que nous avons ouvert une brèche dans les soubassements, et que nous avons mis au jour de nouveaux couloirs souterrains. Nous allons pénétrer sous la ville, jouer au furet. Qu'il surveille bien les portes, les lapins vont bientôt sortir. Et revenez avec tous les renforts que vous pourrez, ceux que le vicomte voudra bien vous donner. Nous en aurons besoin. Et dites-lui de faire bonne garde, sans faute. Ils vont sortir.

Gui s'en retourna pendant que le maréchal, l'épée à la main, ordonnait aux mineurs d'agrandir encore le trou dans la muraille. Le chevalier eut du mal à remonter les files de soldadiers qui s'étaient installés confortablement dans les galeries, et avaient passé la journée à jouer aux dés ou à dormir, et à boire. Gui les réveillait à coups de pied, les avertissant qu'une brèche avait été ouverte et que l'attaque de la cité par les souterrains était imminente.

Il apercevait à peine la lumière du jour quand dans son dos un bruit étrange se fit entendre, comme une rumeur d'orage, un souffle d'orgues géantes, qui roulait et se rapprochait à toute vitesse. Gui instinctivement se mit à courir, et ses compagnons avec lui. Avant d'imaginer quoi que ce soit il avait compris à l'énormité du bruit qu'un danger mortel était en route, et qu'il fondait sur lui. Il savait, avant de le voir, que ce souffle rauque qui roulait vers eux avec une puissance monstrueuse était un torrent, un torrent d'eau et de boue qu'encombraient déjà, comme des bois morts, les cadavres de ses compagnons.

L'énorme vague l'atteignit devant la sortie qui éclata littéralement. Il se sentit soulevé, sa face s'écrasa sur les rochers, et il se retrouva projeté en plein ciel comme un fétu de paille. Il s'échoua sur un promontoire, qu'il dut quitter rapidement car l'eau montait encore. Il vit passer des corps sans vie, flottant sur le torrent d'eau et de boue, et ne tenta même pas de les arrêter, comprenant qu'il n'y avait plus rien à faire pour eux.

Il s'éloigna rapidement pour aller avertir le vicomte de Béarn.

– Je le savais ! Je le savais ! hurla le vicomte en écoutant le récit de Gui. Il ne pouvait en être autrement. C'était un piège. Combien êtes-vous vivants ?

– Très peu, je pense. Je ne sais pas si le maréchal s'en est sorti, mais c'est peu probable. Il voulait jouer au furet, et vous envoyer les lapins vers la sortie. C'est ce que j'étais venu vous dire.

– Évidemment, un furet ne sait pas nager… déclara le vicomte exaspéré, en guise de consolation.

– Qui aurait pu penser qu'ils avaient de telles réserves d'eau…

Le comte de Béarn haussa les épaules :

– Pourquoi veux-tu qu'ils fassent des réserves, ils ont une grande rivière qui traverse la ville, à leur entière disposition.

– Le Guadalaviar ?

– Parfaitement. Ils ont détourné la rivière, et l'ont envoyée dans les souterrains. Ils sont très forts. Très très forts.

Il se frappait les cuisses :

– Ils sont malins, très malins.

Il finit par se calmer. Il envoya des hommes à la sortie des souterrains pour ramasser les corps des noyés, les enterrer, et éventuellement porter secours à quelque malheureux, si Dieu avait voulu que quelques-uns survivent.

– Dieu est peut-être avec eux ? se demanda Gui.

– Dieu ne peut être mahométan, s'insurgea le vicomte. C'est nous qui avons la vraie religion. Et nous allons le leur prouver : nous allons prendre la ville, et en pleine lumière.

– Comment cela ?

Des chevaliers, des barons, des frères de Calatrava s'étaient rapprochés et faisaient cercle, mais le vicomte de Béarn ne les voyait pas. Il était pris dans une sorte de vision qui accaparait son esprit.

– Comment cela ? demandes-tu, comment allons-nous prendre cette putanière de ville ? Eh bien… je n'en sais encore rien. Mais nous la prendrons, ou je me fais moine !

– Moi j'ai une idée, laissa tomber Gui de sa voix de canard. Une bonne idée.

– Je t'écoute…

XIX

Raimon-Roger avait eu une vive discussion avec Agnès. Il lui avait reproché sa réclusion volontaire dans le gynécée. Elle lui avait demandé de partir sur l'heure, sans vouloir lui en donner les raisons. Raimon-Roger avait mis cette humeur sur le compte de quelque humiliation, de quelque mauvaise rencontre, ou de quelque offense peut-être dans ce château immense, ouvert à tous les vents, où bourgeois, manants, soldadiers entraient comme dans un moulin, sans compter le défilé des charretiers et des paysans qui, du matin au soir, venaient livrer à la mesnie du comte le nécessaire et le superflu.

Il lui rappela qu'un grand banquet devait clôturer les festivités, qui réunirait à la nuit tombée tous les vassaux du comte, et des seigneurs venus du royaume d'Aragon.

– Tu ne peux pas refuser d'en être ! avait conclu le vicomte d'un ton bourru, jetant sur son épouse un regard irrité. Ton refus serait ressenti comme une injure par le comte et le peuple toulousain.

Agnès avait accepté, de guerre lasse, de se présenter au souper. Son mari lui répéta les paroles du comte, qui voulait sans faute avoir son neveu et sa nièce à ses côtés, à la table haute.

Agnès faillit crier : « Comment ne vois-tu pas qu'il fait ça pour moi, parce qu'il veut commettre avec moi le péché de chair ? » Mais elle se retint à temps. Avouer qu'elle était l'objet des répugnantes avances de son oncle aurait obligé le vicomte à aller lui chercher querelle, et à couper les ponts avec Toulouse. Ce qu'elle ne voulait à aucun prix, dans l'intérêt de son époux.

Mais déjà ce grand honneur de côtoyer le comte Raimon à la table haute lui brûlait la peau comme si elle avait été envoyée en enfer.

Agnès se présenta au bras du vicomte, les paupières baissées, se contentant d'une petite révérence devant son oncle.

Le comte Raimon, chaleureux, le sourire charmeur, la fit asseoir à côté de lui, malgré ses réticences, et son neveu à l'autre main. Raimon-Roger avait sa toute jeune « tante » Eleonor, à sa dextre. Après l'épouse du comte se tenait son parent le comte de Comminges.

Agnès, dont l'air maussade et le mutisme ne manquaient pas d'intriguer, avait à ses côtés l'évêque de Toulouse, Folquet de Marseille, qui n'avait pu refuser l'invitation du comte Raimon, bien qu'il la sût empoisonnée. Elle l'était en effet, car Raimon l'avait accosté d'un vassal, Sicard d'Alaman, un fidèle natif de l'Albigeois, qui avait une sympathie avouée pour les Bonshommes.

Le comte de Toulouse s'entretint d'abord avec Raimon-Roger.

– Mon neveu, commença-t-il, deux seigneurs du même sang ne doivent pas se faire la guerre, sous peine de l'enfer. Tu es bien de mon avis ?

Raimon-Roger acquiesça mollement, se demandant où était la chausse-trappe.

– Eh bien, mon neveu, mettons fin à nos querelles. Je consens à te rendre les châteaux de l'Albigeois que je t'ai repris par la force, si tu me rends hommage pour la vicomté d'Albi. Et de même pour tes terres de Carcassonne, et de Béziers. Il va sans dire que tout restera à ta disposition. Je te rendrai tout en fief. J'y ajouterai même le castrum imprenable de Montferrand, celui d'Avignonet, et quelques places du Lauragais qui sont sous ma justice. Tu n'y perdras pas. Tu garderas tout, contre quelques mots prononcés dans cette salle, un matin à l'aube, quand la mesnie dort, avec une bénédiction à la sauvette de quelque prêtre de service. Qu'en penses-tu ?

Raimon-Roger connaissait depuis longtemps cette exigence du comte de Toulouse, qui voulait restaurer le lien féodal qui avait uni dans le temps les vicomtes Trencavel aux comtes de Toulouse, c'est-à-dire qui avait lié – pieds et poings – les Trencavel à leur suzerain. Raimon-Roger pensa que s'il acceptait de revenir sous l'autorité du comte de Toulouse, son père se retournerait dans sa tombe.

Il ne pouvait commencer son règne par une trahison !

Comme il hésitait à donner brutalement sa réponse, son oncle lui saisit le bras d'une main chargée de pierreries, riant :

– Allons mon neveu ! Que cela ne te coupe pas l'appétit ! Tu as tout le temps de réfléchir.

– Seigneur comte, répliqua Raimon-Roger après une hésitation, c'est tout réfléchi. Je ne peux répondre oui sans renier mon père, et mon grand-père, et mes aïeux jusqu'à la dixième génération.

– Je sais, je sais, les Trencavel n'ont pas la nuque faite pour le joug. Et pourtant, comme nous serions forts, toi et moi, bien unis, autour du roi d'Aragon, désormais notre beau-frère.

– Je suis déjà lié au roi d'Aragon, je lui rends hommage pour Carcassonne et Béziers, et tout le Razès.

– Je ne te demande pas plus pour moi que pour le roi d'Aragon. Pense que nous trois bien unis, personne n'oserait nous attaquer.

– Personne ne nous attaquera.

– Je n'en suis pas si sûr. Si tu pouvais lire dans les pensées du seigneur évêque, le petit Folquet, qui prêche ta femme, tu serais stupéfait de la haine qu'il porte aux Toulousains en général, et à leur comte en particulier. Je le soupçonne même d'avoir manigancé avec le légat, Pierre de Castelnau, le projet de multiplier les provocations, les humiliations, pour m'amener à accomplir un acte fatal qui rendrait la croisade inévitable. Je m'en garde bien, et je me paye largement en les tournant tous deux en dérision.

– Nous l'avons bien vu, acquiesça Raimon-Roger, heureux de changer de sujet. Et où cela vous mènera-t-il ?

– Nulle part. C'est ce que je veux. Ce n'est pas ce qu'ils attendent de moi. Ce qu'ils voudraient, clairement, c'est une bonne raison de venir brûler notre Midi : un meurtre, un sacrilège, l'incendie d'une église cathédrale, du palais d'un évêque... Avec si possible le seigneur évêque au milieu. De quoi rameuter la chrétienté, rassembler une armée, fondre sur nous et s'emparer du pays tout entier... Et mettre tous les seigneurs au cachot, jusqu'à ce que mort s'ensuive. Voilà ce qu'ils espèrent, ces hommes de Dieu !

– Vous êtes bien pessimiste, mon oncle. Le monde n'est pas si mauvais.

– Le monde est ce qu'il est. Mais dis-moi, ma femme, la comtesse Eleonor, apprécie beaucoup Agnès, le sais-tu ?

– Je ne l'ai pas remarqué.

– Si, si, elles s'aiment beaucoup. Elles se font des confidences, rient comme de jeunes vierges... Il est vrai qu'elles ont le même âge, à peu de chose près. Eleonor regrette déjà le départ d'Agnès. Elle voudrait la garder auprès d'elle, quelque temps. Qu'en penses-tu ?

– C'est à Agnès qu'il faut le demander.

– Mais toi mon neveu, tu peux bien te passer de ta femme pendant quelques jours ?

– Mon oncle, je n'ai pas été toujours marié.

– J'ai donc ta permission. Buvons à notre amitié, mon neveu.

Ils burent dans les grands verres à pied cerclés d'or.

Le comte se tourna ensuite vers Agnès, qui écoutait sagement les paroles amères de l'évêque de Toulouse, dom Foulques, que les Toulousains appelaient toujours Folquet, comme au temps où il courait les donzelles. Le nouvel évêque profitait de la présence d'une oreille étrangère pour y déverser toute sa rancœur de l'accueil toulousain.

– Souvenez-vous que les Toulousains sont des fourbes et des ivrognes, résuma-t-il, les joues rouges, quand le comte l'interrompit. Ils sont francs comme trois ânes qui reculent.

L'expression fit sourire Agnès, et le comte Raimon, la voyant dans de bonnes dispositions, s'en réjouit :

– Ma nièce, fit-il en avançant vers la flamme d'un cierge son grand verre à pied, observant par transparence le flamboiement du liquide qui restait au fond du verre, j'observe avec joie que vous avez retrouvé votre bonne humeur. Ne serait-ce pas le seigneur évêque, oubliant son état de clerc consacré à Dieu, qui vous débite des paroles de séduction, comme le serpent séduisit Ève ?

– Il ne cherchait nullement à me séduire, mon oncle, répliqua Agnès.

– J'ai toujours pensé qu'il n'est évêque le jour que pour mieux obéir au diable la nuit. N'oubliez pas qu'il a été troubadour, il sait parler aux femmes. À Marseille, à la cour du vicomte Barral, il a appris la fourberie.

– Mon oncle, le seigneur Foulques me disait la même chose des Toulousains, répliqua-t-elle un peu vivement.

Le comte hocha la tête, amusé :

– Folquet n'aime pas les Toulousains et les Toulousains n'aiment pas Folquet. C'est bien naturel.

– Et vous, vous détestez l'Église et ses serviteurs. Ce n'est pas naturel. Que leur reprochez-vous, à la fin ?

– Voilà que ma nièce redevient raisonneuse ! Je vais vous dire pourquoi je n'aime pas les clercs en général, et votre voisin en particulier. Parce qu'ils accaparent nos revenus et nos biens, commandent à nos vassaux quand bon leur semble, et terrorisent nos sujets avec l'enfer. Ce n'est pas rien.

– Beaucoup sont bons, vous ne le voyez pas ?

– Ceux qui sont bons n'ont rien à craindre de moi.

– Pourquoi vous moquez-vous de l'Église, et de ses ministres ? Je vous ai vu l'autre jour à la messe, à la cathédrale. Dieu vous punira.

Le comte ricana :

– Dieu m'a déjà puni en m'envoyant un légat belliqueux et un évêque fanatique, tous deux également bouffis d'orgueil et de méchanceté, pour me tourmenter.

– Dom Foulques ne vous veut pas de mal. Il me l'a dit. Il vous reproche simplement votre manque de foi. Et de protéger les cathares.

– Nous y voilà !

– Avez-vous pensé que si vous obéissiez à l'Église, et si vous défendiez sa foi, vous seriez l'homme le plus puissant du Midi ?

– Dites que je serais de tout le Midi le plus féroce chien de garde de l'Église romaine ! Avec une belle chaîne autour du cou. Le sort d'un chien n'est guère enviable, sinon pour son maître.

– Dieu est notre maître à tous.

– Je reconnais l'autorité de Dieu.

– Et de son Église, catholique, apostolique et romaine ?

– Et de son Église, pour les affaires de Dieu. Pas pour les affaires des hommes. Mais vous êtes bien ergoteuse, ma nièce… Avez-vous goûté cet excellent vin de mes vignes ?

Comme l'évêque semblait s'intéresser aux propos du comte, celui-ci lui envoya de petits signes de croix, comme s'il voulait le bénir, ou l'exorciser.

Un groupe de jouglars apparut, qui vint se camper devant le comte pour faire des tours de magie. Puis ils se mirent à chanter et à jouer avec des instruments pris à la cuisine, sauf une vièle. Le comte riait, et toute la salle avec lui.

Agnès se demandait comment mettre fin à cette haine entre les deux Églises. Elle se disait : « Si j'arrivais, avec l'aide de Dieu et de la Vierge Marie, à réconcilier le seigneur comte avec l'évêque de Toulouse, quelle belle action ! On en parlerait jusqu'au Ciel. Et nous n'aurions plus rien à craindre du légat. »

Elle se pencha vers le comte Raimon, qui lui présenta son oreille avec un empressement dévoué.

– Mon oncle, fit-elle, voulez-vous me faire plaisir ?

– Ma nièce, se récria le comte, je ne pense qu'à ça ! Dites et vous serez comblée.

– Eh bien, mon oncle, je vous ordonne de faire la paix avec le seigneur évêque.

Le comte se rembrunit. Il laissa tomber, évasif :

– J'y songerai.

– Sur l'heure.

– Maintenant ?

– À l'instant ! Ne réfléchissez plus.

– Vous voulez sérieusement que je fasse ami-ami avec le petit Folquet, le plus grand pharisien de tous les temps ?

– Je veux que vous fassiez la paix avec monseigneur Foulques, évêque de Toulouse par la grâce de Dieu et du seigneur pape. Sans plus tarder.

– Ma nièce, médita le comte, vous abusez de votre puissance sur moi. Vous savez bien que je ne peux rien vous refuser, coquine ! C'est ainsi. Mais si c'est votre bon plaisir, vous n'aurez pas à vous plaindre de moi.

Il se leva et, arrivant par-derrière, il se jeta sur l'évêque en lui emprisonnant les bras. Dom Foulques tenta de se lever pour se défendre, mais il dut subir deux baisers retentissants sur les joues, tandis qu'il gigotait, avant de pouvoir s'enfuir.

Le comte Raimon éclata de rire, lui lança :

– Monseigneur, c'est de la part de ma nièce, ici présente, deux baisers de paix retentissants !

L'évêque haussa les épaules et disparut en fulminant.

– Vous êtes satisfaite ? lança-t-il à Agnès, furieuse. Ce n'est pas de ma faute s'il n'aime pas les baisers de paix…

Il lui envoyait des bénédictions, secoué par le rire.

Agnès l'apostropha :

– Vous êtes fou, vous nous menez à la catastrophe.

L'arrivée des cuisiniers, apportant avec des potages trois magnifiques paons dans leurs plumes, les pattes et le bec dorés, détourna l'attention. Toute la salle applaudit l'art incomparable des maîtres queux. Comme les trois oiseaux faisant la roue étaient apportés devant la table comtale, le comte Raimon demanda les plus belles plumes et les offrit à Agnès en lui souhaitant l'immortalité.

Agnès remercia du bout des lèvres. De nouveau, la présence du comte lui était pénible, et sa manie de tout tourner en dérision, insupportable. Le repas lui parut interminable. La magnificence des tapisseries, qui couvraient entièrement les murs, la blancheur des nappes sur lesquelles les nombreux luminaires portaient des taches d'or, les plats d'argent, la beauté des femmes, des robes et des soieries, l'extrême délectation des mets, du vin, les spectacles, tout ce qui si souvent exaltait son cœur d'un délicieux émoi, était maintenant de peu de poids devant la folie du comte. Elle y voyait déjà la perte de son époux.

Pour finir, une vingtaine d'hommes portèrent une espèce de montagne d'où coulaient deux fontaines : de l'une jaillissait de l'eau de rose, de l'autre de l'eau de muscade, qui répandaient un parfum suave dans la salle. Puis de la montagne s'élancèrent des lapins et de petits oiseaux, puis quatre petites filles et quatre petits garçons qui sortirent d'une grotte. Ils vinrent devant le comte en dansant la mauresque.

Ensuite, tandis qu'on servait des oublies et des oranges frites, avec de l'hypocras rouge ou blanc, des trompettes se mirent à sonner et des voix crièrent : « Largesse ! Largesse ! » Le comte d'un signe fit donner des deniers d'argent à tous les chevaliers présents dans la salle, et aux domnas une ceinture à boucle et clous d'argent. Son épouse Eleonor, Agnès, et les plus grandes domnas de la cour comtale reçurent des pierreries. À Raimon-Roger, le comte fit présent d'un second destrier, qu'on amena dans la salle, avec un paon perché sur la selle. L'oiseau portait avec orgueil, autour du cou, un écu miniature, arborant les armoiries des Saint-Gilles, une croix évidée, cléchée et pommetée, de gueules sur fond d'or, enlacées avec les armoiries des Trencavel.

– Voilà le symbole de notre nouvelle alliance, mon neveu ! s'exclama le comte, déjà passablement ivre. Tout ce qui est à moi t'appartient, tout ce qui t'appartient est à moi.

Raimon-Roger ne répondit pas.

Agnès s'arracha aux bras consolateurs du comte au moment où les musiciens revenaient dans la salle grande, pour faire danser. Elle retrouva avec soulagement « la chambre des domnas », se reprochant de l'avoir quittée pour faire plaisir à son mari, qui n'en avait tiré aucune satisfaction.

« Au fond, cette soirée a peut-être été utile, se dit-elle. Elle m'a décidée à quitter Toulouse dès demain, à l'aube. Si Raimon-Roger refuse de m'accompagner, arguant que les réjouissances toulousaines ne sont pas achevées, je cheminerai vers Carcassonne avec Flors, et quelques écuyers. »

Elle se tournait encore dans son lit, cherchant le sommeil, quand elle entendit la voix du comte, pâteuse, traînante, puis impatiente et furieuse, ordonnant aux femmes de le laisser passer. Agnès se glissa hors du lit et enfila sa chemise. Elle chercha sa robe, ses escarpins.

« Où est Eleonor ? » se demanda-t-elle.

Elle s'emmitoufla dans une cape pour aller rejoindre l'épouse du comte. Elle ouvrit la porte : le comte était devant elle, le regard figé, un visage de bois, écarlate. Il la refoula dans la chambre. Elle tomba à la renverse sur le lit et le comte vint sur elle, ou plutôt tomba sur elle, comme s'il avait basculé sur un obstacle.

– Agnès, ordonna-t-il, les yeux mauvais, cesse de me fuir. Ou tu t'en repentiras !

Agnès se mordit les lèvres et, réunissant ses jambes, qu'il tentait d'écarter, elle réussit à intercaler ses genoux entre elle et le comte. Puis, avec une souplesse féline, elle releva ses jambes, appuya ses pieds nus sur sa poitrine et d'un grand ahan rejeta violemment le comte, qui s'affala sur le plancher, se cognant la tête contre un mur.

– C'est vous qui vous en repentirez ! lui lança-t-elle en chaussant ses bottes.

Des femmes apparurent à la porte.

– Il est complètement saoul ! commenta-t-elle sur un ton de reproche, en étalant sa cape sur ses épaules.

Elle repoussa du pied, en passant, un bras qui s'étalait sur son chemin.

– Maintenant ça suffit ! lança-t-elle au comte avachi.

– Ça suffit ! répéta le comte docilement, de sa voix pâteuse.

Il cherchait à se remettre sur pied mais n'y parvenait pas. Agnès se glissa hors de la chambre, se mêlant au cercle des femmes qui s'approchèrent d'elle pour la caresser et la réconforter.

– Sauvez-vous ! lui lança une domna d'un certain âge, qui faisait partie de l'entourage aragonais d'Eleonor. Allez chez votre mari !

C'est ce qu'Agnès s'apprêtait à faire. Saisissant la main de Flors, elle quitta le gynécée. Les deux femmes traversèrent la cour glacée et pénétrèrent en face, dans l'aile des chevaliers. Agnès ne savait même pas où dormait son mari, mais elle pensait bien rencontrer quelqu'un qui la mènerait jusqu'à lui.

Sa bonne fortune voulut qu'elle tombât sur le seigneur d'Arifat, qui venait de soulager sa vessie dans la cour. Son esprit était encore embrumé par ses excès de table, et l'apparition d'Agnès, et de Flors à moitié nue, déambulant toutes deux dans l'aile des chevaliers, au milieu de la nuit, ne lui parut pas étrange.

– Nous nous promenons, domnas ? fit-il avec un air de tendre amitié.

– Nous fuyons un fou furieux ! s'écria Flors qui, en chemise, tremblait de froid.

Frézoulet prit un air ombrageux, observant les alentours, et d'un ton galant :

– Domnas, je suis à votre service… Par la rate de Dieu, avec moi vous n'avez rien à craindre. Tout le monde vous le dira.

– Méfiez-vous, chevalier, poursuivit Flors paniquée, c'est le comte en personne qui nous poursuit.

Frézoulet fit entendre un bruit de bouche qui signifiait son désaccord sur toute la ligne.

– Domna, sans vouloir offenser quiconque, sachez que je ne serais plus jamais heureux si je manquais à mon devoir. Quand je vous dis que vous n'avez rien à craindre, je sais de quoi je parle.

– Il est vraiment furieux, insista Flors, qu'exaspérait le calme du chevalier.

– Qu'il vienne me regarder de travers, tout comte qu'il est ! menaça le géant.

– Menez-nous jusqu'au vicomte, supplia Agnès.

Le seigneur d'Arifat saisit une torche à l'entrée, fit un grand geste de la main :

– Venez, suivez-moi !

Raimon-Roger dormait au dernier étage, dans une petite pièce qu'il n'avait pas à partager. Frézoulet souleva la portière de drap bleu et d'un signe de tête invita Agnès à entrer. Elle distingua un corps enfoui sous les fourrures, reconnut les boucles claires de son mari. Laissant choir sa cape, elle revint sur le seuil de la chambre pour la lancer à sa suivante, et se glissa dans le lit.

Raimon-Roger grogna, se retourna, finit par se réveiller. Surpris, il demanda :

– Agnès ? Qu'est-ce que tu fais là ?

– Mon seigneur, sachez que votre oncle ne se comporte pas en chevalier. Il a tenté d'entrer dans ma chambre, cette nuit. Voilà pourquoi je suis venue dans votre lit.

– Et où est-il, à l'heure qu'il est ?

– Allongé sur un plancher, à demi assommé.

– Tu as bien fait... Après tout, maintenant tu es mariée.

Il se rendormit.

« Demain, se dit Agnès, nous partirons à l'aube, quoi qu'il arrive. Et je ne reviendrai plus jamais à Toulouse. »

Elle entendit Benvengudo offrir à Flors sa paillasse. Flors le remercia et s'écria :

– Ne me quittez pas, Benvengudo !

– Je reviens tout de suite, domna. Je vais juste chercher un peu de paille.

Un moment après, le pas lourd du géant se faisait entendre, puis le froissement de gerbes de paille qu'il arrangeait confortablement, et des grognements heureux.

Ensuite le silence. Agnès se détendit. Néanmoins, elle attendit l'aurore avec impatience. Elle pensa qu'elle n'avait jamais été aussi heureuse d'entendre les premiers bruits de l'aube, les pas des mules, des chevaux, le roulement des charrettes, les voix d'hommes qui s'interpellaient, les servantes qui riaient, et les cloches des couvents.

XX

– Nous allons demander au Guerrejat de nous dire à quoi il pense, claironna le vicomte de Béarn. Je sais qu'il ne parle pas en l'air.

Gui se tenait campé devant le pavillon du vicomte de Béarn, les poings sur les hanches. Les frères de Calatrava l'entouraient.

– Bon, fit-il, nous sommes plus vaillants qu'eux en bataille. C'est un fait.

– Parfaitement, nous l'avons montré.

– Il faut leur demander de venir se battre.

– Ils ne sont pas fous ! rétorqua le vicomte.

– Proposons-leur un combat singulier, comme dans l'ancien temps. J'affronterai leur champion, j'y suis prêt.

– Et s'il te tue ? objecta le vicomte de Béarn, les yeux ronds, y as-tu pensé ? Nous serions perdus !

– Dieu ne le permettra pas.

– Il en a permis bien davantage, à ce jour.

– Il ne faut pas mettre Dieu au défi, intervint un frère de Calatrava. Qui sommes-nous pour Lui imposer notre volonté ?

– Je sens bien que mon idée ne vous agrée point, seigneur vicomte, conclut Gui sans plus attendre.

– Non, trop risqué.

– Mais j'en ai une autre, bien meilleure.

– Parle, le Guerrejat !

– Nous allons lever le siège et renvoyer le gros de l'armée.

– Mais c'est de la folie ! s'insurgea Alonso de Padilla. Que va dire mon oncle ?

– Je vois où tu veux en venir, acquiesça le vicomte. Bonne idée.

– Ceux qui resteront serviront d'appât, expliqua le Guerrejat. Les Sarrasins sortiront pour se jeter sur eux.

– Et l'armée reviendra au triple galop, conclut le vicomte, et entrera dans la cité. Ton idée me plaît. Qui en est ? demanda-t-il à la ronde.

– Moi, évidemment, répondit Gui.

– Moi aussi, évidemment, répliqua Alonso, qui ne supportait pas la réputation de courage du Guerrejat.

Gui n'y prêta pas attention. Il était déjà corps et âme dans le nouveau combat qui se préparait. Et il aimait ça.

L'armée chrétienne leva le camp fort bruyamment, avec une lenteur calculée, ne laissant en couverture qu'une petite bataille de trois cents hommes d'armes, chevaliers, écuyers, archers, valets, tout confondu, et les trente frères de Calatrava qui en étaient le fer de lance.

Hormis ce petit bataillon, le reste de l'armée s'en était allé, se dispersant par gros conrois dans toutes les directions, chacun reprenant son fourbi pour repartir chez lui, les mules et les chevaux de bât lourdement chargés. La consigne était de marcher au moins jusqu'à passer les collines, et puis de se cacher dans les bois, dans les grottes, au creux des ravins, partout où l'œil des espions ne pouvait pénétrer.

L'armée chrétienne devait disparaître. La petite bataille restée sur place, comme pour protéger la retraite de l'armée, inciterait les assiégés à sortir pour se jeter sur eux et les anéantir. À un contre dix, avait pensé Gui le Guerrejat, les assiégés se bousculeraient aux portes de la cité pour participer au massacre, et au pillage du camp.

Le piège était là, et nulle part ailleurs. Les chrétiens ne pouvaient espérer vaincre, ni seulement tenir en respect les mahométans plus d'une heure ou deux. S'ils y parvenaient. Mais il suffirait, par une manœuvre subite, désespérée, de conquérir une des portes, encombrée de combattants, de badauds, d'une foule curieuse, et de la conserver ouverte jusqu'au retour précipité du vicomte de Béarn, averti à son de trompe. Comme à Roncevaux.

Ultime ruse, ultime manœuvre, difficile mais possible. Gui ne pensait pas à l'échec de l'entreprise. Il n'y pensait pas un instant parce qu'il était tellement habité par son idée qu'il était sûr de réussir. Depuis qu'il était sous le ciel hispanique, tout lui réussissait. Depuis qu'il vivait une épée à la main.

On disait que les fleurs du succès, de la gloire, des honneurs, poussent sur les champs de bataille, arrosées du sang des braves. C'était vrai.

La retraite de l'armée prit plusieurs jours, mais personne n'était pressé, chez les chrétiens. Ceux qui restaient se rassemblèrent autour des tentes blanches des frères de Calatrava, et d'Alonso de Padilla, qui avait planté orgueilleusement son pavillon à la place de celui du vicomte de Béarn, à côté des moines soldats.

Les sentinelles réinstallèrent les palissades, les abris.

Gui réclama abruptement au grand commandeur de Calatrava le droit de porter l'habit des moines chevaliers pendant la bataille, mais le maître refusa net. Les novices n'avaient pas le droit de porter la cape blanche, pas plus que les écuyers ni les frères servants. Gui lui demanda alors humblement, comme une insigne faveur, de porter au combat la bannière de Calatrava. Il savait que cet immense honneur était à peu près impossible à obtenir pour un laïc et qu'il n'était dévolu, en principe, qu'à un frère aguerri, ayant prouvé par de nombreux exploits qu'il choisirait la mort plutôt que l'abandon de la bannière. La mort plutôt que de s'enfuir.

À son grand étonnement, le grand maître ne s'en offusqua pas. Il sembla même prendre la requête au sérieux. Sans laisser transparaître sa pensée, qui était certainement réticente, il demanda au Guerrejat de patienter un peu, le temps de consulter les frères à l'assemblée journalière du chapitre, car la requête était exorbitante.

La discussion fut longue et tendue, mais contre toute attente les moines chevaliers finirent par accepter de confier la bannière de l'ordre au Guerrejat.

– Sache que notre faveur est tout à fait exceptionnelle, commenta le grand maître. Elle n'est due qu'à notre conviction que Dieu te protège, ou la Vierge Marie. Ils protégeront aussi notre bannière.

Gui ne se tint plus de joie. Il alla se glorifier de son nouvel honneur auprès de son chef, Alonso de Padilla, oubliant qu'il lui devait toujours obéissance et fidélité. Et humilité.

Le seigneur Alonso, qui haïssait le Guerrejat autant que le Guerrejat le haïssait, entra dans une rage folle. Il menaça de quitter le camp sur l'heure si la bannière ne lui était pas proposée à lui, d'abord à lui. Il rappela que de toute façon il devait donner son accord pour toute faveur octroyée à l'un de ses hommes, et que dans le cas présent il ne le donnerait pas.

Le maître de Calatrava lui rétorqua sèchement que les frères n'avaient à rendre compte qu'au seigneur roi de Castille, au seigneur pape, et à Dieu, et qu'il se souciait comme d'une guigne de son accord. Le seigneur Alonso en resta muet de saisissement, ne sachant que répondre ni que faire, sinon racler du pied comme les chèvres.

Des Sarrasins apparurent devant une porte, en petit nombre, interrompant la dispute. Tout le monde se porta sur une hauteur, juste à temps pour voir la foule armée sortant d'un coup de plusieurs portes, une multitude nombreuse, rugissante, qui recouvrit les ponts-levis au-dessus des fossés.

Le maître de Calatrava fit sonner l'alerte générale et les chevaliers vinrent sur leur cheval de guerre, couverts de fer, se rassembler sur le champ de l'armée, devant les pavillons blancs des frères.

Alonso de Padilla avait disparu sous sa tente, hurlant des ordres, et puis des contre-ordres. Il en était ressorti tout ferré et casqué. Un écuyer lui amena son destrier, une bête puissante et vive, qu'on lui tint pendant qu'il montait, tandis que deux autres valets l'aidaient à atteindre la selle en le poussant aux fesses. Avec son propre poids et celui de son armure complète, il ne pouvait plus guère se mouvoir.

Gui s'était emparé de la bannière de Calatrava, une grande étoffe de soie blanche portant en son milieu une croix fleurdelisée, rouge, soulignée d'un trait noir. Il enfonça le bout de la hampe dans un petit logement sur la bordure de l'étrier et, la tenant fermement au bout de son bras, il parada avec fierté au milieu de ses compagnons. Dix frères de Calatrava vinrent le rejoindre, l'entourèrent d'une garde attentive, la cape au vent, comme un cercle d'anges blancs venus le protéger des périls.

Quand tout le monde fut rassemblé – devant étaient les piétons, archers, lanciers, coutiliers, en seconde ligne les chevaliers, puis les écuyers, les servants d'armes, les valets derrière, avec des chevaux et des armes de rechange – le maître de Calatrava, sans un regard pour l'ennemi, tint aux combattants un langage de fermeté.

– Seigneurs, leur dit-il, nous sommes moins de quatre cents, et eux plus de quatre mille, sans compter les habitants de la cité. Si chacun n'en fait qu'à sa tête, nous sommes perdus. Si chacun se met humblement au service de tous, nous devenons une force irrésistible. Dieu nous donnera la victoire, si nous savons rester humbles. Chaque bannière recevra ses ordres de moi. Aucun ordre ne sera donné par quelqu'un d'autre que par moi, et vous sera transmis par un frère. Quiconque me désobéira sera sévèrement puni.

Le maître fit retourner son cheval et prit la mesure du danger. Les Sarrasins sortaient par toutes les portes, comme un fleuve qui a rompu une digue. Ils se rassemblaient le long des murailles, du côté du camp. La plupart étaient à pied. Gui chercha du regard les méharis, les fameux dromadaires qui avaient failli leur faire perdre la première bataille. Mais il n'en vit aucun, et assez peu de chevaux. Ils les ont mangés, bien sûr, pensa-t-il. Le siège a duré des mois.

Il compta tout de même une centaine de chevaux qui, manifestement, à les voir battre leur flanc de la queue, n'avaient pas souffert de la faim. Mais surtout, surtout, il y avait beaucoup d'hommes, et peut-être des femmes aussi, qui se rangeaient en bataille sur plusieurs lignes et qui se préparaient à les attaquer.

« Ce n'est pas quatre mille, c'est quarante mille qu'ils sont, ces païens », pensa le Guerrejat.

Non seulement il n'en fut pas affecté, mais il en fut heureux. Son exploit n'en serait que plus grand.

Il lança à ses compagnons :

– Nous les tenons ! Ils sont si nombreux qu'ils ne pourront plus revenir dans la cité avant nous, et refermer les portes. Dès que le vicomte sera là, nous nous glisserons avec eux dans la ville, et nous prendrons les portes sans peine. C'est gagné d'avance !

Il riait. Ses compagnons étaient pâles, silencieux, ne voyant pas en quoi le grand nombre était une faiblesse, et leur petit nombre une force. De plus la multitude était bien armée.

Le grand maître avait envoyé des hommes sur les chemins pour sonner le rappel de l'armée. Dans une heure, deux tout au plus, les premiers renforts arriveraient, qui inquiéteraient suffisamment les Sarrasins pour les pousser à rompre le combat et à refluer vers la cité. La prise d'une porte serait alors plus aisée.

Mais il fallait tenir le choc pendant au moins une heure, peut-être deux ou davantage. Plus facile à dire qu'à faire, tout de même.

Entendant la sonnerie des trompes, au loin, vers les collines, vers les bois, les assiégés accélérèrent le mouvement et les premières lignes s'approchèrent. Le grand maître se tourna à nouveau vers ses hommes. Il les observa lentement de son regard gris d'acier, lança : « Pour le Christ ! » et d'un geste ample fit signe aux deux ailes de s'avancer en s'élargissant, à la façon des cornes d'un taureau. La pointe d'une des cornes était faite de cavaliers, l'autre d'archers.

À la jointure, comme une couture, une soudure, Gui portait la bannière de Calatrava, entouré de dix frères de l'ordre serrés dans leur cotte de mailles passée sur leur tunique de laine blanche, les épaules couvertes de la grande cape où voletaient de petites croix rouges et noires. Ils faisaient entendre un plain-chant sonore et viril, d'une voix rude, militaire.

Parvenus à quelques centaines de pas les uns des autres, les archers des deux camps plantèrent dans le sol leur grand bouclier pointu et léger, en bois et en osier, et s'envoyèrent des nuages de flèches.

Menant les chevaliers, le grand maître revint vers le centre de la bataille, précédant les frères qui chantaient les psaumes, avec l'application croyante de bénédictins à matines. Il leva son épée et attaqua les archers et les arbalétriers par le flanc. Les Sarrasins abandonnèrent aussitôt leurs abris et s'enfuirent en désordre vers la cité. Forte de ce succès, la petite armée chrétienne put avancer. Le grand maître vint se placer devant la bannière, faisant de nouveau le geste ample des cornes de taureau. Les deux ailes avancèrent et Gui se retrouva en retrait, s'imaginant au fond d'une grande conque.

Les archers maures qui s'étaient repliés installèrent en hâte de nouveaux abris. Gui surveillait au loin les cavaliers qui ne quittaient pas le pied des murailles, peut-être peu tentés de venir en découdre avec les chevaliers chrétiens, réputés imbattables à la lance. Entre eux et les archers de la première ligne, une foule armée de lances, d'épées, d'arcs, de guisarmes, attendait l'ordre d'attaquer en masse.

Les deux armées s'observèrent un moment, puis le grand maître donna l'ordre d'avancer à nouveau. Il vint se camper devant la bannière de l'ordre, commanda aux deux ailes de se diriger vers la grande porte, protégée par un fortin. Des frères allèrent au galop porter l'ordre de se diriger vers la porte majeure, et la petite armée poursuivit sa marche sur l'ennemi, au pas, resserrant son étreinte.

Gui suivait le grand maître comme une ombre, tandis que les frères de Calatrava, de nouveaux réunis, formaient autour de la bannière une sorte de rempart blanc, un mur flexible moucheté de petites croix rouges et noires fleurdelisées, où bourdonnait le chant viril des psaumes.

Les archers chrétiens envoyèrent des flèches sur les archers maures, pour les faire décamper. Derrière eux, des arbalétriers s'étaient dégagés de la foule et armaient leur instrument posé debout sur le sol, immobilisé avec le pied.

– Attention ! Les arbalétriers ! cria un frère.

– Les maudits ! Engeance perfide, suppôts du diable !

– Que faisons-nous ? demanda un autre moine chevalier.

– Allons-y ! Au galop ! répondit calmement le grand commandeur de Calatrava.

Il se leva sur les étriers, raide et cérémonieux, montra son épée et, la pointant vers la cité, vers la grande porte maintenant bien visible, les vantaux ouverts, une foule bigarrée encombrant le seuil, il commanda :

– En avant, par Dieu et son Fils, et la Vierge Marie !

Il lança son cheval qui bondit. Derrière lui Gui le suivit, et tous les frères, qui baissèrent leur lance. Serrés les uns contre les autres, formant une sorte de projectile vivant hérissé de fer, dont la vue créa un début de panique chez les Maures, les moines chevaliers avancèrent jusqu'à la foule qui commença à décamper.

Seuls les arbalétriers n'avaient pas bougé. L'arbalète à bout de bras, un coude levé, la joue collée au bois de l'arbrier pour viser plus juste, ils décochèrent leur vireton presque à bout portant, au petit bonheur, d'une manière désordonnée mais qui rendait l'esquive difficile.

Les viretons sifflèrent, se plantèrent dans les écus, dans les armures, dans les chevaux, ou se perdirent en bourdonnant dans l'air épais. Gui entendit un vireton passer près de son oreille, un autre qui traversa la bannière avec un bruit mat et puis tout bascula. Il tomba rudement sous sa monture. Se dégageant énergiquement, il se remit sur pied avec l'agilité d'un singe. Il constata avec joie qu'il n'avait pas lâché la hampe de la bannière. Il se tourna vers son cheval, prêt à l'enfourcher de nouveau quand il se remettrait sur ses jambes. Il attendit en vain. Le cheval avait pris un vireton en plein cœur.

Levant haut l'étendard de Calatrava, criant, cantillant, Gui se mit à courir. Des chevaliers l'entourèrent. Surgit derrière lui Alonso de Padilla.

– Donne ! commanda-t-il en saisissant brutalement la bannière.

Gui la lui abandonna. Comment faire autrement ? Il fallait qu'on la voie, faseyant dans le ciel d'Albarracin, comme un cœur qui bat.

Il courut derrière Alonso et la bannière, l'épée à la main, sans attendre un autre cheval, et rejoignit à pied les frères blancs, qui taillaient en pièces les archers et les arbalétriers, tandis que la foule des Sarrasins se jetait en masse dans la bataille.

L'engagement fut très violent, sans manœuvre savante, sans finasserie. Les frères hachaient tout ce qui passait à leur portée avec des gestes rapides, routiniers, des gestes d'artisans, et une application têtue. Voyant la masse humaine s'agglutiner autour des frères comme une mer démontée, Gui se dit que le môle de Calatrava, l'îlot chrétien de Calatrava, allait sombrer corps et biens si les renforts ne survenaient pas bientôt. Il se jeta comme un fou dans la mêlée en hurlant, distribuant des coups d'épée à gauche et à droite, frappant d'estoc et de taille, assommant et taillant avec des ahans de bûcheron, des râles furibonds, rageur, étonné et enflammé par sa propre furie qui le portait à toutes les audaces.

Il découvrait son total mépris du danger, une réelle indifférence à sauver sa propre vie. Une jouissance étrange finit par le gagner dans ce pouvoir de détruire sans limites, et dans le sentiment de son invincibilité.

Devant, la bannière de l'ordre de Calatrava était aussi secouée qu'une voile dans la tempête. Il lui fallait la rejoindre, persuadé qu'il n'y avait que lui pour la protéger. Les frères tout autour se battaient comme des lions, certains encore à cheval sur des bêtes couvertes de sang, beaucoup à pied, sans cesser d'avancer, pas à pas, vers la porte qu'ils devaient investir à tout prix.

Gui arriva à la hauteur d'un frère qui s'écroula devant lui, frappé par un vireton d'arbalète. « Les putaniers ! » claironna-t-il de sa voix de canard, essoufflée, ronflante, et lui fou de rage, ruisselant de sueur, de sang, ulcéré par l'ignominie du procédé, redoublant ses coups d'épée, parant les lames mortelles dans un vacarme de forge, d'enclumes sonnantes. Il se porta au secours d'un autre frère qui, le reconnaissant, lui sourit avant de s'écrouler de fatigue, exsangue, ou privé de vie.

Gui avança encore. Il aperçut Alonso de Padilla en mauvaise posture, retenu au col par le crochet d'une guisarme que tirait à lui un homme corpulent. Le seigneur Alonso tentait de s'en débarrasser en se servant de la hampe de la bannière comme d'une lance, tandis qu'un homme enturbanné s'était emparé des rênes de sa monture.

Un autre Sarrasin, par-derrière, aidé par un comparse, se préparait à sauter en croupe, un poignard à la main.

– Seigneur Alonso ! hurla le Guerrejat, gardez-vous par-derrière !

Il espérait que le seigneur de Padilla, comme on l'apprenait aux exercices, ferait ruer son cheval pour se débarrasser de ses assaillants, puis le ferait se lever pour reprendre les rênes, mais le chevalier était complètement paniqué. Enfonçant les éperons à tort et à travers, tirant sur le mors, le cheval finit par se rebeller. Il se pointa au moment où le Maure sautait en croupe.

Le cheval se leva tout droit, comme un chien faisant le beau. Le Sarrasin tenta de se retenir au chevalier mais celui-ci dans un geste désespéré lui donna en aveugle un coup de coude ferré et l'homme chuta lourdement sur le sol.

Le destrier battit des sabots et retomba lourdement. Les éperons plantés dans les flancs, il bondit en avant, rua, s'enfonça dans la foule, bondissant, se tortillant pour se débarrasser de son cavalier.

Alonso, perdu au milieu des ennemis, fit tourner sa monture d'un geste sec, dur, désespéré, et le renvoya vers les siens. La bouche en sang, meurtri de nombreuses blessures, l'animal fonça sur les archers chrétiens, les valets qu'il bouscula furieusement, puis les écuyers qui s'en venaient avec de nouvelles montures, piétinant des blessés, des cadavres éparpillés ici et là.

L'étoffe de la bannière vint se plaquer sur le visage du chevalier, l'aveuglant. Il cria, lâcha la hampe, confiant la bannière au plaisir de Dieu. Le cheval continuait sa course furibonde. Alonso aurait pu encore l'arrêter, du moins essayer, tirer fermement sur une rêne, puis l'autre, lui scier la bouche, lui tordre le cou. Mais il était tout à fait incapable de réagir. Pâle, les yeux exorbités, les mâchoires serrées, seulement préoccupé de s'extirper de la presse, le regard tendu vers l'horizon, rêvant ou priant de voir apparaître, comme par miracle, le vicomte de Béarn et son armée, il se laissa emporter vers le camp chrétien, vers la vie sauve, le droit de vivre.

Derrière lui, la situation devenait très confuse. La moitié des frères étaient hors de combat, les autres dispersés ; les chevaliers étaient noyés dans la foule des combattants. La progression vers la porte cessa.

Les cavaliers sarrasins entrèrent alors dans la danse, l'épée courbe étincelante au soleil, ou armés d'un petit arc à double courbure, d'une précision époustouflante. Les chrétiens commencèrent à se replier en désordre.

On ne voyait plus guère l'éclat blanc des frères chevaliers. Tous avaient perdu leur monture, ou bien en étaient descendus pour se battre à l'épée à deux mains, au fléau d'armes, à la masse. Le maître de l'ordre avait disparu, et personne ne savait ce qu'il était devenu, sauf qu'il ne s'était pas enfui, lui.

Peut-être était-il blessé, mort ? Gui tentait avec sa pugnacité rageuse de relancer la marche vers la porte, de donner un nouvel élan. Mais il manquait le signe du ralliement, la bannière dont l'éclat avait le pouvoir d'emplir les cœurs d'un courage léonin.

Quand il avait assisté, désespéré, à la fuite du seigneur Alonso, il avait su en un instant que leur assaut était perdu. Sans espoir. L'ordre de Calatrava avait sombré avec la bannière.

« Nous ne sommes plus que des agneaux au sacrifice, pensa-t-il. À moins que n'apparaisse bientôt le vicomte… Dans ce cas l'issue du combat en serait radicalement changée. S'il arrivait en pleine bataille, se disait-il dans un espoir insensé, pendant que les Sarrasins sont tout occupés à se battre, à nous tailler en pièces avec une joie triomphante, ils ne se rendraient pas compte du retour de l'armée du vicomte. Quand ils s'apercevraient que l'avantage du nombre a changé de camp, il serait trop tard. Ils ne pourraient plus retourner dans la cité. »

Il fallait donc poursuivre le combat, détourner l'attention des Sarrasins en les pressant le plus possible, en les menaçant, quitte à leur procurer encore la joie de tuer des chrétiens.

Comme attirés par son énergie farouche, des chevaliers vinrent se regrouper autour de Gui, avec les derniers frères blancs, qui ne se souciaient plus de chanter des psaumes. Il leur demanda de tenir le plus longtemps possible. Tenir jusqu'à l'arrivée du vicomte, il ne pouvait y avoir d'autre choix.

Ils allaient succomber quand une rumeur sourde se fit entendre, lointaine, tandis qu'un énorme nuage de poussière apparaissait dans le ciel, vers le septentrion. Gui hurla de joie.

– Le vicomte arrive ! cria-t-il à ses compagnons.

Ils reprirent courage.

Les Sarrasins avaient vite compris ce qui se passait, beaucoup plus vite que Gui ne l'avait espéré. Ils se replièrent en masse vers la cité, refluant sous les grandes portes. Les chrétiens étaient trop exténués, et ceux qui n'étaient ni blessés ni tués trop peu nombreux pour les poursuivre, encore moins leur barrer la route. Seul Gui s'essayait encore à les retenir, cherchant à retarder leur fuite. En vain.

Quand le vicomte survint avec ses chevaliers, couverts de poussière, les assiégés s'étaient mis à l'abri derrière les murailles. Ceux qui n'avaient pu entrer s'enfuirent le long des berges du Guadalaviar, où des sergents à cheval les poursuivirent.

Gui chercha le grand maître de Calatrava, le retrouva blessé sous un monticule de cadavres, l'extirpa et le ramena au camp, pendant que le champ de bataille était parcouru minutieusement pour relever tous les blessés.

Le vicomte était furieux. Gui lui fit le récit de la rencontre, son cheval tué sous lui, le seigneur Alonso qui lui avait arraché la bannière de Calatrava, et qui s'enfuit avec elle au moment crucial, quand il fallait donner un bon coup de collier, et le recul de l'armée.

– Le seigneur Alonso s'est enfui avec la bannière au moment où je parvenais jusqu'à lui, s'indignait Gui. J'allais le sortir de son mauvais pas.

– C'est à toi que la bannière avait été confiée, et à personne d'autre, lui rétorqua le vicomte.

– Je n'avais plus de cheval.

– On t'en aurait donné un autre. Ce n'était pas une raison pour abandonner la bannière.

– Seigneur vicomte, sachez que je ne l'ai pas abandonnée. Pas du tout. Mais le seigneur Alonso me l'a prise des mains. Si j'avais pu imaginer qu'il s'enfuirait avec elle, j'aurais tout fait pour la garder.

– Dieu te préserve de n'être coupable de rien !

Gui ne se sentait coupable de rien. Il s'était battu comme un lion, il aimait ça et tout le monde le savait. On ne pouvait lui reprocher un manque de conviction, ni trop de prudence. Toutefois, on lui avait remis la bannière de la bataille, à lui seul, en toute confiance. Elle devait cristalliser toutes les forces chrétiennes, toutes les énergies de la Reconquête. On lui avait confié la tente de la victoire, l'arche d'alliance. Et la tente de la victoire s'était transformée en tente de la débâcle. Lui n'avait pas failli, mais son entreprise oui, en fait.

L'armée était revenue. Les hommes allaient sur une hauteur contempler la cité d'Albarracin, toujours aussi fière, toujours rebelle. Tout était à recommencer. Certains pleuraient de rage, interpellaient Dieu, l'injuriaient.

Quand il eut fait son enquête le vicomte vint voir le Guerrejat, le lendemain. Il avait un visage dur. Il l'apostropha :

– Tu vois le désordre ? Tu vois ce désastre ?

Son ton était inamical.

– À part le seigneur Alonso, nous nous sommes battus comme des lions. Si je n'avais pas perdu mon cheval…

– Si… si… avec des si on en gagnerait des guerres ! On était à deux doigts de la prendre, cette ville.

– Seigneur vicomte, j'en suis aussi marri que vous.

– Pas autant que moi ! Tu sais ce que le siège nous a coûté ? Et pour rien !

– Aucune idée.

– Fort heureusement, Alonso de Padilla est disposé à retourner faire la quête auprès de son oncle, et des prélats de sa province.

– Vous comptez poursuivre le siège ?

– La population d'Albarracin est exténuée, affamée. Ils se rendront bientôt contre la vie sauve.

– C'est la faute au seigneur Alonso si nous avons échoué. C'est la moindre des choses qu'il fasse réparation. J'espère que vous allez le punir sévèrement ! Il s'est enfui. Je l'ai vu comme je vous vois.

– Il ne s'est pas enfui avec la bannière. On l'a retrouvée à peu près là où tu te tenais pendant la bataille. Par terre. Comme une couverture de bivouac.

– Ce fils d'évêque ne respecte rien.

– C'est à toi qu'elle avait été confiée…

– J'en conviens, mais le seigneur Alonso me l'a prise des mains.

– Tu l'as déjà dit.

– Que pouvais-je faire ?

– La conserver. Attendre un nouveau cheval, et repartir à l'attaque.

Gui se tut. Il voulait savoir où le vicomte allait en venir. Autant qu'il le laisse cracher le morceau rapidement. Le regard du vicomte devint vague.

– Gui de Bellegarde, fit-il, nous en avons longuement discuté avec le grand maître de l'ordre.

– Comment va-t-il ?

– Grâces à Dieu, il se remet vite de ses blessures. Mais il te fait savoir qu'il lui sera impossible de te recevoir dans l'ordre de Calatrava.

– Non !

– Si. Mais nous avons convenu que tu n'étais pas seul coupable…

– Moi, coupable ?

– Pas le seul, on est bien d'accord. Mais voyons les choses en face : nous avons besoin d'Alonso pour financer un nouveau siège. Et payer les arriérés. De gros arriérés. Il n'est pas possible de le punir maintenant.

– Et pourtant, c'est lui qui a fait échouer notre ruse. Nous étions près de la porte. S'il avait porté la bannière en avant nous aurions pris la porte et vous seriez entrés dans la cité comme chez vous.

– Possible, mais il faut voir l'avenir.

– Alors c'est moi le coupable ! hurla le Guerrejat, tout à coup révolté.

Le vicomte ferma les yeux, avança sa main pour tempérer l'indignation du jeune chevalier :

– Je me suis opposé à ce qu'on t'applique un châtiment corporel ou humiliant.

– Vous savez que mon désir le plus cher est d'entrer chez les moines chevaliers !

– Ce n'est plus possible. Et certains grands barons exigent en plus qu'on te retire tes éperons d'or de chevalier.

– Non !

– Demain nous allons en reparler. Tu sais que je t'estime. Je sais que tu n'es pas le seul à blâmer dans cette histoire. Je ferai l'impossible pour t'éviter ça.

– Non ! Je n'accepterai jamais ça ! Non ! Je ne rendrai jamais les éperons d'or !

Le visage de Gui était effrayant, comme contracté par une souffrance insupportable, une souffrance ravageante.

– Non ! répétait-il comme un forcené. Non !

Le vicomte se campa devant lui :

– Gui, je t'estime, je te l'ai dit. À demain.

– Non ! Non ! hurla le Guerrejat en s'enfuyant dans les collines. Jamais vous ne me ferez ça !

Il disparut jusqu'à la nuit.

Le soir, il habilla un beau palefroi qu'il connaissait pour être robuste et infatigable, et il s'en alla sans un mot.

Il rabâchait dans sa tête :

« Non, je n'accepterai jamais d'être dégradé, humilié, châtié pour la faute du seigneur d'Alonso, ce dégénéré, ce fils de putane. Ce pleutre, bouffi d'orgueil et de crainte. Jamais. C'est à lui de payer pour ses fautes. Moi je n'ai pas commis de faute ! »

Il pensa, au milieu de la nuit : « Si j'étais resté, je l'aurais tué ! »

Il marcha toute la nuit, pour ne pas risquer d'être repris. Il ne s'arrêta qu'au petit matin, dans une grange pleine de foin. En se réveillant il vociféra : « Putanière d'Église ! » Il injuria le vicomte, le grand commandeur de Calatrava, le pape, les barons, Alonso et son oncle, l'évêque de Gerona, qu'il ne connaissait pas. « Tous à mettre dans le même sac. Et le sac au fond de l'eau. »

Une vieille cuisinière, au château de son père, répétait : « Il pleut toujours sur ceux qui sont mouillés. » Il commençait à comprendre ce qu'elle voulait dire.

Il comptait passer à Carcassonne prendre sa sœur, sans s'attarder, et revenir chez lui régler le sort de cette péronnelle, une bonne fois, avant d'aller mettre son épée au service d'un grand seigneur.

Le souvenir de sa sœur accrut sa rage.

« Créature du diable, hurla-t-il, se souvenant d'un commentaire d'un Père de l'Église qu'un prêtre bien intentionné lui avait fait apprendre par cœur, inconstante comme la cire fondue, changeante comme la feuille au vent, parée et fardée comme une prostituée, vagabonde impudique, tu as incendié un lieu saint ! »

Le soir à la nuit il s'arrêta dans une auberge, pour soigner son cheval. Il dormit avec lui, dans une remise.

« Oui, se disait-il en s'endormant sur un lit de paille, toutes les femmes sont des prostituées. Et aussi Rome, et la sainte Église. La sainte Église est la pire des prostituées. »

Il grogna : « Au bon et au mauvais cheval, l'éperon. »

Ce bon principe d'éducation, il l'appliquerait à sa sœur Flors. Il plongea dans le sommeil.

XXI

Raimon-Roger reconnut immédiatement la silhouette courte et massive du curé de Coustaussa. Coiffé d'un chapeau de feutre noir, et les épaules abritées sous une capelette, il marchait lourdement, encombré de ses grosses bottes à chevaucher et d'une tunique longue, fendue sur les quatre côtés, dont les pans se prenaient dans ses jambes.

Il s'approcha du groupe de chevaliers en chemise et gambison* qui entouraient le vicomte. Raimon-Roger surveillait les exercices à cheval.

– Que Dieu vous garde, seigneur vicomte, fit le prêtre, se forçant à présenter une mine joviale.

Ses traits épais étaient enflammés par le grand air frais.

– Que Dieu vous garde, seigneur curé, répondit sans hâte Raimon-Roger. Que me vaut l'honneur de votre visite ?

Le prêtre retira ses gants, son chapeau, sa capelette, loua l'étrange douceur de l'air à Carcassonne. Il avait quitté le Razès sous la neige. Le cheval du vicomte, tenu par un écuyer, étira son encolure pour renifler méticuleusement le visiteur. Le prêtre agacé lui envoya une taloche.

– Nous n'avons pas été présentés ! lui lança-t-il.

– Il s'appelle Flori, commenta Raimon-Roger, amusé. C'est un présent de mon oncle, le comte de Toulouse.

---

* Vêtement rembourré que l'on enfile sous la cotte de mailles.

– Il est parfait pour la guerre. Vous en aurez besoin…

Son visage se tordit dans une expression douloureuse.

– Le temps est venu, seigneur vicomte, de nous libérer, ajouta-t-il sur un ton de grande conviction.

Ses gros yeux observaient le chevalier d'un air rusé, guettant sa réaction.

Raimon-Roger haussa les épaules :

– Ici, à Carcassonne, nous ne sommes prisonniers de personne.

– Vous êtes menacé, seigneur vicomte, répliqua le prêtre, exaspéré. Monseigneur de Roquessels, que je m'en vais voir, vous l'expliquerait mieux que moi.

– Monseigneur de Roquessels m'a déjà tout expliqué.

– Vous savez que le grand vicaire lui mène la vie dure ?

– Je le sais. Je connais bien Archivenin. Il fut le chapelain de mon père dans son palais de Béziers. C'est un fanatique, il voit des hérétiques partout.

– Il en verra de plus en plus.

– Je crois qu'il donnerait volontiers sa vie pour Rome.

– S'il a le goût du martyre, il sera bientôt servi. La révolte gronde contre Rome et contre l'usurpateur capétien. Chaque mois – que dis-je, chaque jour – de nouveaux seigneurs viennent me faire allégeance. Nous serons bientôt une armée.

Le prêtre prit Raimon-Roger par le bras, l'éloignant de ses amis.

– Je me fais beaucoup de tracas pour la vie de monseigneur de Roquessels. Sa résistance farouche, admirable, face aux exigences des loups de Rome, lui vaut beaucoup d'ennemis. Il a été menacé de mort.

– Je regretterais sa mort. Si par malheur elle advenait, le coupable serait puni de la même peine. Qu'on se le dise.

– Je m'en souviendrai. En attendant, prions pour qu'il vive. Car l'évêque de Béziers est des nôtres, vous vous en doutez, seigneur vicomte.

– Seigneur curé, dites que monseigneur de Roquessels est *des vôtres*. Je n'en suis pas, de votre parti mérovingien. Pas encore, et certainement jamais.

Le prêtre se força à rire :

– Vous attendez notre victoire pour vous rallier ?

– Vous savez bien que le roi de France, Philippe Auguste, est mon cousin. Ma grand-mère la reine Constance était la sœur de son père. Nous sommes du même sang. Je ne vais pas le traiter d'usurpateur ! Vous voulez que je jette l'opprobre sur ma famille, sur mon lignage ?

– Seigneur vicomte, vous n'êtes pas roi ! Accompagnez-moi chez monseigneur de Roquessels, nous parlerons de tout cela à Béziers. Vous mettrez en garde son persécuteur, le grand vicaire. Vous le menacerez de quelque atroce châtiment. Monseigneur de Roquessels vous en sera fort reconnaissant.

– Il m'a dit qu'il était destitué.

– C'est la vérité. Il est chassé de l'évêché comme un valet ! Ô douleur !

– Que va-t-il devenir ?

– Il rejoindra ses terres, ses châteaux, quand le seigneur pape aura confirmé sa destitution. À moins qu'il ne préfère le silence des couvents. Mais pour peu de temps, de toutes les façons. J'aurai besoin de lui dès que justice me sera rendue. En effet, quand je serai roi, je compte en faire mon principal ministre. Et vous mon sénéchal. Mais gardez-le pour vous.

– Quand vous serez roi ? s'amusa le vicomte. J'ai bien peur qu'il ne soit jamais votre ministre…

– Qu'en savez-vous ? Nous n'avons jamais été si près d'une révolte. La foi nouvelle gagne tout le pays, comme un feu de chaume. Les Bonshommes sont adulés. Ils sont à l'œuvre partout où il y a des âmes à sauver. Se débarrasser du joug de Rome, et de son bras armé, le roi Philippe, est le plus cher désir de tout le peuple.

– Le peuple sait-il que pour se libérer de Rome il devra affronter l'armée de France ?

Le prêtre chercha de ses gros yeux le regard du vicomte. Il lui mit la main sur l'épaule, s'y crispa :

– Ceux qui vous conseillent manquent de foi et de courage. De toute façon, seigneur vicomte, vous n'échapperez pas aux assauts furieux d'une armée venue de France. C'est écrit. Que vous vouliez la paix ou non, vous devrez vous battre un jour ou l'autre. Il ne vous reste plus qu'à choisir votre camp.

– Je ne me battrai pas pour vous.

– Nous en reparlerons à Béziers, coupa le prêtre sans animosité. Que diriez-vous de partir demain ?

– Demain ? Pas avant après-demain, ou plus tard encore. C'est selon les affaires à traiter avec mon chancelier. En attendant, permettez que je revienne à mes chevaux. Nous sommes en plein exercice. Allez aux cuisines du palais, vous pourrez vous y rafraîchir. Demandez du vin, nous en avons de très bon.

– Je le connais. En vous attendant, j'irai tenir compagnie à la vicomtesse, déclara le curé de Coustaussa. Cette enfant a besoin d'un père.

– À votre guise, seigneur curé. Mais n'en faites pas trop vite votre alliée. Elle est trop jeune pour mourir.

– Et trop belle ! acquiesça le curé.

Il entra dans la cité par la porte de l'Aude, sa paisible monture à la main.

Raimon-Roger reprit des mains d'un écuyer la bride du beau destrier à la robe tourterelle, à la croupe pommelée, à l'encolure puissante que lui avait offert son oncle. Il le caressa et sauta en selle.

Malgré l'agacement d'Agnès, qui ne voulait conserver aucun souvenir de Toulouse, sans parler d'y revenir, il ne voulait monter aucun autre cheval.

Il se lança au galop sur le mannequin de la quintaine, frappa de sa lance l'écu tenu à bout de bras par le mannequin, lui impulsant un mouvement brutal qui mit en branle une masse d'armes, dont le boulet hérissé de pointes le poursuivit et lui frôla le dos. Les compagnons du vicomte applaudirent.

Raimon-Roger continua sa course et enfila sans hésitation un anneau suspendu au bout d'une corde, un second, un troisième, manqua le suivant. Il laissa sa lance à un écuyer posté au bout de la lice, et retourna et tirant du fourreau son épée, miroitante dans le soleil. Il coupa en deux une suite de choux gelés posés sur des poteaux, d'un geste circulaire, ample et au final sec et brutal.

Un autre chevalier prit sa suite, que le vicomte observa attentivement. Raimon-Roger avait le projet de réunir autour de lui les meilleurs chevaliers de ses vicomtés, quelle que soit leur foi, pour en faire un corps d'armée d'élite, fer de lance de la vindicte vicomtale, si quelque grand seigneur avait l'audace de l'attaquer. Et, si la grande croisade francimane devait un jour se mettre en branle, il enverrait ces hommes à toute épreuve commander les forteresses qui gardaient sa principauté, avec l'ordre de résister à tout prix à l'envahisseur.

Voilà quel était désormais son état d'esprit, sa préoccupation première, avant le bonheur de son épouse Agnès. Pour cette raison, il n'était pas mécontent de l'amitié que se portaient Agnès et Flors, de plus en plus inséparables. Du moins Agnès supportait-elle plus légèrement ses nombreuses absences.

Deux jours après, Raimon-Roger partit pour Béziers avec le prêtre. Ils furent reçus au palais épiscopal par le grand vicaire, qui semblait régner en maître sur l'évêché. Comme le curé de Coustaussa insistait pour voir monseigneur de Roquessels en personne, Archivenin rétorqua que Guillaulme de Roquessels ayant été relevé de sa charge épiscopale, il n'avait aucune raison de le rencontrer.

– C'est moi le chef du diocèse jusqu'à la nomination du successeur de Guillaulme de Roquessels, s'insurgea-t-il. Le seigneur Guillaulme n'est plus rien, ici, en droit canonique. Me comprenez-vous ?

– Je ne vous comprends que trop bien, fulmina le curé. Mais mon affaire est particulière.

Archivenin prit un air engageant :

– Vous pouvez tout me confier !

À ce moment apparut monseigneur de Roquessels. À la vue de ses illustres visiteurs, il tendit les bras pour les accueillir, se plaignant d'une voix douce de n'avoir pas été averti. Raimon-Roger écarta le grand vicaire qui tentait de s'interposer et s'agenouilla pour baiser l'anneau épiscopal de l'évêque.

– Mes enfants, mes enfants, répétait le prélat, comme votre visite me réconforte. Vous ne m'avez pas oublié…

Archivenin avait fait mine de s'en aller mais s'était arrêté juste après la porte, appuyé au chambranle. Il écoutait avec attention.

– Mon bon ami, chez vous les murs ont des oreilles ! s'exclama le curé de Coustaussa. Mais je vous promets que bientôt nous y mettrons bon ordre…

Il avait parlé d'une voix indignée. Archivenin se retourna vivement, jetant sur les visiteurs un regard empoisonné. Raimon-Roger fut surpris de découvrir une face rigide, furibonde, remplie de haine, les fixant furieusement, puis se retirant en laissant une impression de furie triomphante.

Monseigneur de Roquessels haussa les épaules :

– Ne prêtez pas attention au grand vicaire, Dieu l'a mis à mon côté comme un cilice, pour me faire expier mes fautes, avant de me rappeler à Lui. Dans sa bonté.

Il se tourna vers le curé de Coustaussa :

– Où en êtes-vous ? lui demanda-t-il.

Le prêtre tourna son regard lourd vers le plafond peint, revint sur la silhouette longiligne de l'évêque emmitouflé et comme perdu dans sa vaste houppelande à motifs géométriques. Il planta son regard dans le sien :

– Monseigneur, fit-il, nous approchons des temps nouveaux. Rome est aux abois, nos fidèles ne rêvent que d'en découdre et de chasser les mauvais prêtres. Notre Église aujourd'hui est assez nombreuse pour les remplacer partout où ils ne voudront pas rejoindre nos rangs. Les récalcitrants seront expédiés à Rome, ou en Espagne.

– Et les rebelles, ceux qui résisteront, ceux qui voudront défendre les églises sur le seuil des porches, qu'en ferez-vous ?

– Ils seront exterminés, bien évidemment. Vous voyez que la fin de l'exil à Babylone approche pour vous.

– Vous allez donner une bonne raison au seigneur pape de nous faire la guerre. Et le roi de France ne pourra refuser de venir à la tête d'une armée, commenta le vicomte.

Le curé de Coustaussa gloussa et se tourna vers l'évêque, manifestant par des traits impassibles une patience à toute épreuve.

– Dom, expliquez-lui que la croisade est lancée depuis deux ans, et que si elle n'est pas encore sur nos terres c'est uniquement parce que le roi de France est menacé, et qu'il ne veut pas quitter Paris. Mais sachez, seigneur vicomte, qu'elle se fera un jour ou l'autre. C'est inévitable. Vous m'entendez ? I-né-vi-table ! C'est pourquoi nous devons attaquer les premiers, si nous voulons l'emporter.

Raimon-Roger alla à la fenêtre contempler les teintes pourpres du ciel. Il n'avait aucune envie de se mêler de ce complot. Il se retourna et vit la silhouette sans épaisseur d'Archivenin, qui était revenu à pas de loup écouter à la porte. Raimon-Roger éclata de rire, désignant le grand vicaire du doigt.

– Judas est parmi nous, plaisanta-t-il.

L'évêque secoua la tête, haussa les épaules, soupira :

– C'est plus fort que lui. Cet homme est né de Satan, qui épiait Dieu pour prendre sa place.

Archivenin bondit, grimaçant :

– Ô calomniateur ! Ô monstrueux persécuteur de la sainte Église, ô artisan de félonie, ô monstrueux ennemi du Christ…

Le curé de Coustaussa s'interposa avec une vivacité inattendue.

– Que dis-tu, bouche puante ? Sais-tu à qui tu parles ?

Il se leva sur la pointe des pieds et le gifla. Le grand vicaire se figea, comme changé en statue de sel. Il reprit vie brusquement et s'en retourna en exhalant une longue plainte, sa capelette sur la tête, comme pour se protéger de quelque envoûtement :

– Ô cruauté inouïe, ô furieuse trahison, ô scélératesse infâme, ô nouvel Hérode, que le seigneur pape dont je baise les pieds et même la trace de ses pas dans la poussière, et même la marque des sabots de sa mule dans la boue des chemins, et même la poussière du chemin déposée sur son auguste sandale, que le Saint-Père te frappe du couteau de l'anathème…

– C'est ainsi chaque jour ? demanda Raimon-Roger.

Monseigneur de Roquessels ferma les yeux.

Raimon-Roger pensait au roi d'Aragon. Il se demandait ce qu'il ferait si le curé de Coustaussa, jetant sa capelette aux orties, se proclamait un beau matin roi du Midi, souverain des deux religions. Il était possible que le roi d'Aragon s'allie avec le seigneur pape pour empêcher qu'un nouveau roi s'installe sur les terres qu'il convoitait, quitte à jurer qu'il en profiterait pour extirper la pestilentielle Église cathare.

« Non, il ne faut pas que notre roi mérovingien réussisse son coup. Il ne ferait qu'attirer plus vite le malheur sur mon pays », se dit Raimon-Roger.

Il ne doutait pas que le roi d'Aragon n'aurait aucun scrupule à jeter quelques Bonshommes dans un bûcher, pour étendre son royaume au-delà des Pyrénées. Mieux valait ne pas lui donner l'occasion de venir avec une armée.

Le vicomte prit bientôt congé et revint au château Neuf avec ses compagnons, refusant de leur révéler ce qu'il avait vu et entendu. Au palais, il s'enquit de l'arrivée de son chancelier et des vieux barons. Il avait dû abandonner son conseil sur le grand chemin de Béziers, parce que les vieillards répugnaient à quitter le pas lent de leur rosse.

Comme on lui répondait que personne ne les avait vus, Raimon-Roger marqua son mécontentement en envoyant les chevaliers de sa garde, et quelques valets, éclairer les carrefours autour de Béziers. Il voulait ainsi gagner du temps, et montrer à ses conseillers qu'ils étaient attendus avec impatience.

Il avait hâte, maintenant qu'il avait choisi son camp, d'envoyer un ambassadeur à Perpignan ou à Barcelone, un autre à Saragosse, à la chancellerie royale, pour proposer au comte-roi un renforcement d'alliance. Une alliance indéfectible qui obligerait le roi, qui était peut-être son demi-frère, s'il en croyait domna Arpaïs, à venir défendre son vassal le vicomte de Carcassonne, s'il était attaqué, par qui que ce soit, le roi de France ou le comte de Toulouse, et même par un roi mérovingien.

En retour il devrait le service d'ost au roi d'Aragon, avec cent chevaliers, peut-être davantage. Mais qui oserait attaquer le bouclier de Rome ? Celui que le seigneur pape appelait sans rire « Pedre le catholique » ? Et qu'il avait couronné de ses propres mains sur l'autel de saint Pierre. « Oui, pensait Raimon-Roger, j'ai choisi mon camp. Voilà l'homme qu'il me faut pour protéger mon peuple des rêves mérovingiens, des élucubrations des prêtres cathares, et même des rêves de pouvoir sans partage du seigneur pape. Sans oublier la menace de mon cousin le roi Philippe, qui ne pourra pas éternellement retenir son ardente chevalerie, trop impatiente de venir dans le Midi piller nos cités et se tailler de belles seigneuries. Et faire une belle récolte d'indulgences. »

À minuit, les chevaliers revinrent des carrefours. Ils n'avaient vu personne. Raimon-Roger comprit que ses conseillers s'étaient arrêtés à Narbonne, et qu'ils ne seraient là que le lendemain dans la journée, frais et dispos après une bonne nuit de sommeil. Il en fut très irrité.

– Comment administrer ce pays, confia-t-il à ses amis, avec des vieillards qui font péniblement en une journée ce que nous faisons au galop en deux heures !

– Il y a bien une solution… rétorqua Pons d'Olargues, les mains sur les hanches, l'œil flambant.

– Laquelle ?

– Tu n'y as jamais pensé ? Décide par toi-même. Commande !

Raimon-Roger lui donna une tape sur l'épaule :

– J'y pense de plus en plus. Mais j'ai encore besoin de conseils.

Le lendemain matin, à l'aube, deux chanoines vinrent annoncer une terrible nouvelle : monseigneur de Roquessels avait été assassiné dans la nuit.

Le vicomte partit immédiatement pour le palais de l'évêque. Il trouva monseigneur de Roquessels en habits sacerdotaux étendu sur son lit, les yeux fermés, le teint cireux, environné de cierges. Un chanoine lui confia qu'il avait été tué d'un coup de poignard porté par un inconnu. On l'avait retrouvé baignant dans son sang.

Raimon-Roger demanda où était le grand vicaire. On le chercha en vain. Peu après arrivait le curé de Coustaussa, qui était allé dormir chez un parent, et qu'on venait de prévenir. Le prêtre avait quitté le seigneur évêque vers minuit. Il pleura devant la dépouille de son ami, de grosses larmes qui sautaient de ses yeux comme les gouttes d'eau d'une averse rejaillissant sur une dalle. Il accusa le grand vicaire. Raimon-Roger lui demanda de s'expliquer.

– Ça devait arriver, répondit-il en guise de réponse.

– Pourquoi ?

– Archivenin espionnait monseigneur Guillaulme sans trêve, jour et nuit, notant tout, ses allées et venues, ses conversations, ses visiteurs, ses moments de prière, tout. Notre ami, qui avait été chevalier avant d'entrer dans les ordres, gardait toujours dans sa manche un poignard. Je l'ai vu à plusieurs reprises le présenter au grand vicaire, le tenant par la lame, et lui disant : « Allons, Judas, fais ton œuvre ! »

Il le traitait de Judas, de faux traître, lui reprochant d'avoir une âme vile et lépreuse, d'être de la race des esclaves. « Tu as l'âme d'un criminel ! lui répétait-il en lui tendant son poignard. Allons, accomplis ton ignoble destin… » L'autre lui jetait des regards si haineux qu'il ne fallait pas être grand clerc pour comprendre comment la querelle allait un jour s'achever.

Il tendit les bras vers la dépouille de son ami, les yeux rouges :

– Et voilà ! fit-il d'une voix rauque, c'était bien la peine de le narguer ! Pour ce que nous sommes avancés, maintenant !

Et il éclata en sanglots.

Raimon-Roger convoqua son bayle chargé des enquêtes criminelles, lui ordonnant avant toute chose de retrouver le grand vicaire. Il revint au palais accueillir ses conseillers, et préparer les termes d'une nouvelle alliance avec le roi d'Aragon.

– L'assassinat de l'évêque de Béziers risque fort de retarder la révolte mérovingienne, commenta-t-il.

Au fond, il en était assez satisfait. Il se demanda si cet événement imprévu n'était pas une aide du Ciel. Il en conclut que la paix empruntait souvent des chemins inattendus.

Il murmura :

– Mon Dieu, comme il est difficile de gouverner, mais dites seulement une parole pour me montrer le chemin et la paix sera sauvée !

L'apparition joyeuse de ses vieux conseillers, emmenés par Bernat de Canet, interrompit son premier dialogue avec Dieu.

– Je vous attends depuis hier, les tança-t-il brutalement. Nous devons prendre de graves décisions !

Les vieillards effarés le suivirent dans une grande chambre où on leur servit du vin pendant qu'ils écoutaient, abasourdis et silencieux, les détails de la nouvelle alliance que le vicomte envisageait de signer avec le roi d'Aragon, presque un mariage, et toutes les décisions qu'il venait de prendre pour conserver la paix dans le Midi.

XXII

Flors fredonnait un air en observant dans un petit miroir de métal poli l'image de ses lèvres. Elle les déclara ravissantes. Elle avait retardé le plus possible le moment de quitter le vicomte et la vicomtesse Agnès, son amie Agnès, et toute sa mesnie, et la foule qui tourbillonnait autour d'eux dans un brouhaha joyeux, et les beaux chevaliers, les beaux chevaux, son ami Bertran, cette vie palatine intense, facile, qu'elle n'avait pas imaginée. L'idée de quitter ce monde excitant pour revenir au couvent la rendait folle d'anxiété.

– Oui, même s'il y avait au bout l'enfer, déclarait-elle à son amie Agnès, je ne vous quitterais pas, ma domna. Moi, je ne suis pas faite pour la bure, un point c'est tout !

Agnès souriait, amusée. Elle savait bien que Flors devait se rendre en Provence, chez ses parents, qu'il était de son premier devoir de leur faire une visite pour leur exposer de vive voix sa répulsion du couvent ; puis de les supplier humblement de lui accorder la liberté d'entrer au service de la vicomtesse d'Albi, Carcassonne et Béziers ; mais elle ne faisait rien pour l'encourager à se mettre en chemin.

Flors s'était décidée après la visite de son frère. Si sa famille devait la harceler, il fallait en finir.

Elle allait se présenter devant son père, un homme aigri, colérique, et lui exposer pour quelles raisons elle ne pouvait retourner au couvent. Elle voulait croire qu'en révélant à ses parents qu'elle avait quitté son monastère pour une bonne place auprès de la vicomtesse Agnès, une grande domna du Midi, qu'elle aidait dans ses prières, dans ses aumônes, dans ses élans de compassion pour les pauvres, les femmes, les enfants, tous les êtres faibles, sans distinction, comme le voulait Notre Seigneur Jésus-Christ, ils seraient rassurés sur son salut.

Ils auraient du mal à avaler ses arguments mais, si son raisonnement passait, le plus dur serait fait.

Elle avait aussi en réserve quelques révélations à leur faire, qu'elle considérait d'un bon poids, si on prenait en compte l'état d'infortune de ses parents. Elle leur confierait : « Je ne vous demanderai rien, ni argent, ni joyaux, ni terres. Rien de rien. La vicomtesse me mariera et s'occupera de tout. » Elle pensait même leur faire croire que la vicomtesse Agnès leur rembourserait la dot qu'ils avaient dû porter au couvent de Béziers.

Elle les convaincrait que, chasée* comme un chevalier, son sort était enviable à tous égards, incomparablement meilleur que le leur qui n'était qu'une sorte de servage armé. Un vrai servage au service d'un châtelain autoritaire, méchant et avare !

Mais est-il bien habile de leur parler comme cela ? se demanda-t-elle. Elle ne voulait pas humilier son père, ni sa mère. Le châtelain s'était suffisamment chargé de les réduire à néant. Peut-être proposerait-elle à son père de venir se mettre au service du vicomte Raimon-Roger. « Je m'occuperai de vous, mes chers parents. Vous serez choyés. Pensez que je suis la confidente de la vicomtesse, nous avons le même âge. Je suis sa maîtresse en fous rires. Elle ne me refuse rien, et elle ne vous refusera rien, je vous le promets… »

Oui mais, avec ces rumeurs d'hérésie cathare à la cour de Trencavel, voudront-ils venir ? Flors ne voyait pas son père se mettre au service d'un lignage excommunié sans faute à chaque génération. Ni sa mère, très pieuse, venir s'installer dans un nid d'hérétiques.

Elle soupira, embrassa encore ses lèvres, machinalement, fronça les sourcils, rectifia une mèche sur le front, secoua la tête, et s'étendit sur le lit.

Elle avait profité du passage d'un convoi de pèlerins toulou-

* Se dit d'un vassal qui a été investi d'un fief.

sains, se rendant à Saint-Gilles, pour se mettre elle aussi en route. Des prêtres les accompagnaient, et un clerc qui était un familier de l'archevêque de Narbonne. Du moins l'affirmait-il.

Drôle de clerc, pensa Flors, bien entreprenant pour un homme d'Église. Certes, il n'avait pas encore la messe, et sa tonsure était peu visible sous les mèches brunes savamment revenues sur le haut du crâne, dégageant bizarrement sa figure grasse, rose, aux traits fins, ses yeux tranquilles. Il portait toujours sa tête un peu penchée sur le côté, et souriait sans gêne aux domnas, l'œil tout à coup vif, intrépide. Sans retenue.

Ils avaient fait le chemin de Narbonne tous ensemble. Flors montait une mule avec les clercs, les prêtres, les vieux et riches pèlerins. Les autres étaient à pied, faisant présent de leur fatigue, de leur souffrance, à Dieu, et à son Fils Notre Sauveur. Et à la Vierge Marie.

Le clerc se nommait Didier. Comme il était assez farceur, au deuxième jour Flors l'appelait en riant Didi. Elle avait le travers de donner des diminutifs à tout le monde.

« Je suis folle ! se dit-elle en pensant à Didi. Il ne faudrait pas qu'il se fasse des idées sur moi. Je suis sérieuse. »

Didi souriait, pas du tout gêné d'être traité ainsi devant le monde ; il semblait même prendre plaisir à ces amusements laïques, réservant son air boudeur au temps des prières et des dévotions devant les tombes des martyrs.

Flors pensait d'ailleurs fortement qu'il n'avait pas du tout la flamme ecclésiale. Cela se voyait. Il mangeait avec une voracité canine, et il suffisait qu'elle le taquine un peu pour que ses traits contenus dans une morne componction ecclésiastique foncent, passant du rose au rouge cramoisi. Son grand front se mettait à luire, sa bouche carminée se retroussait et son regard reprenait vie, trop. Il se vengeait en donnant un grand coup de gaule sur les fesses de la mule de la jeune femme. Ou un petit sur les fesses de la jeune femme.

Flors criait, riait, gloussait, en proie à une terreur mêlée de plaisir. Elle retenait sa monture comme elle pouvait, s'exclamait qu'elle avait les fesses en compote, les cuisses marbrées de bleus, la poitrine douloureuse, ce qui ne faisait qu'exciter le clerc.

À Narbonne, Didi avait guidé les pèlerins jusqu'à une vaste auberge, sur la route de Béziers, qui appartenait aux chanoines de l'archevêché. Il avait fait valoir ses relations avec monseigneur Bérenger et avait arraché à l'aubergiste une chambre hors de prix, destinée aux voyageurs de marque, qu'il avait attribuée d'autorité à Flors. Ainsi pouvait-elle dormir seule, hors du bruit et de la redoutable promiscuité, odorante et avinée, des *peregrini**. Lui-même avec les prêtres comptait rejoindre le palais épiscopal, au cœur de la cité, pour y passer la nuit en dévotions.

Flors pensa à Agnès, se demandant ce qu'elle était en train de faire. Nul doute qu'en son absence le vicomte allait reprendre en main son épouse, lui imposer quelque charge. À moins que ce ne soit elle qui exige de son époux davantage d'attention, maintenant qu'elle était seule.

Flors se releva, tiraillée par la faim. Elle ouvrit la porte de sa chambre, sortit dans le couloir marqué par les croisillons du corondage**, qui formaient dans la pénombre une sorte de colonnade menant à une coursive au-dessus de la cour. Des éclats de voix d'homme la firent hésiter. « Ils ont bu, pensa-t-elle, ce n'est pas le moment de me montrer. »

Elle reflua vers sa chambre et allait fermer sa porte quand elle perçut au bout du couloir une lueur s'élevant dans l'escalier. Une silhouette sombre apparut, silencieuse. Malgré la clarté de la lampe à huile le visage dans l'ombre était invisible.

Flors reconnut néanmoins la stature d'un homme. Elle s'inquiéta et referma la porte sans bruit. Des coups frappés la lui firent rouvrir prudemment. Didi était devant elle, portant dans un panier d'osier un plat fumant et un pichet. Et dans un bol des fruits secs. À son poignet était suspendu un pochon de toile.

– J'ai pensé que vous auriez faim, fit-il pour entrer, et que vous n'oseriez pas descendre dans la salle grande. D'ailleurs vous avez bien raison. La moitié de nos pèlerins sont déjà saouls. Vous les entendez ?

Flors remercia, le fit entrer et le débarrassa de la corbeille qu'elle porta sur une petite table branlante, dans un coin de la

---

* Pèlerins.

** Ossature en bois des maisons de pisé, charpente en pan de mur, aussi appelé colombage.

pièce. Elle saisit la lampe à huile, la plaça au milieu, rapprocha son bougeoir, sourit au jeune homme.

– Et vous, vous avez mangé ? demanda-t-elle.

– Non plus. Je suis allé loger les prêtres au palais. J'en viens.

– Vous n'aviez pas besoin de revenir. Maintenant servez-vous.

Il se servit avec son couteau dans le plat, sauça longuement avec son pain, remplit le gobelet de vin, le but d'un trait, exhala un sifflement satisfait. Son visage échauffé s'empourpra, et réapparut son sourire moqueur. Il avait parfois un regard gentil, calme, serein, un peu soumis, ou peut-être las, et parfois un regard dur et fixe.

Flors se sentit prise dans son regard de chasseur. Il cligna d'un œil et elle regretta de l'avoir laissé entrer. Son obligeance, sa courtoisie, pouvaient être interprétées par un homme comme lui pour une invite à prendre quelque privauté.

Il poussa le plat vers elle, avec une tranche du pain qu'il avait sorti du pochon de toile, et taillée avec son couteau. Elle remercia d'une petite voix, tenta de sourire :

– Merci, je n'ai pas faim. Vous pouvez en manger encore.

Il plaisanta, sur un ton familier :

– Didi n'a plus faim !

Flors pouffa, mit la main devant sa bouche :

– Je n'aurais pas dû vous appeler ainsi... Vous êtes une sorte de prêtre.

– Je ne suis pas prêtre, pas encore. Peut-être jamais. Et j'aime plaisanter. Du moins avec les jolies femmes...

Il détailla sa robe de laine noire, au décolleté généreux, qui mettait en valeur ses rondeurs féminines.

Flors quitta sa chaise comme le clerc s'approchait d'elle, se déhancha pour esquiver ses mains, mais déjà il l'enlaçait.

– Viens ! ordonna-t-il, viens sur le lit !

Elle tenta de se dégager.

– Non, fit-elle, il ne faut pas.

– Sois sans crainte, je ne dirai rien.

– Je ne veux pas.

– Pourquoi ? Tu es cathare ?

– J'en connais des femmes cathares... Ce sont toutes des saintes, à portée de voix de Dieu. Elles disent que la fornication est le plus grave des péchés. Je ne veux pas risquer mon salut.

–Foutaises ! Et quand tu seras mariée ?

–En plus avec un homme d'Église. C'est comme de voler Dieu.

–Et quand tu seras mariée, que diras-tu à ton mari ? Ne me touchez pas ?

–Je ne me marierai pas.

–Ah non ? Menteuse !

–C'est la vérité.

–Je pourrais te dénoncer comme hérétique… À moins que tu sois bien gentille avec moi. Pour me prouver que tu n'es pas hérétique.

Il rit fort, le visage échauffé. Flors prit un air sévère :

–Je pourrais vous dénoncer pour avoir tenté de forcer une donzelle de la domna de Carcassonne et Béziers, dans une auberge de pèlerins. Vous êtes un homme d'Église…

–Ici nous sommes à Narbonne, sous la justice de monseigneur Bérenger, frère du roi d'Aragon. Les Trencavel n'y ont aucun droit.

–Votre patron l'archevêque vous mettra en prison, quand il saura ce que vous avez voulu faire.

–Pour monseigneur Bérenger, lutiner une donzelle est beaucoup moins grave que d'être une cathare fieffée. Il est d'ailleurs couvert de femmes.

–Un archevêque ?

–Ils sont comme tous les hommes. Et moi aussi !

Il la poussa sur le lit.

–Allons, laisse-toi faire !

Ses mains blanches cherchèrent à s'insinuer partout. Flors le gifla :

–Non ! cria-t-elle, non, je ne veux pas, c'est clair ?

Il la gifla à son tour, et comme elle se débattait il lui donna un coup de poing sous le menton. Elle se tut, se sentant mollir. Elle le repoussait encore avec ses mains, ruant désespérément, mais les mains froides du clerc continuaient à courir sur son ventre, ses cuisses.

–Non ! cria-t-elle. Pour l'amour de Dieu, par pitié !

Elle reçut un coup sur la tempe, un coup très dur avec un ustensile métallique qu'elle ne vit pas, mais qui lui fit perdre conscience.

Le froid la réveilla. Elle était seule, dénudée jusqu'à la taille, et la poitrine glacée. Elle ressentit une douleur dans le ventre, se souvint du clerc. Elle revit l'homme qui la chevauchait et tentait de la maîtriser, hors de lui, le visage cramoisi, les yeux furibonds, la traitant de putane. Elle se mit à pleurer.

Elle pleura fort, bramant comme quelqu'un qui n'a jamais pleuré et ne sait pas comment faire. Bientôt une femme apparut à la porte, une autre, et encore une autre. Elles étaient trois, les yeux fureteurs, à peine aimables, inquiètes, se demandant comment arrêter ce beuglement qui allait réveiller toute la maison.

La plus âgée, le front ceint d'une couronne de médailles pieuses, s'assit sur le lit à côté de Flors, rabattit sa robe, lui prit la main.

– Que s'est-il passé ? lui demanda-t-elle d'une voix retenue. Dites-moi, qui vous a fait du mal ?

Flors ne pouvait pas s'arrêter de vagir. Les femmes se mirent en prière, invoquant la Vierge Marie, et la veillèrent toute la nuit. Aux premières lueurs de l'aube elles la firent lever, la couvrirent et, la portant à demi, se rendirent à Narbonne à l'ouverture des portes. Elles passèrent sans un mot devant la garde et la milice de l'archevêque, et se présentèrent au portier du palais de monseigneur Bérenger.

Elles déclarèrent qu'elles étaient des pèlerines, de passage, et demandèrent à être reçues par monseigneur l'archevêque en personne, sans vouloir rien révéler de leurs raisons. Comme le portier refusait de les laisser entrer elles se mirent à crier : « Au viol ! Au viol ! Par Dieu notre Juge, ce crime restera-t-il impuni ? » Et puis : « Justice ! Justice ! Vierge Marie, viens à notre secours ! Sauve cette pauvre femme ! » Et quelques autres invocations, la face vers le ciel, les bras en croix.

Le portier appela la milice qui alla chercher le prévôt, l'un des principaux chanoines du chapitre. Chargé d'administrer le diocèse de Narbonne, il avait tout pouvoir en matière de justice et de maintien de l'ordre.

Tiré du lit brutalement, à une heure où il avait l'habitude de compenser autant que possible les longues veilles des prières nocturnes, il arriva tout ensommeillé. Il demanda sur un ton exaspéré ce qui se passait. C'était un homme petit, aux yeux ronds et globuleux. Les femmes présentèrent Flors, expliquèrent sa mésaventure.

– Le nom du coupable, et que ça saute ! les interrompit le prévôt, reniflant d'un air martial, comme s'il ravalait son indignation.

Flors donna le nom du clerc. Le chanoine eut un haut-le-corps. Il fixa Flors d'un regard incrédule, les yeux ronds, le front baissé, comme ahuri.

– Impossible ! répondit-il finalement.

– Et pourquoi ? glapirent les femmes tout à coup sur leur garde, parce qu'il est clerc ?

– Mon neveu ne peut avoir commis un acte aussi monstrueux, je le connais bien…

Les femmes s'exaspérèrent :

– Parce qu'il est votre neveu ? Quelle famille !

– Allons, braves femmes, n'accusez pas sans savoir, répliqua le prévôt, reniflant comme pour mettre fin à la discussion. Notre famille est parfaitement honorable, et mon neveu ne peut avoir forcé une donzelle. À moins qu'elle n'ait voulu à toute force le séduire. Souvenez-vous d'Ève, la tentatrice.

Il s'emmitoufla dans sa cape noire, d'un geste auguste qui fit passer un pan par-dessus son épaule, révélant des bottes montantes à boucle d'argent.

– Mais puisqu'on vous dit que nous l'avons vu monter dans la chambre de la donzelle ! C'est lui qui lui a porté le souper, la pauvre !

– Et ensuite, qu'avez-vous vu ensuite ?

– Nous n'étions pas dans la chambre ! Vous nous prenez pour qui ?

– Alors ? Si vous n'avez rien vu, comment pouvez-vous accuser mon neveu ?

– Nous avons vu la donzelle après que le clerc fut parti. Elle pleurait à fendre l'âme. Bien entendu qu'elle a été violentée.

– Il n'y a pas de témoin.

– Et elle, elle n'était pas témoin de son malheur ?

– Comment savoir si elle n'affabule pas ? Si elle ne veut pas se venger d'une rebuffade de mon neveu. On l'a déjà vu. Je veux tout d'abord l'entendre, lui.

Il se tourna vers le portier :

– Emmenez cette donzelle à la porterie, dans une chambre que vous fermerez à clef. Nous verrons ensuite quelle conduite tenir, quand nous aurons entendu mon neveu.

– C'est elle que vous enfermez, seigneur prévôt ? Vous enfermez la victime ? Mais c'est le monde à l'envers !

– Du calme, femmes ! répliqua le prévôt en fronçant ses sourcils invisibles. Je n'enferme pas la victime, je protège le témoin. Justice sera rendue, pleine et entière, je vous le promets. Et vous, qui êtes-vous ? Des amies ? Une sœur ? Une mère ?

– Nous sommes des pèlerines pour Saint-Gilles.

– Magnifique abbatiale, s'exalta le prévôt. Le saint y a fait de nombreux miracles…

– Bref ! Ce n'est pas le moment de parler de ça. Cette donzelle voyage avec nous. Elle se rend chez ses parents en Provence.

– Nous allons nous occuper d'elle, soyez sans crainte. Vous pouvez revenir à votre auberge et reprendre votre chemin. Nous nous occuperons d'elle avec tout le soin nécessaire.

– Vous l'avez déjà dit. Elle allait chez ses parents, en Provence.

– Nous nous chargerons de la ramener chez ses parents. Nous allons souvent dans les pays de Provence.

Les femmes repartirent en murmurant. Mais elles ne pouvaient rester plus longtemps, et faire attendre indéfiniment les autres pèlerins. Elles embrassèrent Flors, gémissant de la voir ainsi, le regard absent, comme frappée d'une sorte de folie. Elles lui caressaient le visage, lui criant à l'oreille qu'elles allaient prier pour elle sur la route, à chaque heure, et que saint Gilles la guérirait. Il lui ferait oublier ses épreuves.

Elles finirent par partir, se retournant souvent pour faire de petits saluts. Comme Flors ne répondait pas, elles se lamentaient et recommençaient.

La femme du portier emmena Flors dans une petite pièce occupée par une couchette et une petite table. Un seau dans un coin servait aux besoins. La femme la fit allonger sur le lit, revint avec un cruchon d'eau et un gobelet qu'elle posa sur la table. Elle demanda à la donzelle si elle avait besoin d'autre chose, si elle avait faim, et comme Flors ne répondait pas elle s'en alla, tirant le verrou derrière elle.

Une fenêtre en forme de meurtrière, donnant sur une petite cour ombreuse, était la seule source de jour. La jeune femme ne vit personne de la journée. Sur le soir, le prévôt vint la voir. Il lui demanda si elle n'était pas hérétique. Flors ne répondit pas. Il lui posa plusieurs questions sur sa foi, et en repartant lui annonça que son neveu la prétendait hérétique, et qu'il avait des preuves qu'elle adhérait à la nouvelle Église. Ils allaient examiner ces preuves.

Le lendemain, Flors demanda à sortir. Elle voulait aller voir le vicomte de Narbonne, ayant appris que son palais était de l'autre côté de la place. Elle pensait qu'il ferait savoir à Agnès sa situation, et que la vicomtesse viendrait la réconforter et, avec l'aide de son époux, punir le coupable. Quand le chanoine-prévôt revint dans l'après-midi, Flors le supplia de la laisser rendre visite au vicomte de Narbonne, qui habitait de l'autre côté de la place.

– Il fera prévenir le vicomte de Béziers et son épouse, commenta-t-elle. Je suis l'amie d'Agnès.

– Mais ce sont des hérétiques, les Trencavel ! répliqua le prévôt la bouche serrée, reniflant d'un air méprisant. Il l'observait de ses yeux globuleux comme si elle était une créature étrange et inquiétante.

Il ne quittait pas le pas de la porte.

– Nous ne sommes pas hérétiques, répondit Flors d'une voix lasse, à bout de forces.

– Mon neveu m'a dit que vous l'aviez invité à assister à un sabbat cathare. Il m'a même confié que vous lui aviez proposé de le faire hérétiquer par un de ces ministres du diable que vous appelez *Bonshommes*, et qui ne sont que les apôtres de Satan, comme l'a déclaré le seigneur pape.

– C'est faux, seigneur prévôt ! répliqua Flors, les larmes aux yeux.

– Vous pensez bien que je crois plus volontiers la parole de mon neveu que la vôtre. Car enfin, n'avez-vous pas quitté le couvent pour vivre au milieu des hérétiques ? Et vous ne vous en cachez pas : vous l'avez dit à mon neveu, que vous fréquentiez des couvents cathares. Vous vous en êtes vantée !

– Je lui ai dit que j'avais dormi une nuit dans un couvent de Parfaites, ce n'est pas un crime.

– Et comment ! Vous vivez au milieu des apôtres de Satan, vous vous délectez dans leur bauge, et vous prétendez être restée pure de toute perversion ? Ma fille, vous êtes tellement enfoncée dans la boue du péché que vos yeux ne voient plus où est le mal.

– Était-ce une raison pour me forcer ? Drôle de clerc qui punit les pécheresses en abusant d'elles !

– C'est vous qui le dites ! Je ne suis pas obligé de vous croire.

– Je le répéterai jusqu'à mon dernier souffle. Je réclame justice ! De toute façon, Dieu le punira.

– Justice sera rendue dans sa grande sagesse par notre pasteur, monseigneur Bérenger, frère du roi d'Aragon. Dès son retour d'Espagne. En attendant, priez Dieu et ouvrez-lui votre âme.

– Mon âme n'a rien à cacher. Elle est la maison de Dieu depuis toujours. Je le prierai chaque jour pour qu'il envoie votre neveu en enfer. Et vous aussi, qui vous faites son complice.

Le prévôt renifla :

– Je sens que vous perdez la raison. C'est Satan qui habite votre âme, et qui cherche à la troubler. C'est une pratique courante de sa part.

– Je sais ce que je dis. Votre neveu ira en enfer pour sa mauvaise action. Et comme il nie et ment, au lieu de se repentir, Dieu le brûlera.

– En attendant vous restez consignée ici. Monseigneur l'archevêque décidera de votre sort.

XXIII

Flors se désespérait. Elle n'avait pas pensé à compter les jours, mais il devait y avoir plusieurs semaines qu'elle était enfermée, attendant l'arrivée de monseigneur Bérenger, l'archevêque de Narbonne, qui devait se prononcer sur son sort. Elle le réclamait, mais on lui répondait qu'il était en Espagne.

Elle n'était pas maltraitée, certes, mais elle était privée de liberté. Et la méfiance du portier et de sa femme, l'éloignement de son amie Agnès, sans parler des menaces voilées du prévôt, qu'elle trouvait sournois, et qui manifestement prenait parti pour son neveu, contre elle, contre la vérité, tous ces signes hostiles entretenaient une inquiétude, une angoisse pénible qui la tenait éveillée toutes les nuits.

Plus le temps passait, et plus elle appréhendait l'apparition de l'archevêque, alors que dans le même temps elle la souhaitait. Pour en finir. Elle savait bien que sa parole de femme ne pèserait pas lourd contre celle d'un clerc, neveu du prévôt par surcroît. Mais, au fond, elle préférait tout risquer plutôt que de rester indéfiniment dans cette chambre obscure et humide, à attendre un miracle. Elle craignait de devenir folle.

Elle avait tenté plusieurs fois de passer des messages à Agnès, qu'elle avait remis à la femme du portier. Comme elle n'avait eu aucune réponse en retour, elle ne savait pas si les messages étaient bien parvenus à destination. Elle pensait que non.

Quand on lui annonça une visite, un jour d'orage gris et pluvieux, elle reprit espoir. Une immense joie l'envahit : enfin quelqu'un pensait à elle, se préoccupait de son existence, quelqu'un qui avait eu vent de son enfermement et qui se proposait de l'aider. Elle imagina un grand personnage tenant le fil de sa petite vie au bout de ses doigts, suivant le fil jusqu'à elle, comme un fil d'Ariane, et laissant la porte ouverte pour l'aider à s'envoler.

Un bienfaiteur venait lui ouvrir la cage. Dieu avait entendu ses prières. Dieu l'aimait, et la Vierge Marie.

Le prévôt entra, accompagné d'un moine à la stature impressionnante, couvert d'une grande cape noire ruisselante, la mine rébarbative. L'homme, tonsuré de frais, le visage luisant de pluie, la dévisagea sans gêne, fouillant dans ses pensées. Son regard noir scintillait sous des sourcils chenilleux. Flors, qui avait reconnu le légat du pape, détourna la tête.

Le prévôt présenta cérémonieusement la jeune femme à son visiteur :

– Voilà la créature dont vous avez entendu parler, très révérend légat. C'est elle qui prétend avoir été violentée par un clerc. Ce qui semble plus certain, c'est qu'elle frayait avec des hérétiques, dont vous connaissez le goût pour la luxure. Nous comptons lui faire son procès dès le retour de monseigneur Bérenger.

– Parce qu'il est toujours en Espagne ? s'étonna le moine. Il y reste bien longtemps. Se souvient-il qu'il a charge d'âmes dans le diocèse de Narbonne ?

Le prévôt resta un moment décontenancé. Furieux, il regarda Flors sans aménité, comme s'il lui reprochait d'être là et d'avoir surpris les propos désobligeants du légat pour l'archevêque. Puis, se retournant vers Pierre de Castelnau, qui semblait perdu dans de noires pensées, le visage du prévôt se transfigura, hésitant entre un air de soumission contrite et l'expression du bonheur de servir un si grand personnage.

Les reins cambrés, la face exaltée :

– Seigneur légat, fit-il d'une voix mélodieuse, comme vous le savez, monseigneur Bérenger a également la charge du monastère de Monte Aragon, du côté de Huesca. Il le vénère plus que tout. Il est bien connu qu'il porte à ce célèbre couvent, doté de trois cloîtres, une affection particulière. Il aurait voulu ne jamais le quitter.

– Eh bien, qu'il y reste ! répliqua le moine sèchement. S'il regrette autant son couvent espagnol, il n'a qu'à renoncer à sa charge d'archevêque de Narbonne. C'est d'ailleurs ce que je vais proposer au seigneur pape.

Le prévôt en resta muet de saisissement.

– Puisque la charge est trop lourde pour lui, poursuivit le légat, nous lui trouverons un remplaçant. Ce ne sont pas les candidats qui manquent.

Le prévôt se troubla, rougit, se raidit. Il ouvrit de grands yeux :

– Ce n'est pas ce que j'ai voulu dire, seigneur légat, fit-il en levant les bras. Surtout ne croyez pas... je n'ai pas dit que monseigneur Bérenger ne tenait pas à l'archevêché de Narbonne... surtout ne lui répétez pas... Je ne pense pas que monseigneur Bérenger accepterait de devoir choisir entre Narbonne et Monte Aragon...

– Il veut garder les revenus de tout, j'ai bien compris.

– Oh ! je... il faudrait lui poser la question... je ne me permettrais pas... ne dites pas...

– J'en parlerai avec lui. Mais de toutes les façons, je pense que monseigneur Bérenger est trop tiède pour Narbonne. Cerné comme il l'est par la puanteur hérétique, il faudrait à Narbonne quelqu'un de plus zélé, de plus enflammé, de plus ferme. Un cœur pur et une main de fer. Une main qui n'hésite pas à mettre le feu au bûcher. Vous voyez ce que je veux dire. Entre nous, connaissez-vous quelqu'un qui aurait les qualités requises ?

– Oh ! Seigneur légat ! Je ne connais pas d'ennemi de la perversion hérétique plus déterminé que moi !

– Vous ? Vous seriez prêt à reprendre en main l'archevêché de Narbonne ?

– Vous aurez en moi le plus zélé des serviteurs de notre sainte mère l'Église...

– Ça nous changerait ! Mais il vous faudra vous battre, vous ne manquerez pas d'ennemis. Y avez-vous pensé ?

– Je sais bien que je n'en suis pas digne. Si vous trouvez meilleur que moi, n'hésitez pas.

Il s'exalta de nouveau, gesticula :

– Si le Saint-Père me commandait de balayer sur l'heure l'ordure hérétique, qui répand sur notre sainte mère l'Église catholique, apostolique et romaine, sa détestable pestilence, je lui obéirai sur l'heure, au péril de ma vie. Je l'ai toujours fait.

– Nous en reparlerons… Quant à cette jeune fille…

Le prévôt se récria, se fendant d'une série de courbettes :

– Souvenez-vous bien, seigneur légat, que je me tiens à votre entière disposition. Commandez et j'obéirai. Transmettez au seigneur pape qu'il peut compter sur moi, sur ma vigilance sans faille. Comme le marin veille toute la nuit à la proue du navire, sans faiblesse, sans se laisser distraire, sans complaire au sommeil, soucieux de préserver la vie de l'équipage et de le mener au port, sachez que le Saint-Père me trouvera sans faute toujours éveillé, prêt à fondre avec mes faibles forces sur l'hydre cathare, sans hésiter.

– C'est intéressant. Quant à cette jeune fille…

– Vous devez savoir qu'elle s'est échappée de son couvent de Béziers.

– Ah ! de Béziers ?

– Pour rejoindre la cour de Trencavel, une cour percluse d'hérésie.

– Il s'en passe dans cette cité de Béziers ! D'ailleurs je n'aime pas l'esprit de cette ville. Je l'ai sentie rebelle, ricaneuse.

– On y a assassiné l'évêque, tantôt, monseigneur de Roquessels.

– Je n'aimais pas monseigneur de Roquessels, un homme imbu de sa naissance, méprisant. Il m'avait mal reçu. Esprit rebelle, ricaneur…

– On n'a jamais retrouvé le coupable.

– Le coupable c'est lui ! Dans son orgueil insensé il s'est opposé au seigneur pape, à ses commandements, et à moi-même, son représentant.

– Le vicomte Trencavel a juré de retrouver l'auteur du meurtre, et de le punir de la même peine.

– Je n'aime pas ce vicomte de Béziers, Carcassonne et autres lieux. Vous le connaissez ? Je le sens rebelle, ricaneur…

– Il veut un coupable.

– C'est la justice divine qui a frappé monseigneur de Roquessels, esprit orgueilleux. Il a voulu me tenir tête ! Inutile de désigner un coupable. C'est de sa faute ! Il l'a bien cherché.

– Pour en revenir à cette jeune fille...

– Oui ! Alors comme ça, aujourd'hui, les nonnes quittent le couvent quand ça leur chante...

Le regard du légat s'appesantit sur Flors. Il réfléchissait.

– Vous avez quitté le couvent par amour des cathares ? lui demanda-t-il abruptement.

– Je ne suis pas hérétique, seigneur moine, se récria la jeune femme, au bord des larmes. C'est un mensonge.

– Dites « seigneur légat » ! s'insurgea le chanoine chargé de la prévôté, les mains ouvertes dans un geste indigné. Sachez que Pierre de Castelnau, qui nous fait l'honneur d'une visite, est le très illustre légat du seigneur pape, qui est Dieu sur terre. Il est venu éradiquer l'hydre cathare dans le Midi.

Flors faillit répliquer qu'elle le savait bien, puisqu'elle avait déjà rencontré Pierre de Castelnau au moulin banal du château de Couffoulens. Mais une petite voix lui conseilla juste à temps de se taire. Elle garda le silence.

– Dites ce que vous savez, s'impatienta le prévôt.

– Je suis l'amie de domna Agnès, l'épouse du vicomte Trencavel. Je lui tiens compagnie, et je l'aide à faire ses prières. Je m'occupe également de ses aumônes et de ses pieuses donations.

– Que savez-vous sur domna Agnès ?

– Elle est très bonne, très catholique, comme ses père et mère, le comte et la comtesse de Montpellier. Elle ne fréquente pas les hérétiques. D'ailleurs je n'ai jamais vu d'hérétique déclaré chez eux.

– Elle ment ! s'indigna le prévôt. Cette donzelle a raconté à mon neveu, fière comme Bethsabée, qu'elle dormait avec la vicomtesse dans des maisons de Parfaites.

– J'y ai passé une nuit. Parce que nous nous étions perdues, avec ma domna, dans le pays de Chalabre. Je lui ai raconté ça pour plaisanter.

Le légat soupira comme un bœuf.

– Votre visage ne m'est pas inconnu, fit-il en plissant les yeux.

Il dodelina de la tête. Flors s'effraya, pensant à un molosse.

– Je vous ai déjà rencontrée quelque part... Je le jurerais...

La jeune femme rougit. Le visage du légat s'illumina d'un sourire victorieux :

– Oui, par l'Esprit-Saint, je me souviens : vous étiez chez ce meunier qui m'a sauté dessus au moulin de Couffoulens, quand nous passions devant chez lui, benoîtement, pacifiquement. Mestre Rainald, je ne l'ai pas oublié. Il nous a sauté dessus comme un chien enragé, alors que nous n'étions même pas armés. Vous étiez chez lui avec domna Agnès. Vous n'allez pas me dire que vous étiez perdues, cette fois !

– Nous rendions visite à la fille du meunier, qui est orpheline.

– Ainsi vous ne connaissez pas d'hérétiques, sauf quelques Parfaites, chez qui vous passez la nuit, et un fanatique de la pire espèce, belliqueux, injurieux, possédé du démon, chez qui vous passez vos journées.

Il se tourna vers le prévôt, s'apitoya :

– J'en ai gardé un si mauvais souvenir que je me souviens de tout.

Le prévôt leva les yeux au ciel :

– On n'oublie pas ces choses-là.

Le légat posa un regard féroce sur Flors, qui se troubla et se mit à pleurer.

– À la bonne heure, fit-il satisfait, vous vous sentez coupable. Je lis dans vos yeux la peur de la pécheresse.

– Je veux voir la vicomtesse, gémit Flors, elle est ma domna.

– Elle est déjà intervenue en votre faveur. Mais l'affaire prend un tour nouveau : votre soutien à la pestilentielle Église cathare ne fait plus de doute dans mon esprit !

Il se tourna vers le prévôt, lui prit le bras et sortit :

– Il semblerait que votre neveu avait raison : cette donzelle est de la secte. Assez pour la mettre au mur aujourd'hui même, seigneur prévôt, au pain et à l'eau. Elle sera jugée comme elle le mérite. En attendant, peut-être nous apprendra-t-elle quelques secrets sur nos ennemis, auquel cas nous pourrions la libérer plus tôt, avec quelques pénitences. Mais d'abord qu'elle parle ! Elle doit en connaître de belles sur Trencavel ! Je compte sur vous pour lui tirer les vers du nez. Ses révélations valent de l'or.

Le prévôt sur ses talons se mit à gémir :

– Seigneur légat, ne dites surtout pas à monseigneur Bérenger que je vous ai dit qu'il préférait son abbaye de Monte Aragon à l'archevêché de Narbonne, s'il vous plaît. Il m'en voudrait excessivement.

Le légat s'était arrêté sous la fenêtre de la cellule, pour répliquer, tourné vers le prévôt qu'il dominait de la tête et des épaules :

– Vous m'avez déclaré que vous étiez prêt à mourir pour l'Église romaine. J'ai besoin de votre témoignage pour charger monseigneur Bérenger. Il doit être destitué.

– Mon Dieu ! Mon Dieu ! Monseigneur Bérenger est très emporté. Sa vengeance à mon égard sera terrible. Quand je pense qu'il est l'oncle du roi d'Aragon...

– Écoutez, seigneur prévôt, je suis ici pour réformer les évêchés du Midi, et suspendre les pasteurs défaillants. Vous devez choisir une bonne fois entre Rome et monseigneur Bérenger, sur lequel courent beaucoup de rumeurs malsonnantes.

– Les gens sont si médisants...

– On dit qu'il a des maîtresses !

– Oh ! Je ne regarde pas dans son lit.

– On dit qu'il fait payer toutes les nominations dans l'Église !

– Ça a pu arriver... Ce n'est jamais qu'une sorte de donation.

– Une donation à l'Église qu'il met dans sa bourse... On dit aussi qu'il perçoit des taxes indûment, qu'il fait quérir par un chef routier, une brute très persuasive.

– Les temps sont si durs.

– On dit qu'il a enrôlé dans sa milice nombre de routiers, des païens sanguinaires.

– Mieux vaut savoir se battre pour faire régner l'ordre, dans ce pays rebelle.

– Qu'il ne pense qu'à ses chasses encloses dans la Montagne Noire.

– Monseigneur Bérenger a gardé de ses origines royales quelques innocentes coutumes princières.

– On dit aussi qu'il ne dit jamais la messe.

– Il la dit dans sa chambre.

– Elle ne sert à personne. J'ai aussi appris qu'il n'avait pas encore visité les paroisses de son diocèse, au bout de quinze années d'exercice ! Pense-t-il qu'il a été nommé archevêque pour aller à la chasse ?

– Il est vrai qu'il est très occupé.

– Et j'apprends aujourd'hui qu'il est absent de l'archevêché depuis des semaines.

– Seigneur légat, vous avouerez qu'il est très gênant pour moi de cautionner cette longue liste de remontrances.

– Vous préférez partager son sort ?

– Je ne peux trahir la confiance de monseigneur…

– Écoutez, prévôt ! Si vous n'êtes pas avec moi vous êtes contre moi. Et si vous êtes contre moi vous êtes contre le seigneur pape ! Et dans ce cas, malheur à vous !

Ils se remirent en marche. Le prévôt protesta :

– Mais pas du tout, pas du tout ! Je suis avec vous ! Je vous l'ai dit, je suis au service de la sainte Église…

– À la bonne heure…

Le soir même, le portier et deux miliciens de l'archevêché vinrent chercher Flors. Ils la conduisirent sans ménagements dans les soubassements du palais. Ils traversèrent la cour sous le regard curieux des clercs, des domestiques, avant de s'enfoncer dans les profondeurs de la bâtisse. On la poussa dans une cellule minuscule, sans air et sans lumière. Le plafond était trop bas pour se tenir debout.

Le geôlier des prisons de l'archevêque, un homme à la figure de taupe, aux yeux rouges de rat, le dos voûté, la bouche déformée par une blessure et une sorte de ricanement perpétuel qui montrait ses dents du haut, demanda d'une voix rauque s'il devait l'enchaîner.

– Ce n'est pas la peine, répondit le portier. C'est une domna. Il ne faut pas l'abîmer. Peut-être faudra-t-il la rendre, un jour.

La porte se referma sur le peu de jour qui venait jusqu'à la cellule par les escaliers. Flors entendit résonner la porte ferrée, au bout du couloir, et ce fut le silence.

« Je suis enterrée vivante ! » s'effraya-t-elle.

Elle se mit à pleurer, à bramer de toute la force de sa voix, comme une enfant qui ne sait pas pleurer, qui crie pour se libérer du démon de la peur. Peut-être espérait-elle être entendue de la cour, susciter la pitié. Mais personne ne vint. On lui avait laissé du pain et de l'eau.

Le pain de la douleur et l'eau de tribulation.

Elle n'y toucha pas. Le geôlier passa le lendemain matin, et aussi en fin de journée. Il faisait de même chaque jour, regardant un instant par le haut de la porte, qui était fermé par une grille, pour s'assurer qu'elle était bien vivante. Il n'ouvrait que pour déposer un pichet d'eau et un morceau de pain bistre, et refermait sans dire un mot. Le troisième jour peut-être, ou le second, ou le quatrième, elle ne savait plus, le geôlier vint accompagné du neveu du prévôt. Le clerc renvoya le geôlier et se montra amical et prévenant avec elle.

Il plaisanta, lui sourit, lui proposa d'oublier ses griefs, l'assura que si elle retirait sa plainte, lui, de son côté, se faisait fort de la faire sortir de là rapidement. Elle en serait quitte pour quelque pénitence légère, et tout serait vite oublié. Il s'assit à côté d'elle et commença à la caresser. Flors le gifla violemment, comme elle aurait écrasé une araignée, ou un rat, de toute sa force, et ne se rendit compte de ce qu'elle avait fait qu'après l'avoir frappé. Le clerc se leva d'un bond, l'injuria et retourna, furibond.

Flors éclata en sanglots. Le geôlier, venu refermer la porte, lui demanda de sa voix rauque et inaudible, qui semblait venir du fond du ventre, si elle avait besoin de quelque chose. Mais elle était incapable de parler et elle ne lui répondit pas.

Elle pensa dans la nuit que la meilleure façon de sortir de là était encore de se laisser mourir. Elle redoubla de pleurs et de gémissements, puis s'effraya d'être habitée par d'aussi noires pensées, et sur le matin elle se promit de survivre à tout.

Elle fit savoir à Didier qu'elle acceptait de retirer sa plainte. Le prévôt vint avec un notaire et deux témoins. Ils prirent sa déposition, dans laquelle elle reconnaissait qu'elle avait tenté de séduire le neveu du prévôt, qu'il avait refusé ses avances et qu'elle avait imaginé de l'accuser de l'avoir violentée pour se venger. Elle signa.

Le lendemain le prévôt vint l'avertir qu'elle n'était plus poursuivie que comme hérétique. Flors fondit en larmes, se mit à vagir comme une damnée, à hurler, injuriant le prévôt, Didi, le seigneur pape et les chanoines. Ce qui fut retenu contre elle pour accréditer son adhésion à la nouvelle foi.

XXIV

Raimon-Roger contemplait le cours de l'Aude avec une profonde attention, assis au milieu de la rivière, sur un banc de roche calcaire que la saison d'étiage mettait à nu, à cet endroit, chaque année ou presque.

D'autres bancs apparaissaient ici et là sur les rives, saillants comme de vieux os, sur lesquels se perchaient des mouettes. Comme il s'étonnait de voir des mouettes si loin de la mer, Agnès lui rétorqua, sur un ton de reproche :

– Si vous vous intéressiez à ceux qui vivent autour de vous, mon mari, vous auriez remarqué depuis longtemps que des mouettes habitent à Carcassonne.

– Des mouettes à Carcassonne, répéta Raimon-Roger, rêveur.

Il laissa son regard filer dans le courant d'eau verdâtre qui serpentait entre les rochers blancs.

« Des mouettes… nous sommes un pays de mouettes rieuses. Les aigles du pays de Sault nous seraient plus utiles, aujourd'hui. »

Agnès s'était déchaussée et baignait ses pieds d'enfant dans le courant. Sa robe relevée, retenue à la ceinture, dévoilait sa chemise et ses jambes fines, qu'elle laissait à la proche contemplation de son époux, et plus loin à celle des lavandières, installées le long des rives, des pêcheurs, des bouviers menant boire les bêtes, des valets d'écurie.

Au-dessus d'eux s'élevaient les remparts de la cité, et les façades du palais. On voyait aux fenêtres des têtes de plus en plus nombreuses qui les observaient. En haut de la tour Pinte, la plus haute tour de la cité, et la seule qui soit carrée, sans qu'on sache pourquoi, ondoyait dans le ciel bleu l'étendard des Trencavel.

Entre la cité et la rivière s'étendait sur les talus une sorte de garrigue fauve, aux couleurs de l'automne, parcourue par les chèvres et les moutons qui traçaient du pied, depuis des siècles, une résille de sentiers blancs.

C'est Agnès qui avait mené son mari jusqu'à la rivière, sous prétexte de se promener, et de bavarder les pieds dans l'eau.

– J'ai quelqu'un à vous présenter, mon gentil seigneur, lui avait-elle dit pour le décider, quelqu'un hors du commun.

Descendus par la porte de l'Aude, ils avaient rencontré en chemin un troupeau de chèvres. Agnès avait bondi : « Viens là, ma mignonne ! » Elle s'était jetée sans précautions sur une chèvre blanche qui s'éloignait avec une nonchalance joueuse, un peu méprisante.

– Allons ! ne fait pas l'idiote avec moi ! s'était exclamée Agnès.

Raimon-Roger avait souri. « Elle est frondeuse… » avait-il plaisanté, sans faire un geste pour aider sa femme.

Agnès avait fini par saisir la bête par les cornes et, résistant aux coups de tête, avec un entêtement admirable elle avait fini par amener la bête devant son mari.

– Je vous présente Blanchette. C'est ma meilleure amie, mais elle est un peu têtue.

Elle avait lâché la chèvre qui était partie en courant, dans un bruit de grelots qu'elle alla mêler au concert de sonnaillons de ses consœurs, un peu plus loin. Tournant le dos aux intrus, prête à décamper, elle surveillait Agnès de côté, de son regard étrange et saillant, les lèvres balbutiantes.

Agnès s'était approchée d'elle à nouveau :

– Viens ici, Blanchette, ma chérie, je vais te donner quelque chose de bon…

Elle lui avait tendu son poing fermé. L'animal attendait, intrigué, reniflant le petit poing. Elle tenta de lui ouvrir la main avec ses dents. Agnès rit, trompeta : « Tu es la plus fine, je le proclame ! » Elle lui donna un morceau de chou.

La saisissant par le cou, elle avait voulu la maintenir contre elle, mais la chèvre se dégagea très vite, à grands coups de tête, levée sur ses pattes de derrière, et se sauva en bêlant.

Agnès avait ri et l'avait traitée d'hérétique. Enjouée, elle avait pris la main de Raimon-Roger et l'avait amené au bord de l'eau. Raimon-Roger savait parfaitement ce qu'elle allait lui demander. Depuis des jours, des semaines, sa femme ne supportait plus la situation d'abandon dans laquelle se trouvait Flors. Elle se sentait coupable de son emprisonnement, et plus encore de n'avoir pas tout tenté pour y mettre fin.

C'est sans surprise qu'il la vit venir se camper devant lui, le visage buté :

– Raimon-Roger, allez la chercher, je vous en supplie ! Si elle en mourait, je n'aurais plus jamais de joie.

Raimon-Roger haussa les épaules :

– Ce que tu me demandes est impossible.

– Mais pourquoi ?

– Parce que je n'ai aucun droit de justice à Narbonne, tu le sais.

– Il ne s'agit pas de justice, mais d'injustice ! Il n'y a pas à discuter le droit de Pierre et de Paul. Il faut la sauver, la tirer vite du cachot, un point c'est tout.

– Ma chère épouse, c'est plus facile à dire qu'à faire.

– Mais Raimon-Roger, vous avez une armée, des chevaliers, des soldadiers à profusion, des trottiers* qui sont les meilleurs égorgeurs de la terre, des sergents d'armes, des écuyers.

– Tu sais très bien que le légat du pape n'attend qu'un faux pas de ce genre pour m'excommunier et lancer sur moi sa croisade. Je suis d'ailleurs persuadé qu'il retient Flors prisonnière, dans un cul de basse-fosse, pour me pousser à tenter un coup de force. Mon oncle me le disait, à Toulouse : le légat et son équipe ne sont là que pour nous amener à commettre des fautes qui serviront de prétexte à lancer une croisade que le roi de France freine des quatre fers, mais qu'il ne pourra plus empêcher. Il est clair que je ne dois pas bouger. Ton amie attendra.

– Mais elle va mourir ! Vous vous rendez compte, mon mari,

* Piétons, soldats qui courent à pied autour des chevaliers pour protéger les chevaux.

comme elle doit être désespérée ? Abusée par un clerc et traitée d'hérétique, qui survivrait à tant d'infamies ?

– Je n'irai pas, Agnès. J'y vois un piège du légat Pierre de Castelnau, un moine très rusé et très méchant. Il veut ma peau parce que je ne brûle pas les hérétiques, ou prétendus hérétiques. Mais il ne m'aura pas, je ne tomberai pas dans son piège.

De grands oiseaux s'envolèrent d'une roselière, dans un énorme bruit d'ailes, et se dirigèrent vers la cité avant d'obliquer et de se poser un peu plus haut dans un méandre de l'Aude.

– Si Flors mourait, je n'aurais plus jamais de joie, répéta Agnès.

– Elle ne mourra pas.

– Elle est au cachot, sans air ni lumière. Au pain et à l'eau. Qui y survivrait ?

– Elle est en pénitence. Ce n'est pas pour cela qu'elle va mourir.

– Allez voir le légat, Raimon-Roger, portez-vous garant de la fidélité de Flors à l'Église romaine, et donnez à ce moine une grosse somme d'argent pour ses bonnes œuvres.

– Il ne me recevra pas. C'est lui qui l'a fait mettre au cachot, quand il a su qui elle était. Il voudrait me faire sortir du bois. Mais je suis plus malin que lui.

Agnès frappa du pied dans l'eau, mouillant sa robe qui se plaqua sur ses cuisses :

– Vous ne pensez qu'à vous ! Je n'aurai plus jamais de joie avec vous. De toute façon, vous ne vous intéressez qu'à vos chevaux et à vos chevaliers, et à vos belles apertises* d'armes. Vous m'avez déjà oubliée. Savez-vous que nous sommes mariés depuis un an, tout juste ?

Raimon-Roger répliqua, goguenard :

– Un an à peine ?

Agnès se détourna, les larmes aux yeux.

– Vous vous moquez de moi, vous êtes cruel.

– Il est vrai que je passe beaucoup de temps avec mes chevaliers. J'ai entrepris de mettre en défense ma principauté. Je me prépare au pire.

---

* Exploit, fait d'armes.

– Vous êtes toujours par monts et par vaux, à chasser dans les forêts de la Montagne Noire. Quand vous disparaissez pendant une semaine, sans nouvelles de vous, je ne sais même pas si vous êtes vivant.

Raimon-Roger avait pris l'habitude de s'échapper de Carcassonne quand il était excédé par les tracasseries de sa charge, de son honneur comme disait le vieux chancelier ; et par les récriminations sans fin de ses vassaux. Administrer, rendre la justice, punir ou régaler, récolter les redevances, les redistribuer, construire et démolir, octroyer et confisquer, acheter et vendre, des terres, des bois, des droits, des châteaux, défaisant un jour ce qu'il avait fait la veille, ou l'année précédente, ou l'année d'avant, reprenant ce qu'il avait abandonné, construisant et démolissant sans fin, ce savant manège que conduisait avec une dextérité admirable Bernat de Canet finissait par exaspérer Raimon-Roger. Il disparaissait brusquement de l'autre côté de la rivière Aude et s'enfuyait vers la Montagne Noire, si proche, si facile d'accès avec son versant en pente douce, ses abbayes où il pouvait se réfugier en cas de mauvais temps, et la nuit.

Depuis l'enfermement de Flors, et les plaintes incessantes d'Agnès, il disparaissait encore plus souvent sous le prétexte de mettre ses vicomtés en défense, renforcer ses châteaux, entraîner ses hommes au combat, à la résistance. La menace d'une invasion n'était plus à prendre à la légère. Le légat l'annonçait ouvertement, il la réclamait chaque jour au seigneur pape et ne s'en cachait pas.

Campée devant lui, les pieds dans l'eau, les bras croisés, la main droite soutenant le coude gauche, tandis qu'elle pointait vers lui un doigt effilé, couleur de vase, Agnès poursuivait son monologue :

– Si Flors ne revient pas d'ici à la fin de la semaine, je penserai que vous n'avez aucune considération pour moi. Vous m'entendez, Raimon-Roger ? Puisque vous ne m'aimez plus, je m'en irai. Et sachez que je le ferai, car je fais toujours ce que je dis.

Raimon-Roger ne répondit pas. Il se voyait dans la montagne avec ses chevaux robustes, dormant sous une toile tendue entre trois baliveaux, dans l'herbe odorante, sur une couverture épaisse, le ciel au-dessus de sa tête. Il pensait : le sommeil est sans pesanteur et vivant pour qui dort en pleine forêt. Nous ouvrons les yeux vers deux heures du matin, comme les moines, le temps de contempler la magnificence de la nuit, d'entendre les créatures du voisinage qui vont à leurs affaires, ou le murmure d'un ruisseau, et nous nous rendormons jusqu'au chant du coq, qui accélère de son clairon le cours de la nuit et annonce l'aurore. Il est l'heure de se lever, d'entendre les veneurs revenus de leur quête aux fumées.

– Vous m'entendez, Raimon-Roger, poursuivait Agnès avec obstination, la voix lasse, sentant bien qu'il ne l'écoutait plus, et désespérant de l'intéresser une fois à ses soucis, je ne pourrais plus vous aimer si vous n'allez pas délivrer Flors avant qu'elle ne meure.

Du coin de l'œil, Raimon-Roger voyait les fenêtres du palais noires de monde. « Les chiens ! se disait-il, ils ne veulent pas manquer le spectacle. Ils veulent savoir comment je m'en tire avec ma femme. »

– Elle ne mourra pas, répondit-il machinalement, elle est robuste.

– Des vaches ! fit Agnès.

Un troupeau venait à pas pesants sur la rive. Les bêtes s'avancèrent dans le courant, reniflant l'eau. Agnès rassembla ses jupes et s'empressa de les rejoindre. Comme elles se bousculaient, la vicomtesse prit une grosse voix :

– Allons ! Soyez sages ! Tout le monde boira, j'en réponds. Toi, viens ici !

Elle tira une jeune vache par l'oreille, qu'elle tenait à pleines mains, puis par une de ses cornes, quand l'oreille lui échappa.

– Flora, l'appela-t-elle, viens ici ! Tu vois bien qu'il y a de la place par là.

La vache tenta de s'échapper, puis finit par suivre sa nouvelle amie.

– Si tu es sage, je t'emmènerai dans la montagne, avec le vicomte, et je te montrerai tout ce qui est bon.

Le gardien du troupeau se tenait à distance respectueuse, appuyé sur son aiguillon, intrigué, méfiant. Agnès alla séparer deux vaches qui se battaient.

– On ne se bat pas ici ! gronda-t-elle. Il y a de l'eau pour tout le monde. Celle qui chasse les autres, mon mari la châtiera. Il lui fera son procès.

Elle alla tirer la queue de celle qui passait devant les autres, sous le regard ahuri du berger. On entendait un murmure joyeux venant des fenêtres du palais surplombant la rivière. Agnès revint à sa première vache qui, intriguée par tout le remue-ménage, et la présence d'un homme qui sautait de rocher en rocher, s'était interrompue de boire.

– Allez Flora, lui lança-t-elle, dépêche-toi ! je n'ai pas que ça à faire. Et arrête de regarder le vicomte, il n'est pas pour toi.

Raimon-Roger continua à descendre de rocher en rocher, revenant parfois sur la rive, quand les affleurements rocheux le ramenaient vers le grand courant qu'il ne pouvait traverser qu'à la nage. Agnès prit congé :

– Au revoir mes vaches, soyez sages. Si j'entends dire qu'une d'entre vous n'a pas été obéissante, elle aura affaire à moi !

Elle prit de l'eau dans sa main et en barbouilla les babines de Flora en lui commandant :

– Bois ! Allons bois ! Sinon tu seras malade.

La vache refusait de plonger la tête dans l'eau.

– Que tu es bête ma pauvre Flora ! fit Agnès avant de se mettre dans les pas du vicomte.

Elle se mit à courir et rejoignit son mari en sautillant avec légèreté. Elle reprit son air sérieux :

– Raimon-Roger, souvenez-vous de ce que je vous ai dit. Je m'en irai…

– J'ai entendu, se contenta de répondre le vicomte sur un ton neutre.

Ils arrivèrent au pont de bois qui enjambait la rivière Aude. Au bout du pont, là où le voyageur était accueilli par un oratoire, quatre ou cinq moines étaient en prière. Raimon-Roger s'arrêta pour les observer, les salua quand ils se relevèrent.

– Que Dieu vous garde, frères, leur lança-t-il, heureux de cette rencontre qui allait le protéger des récriminations d'Agnès, au moins pendant un moment. Il comptait bien sur le bavardage des moines pour emporter son esprit naturellement curieux et espiègle, et papillonnant, vers d'autres cieux.

Les moines s'inclinèrent.

– Je suis le vicomte de Carcassonne, se présenta Raimon-Roger. Et voici Agnès, mon épouse.

– La vicomtesse ! précisa Agnès.

– Et vous, qui êtes-vous ?

Le frère le plus âgé s'avança. Son aspect physique évoquait irrésistiblement l'image d'un cadavre ambulant. Raimon-Roger pensa à ces scènes peintes sur les murs des églises, montrant la résurrection des morts, où des abbés, des prélats, devenus des squelettes sous leurs beaux habits sacerdotaux, dansaient la gigue avec la Mort. Le moine les salua encore, et d'une voix douce répondit :

– Seigneur vicomte, je suis Diègue, évêque d'Osma, dans l'Hispanie voisine. Et voici mon bras droit, Dominique de Guzmán, et frère Raoul, de Fontfroide, et quelques jeunes frères de Cîteaux. Nous prêchons la foi en Jésus-Christ.

Tous étaient vêtus d'une simple bure de laine écrue et d'un manteau. Certains allaient pieds nus.

– Vous ressemblez à des mendiants, commenta Raimon-Roger. L'Église a perdu ses richesses ?

– Elle y renonce, seigneur vicomte, répondit d'un ton las l'évêque d'Osma. Elle y renonce volontairement, se souvenant de la parole du Christ : « Il sera plus facile à un chameau de passer par le chas d'une aiguille qu'à un riche d'entrer au royaume des Cieux. »

– Il est heureux que vous vous en souveniez. Rappelez-le donc aux abbés, aux évêques, aux chanoines, aux grands dignitaires qui vivent à la cour de Rome.

– Nous le faisons. Déjà notre engagement sur les pas du Christ porte ses fruits.

– Personne ici ne croira que l'Église a changé.

– Croyez-vous en Jésus-Christ, seigneur vicomte, qui est descendu sur terre, s'est fait homme, est remonté aux Cieux à la droite de son père ?

– J'y crois.

– Croyez-vous que Dieu a fait le ciel et la terre, et tout ce qui y vit ?

– Je le crois.

– Vous n'êtes donc pas de la nouvelle foi, comme on le dit ?

– Non, je n'en suis pas.

– Ah ! Bonne nouvelle ! Vous allez nous désigner les faux apôtres. Nous avons deux mots à leur dire, martela frère

Raoul, un homme au regard las, aux grands yeux couleur de cendre.

Son ton qui se voulait martial paraissait totalement emprunté, et était contredit par sa silhouette fragile, son regard doux et désespéré, son dos voûté.

– Ne comptez pas sur moi pour châtier les hérétiques, répliqua le vicomte. Je ne punis par le feu et par l'épée que ceux qui ont tué par le feu et par l'épée.

S'avança à grands pas bondissants frère Dominique, les mains jointes. Avec ses joues carminées, sa tonsure envahie par un duvet roux, ses yeux à fleur de tête, écarquillés, il faisait penser à un enfant de chœur, un angelot. Il lança un cri de joie, embrassa les mains de Raimon-Roger :

– Comme nous allons nous entendre, seigneur vicomte ! Je lis dans votre cœur autant d'amour pour votre peuple qu'un père en a pour son fils. Dieu soit loué !

– Mon peuple ne souffrirait pas de voir tuer quelqu'un pour ses pensées, poursuivit Raimon-Roger, qui avait en tête les menaces du légat Pierre de Castelnau. Chez nous, cela ne s'est jamais fait.

– Je vous approuve, acquiesça frère Dominique, les mains jointes vers le ciel. Nous devons les convaincre par la raison.

– Si vous voulez.

– Et s'ils ne veulent pas entendre la raison, ils auront le bâton ! s'empressa d'ajouter frère Raoul, tendant son corps malingre, sans poids.

Il se souvenait de temps en temps qu'il était mandaté par le seigneur pape pour sévir dans le Midi.

Frère Dominique s'affligea de cette intrusion.

– Non, frère Raoul, gémit-il, le visage tourmenté, nous avons juré d'abandonner l'or, l'argent, les chevaux, les habits de luxe, et le glaive du châtiment.

– Vous imitez les Parfaits ? s'amusa Raimon-Roger.

– Nous imitons la pauvreté du Christ pauvre. Nous voulons écouter et convaincre, sans autorité, sans armes, sans soldats. Dans l'humilité vraie. Nous n'avons rien.

– Vous êtes des mendiants ? L'Église qui mendie maintenant ! Et que ferez-vous de vos richesses ? Vous les donnerez aussi ?

– Seigneur vicomte, la pauvreté vraie, comme la sainteté, ne se décrète pas. Nous nous sommes débarrassés de nos richesses pour nous rapprocher du Christ, et mieux servir nos frères du Midi. Non pas pour en tirer un nouvel orgueil, une nouvelle puissance.

Raimon-Roger se gratta la tête, un demi-sourire aux lèvres :

– Ce sont les hérétiques qui vous ont montré le chemin…

– Nous vivons comme eux, pour qu'on ne puisse nous accuser de dire une chose, et d'en faire une autre. C'est tout.

– Mais si nos Bonshommes vous ont montré le chemin, frères prédicants, c'est bien qu'ils sont meilleurs que vous.

– Et pourquoi pas ? Les voies du Seigneur sont impénétrables. Dieu sait envoyer des chrétiens sur le chemin de l'erreur pour montrer aux autres le chemin de la Vérité.

– On dirait qu'ils sont plus près que vous de la Vérité, si vous allez sur leurs traces…

– Le croyez-vous, seigneur vicomte ?

– Je n'entends rien à la religion.

– Nous ne parlons jamais de religion entre nous, crut bon de préciser Agnès, qui s'impatientait. Nous suivons les offices comme tout le monde, sans plus.

– Et de quoi parliez-vous tout à l'heure, en venant ?

– De mon amie Flors, reprit Agnès, qui est enfermée dans la prison de l'archevêque de Narbonne.

– Doux Jésus ! Et qu'a-t-elle fait ?

– Rien. Elle est innocente.

– Dieu la délivrera.

– En attendant, elle se meurt dans un cul de basse-fosse. Seigneur évêque, vous qui êtes bon et qui connaissez le seigneur légat, suppliez-le de relâcher mon amie. Je vous en conjure.

– Je lui en parlerai, domna, c'est promis. Nous verrons ce qu'il est possible de faire pour vous être agréable.

– En attendant, coupa le vicomte, que venez-vous faire dans ma cité ?

– Nous sommes venus parler au peuple, l'interrompit frère Dominique, nous sommes venus l'écouter, et chercher ensemble la vérité des saintes Écritures. Un point c'est tout. Il ne nous chassera pas parce que nous sommes comme lui, avec lui, en lui. Et comme lui nous avons soif de vérité.

Ses joues couperosées s'enflammaient au feu ardent de son zèle missionnaire.

Il s'agenouilla et se mit en prière. Ses compagnons l'imitèrent et ils récitèrent ensemble, à haute voix, des *Pater Noster*, des *Ave Maria*, des *Salve Regina*. Les passants, curieux, venaient s'agglutiner autour du groupe. Bientôt une foule épaisse et murmurante les cerna.

Comme ils se relevaient Raimon-Roger leur lança, moqueur :

– Vous vouliez prêcher ? Voyez le monde qui vous entoure. Il n'attend que votre sermon.

Frère Dominique acquiesça, joyeux, en se frottant les mains, et montant sur une grosse pierre sculptée devant la chapelle, qui servait de banc, il commença à haranguer la foule.

– Encore heureux que vous soyez là, avec nous, vicomte, lui confia à mi-voix frère Raoul. Cette populace pourrait bien nous écorcher vifs, si quelque mauvais diable voulait la retourner contre nous.

– Personne ne vous fera du mal, frère Raoul, lui rétorqua le vicomte, je les connais. Ils ont la violence en horreur. Et davantage encore celle du seigneur pape, qui appelle à la guerre.

– Votre épouse est charmante, seigneur vicomte, remarqua frère Raoul, rassuré. Combien lui avez-vous fait d'enfants ?

– Aucun.

– Pressez-vous, il faut commencer jeune pour en avoir beaucoup.

– Pour le moment j'ai d'autres chats à fouetter.

– Mais… qu'en pense-t-elle, elle ?

Agnès ne perdait pas un mot de la conversation, malgré les éclats de voix et les pleurs déchirants de frère Dominique, qui se tordait les mains de désespoir en évoquant le malheur qui attendait les hérétiques, aujourd'hui en défiant la sainte Église, demain quand ils voudront entrer au Ciel, et qu'ils resteront devant la porte, mourant de soif. Elle se rapprocha, répondit au frère, contrariée :

– Ce que j'en pense ? Qu'il ne pense plus à moi, c'est la pure vérité ! Fini l'amour, fini les mots doux, fini la tendresse, fini les longs baisers. Il n'aime plus que ses chevaux.

– Non, non, je ne peux le croire, répliquait le moine, l'air faussement indigné. Dites-moi, seigneur vicomte, que vous aimez toujours votre épouse, si charmante. Encore que, comme le disait saint Jérôme, celui qui aime sa femme d'un amour trop ardent est adultère.

– Il n'y a pas de risque, répliqua Agnès, les bras croisés, la bouche amère.

Frère Raoul se tourna vers Raimon-Roger :

– Allez, seigneur vicomte, faites-lui un enfant sans tarder, et vous verrez comme son humeur changera.

– Si vous le dites ! Je lui infuserai le Saint-Esprit à ma manière.

Agnès éclata de rire. Comme frère Raoul prenait un air pincé, la jeune femme lui prit le bras et, sur un ton de confidence :

– Frère Raoul, murmura-t-elle, venez avec moi, par là, et discutons : promettez-moi de parler au légat Pierre de Castelnau, qu'il libère mon amie Flors. Je vous en serai éternellement reconnaissante.

Frère Raoul sourcilla. Ses yeux tressautèrent. Il s'écarta du corps d'Agnès, qui le bousculait dans sa précipitation et son impérieux désir de sauver son amie. Il répliqua machinalement :

– Ayez confiance, domna Agnès, le Seigneur est si miséricordieux.

– Le Seigneur peut-être. Mais pas les hommes. Je vous demande de parler aux hommes. Et d'arracher ma Flors au cachot.

Frère Dominique achevait son sermon. Des hommes vinrent le provoquer, le traitant de « bouche puante », de « suppôt du diable », de « chien galeux », et pour finir d'hérétique. Ils lui lancèrent de la boue, le menacèrent du bâton, de supplices horribles s'il continuait à prêcher.

– Allez-vous-en, si vous ne voulez pas mourir.

Frère Dominique leur ouvrit les bras :

– Je vous supplie de ne pas me mettre à mort d'un coup, mais de faire durer le supplice le plus longtemps possible. Afin que chacun de vos coups me rapproche du Ciel…

Les hommes le laissèrent, décontenancés. Frère Dominique fondit en larmes, désespéré de n'avoir pu les convaincre de leurs erreurs, ni d'en faire au moins un instrument de supplice propice à son salut glorieux.

– Je prierai pour vous ! leur lança-t-il entre deux sanglots, ce qui ne fit que les énerver.

Raimon-Roger, prenant congé, invita les moines à venir souper au palais. Il pensait que cet accueil lui vaudrait un bon témoignage à mettre à son crédit, à toutes fins utiles. Mais les frères s'insurgèrent :

– Nous vivons désormais au milieu des pauvres.

– Allez au moins aux cuisines, prendre du pain et du vin. En cachette.

– Je peux vous y mener, se proposa Agnès.

– Je viens avec vous, lui répondit frère Raoul, qui ne voulait pas laisser perdre l'invitation.

Il était le seul à se soucier du confort de la nuit, et s'en inquiéta. Se tournant vers ses compagnons, qui s'en allaient sans plus se soucier de lui, il leur demanda :

– Où vous retrouverai-je ?

– Nous serons dans la cathédrale toute la nuit, en prières, répondit frère Dominique avec douceur.

– Bien, j'y viendrai.

Agnès reprit le bras du moine, et refusa de le lâcher, malgré les efforts désespérés du frère pour s'écarter d'une créature aussi jeune et aussi belle. Et aussi voyante.

Sa chevelure sauvage qui roulait sur ses reins, et sa robe relevée à la ceinture, qui montrait le fond de sa chemise et ses jambes fines, aux pieds nus d'enfant, évoquaient quelque diablesse de mauvaise vie. Il se sentait à la fois flatté d'être l'objet de toute l'attention de la vicomtesse, et gêné de cette intimité.

– Vous penserez à parler de Flors au légat du pape, frère Raoul ? lui rappela Agnès, grimaçant un sourire de suppliante. Elle pourrait être votre fille. Ou votre petite-fille. Vous n'auriez pas aimé avoir des enfants, seigneur moine ?

Le moine soupira.

Raimon-Roger les suivait lentement, amusé, contemplant la grâce nonchalante de son épouse, et l'allure tressautée du moine, raide et tendu, que le bras de la vicomtesse semblait brûler. Il se retournait avec brusquerie vers Agnès, les yeux écarquillés, peinant à suivre son babillage.

Agnès tendit le bras vers un vol de hérons qui passaient lourdement devant les remparts de la cité. Le moine prit obligeamment un air admiratif pendant qu'elle parlait.

« Que peut-elle bien lui dire, se demandait Raimon-Roger, étonné, pour l'entortiller ? Peut-être veut-elle le convaincre de se joindre à elle pour aller délivrer son amie, tous deux montés sur une mule ? »

Il éclata de rire. Il vit sur les lices des chevaliers qui s'entraînaient à la lance, et pensa aux paroles de frère Raoul : « S'ils ne veulent pas du sermon, ils auront le bâton. »

Frère Raoul était un vieil ami du seigneur pape, qui l'avait envoyé en premier dans le Midi, comme un fourrier, pour préparer l'arrivée du bouillant légat, Pierre de Castelnau. Il n'avait certainement pas parlé en l'air.

Le sermon ou le bâton… Raimon-Roger n'avait plus de doute : connaissant bien ses sujets, et leur opiniâtreté dans leurs convictions, sans parler de leur résistance native à toute tentative de soumission, d'où qu'elle vienne, et de leurs lubies, le sermon ne servirait à rien. Il en était convaincu. Il fallait se préparer au bâton.

XXV

Gui le Guerrejat revit les tours de Carcassonne avec appréhension. Il craignait de retrouver sa sœur totalement sous la coupe de la secte cathare. Ou disparue dans quelque oustal de Parfaite, au fond d'une vallée inaccessible du comté de Foix, du pays de Sault.

« J'irai la chercher en enfer, s'il le faut », rumina-t-il, déjà furieux.

Arrivé au château comtal, il demanda à voir sa sœur Flors. On lui répondit que Flors était au cachot dans le palais de l'archevêque, à Narbonne, chez monseigneur Bérenger, qui n'était pas dans son palais puisqu'il était encore en Espagne. Il fallait attendre qu'il revienne.

– Et de quoi l'accuse-t-on ? De sorcellerie ? De se prostituer ?

– De fréquenter des hérétiques pure laine.

– Je le savais ! s'exclama-t-il.

On lui proposa d'entrer, d'aller voir le vicomte, la vicomtesse qui était tellement peinée du malheur de son amie qu'elle en perdait l'appétit. Gui refusa d'entrer. Il ne voulait pas se mêler à ce monde dangereux. Dangereux pour l'âme.

Il repartit immédiatement sur le chemin de Narbonne, sans boire, sans manger, et s'arrêta dans une auberge pour soigner son cheval, le recommandant à l'aubergiste. Il mangea et tâcha de dormir, malgré la grande contrariété qui le ravageait, qui lui tournait les sangs, et le tendait comme un arc. Il ne put fermer l'œil de la nuit et entendit toutes les heures nocturnes sonnées au clocher du monastère voisin.

À Narbonne, il se fia à l'énorme massif de maçonnerie du palais de l'archevêque, qui saillait au-dessus des toitures, appuyé à la cathédrale. Il le garda dans l'œil et fit le tour des murailles au trot, cherchant la porte la plus proche de l'archevêché. Ce n'était pas le moment de se perdre dans les rues sinueuses et sombres de la grande cité.

Méticuleux, furibond, il finit par faire un tour complet de la ville, toujours au trot, avant de repasser devant la porte Épiscopale, visiblement la plus proche de la cathédrale, et de s'y arrêter en réclamant le passage. Mais elle était réservée aux clercs.

Furieux, il fit mine de forcer le passage puis retourna, pensant qu'il n'aurait pas été judicieux, du moins pas encore, de montrer sa force.

– Allez à la suivante ! lui lança un garde charitable. Allez à la porte de Laurac, c'est aussi court.

Il y alla en maugréant, rejoignit la place du marché et emboucha la rue Droite, une grande rue qui l'amena sans peine devant le palais de monseigneur Bérenger, à travers un incroyable désordre qu'entretenaient joyeusement les cris des changeurs, des marchands d'eau, de pain et de vin, de pâtés, d'échaudés, de reliques, et les diseuses de bonne aventure.

Il y avait aussi des femmes au sourire aguichant, qui tentaient en ouvrant les bras d'arrêter son cheval, s'offrant au crible de son regard. Gui leur jetait un œil si meurtrier qu'elles renonçaient d'elles-mêmes, sans dire un mot, et disparaissaient dans les boutiques.

Le Guerrejat se demandait dans quel état il allait retrouver sa sœur, et s'il supporterait ce qu'il allait voir sans perdre son calme. Du moins ce qu'il considérait comme son calme. Non sans raison, il craignait plus que tout ses propres emportements : résisterait-il longtemps à l'envie de massacrer toute cette valetaille épiscopale qui le regardait venir d'un air railleur, et tous ces clercs oisifs qui se pavanaient sur la place, devant le palais, l'air important ? Depuis ses déboires en Espagne il pensait qu'il n'y avait pas deux hommes d'Église un peu honnêtes.

Il était affamé de justice. De revanche, en fait. De vengeance.

Parce qu'il ne pouvait souffrir leur air de supériorité, il se présenta devant les gardes sur son cheval, les obligeant à lever la tête. Il laissa tomber de sa voix nasillarde, les mâchoires crispées, à peine compréhensible : « Je suis le seigneur de Bellegarde, du pays de Beaucaire. Mon nom est Gui, dit le Guerrejat. Je rentre d'Espagne où j'ai combattu les mahométans, et j'apprends à mon grand déplaisir que vous retenez ma sœur prisonnière. Menez-moi jusqu'à elle. Je veux la voir. » Tout ça débité d'une même voix, comme une prière usée, à peine interrompu par les coups de tête et les écarts de sa monture agacée par les mouches, les chiens, les porcs qui débouchaient des petites ruelles au galop.

Les gardes hésitèrent à répondre. Un fou ? Un combattant de la *Reconquista*, que monseigneur l'archevêque louait davantage encore que les aventureuses croisades en Palestine ? Un illuminé ? Quelque routier peut-être, venu en éclaireur préparer un mauvais coup, pendant que la bande lorgnait de loin, prête à foncer sur les gardes, les égorger et se répandre dans le palais pour un pillage en règle. On l'avait déjà vu, et avec l'aide des paroissiens encore.

Ils demandèrent au chevalier d'aller attacher son cheval à un anneau scellé sur la façade, et ils lui posèrent quelques questions, pour s'assurer qu'il était honnête, sain d'esprit, qu'il n'affabulait pas au sujet de l'Espagne, comme beaucoup qui n'y avaient jamais mis les pieds ; et qu'il était bien fils de châtelain, malgré sa barbe hirsute, son odeur de suint, sa crasse.

Satisfaits de ses réponses, qu'il laissait tomber de façon brusque, lapidaire, comme on lâche des piécettes aux mendiants, avec une arrogance de baron tout à fait convaincante, ils l'avertirent sans animosité qu'il ne pourrait visiter sa sœur sans l'accord du prévôt, un chanoine proche de monseigneur.

– Allez l'avertir.

– Il est à l'office. Il ne veut pas qu'on le dérange dans ses prières.

– Quand sortira-t-il ?

– Bientôt.

– Alors j'attendrai.

– Bien obligé.

Les gardes se tenaient à l'entrée d'un passage enjambé par une arche sur laquelle une grosse ancre de fer était fichée. Gui examinait l'ouvrage marin, tout à fait insolite dans cet endroit, quand un conroi de chevaliers richement vêtus s'engouffra dans le passage, encadrant un homme corpulent et plus âgé, coiffé d'un chaperon d'où s'échappaient de nombreuses boucles grises.

Le groupe disparut dans le palais par une porte coiffée d'un fort linteau.

– Qui est-ce ? demanda Gui.

– Vous ne connaissez pas le comte de Toulouse ?

– Jamais vu, jusqu'à ce jour.

– Il est souvent par ici en ce moment.

– Et pourquoi ?

– Il a été frappé d'excommunication, et ça le gratte tant qu'il en est démangé de la tête aux pieds, railla le chef de la garde. Il voudrait se faire pardonner par le seigneur pape. Il vient ici faire le siège du légat, Pierre de Castelnau. Mais l'autre ne veut rien entendre.

Gui grogna et tourna les talons, soulevant son épée suspendue au côté, sur la hanche. Elle ne le quittait plus. Il se précipita sur les pas du groupe. Avant de passer la porte il entendit dans son dos un garde qui lui demandait :

– Où allez-vous ?

– Parler au comte de Toulouse. J'ai une requête à lui faire.

– Votre épée !

Il revint donner son épée, celle que lui avait offerte le vicomte de Béarn. C'était avant sa mise au pilori, bien sûr. Les gardes sifflèrent d'admiration, la tournant et la retournant.

Il se précipita dans le palais, monta un escalier quatre à quatre et déboucha dans une salle grande, où les chevaliers du comte riaient et plaisantaient, pendant que le comte Raimon, impatient, réclamait du vin à des valets intimidés.

Gui s'approcha, salua le comte respectueusement et attendit.

Le comte Raimon se fit remplir une coupe de vin et la tendit à Gui, surpris. Il lui demanda :

– Que me veux-tu ?

Gui mit un genou en terre :

– Seigneur comte, je suis Gui de Bellegarde, dit le Guerrejat. Mon père est chevalier dans le pays de Beaucaire.

– Beau pays ! Mon fils y est né.

– Je reviens d'Espagne. J'étais dans l'armée du vicomte de Béarn. Nous avons mis en déroute les mahométans, avec l'aide de Dieu et des frères de Calatrava. Je veux être votre homme.

– Tu l'es déjà, si tu es de Beaucaire. Dans mon marquisat de Provence, vous êtes tous mes sujets, que vous le vouliez ou non.

– Je veux me battre pour vous.

– Ventredieu ! Tu veux donner ta vie pour moi ?

– S'il le faut.

– Et que veux-tu en échange ? Je ne crois pas à la charité chrétienne.

– Délivrez ma sœur qui est prisonnière dans ce palais.

– Ici, prisonnière ?

– Elle est accusée d'hérésie par le légat du seigneur pape, mais c'est faux. Elle est innocente de ce crime.

– Ce n'est pas un crime. Chacun peut bien penser ce qu'il veut, s'il paye ses redevances. Mais ça ne m'étonne pas de Pierre de Castelnau. Il voit des hérétiques partout. Tu venais voir Pierre de Castelnau ?

– Oui. Je voudrais lui parler.

– Reste, il ne va pas tarder. Quand il sait que je suis là, c'est plus fort que lui : il se précipite comme un taureau furieux. Tu vas voir.

Deux prêtres entrèrent, l'air recueilli, pensif, les yeux baissés, évitant le regard du comte Raimon. Suivait un moine à la stature imposante, qui entra dans la salle grande comme un taureau dans l'arène, pressé, furieux, les bras battant ses flancs. Fermait la marche un chanoine au regard fureteur.

Le comte éclata de rire.

– Le voilà ! fit-il en imitant la démarche imposante, martiale, animée d'une furieuse impatience, de Pierre de Castelnau.

Celui-ci, reconnaissant le comte de Toulouse, frappa dans ses mains et leva les bras au ciel, avec sur le visage une stupeur obtuse.

– Que voulez-vous encore ?

– Je viens prendre des nouvelles de la sœur de mon chevalier, que vous gardez dans vos geôles sans raison.

– Qui est-ce ?

– Gui de Beaucaire.

–Je suis Gui de Bellegarde, rectifia le chevalier, dit le Guerrejat. Je reviens d'Espagne, où je suis allé combattre les mahométans.

–Je vous félicite.

–Et j'apprends que ma sœur Flors est enfermée ici.

–Sans raison, compléta le comte qui s'amusait.

–Elle fréquente la secte cathare, mon jeune ami. Nous en avons la preuve.

–Ma sœur n'est pas hérétique.

–Bien sûr que non, approuva le comte de Toulouse, c'est le légat qui l'est. Tous les Bonshommes le disent – ils le jureraient s'ils en avaient le droit – le premier des hérétiques, c'est le seigneur pape. Ils s'y connaissent, eux, forcément.

–Vous abusez de ma patience, seigneur comte ! tonna le légat.

–Merci ! Merci ! Alors, qu'en avez-vous fait de cette donzelle, frère Pierre ? Vous l'avez mise dans le lit de monseigneur Bérenger, pour qu'il lui fasse le catéchisme, bien au chaud ? Ou dans le vôtre ?

Le légat s'empourpra ; ses yeux, sous ses gros sourcils en broussaille, étincelèrent comme des charbons ardents. Il serra les poings :

–Seigneur comte, siffla-t-il, la gorge nouée, tout son corps figé, statufié par la colère, la bouche mauvaise, blanche de rage, seigneur comte, vos ignominies dépassent les bornes non seulement de la patience apostolique, mais même du pardon. Quittez ce palais où vous n'avez rien à faire, fils indigne, que le feu du Ciel vous consume dans les souffrances de l'enfer, sans aucune rémission !

–Allons, allons, vous vous laissez emporter par votre amour du prochain.

–Vous avez été excommunié, tonna le légat, le bras levé au-dessus de son épaule, et rien ne me fera retourner en arrière. Parce que vous persistez dans vos forfaits. Aussi je demande aujourd'hui même au seigneur pape de confirmer la sentence, et de prononcer la confiscation de vos comtés, avec les terres, châteaux, moulins, tous les droits de justice et autres. Vous êtes un mauvais pasteur, empli de duplicité. Nous vous reprenons votre troupeau.

– Chante chante, troubadour, ta chanson m'enchante !

– Vous êtes un mauvais berger et nous vous retirons tous vos sujets, et tous vos honneurs, dont vous êtes indigne. Vous n'êtes plus rien, à l'heure qu'il est.

Le comte le prit à la gorge :

– Je te rappelle, tête de mule, que je ne tiens pas mes honneurs du seigneur pape, et qu'il n'a pas la moindre autorité sur mes commandements, ni sur mes terres, ni sur mes châteaux, ni sur mes droits. Pas plus qu'il n'en a sur mes concubines. Il peut m'excommunier tant qu'il voudra – je n'en mourrai pas – mais il ne peut pas me destituer, parce que je suis souverain dans le comté de Toulouse. Tu comprends tête de mule ?

– Vous n'êtes plus rien, répéta le légat du pape, le souffle coupé mais l'œil vengeur.

– Je sais que le seigneur pape se prend pour Dieu sur terre, à Rome, mais moi qui vis à Toulouse je ne crois pas à ces fables. Tu diras à ton patron que s'il me cherche encore querelle, je m'en prendrai à son Église.

– Oh ! Vous le faites déjà ! Vous avez dernièrement ravagé les vignes de l'abbaye de Candeil, dans l'Albigeois, vous avez porté le fer pendant le carême contre l'abbé de Saint-Gilles...

– Ah ! celui-là !

– Et confisqué des églises pour les fortifier et installer des garnisons, qui ont pour instruction de protéger les cathares...

– C'est tout ?

– Vous avez refusé de faire la paix en Provence, par orgueil et par goût du lucre.

– Vous oubliez les routiers...

– Vous contrevenez aux décrets du seigneur pape en recrutant des routiers de la pire espèce, pour vous livrer à d'abominables guerres contre vos vassaux, vos voisins, et nos abbayes.

– Vous oubliez les juifs...

– Non, je ne les oublie pas ! Vous donnez des charges publiques aux juifs, à la honte de la religion chrétienne. Mais aujourd'hui vous n'êtes plus qu'un mécréant, un fou orgueilleux, pernicieux, un ennemi de la foi. Allez-vous-en !

Il se tourna vers Gui :

– Quant à votre sœur... elle a avoué qu'elle fréquentait un ouvroir de Parfaites, et des familles entièrement sous l'empire de la secte, où elle allait passer ses journées. Ce qui est interdit depuis longtemps.

– Qu'allez-vous en faire ?

– Elle sera jugée par le tribunal de monseigneur Bérenger, et devra renoncer à ses erreurs pernicieuses et faire pénitence. Prenez patience, ce sera long.

– Je veux la voir !

Pierre de Castelnau haussa les épaules, montra le chanoine qui se tenait loin, inquiet de la mauvaise tournure que prenait la rencontre. Tout en retournant d'un pas furieux, le légat lança :

– Le prévôt vous y mènera. Il restera avec vous, bien entendu, et me rapportera tout ce qui sera dit.

Le prévôt s'inclina au passage du légat et fit signe au chevalier de le suivre. Gui s'agenouilla de nouveau devant le comte de Toulouse, qui fulminait, agité, sautillant. Il lui baisa les mains et lui demanda où il pourrait le retrouver.

– Tu me retrouveras chez mon vassal, le vicomte de Narbonne.

– Où loge-t-il ?

– En face ! Tu traverseras la place, et tu tomberas sur le palais du vicomte Aimeric. J'y serai.

Gui rattrapa le chanoine qui ne l'avait pas attendu. Ils entrèrent par une portanelle dans un couloir sombre au bout duquel était une porte ferrée donnant accès à un escalier de pierre, qui descendait dans les entrailles du palais. Une odeur écœurante de suri saisit Gui aux narines. Le portier, que le chanoine avait pris au passage, les amena devant une porte ajourée, qu'il ouvrit.

Gui mit un moment à adapter ses yeux à l'obscurité. Il finit par distinguer une forme humaine allongée sur le sol, sur un matelas de paille éparse, dans une odeur épouvantable de sentine. Gui s'accroupit, prit la main de sa sœur qu'elle lui tendait pour le toucher, s'assurer que l'apparition dans la douce clarté de la porte était bien réelle, et non une illusion, un rêve. Il prononça son nom de sa voix crispée, tendue, qui résonna encore plus étrangement dans le réduit, comme une voix d'outre-tombe.

– Flors, ma sœur, pourquoi es-tu ici ? demanda-t-il sur un ton de reproche.

Flors se tut. Elle observait son frère avec une profonde intensité, comme si elle voulait s'accrocher à lui par le regard, s'appuyer sur lui pour qu'il l'emporte. Il entendit à peine sa petite voix :

– C'est la faute à Didi.

– Qui est Didi ?

– Un clerc de l'archevêque. Il est venu me voir dans ma chambre, et comme je ne voulais pas, il m'a frappée et il m'a forcée.

– Et puis ?

– Et puis je me suis plainte ici, à l'archevêché.

– Et alors ?

– Et alors Didi m'a fait passer pour hérétique.

– Tu n'es pas hérétique ?

– Non… non… Je prie Dieu comme nos parents nous l'ont appris.

– Le légat dit que tu es une adepte de la nouvelle foi. Ne mens pas !

– C'est ce qu'il croit, le légat, parce que c'est ce que lui a fait croire Didi. Et le seigneur prévôt. Ce sont des menteurs.

– Oh ! fit le prévôt.

Gui sentit la colère l'emporter à nouveau, non plus contre sa sœur, réduite à l'état de bête à l'étable, souillée, écrasée de peur et de solitude, et dont la voix misérable sonnait trop juste pour qu'il puisse la soupçonner de simulation, non, sa colère revint pour se retourner contre l'Église, celle que les cathares appelaient la grande prostituée de Babylone. Il n'était pas loin de penser comme eux.

Il interpella le prévôt :

– Vous voyez ? Elle n'a rien fait !

Le chanoine s'insurgea :

– Nous avons des preuves que votre sœur fréquentait des hérétiques.

– À Carcassonne, tout le monde est favorable à la nouvelle Église. Il ne faudrait parler à personne, si on vous écoutait.

– Précisément, il faut que ce scandale cesse. Et mon neveu n'a rien à se reprocher.

– Votre neveu ?

– Celui qu'elle appelle Didi – ô dérision ! C'est mon neveu. Il n'a rien à se reprocher.

– Flors, réponds-moi franchement : c'est lui qui t'a forcée ?

– Oui. Il a abusé de ma confiance.

– Je connais mon neveu mieux que vous ne connaissez votre sœur. Ce qu'elle dit est impossible. La preuve, elle s'est rétractée, depuis.

Flors éclata en sanglots, tenta de hurler :

– Il m'avait promis de me faire sortir si je retirais ma plainte !

Sa voix se déchira.

– Et tu es toujours là ! s'emporta son frère.

Il s'agenouilla :

– Je te sortirai de là, je le jure !

Il lança au prévôt, qui faisait mine de s'en retourner :

– Vous, les gens d'Église, vous êtes des renards rusés. Vous êtes pleins de malice, mais faites attention à vous : ma patience est à bout.

Le prévôt s'arrêta et se retourna vers le chevalier, intrigué et inquiet, tout à coup. Il voulut répondre. Ses yeux s'écarquillèrent, mais il s'éloigna sans rien dire, voûté, raide. Le portier fit tinter ses clefs.

– Si vous ne relâchez pas ma sœur, le poursuivit le chevalier d'une voix forte, attention à vous, seigneur prévôt, attention à votre neveu !

Le portier referma la porte sur la prisonnière. La grille qui fermait le haut avait les barreaux tordus et replacés à la hâte. Il jeta un œil dans le cachot, comme on jette un œil dans la bauge à cochons.

Gui rattrapa le prévôt, qui tentait de s'éloigner, pressant le pas. Il lui prit le bras :

– C'est une injustice, fit-il en éructant si fort qu'il était à peu près incompréhensible, une de plus ! Mais vous ne l'emporterez pas au paradis, ni votre neveu !

Il s'éloigna à grandes enjambées, réclama son épée et quitta le palais excédé, révolté, furibond. Il marcha un long moment le long des berges de la rivière Aude, canalisée par les pêcheurs de sable dans la traversée de la cité, la partageant en deux parties à peu près égales. Il tenta de retrouver son calme, du moins de se débarrasser de cette profonde envie de tuer. Comme la marche ne lui faisait aucun bien, il revint sur la place, entra dans le palais du vicomte de Narbonne, et déclara qu'il était attendu par le comte de Toulouse.

On le mena dans la chambre du comte avec amabilité, et même une certaine déférence. Il se sentit réconforté. « J'ai un protecteur », se dit-il.

Pensant à la façon dont le comte avait traité le légat du pape, avec une incroyable insolence, une totale dérision, il pensa : « J'ai un allié. »

XXVI

– La religion m'ennuie, se plaignit Agnès en se tournant vers le vicomte, la mine accablée.

Des vaches les regardaient passer dans un pré, ombragé d'un grand chêne.

– Je voudrais être une vache, fit-elle en écartant les bras pour embrasser le troupeau en entier. Qu'est-ce que vous me dites ? leur lança-t-elle.

Elle arrêta la jument qui se mit à brouter l'herbe du talus.

Raimon-Roger s'impatienta, le visage grave. Les chevaliers qui les accompagnaient souriaient, heureux de ce divertissement.

– Ne plus penser à toutes ces disputes sans fin… poursuivit Agnès, s'adressant à la vache la plus proche. Tu me prends, ma chérie, dans ton joli pré ? lui demanda-t-elle, enjôleuse. Viens me voir !

La vache ne répondit pas, le regard vide, indifférent. Elle ne fit même pas mine de s'approcher.

– Sale vache… lui lança Agnès.

Elle talonna sa jument qui bondit.

– Allons chez mon amie Aude, au moulin banal de Couffoulens, supplia-t-elle. Il y a longtemps que je n'ai pas revu cette pucelle. Je vous montrerai comment faire tourner le moulin farinier !

Elle se campa fièrement sur sa jument, haranguant toute la bannière :

– Je suis une *molinière** de premier ordre, je le proclame ! fit-elle en riant.

Raimon-Roger gardait son sérieux, agacé de sentir sourdre chez sa femme un désir de folle liberté, quand il fallait resserrer les rangs. Il secoua la tête et, d'une voix qu'il voulait neutre, rétorqua :

– Il faut pourtant y être, à ce colloque, car toute ma noblesse y sera.

Ils allaient à Montréal, à trois heures à peine de la cité de Carcassonne, pour assister à une nouvelle dispute théologique organisée par l'Église romaine. Une grande dispute avec trente prélats, d'un côté, trente Parfaits de l'autre, une sorte de concile mais où tous les coups seraient permis pour faire éclater la vérité, la faire jaillir de l'entrechoquement brutal, farouche, des deux camps, comme Athéna jaillissant tout armée de la tête de Zeus.

Ils furent accueillis avec gentillesse par Aimeri de Laurac, toujours jeune, toujours beau malgré sa soixantaine, ou bien proche, et sa longue crinière blanche. Le premier baron du Carcassès, après le vicomte, les amena dans la salle grande du château où avaient été construites des estrades, pour le confort des débatteurs.

– Le roi d'Aragon n'est pas là, cette fois, pour faire le fiérot et jouer les arbitres, commenta Pons d'Olargues au vicomte. Il te revient de présider.

Raimon-Roger acquiesça. Cette fois, il n'allait pas s'esquiver pour aller vider un pichet de vin avec ses amis, comme à Carcassonne. Il allait s'engager sérieusement dans le débat, et tenter d'amener les deux parties à s'entendre, ou du moins à se supporter.

Car sa grande idée restait d'un seul Dieu, un seul Seigneur vénéré et adoré sous deux formes rituelles, quelque peu variables selon les contrées, le savoir et les goûts de chacun. Au fond, quelle importance ?

Raimon-Roger reconnut au premier coup d'œil le légat du pape, Pierre de Castelnau, qui parlait fort en toisant ses adversaires à l'ombre de ses sourcils noirs et broussailleux. Il alla saluer d'abord l'évêque d'Osma, flanqué de frère Dominique qui,

---

* Meunière.

apercevant le vicomte, se précipita vers lui pour l'embrasser, avec une simplicité et une franchise enfantine qui le désarmèrent.

Raimon-Roger prenait soin aussi de présenter son épouse Agnès, rappelant qu'elle était la fille du comte de Montpellier, « le bouclier de l'Église romaine ». C'était toujours utile de le rappeler.

Agnès s'en amusait, se présentait auprès des clercs, des seigneurs qui ne la connaissaient pas encore, comme *la fille du bouclier*, dans un grand éclat de rire.

Raimon-Roger ne connaissait pas les autres religieux, des abbés et des frères de l'ordre de Cîteaux venus en renfort de très loin, parlant toutes les langues. Une force d'une trentaine d'hommes en tout, à la voix sonore, à l'attitude étonnamment virile, martiale, un peu ridicule dans leur bure claire mal seyante, leur manteau sombre qu'ils gardaient sur leurs épaules comme une cotte de mailles, comme pour s'abriter des coups et des injures.

En face, les Parfaits, évêques et diacres, étaient assis sur de pauvres bancs sans dossier, immobiles, le regard absent. Il fallait beaucoup d'attention pour s'apercevoir que leurs lèvres remuaient, et qu'ils récitaient sans fin des prières.

Raimon-Roger salua tout le monde, sans marquer aucune distinction entre les camps, et alla s'installer dans sa chaire, surélevée de deux marches, mais moins haute que celle de l'abbé de Cîteaux, Arnaud Amaury, qui en avait fait rajouter une troisième à la sauvette, parce qu'il représentait l'autorité dogmatique de l'Église romaine.

Il se prévalait, en outre, d'avoir eu l'idée de ce colloque, de l'avoir organisé, et considérait qu'il lui appartenait de le conduire.

Raimon-Roger le laissa faire. Il venait de comprendre subitement, en écoutant l'abbé de Cîteaux, tranchant, autoritaire, exaspéré, que pour Rome le vicomte n'était qu'un exécuteur de basses œuvres, un garde de service ; un serviteur dont on attendait une soumission zélée ; un bourreau stipendié. Non pas le bras droit, honoré et respecté, de l'Église du royaume de France, mais tout au plus le bras de chair, musculeux, celui qui tient l'épée et qu'on commande à volonté pour abattre, décapiter proprement qui est voué à la géhenne par les docteurs de la loi divine.

Raimon-Roger sut à cet instant, en écoutant les imprécations d'Arnaud Amaury, qu'il proférait avec une violence presque animale, la face tourmentée, forcenée, montrant les dents, il sut qu'il lui faudrait, pour se sauver, emprisonner, torturer, brûler vif, couper des têtes.

« Je ne suis pas enclin, pensa-t-il, ni par l'esprit ni par le cœur, à devenir le bourreau de mon peuple. »

Il comprit que le jour où il devrait choisir entre persécuter ses sujets ou les défendre, c'est-à-dire, pour garder son pouvoir, ses honneurs, ses seigneuries, répandre le sang de ses sujets, les écorcher, les brûler, et offrir ces sacrifices humains à Rome, montrant ainsi son zèle, jusqu'à la folie, ou bien au contraire rester au milieu d'eux, au milieu de ses sujets, et partager leur sort, un sort cruel, fatal, il choisirait de rester avec eux.

L'abbé Arnaud Amaury lança le débat après avoir rappelé d'une voix sans réplique, les yeux durs, que ce concile n'était devenu nécessaire que parce que les seigneurs du Midi s'écartaient de leur devoir, qui était de défendre la religion romaine, et rien d'autre.

Sa face sévère s'était tournée vers le vicomte. Raimon-Roger sentit monter en lui un étrange sentiment de haine, comme il n'en avait jamais connu, devant cet homme sec, vif, au regard froid et cruel, avec quelque chose de fanatique et d'un peu fou qui inquiétait, et décourageait non seulement tout sentiment d'amitié mais même la simple curiosité.

Non, il ne pourrait jamais se battre pour l'abbé de Cîteaux Arnaud Amaury. Il ne pourrait que le combattre, s'il ne voulait pas se renier, perdre tout honneur, ramper comme un esclave devant un maître furieux.

Raimon-Roger imaginait derrière l'insupportable arrogance de l'abbé le poids formidable de l'appareil romain, sa puissance incommensurable, prête à s'abattre sur les pays de langue d'oc pour écraser ses consulats ergoteurs, ses bourgeois raisonneurs, épris d'indépendance, ses petits seigneurs miséreux, rebelles, accapareurs de dîmes, ses Bonshommes entêtés, et les envoyer tous en enfer dans la même fournée. Sans le moindre scrupule. Sans trier.

La cause du Midi, pour l'abbé Arnaud Amaury, était entendue. Comme Dieu à Sodome et Gomorrhe, et comme Pierre de Castelnau à Toulouse, il doutait d'y trouver un seul juste.

Le légat du pape le proclamait d'ailleurs depuis des mois, des années ; il l'écrivait au seigneur pape tous les jours : seul le feu et le fer pourraient venir à bout du Midi frondeur, rebelle, hérétique. Le Midi ennemi de Rome, donc ennemi de Dieu. C'était vrai ! Coupable du crime de « lèse-majesté contre Dieu ». Un crime impardonnable. Et d'ailleurs l'Église n'avait pas prévu d'acte de contrition pour ce crime.

Quoique mal à l'aise au milieu de ces hommes d'étude, de savoir livresque, ces prêcheurs rompus à la diatribe, et la recherchant, la suscitant au besoin pour le plaisir de courir d'un verset à l'autre, avec une aisance admirable, Raimon-Roger ne voulut pas laisser le champ libre aux bourreaux. Se levant, il rappela qu'il s'agissait d'un colloque, ce que l'abbé de Cîteaux semblait avoir déjà oublié dans sa fougue prêcheuse, dans son empressement à imposer son point de vue. Il proposa aux Parfaits de prendre la parole.

L'abbé de Cîteaux siffla de contrariété et parla de « complicité évidente ».

« Comme il est difficile d'être sincère, se dit le vicomte. Chacun est venu pour discuter, pour échanger des propos, présenter ses convictions, mais dès que je prête quelque attention à l'une des parties, dès que j'ai le souci de laisser chaque camp exprimer ses opinions, ses idées, l'autre crie au complot. Nous allons revenir à la même situation qu'à Carcassonne, où les deux Églises faillirent en venir aux mains. Il ne sortira rien de bon de tout cela, c'est certain. »

Agnès, à ses côtés, assise plus bas sur le dallage, lui murmura le front plissé qu'elle s'ennuyait, et qu'elle ne voyait pas l'intérêt de mettre face à face deux clans qui se haïssaient, et qui pratiquaient avec une telle jubilation le dialogue de sourds. Elle tendit le bras, se leva à moitié et allongeant son index, d'un geste tendre, elle lissa la moustache blonde de son mari, où s'était accrochée quelque miette.

Raimon-Roger s'esclaffa, la repoussa gentiment et lui donna raison.

– Mais, ajouta-t-il, nous devons être présents. Ne serait-ce que pour éviter que la dispute ne dégénère en bataille rangée, ce que le seigneur pape ne manquerait pas d'exploiter à son avantage. Peut-être n'a-t-il encouragé cette rencontre, entre les prélats catholiques et romains et les religieux de la nouvelle foi, que dans le but de provoquer un scandale, et démontrer qu'on ne peut pas s'entendre avec des hérétiques, habités par l'esprit mensonger de Satan.

– Vous pensez trop au seigneur pape, soupira Agnès. Et pas assez à moi.

Une collation fut distribuée vers deux heures, quand sonna l'office de none, sans arrêter les débats. Les Parfaits, refusant de partager la nourriture avec Rome, se contentèrent de pain sec et d'un peu de vin. Pierre de Castelnau les railla ouvertement d'un gros rire, les accusant de craindre le poison.

– Vous n'êtes pas si pressés que vous le dites d'aller au Ciel… leur lança-t-il la bouche pleine. Parce que vous savez mieux que personne que c'est l'enfer qui vous attend, ô ministres de félonie !

Agnès supplia Raimon-Roger d'abandonner un moment l'assemblée pour aller se détendre un peu. Elle se sentait à bout, et se préparait à faire un esclandre pour balayer toute cette hypocrisie, cette fourberie qui se cachait sous les apparences d'un dialogue.

Le vicomte consentit à s'en aller de mauvais gré, mécontent de laisser la place, et la bride sur le cou à l'abbé de Cîteaux qui reprenait les uns après les autres tous les articles du dogme, sommant les cathares d'y adhérer.

Agnès emmena Raimon-Roger dans leur chambre, qui était celle du châtelain, et se laissant choir sur le haut lit sommé d'un dais en drap azuré, elle gémit : « Je suis morte ! » Puis, comme Raimon-Roger attendait patiemment à la fenêtre, surveillant les alentours, elle prit un ton de domna :

– Raimon-Roger, faites-nous monter quelques entremets à grignoter, avec de l'eau de rose. Que nous restions seuls un moment. Ces disputes m'ont rompue.

Raimon-Roger ne pouvait contester que le débat théologique était fort ennuyeux, et qu'en comparaison un concile à deux avec sa jeune épouse était autrement agréable. Agnès semblait l'inviter à se rapprocher d'elle, mais une sorte de hargne, de colère rentrée, venue de la fréquentation intime des prélats, le maintenait en état d'alerte et l'empêchait de se laisser désarmer, de se soumettre, même pacifiquement. Même aux caresses d'une femme. De sa femme.

Agnès était dans un état d'excitation extrême, les joues en feu. Sa chevelure léonine, qu'elle avait détachée, foisonnait sur ses épaules, effaçant son visage dont le nez seul pointait sous la tignasse blonde, buissonnante, comme un minois de fillette. Elle enleva ses bottes, sa ceinture, sa tunique et s'allongea en chemise sur la courtepointe.

– Raimon-Roger, vous ne m'aimez pas, décréta-t-elle.

Elle semblait désemparée.

– Vous ne m'avez jamais aimée.

Raimon-Roger tomba des nues. Encore sous l'impression funeste du discours de l'abbé de Cîteaux, il ne pouvait se soustraire à l'obsession de la guerre, qui lui semblait de plus en plus inévitable. Il eut envie de répondre que le moment était mal choisi pour le quereller sur ce sujet, qu'il trouvait futile, quand il devait prendre des décisions qui allaient engager ses vicomtés pour longtemps. Peut-être pour toujours. Et son lignage.

Agnès, sans se soucier de ce qu'il faisait, poursuivait son monologue de femme délaissée, s'apitoyant sur son sort qu'elle décrivait en termes de plus en plus dramatiques, outranciers, comme si elle croyait à ses propres inventions. Des larmes coulaient de ses yeux vides, brouillés. À demi couchée sur de gros coussins, son corps abandonné n'avait plus d'épaisseur sur l'énorme lit.

Raimon-Roger n'osa pas l'interrompre tant qu'elle n'avait pas terminé sa tirade, supposant que ses jérémiades la soulageraient et qu'ensuite elle serait plus raisonnable. Comme elle se taisait, il s'inquiéta et s'approcha d'elle, pris de pitié, de tendresse. Il lui prit la main sans un mot.

Ses accusations étaient évidemment injustes, quand on connaissait la gravité des événements, mais il les comprenait un peu. Toutefois, il avait plutôt envie d'en rire, d'autant qu'Agnès avec ses doléances et son babil avait fini par lui faire oublier l'arrogance belliqueuse de l'abbé de Cîteaux. Ce n'était pas rien.

Comme sa femme, lui tirant le bras, l'invitait à venir se reposer un moment sur le lit, il se soumit et s'allongea à côté d'elle.

– Vous m'aimez ? demanda-t-elle sans précautions, avec dans les yeux une véritable panique.

Il répondit :

– Oui, ma douce, bien sûr.

Il écarta ses cheveux et lui caressa le visage.

– Tu es adorable ! soupira-t-il.

Le visage d'Agnès s'inonda de joie et elle pleura.

Il lui ferma les yeux. Ils dormirent un peu. Agnès fut la première à se relever.

– Raimon-Roger, prévint-elle, ne rouvrez pas les yeux sans mon autorisation.

Il entendit un chuchotement d'étoffes froissées, de petits gémissements d'effort.

– Ne trichez pas, mon mari ! menaça-t-elle, sinon vous n'aurez rien.

Quand il rouvrit les yeux, elle était nue. Il craignit que quelqu'un vienne et voulut la recouvrir de la courtepointe en soie verte, mais Agnès se découvrit à nouveau, aguichante, disant :

– Mon aimé, je pense que le moment est bien choisi pour faire un petit vicomte. Il sera sous la protection des deux Églises.

– Je ne sais pas si c'est une bonne idée…

– De faire un enfant ?

– D'en faire l'otage de deux Églises qui se haïssent et qui bientôt vont se battre jusqu'à la mort.

– Il choisira quand il aura l'âge de raison.

Elle lui sourit largement et nue, impudique, déterminée, le regard flamboyant, avec un ravissement enfantin elle commença à le déshabiller.

– Je suis ta femme, murmurait-elle comme à elle-même, ta femme…

Raimon-Roger lui caressa les seins. Elle lui sourit.

– Ce que femme veut… murmura-t-il.

Elle le caressa comme il le lui avait appris, sans réclamer le noir bien qu'elle ne supportât pas d'être vue en train de prendre son plaisir. Mais là elle ne se déroba pas. Elle avait décidé.

Tout à coup, comme si un fouet l'avait cinglée, elle bascula sur lui, lui donnant le fruit de ses lèvres, et s'empala en gémissant.

– Maison vide, le diable y entre… balbutia-t-elle, les lèvres tremblantes, les commissures creusées d'une ébauche de sourire.

Raimon-Roger saisit ses hanches. Elle alla au-devant de chacun de ses mouvements avec une vaillance, une intrépidité et un entêtement de putane, provoquant bientôt une tempête.

Raimon-Roger ne reparut pas de l'après-midi au colloque. Il ne quitta pas les bras d'Agnès, ni le sublime roulis de ses longues cuisses, laissant libre cours aux commentaires de sa mesnie, et de l'assemblée savante.

– Les prêtres ne manqueront pas entre eux de rappeler les paroles des Pères de l'Église, commenta Raimon-Roger, tel saint Jérôme, qui prétendait que « celui qui aime sa femme d'un amour trop ardent est adultère ».

– Quel imbécile ! s'exclama Agnès.

– Il y a pire. Ce pauvre Clément d'Alexandrie proclamait dans sa folie : « Toutes les femmes devraient mourir de honte à la pensée d'être des femmes. »

– Qu'est-ce qu'il ne faut pas entendre ! Les femmes devraient se révolter.

– À quoi le troubadour répond : « Tous les hauts lieux de pèlerinage sont dans le corps d'une femme. »

– Voilà une belle religion.

– Ce n'est pas celle d'Arnaud Amaury, hélas.

– Cet homme fera notre malheur, j'en ai le pressentiment.

– Moi aussi.

À la tombée du jour, répugnant à revenir dans le monde, ils se firent monter le souper dans la chambre. Personne n'osait leur rendre visite. Agnès ne consentit à rendre sa liberté à son mari que le lendemain matin, à l'aube. Elle s'étira comme une chatte voluptueuse, confia :

– Je sens déjà notre petit vicomte prendre vie en moi ! puis, se tournant, elle déclara : Raimon-Roger, je vous ai arraché au seigneur pape et à la sainte Église un jour et une nuit. Ce n'est pas un petit exploit.

Elle lui souhaita de belles disputes théologiques et se rendormit.

Le vicomte sourit, l'embrassa au creux des reins, se leva et alla se plonger dans un cuvier avant de manger quelques galettes. Il réveilla le seigneur Aimeri, quelques compagnons et ils quittèrent la ville à cheval. Ils s'en furent à travers bois et champs.

Raimon-Roger se sentait joyeux dans la fraîcheur matinale, brumeuse. Il considéra l'horizon blanchissant, les cimes éclatantes des montagnes Pyrénées. Sans savoir pourquoi, devant tant de beauté naturelle il se sentit tout à coup léger et confiant dans l'avenir.

Lui restait cependant une inquiétude, une crainte : devenir dépendant d'une femme, de sa femme, avide du plaisir qu'elle lui apportait.

« Un chevalier a mieux à faire, pensait-il, que de s'attacher au corps de son épouse, comme un enfançon s'agrippe au sein de sa nourrice. Au point d'en oublier son état de chevalier. »

Mais Raimon-Roger s'en voulait aussi de ce petit démon qu'il abritait et qui le poussait à se moquer de tout, et en particulier des clercs et des femmes. Deux puissances comparables.

Certes, il avait une femme adorable, attendrissante dans son innocence, dans sa naïveté de fillette. Mais la voix lui disait que ce n'était pas une raison pour lui accorder trop d'importance, et à la fin de se retrouver totalement bridé.

Les chevaliers qui n'en étaient pas persuadés, ceux pour qui l'amour passait avant tout – il en avait dans sa mesnie, qui croyaient tout ce que chantaient les troubadours – Raimon-Roger les méprisait.

« Encore heureux qu'elle ne m'ait pas commandé, une fois de plus, d'aller délivrer Flors », songea-t-il.

Une averse soudaine les fit revenir, par des chemins boueux, dans le castrum. Aimeri de Laurac observa que les giboulées de mars étaient en retard, cette année.

Raimon-Roger appréciait de plus en plus les chevauchées entre hommes, l'épée au côté, bannière en tête. Volant comme un ange debout sur ses étriers, il se laissait emporter par son cheval blanc Flori, son cheval à la robe fleurie. Il aimait plus que tout voir la terre qui fuyait sous lui, au rythme du martèlement léger des sabots, qu'une simple impulsion des jambes accélérait, et qu'un geste imperceptible de la main, des doigts qui se refermaient, suffisait à ralentir, à arrêter en quelques pas.

Le vicomte pensait qu'il n'avait jamais eu de cheval aussi prévenant, aussi bien dressé. Il hésitait à lui apprendre la guerre. Il était certes entier, et d'un beau modèle, mais son caractère doux, malgré ses qualités physiques impressionnantes, et la vivacité de ses galops, laissait craindre un manque de pugnacité dans la mêlée bruyante d'une bataille. En attendant, il le prenait à la chasse, et l'entraînait à poursuivre les bêtes noires des forêts.

Raimon-Roger aimait les rudesses du bivouac, dans une prairie, dans un bois, abrité du vent contre un buisson d'armoise. Au fond, il se sentait plus proche de la nature que des Églises, et plus proche de Dieu dans les forêts que dans un temple. Dans la nature tout était simple ; dans la religion tout était compliqué, mystérieux, interminable, incompréhensible à force d'invention. Personne ne savait plus le sens de la liturgie, ni les raisons de tel geste ou de telle prière. Même les prêtres, qui ânonnaient dans leur langue, ne comprenaient plus ce qu'ils récitaient. Chacun en faisait une interprétation différente. Il est vrai que peu connaissaient vraiment le latin.

Le colloque s'acheva comme prévu : chaque camp resta sur ses positions fortifiées. L'abbé Arnaud Amaury, pour marquer un grand coup, proposa une ordalie par le feu. Chaque partie s'appliqua à rédiger l'essentiel de ses idées sur un parchemin. Les deux parchemins furent jetés au feu. Seul brûla celui des hérétiques. Il fut déclaré mensonger. L'abbé Arnaud Amaury reprit celui qui n'avait pas brûlé, ou bien peu, et relut publiquement tous les articles de foi qu'il contenait.

Raimon-Roger se demanda comment un tel miracle était possible. Pons d'Olargues, qu'attiraient les mystères, mais plus encore les confidences, apprit par une indiscrétion que le parchemin des prélats romains avait été gorgé de craie humide. Il n'avait pu brûler. Ce stratagème fit beaucoup rire le vicomte. Il était soulagé d'apprendre qu'il n'y avait aucune volonté divine dans ce miracle, mais seulement de la ruse.

Les hérétiques ne se démontèrent pas. Ils répliquèrent que le coup du parchemin dans le feu ne prouvait rien, sinon l'impiété notoire des prélats romains. Car il était mal de mettre Dieu au défi de répondre aux misérables questions de ses créatures. La réponse dont les abbés se glorifiaient n'était en fait qu'une supercherie du Malin. Elle ne prouvait qu'une chose, qu'ils savaient depuis longtemps : l'alliance de Satan avec Rome.

Au passage ils rappelèrent que l'Église catholique, apostolique et romaine, riche, bouffie d'orgueil, vivant sans honte dans le luxe et les délices de la chair, exploitant le travail des autres, extorquant les dîmes, multipliant les exactions, sous divers prétextes, vendant les indulgences, les idoles comme la croix, ou des images de bois, et approuvant les guerres les plus meurtrières, les plus sanglantes, les suscitant au besoin, et imposant la peine de mort pour des crimes imaginaires, cette Église ne pouvait oser prétendre vivre selon les Évangiles.

Raimon-Roger découvrait avec dépit que le jour de la réconciliation était encore loin de son aurore.

– Ce n'est pas demain que les deux Églises n'en feront plus qu'une, confia-t-il à Agnès, si tout le monde y met du sien pour aller à la guerre.

Le curé de Coustaussa était là, attentif aux débats, ne craignant plus de prendre le parti des Parfaits, bien au contraire accompagnant d'un rire tonitruant leurs saillies ironiques, malgré la présence de son chef, l'évêque de Carcassonne, et d'Archivenin, le grand vicaire de Béziers, que le crime encore impuni avait grandi et rendu ouvertement guerrier, conquérant, sanguinaire, à la manière des grands tyrans orientaux.

Raimon-Roger, agacé par l'attitude outrancière du curé, le prit à part :

– Seigneur curé, vous avez l'air de vous réjouir de l'échec de ce colloque. Avez-vous tout votre bon sens ?

– Nous allons les balayer, répliqua le curé, empourpré, ivre. Comme des ordures. Vous avez vu cette arrogance ? Vivement la guerre ! Un grand nettoyage de printemps !

– Vous ne savez pas ce que vous dites.

– Mon Dieu que vous êtes prudent, cher vicomte ! Mais pendant combien de siècles devrons-nous encore supporter nos chaînes ? Aujourd'hui je dis : Battons-nous pour de bon, une fois. Et que le meilleur gagne, comme au tournoi.

– Et si c'est le seigneur pape qui gagne ?

– Il ne gagnera pas. Le pays est au bord de la révolte. Écoutez-les.

Les Parfaits s'en allaient en marmottant.

– Tout le monde ne pense pas comme eux, rétorqua Raimon-Roger. Beaucoup ont gardé l'ancienne religion.

– Tout le monde ne le dit pas, mais tout le monde pense qu'il faut que ça change. C'est bien certain.

Les Bonshommes avaient quitté Montréal encore plus endurcis et plus déterminés qu'en y venant. Depuis que leur parchemin avait brûlé au bûcher de la mauvaise foi, dans le feu de Satan, ils étaient persuadés qu'ils détenaient la vérité, et qu'ils devaient la répandre dans le monde avant que Rome ne parvienne à la cacher.

Les suivait comme une ombre en sautillant frère Dominique, qui ne pouvait se résoudre à laisser se répandre tant d'ignorance, tant d'errance doctrinale, tant de mauvaise volonté à lire dans le bons sens les saintes Écritures. Il était sur leurs talons, mendiant avec eux, se mêlant aux badauds, questionnant, répliquant, rétorquant, armé de son seul sourire angélique. Si on voulait le chasser il se mettait à gesticuler comme un homme persécuté par les démons. Il s'effondrait d'impuissance, en larmes, et voulait mourir.

Parfois il se mettait à prêcher avant les hérétiques, tentant de gagner l'auditoire contre eux, et ensuite il les interpellait. Les passants ne savaient plus à qui ils avaient à faire.

Les Bonshommes se lassèrent de ce jeu et, soulevant la foule contre le moine, ils le firent chasser et châtier durement pour qu'il renonce à les suivre.

Emporté au fond d'un bois, plongé dans une sagne boueuse, frère Dominique les supplia de ne pas l'abandonner ainsi.

– Mes amis, leur dit-il, sanglotant, geignant comme un chiot, les mains jointes, le visage noyé de larmes, mes amis, je vous supplie d'avoir pitié de moi et de m'arracher les membres un à un, de les passer devant mes yeux. Faites de moi un tronc sans membre. Et puis arrachez-moi les yeux, et faites-moi rouler dans mon sang. Que je vois Dieu le jour même.

Effarés, les hérétiques s'enfuirent. L'un d'eux, écœuré, lui lança :

– C'est dégoûtant ce que vous dites ! C'est un péché de réclamer le martyre !

XXVII

Le comte de Toulouse se campa sur ses jambes courtes et robustes, comme un lutteur de foire, bombant le torse devant le légat Pierre de Castelnau qui le dominait d'une tête, gonflé de fureur. Le vent se mit de la partie et souleva le long pan de la coule du moine. Le comte s'en saisit, le tira à lui. Le moine s'arcbouta.

– Laissez-moi passer ! hurlait-il en battant des mains.

– Tu ne sortiras pas d'ici tant que tu n'auras pas retiré ton excommunication ! lui cria le comte.

Sa voix résonnait étrangement. Ils étaient dans la cour intérieure du palais de l'archevêque, à Narbonne, cernés par de hauts murs. Ils se défièrent un moment du regard, le visage cramoisi, tandis que de part et d'autre s'approchaient des hommes en armes.

Le comte était arrivé à l'improviste, allant sur Beaucaire préparer une nouvelle guerre contre les barons rebelles de Provence. Justement, le légat allait aussi en Provence, officiellement pour éteindre la querelle entre les barons et leur suzerain, secrètement pour convaincre les barons de participer à la croisade contre les hérétiques du Midi. C'est-à-dire contre leur suzerain, le comte de Toulouse.

– Faites la paix avec vos vassaux, répliqua Pierre de Castelnau sur un ton tranchant, ramenez le calme dans le marquisat de Provence. Et restituez les biens que vous avez dérobés aux abbayes, et dans l'évêché d'Arles. Je pourrai alors plaider en votre faveur.

Il cherchait à s'arracher aux mains du comte, agrippées à sa bure comme pour la déchirer.

Derrière le comte de Toulouse, plusieurs chevaliers formaient un groupe inquiétant. Bardés de fer, la face marquée par les blessures, les coups, et le regard dur, guerrier, ils observaient la scène avec indifférence, comme par routine. Parmi eux, seul Gui le Guerrejat, qui ne quittait plus le comte d'une semelle, suivait attentivement la lutte, espérant un événement impromptu qui lui permettrait de se ruer au fond de la cour sur la portanelle qui menait aux oubliettes, aux cellules d'enfermement. Là gisait sa sœur depuis des mois. Il ne lui faudrait que quelques instants pour la délivrer, l'emporter et la mettre hors d'atteinte.

Il se mit à aller et venir à grands pas sonores, prenant plaisir à faire tinter ses éperons sur les galets de la cour, pour marquer davantage ce qui le distinguait des miliciens de l'archevêque. Il s'éloignait du groupe insensiblement, profitant du désordre. Gardes, écuyers, valets, tous voulaient être aux premières loges. Ils formaient autour du comte de Toulouse et du légat une petite foule railleuse. Le comte, grimpé sur la pointe des pieds, avait pris Pierre de Castelnau à la gorge et le secouait comme un prunier.

Un homme brun apparut à l'une des baies géminées qui couraient sur la façade principale, un homme au visage rond, paisible, aux tempes argentées. Les têtes de deux molosses vinrent l'encadrer.

– Monseigneur Bérenger, signala quelqu'un.

Toutes les têtes se tournèrent vers le nouveau venu, s'inclinèrent. L'archevêque leur rendit leur salut. Gui le Guerrejat en profita pour s'éclipser. Il se dirigea d'un pas assuré vers le fond de la cour, arriva sous la fenêtre de l'archevêque qui se pencha un peu pour le suivre des yeux. Gui ouvrit la portanelle avec autorité, disparut dans l'ombre du couloir et ressortit peu après, poursuivi par une dizaine de sergents en armes. Le prélat fit signe aux sergents de s'arrêter. Il interpella Gui :

– Où voulez-vous aller ?

– Voir ma sœur.

– C'est votre sœur qui est là-dedans ?

– Elle s'appelle Flors.
– Elle est au mur. Les visites sont interdites.
– Elle n'a rien fait de mal.
– C'est possible… mais ce n'est pas à moi qu'il faut le dire. C'est au légat du pape.

Il lança sa main lourdement baguée vers le cercle bourdonnant qui, au milieu de la cour, tourbillonnait à l'unisson des deux hommes qui s'agrippaient l'un à l'autre, rageusement, tournaient en traînant des talons et en cherchant à se faire tomber.

– Vous n'êtes pas maître chez vous ?
– Je ne suis plus chez moi… J'ai été destitué, moi aussi. Tous les évêques du Midi ont été remerciés, mon ami. Je ne peux rien pour votre sœur.

Il disparut et Gui s'en retourna, talonné par la meute des sergents qui l'injuriaient, le mettant au défi de se battre. Gui se retenait, pensant à sa sœur dont il aurait compromis définitivement tout espoir de liberté s'il provoquait une bataille sanglante dans la cour de l'archevêché. À moins de mettre le palais à feu et à sang, délivrer Flors et s'enfuir avec elle. Mais ils n'étaient pas assez nombreux, même en comptant les écuyers qui gardaient les chevaux, à l'extérieur, pour accomplir cet exploit. Des miliciens arrivaient encore, attirés par les cris. Il lui faudrait revenir.

Il retourna auprès du comte qui disparaissait au milieu de la foule de plus en plus épaisse. Un chevalier de Toulouse lança un ordre et tous se ruèrent dans la mêlée pour extirper le comte de la presse, l'arracher aux griffes du moine qui, aveuglé par la colère, tentait de l'étrangler à son tour de ses propres mains. Les chevaliers emportèrent le comte vociférant, gesticulant, sans ménagements, comme on fait avec un enfant turbulent. Devant, avec la simplicité de bûcherons écartant quelques branches, des hommes éloignaient du plat de l'épée ceux qui faisaient mine de s'interposer, ou de les arrêter, avançant sans crainte, sans haine, le visage impassible.

Gui restait en arrière. Il s'approcha du légat qui remettait de l'ordre dans sa tenue, le visage rouge, bouleversé, larmoyant, gémissant et grondant à la fois, se répandant en invocations litaniques qu'il lançait au Ciel comme Job. Il cantillait d'une voix haute, pleureuse, risible chez un homme de sa corpulence :

– Ô ministre du diable... persécuteur de l'Église... champion des hérétiques...

Gui s'approcha encore, lui prit le bras, le faisant sursauter.

– Seigneur légat, fit-il d'une voix sourde, nasillarde, une voix satanique, libérez ma sœur, par Dieu et la Vierge Marie.

Le moine le dévisagea, le reconnut ou pas, haussa les épaules. Puis tout à coup, comme si l'idée lui était venue à l'instant, sur un ton ferme, tranchant, se reculant d'un pas il répliqua :

– Dites à Trencavel de venir me la demander, cette créature. J'ai beaucoup de choses à lui dire.

Gui sentit la colère le gagner. Il tenait encore le bras du légat, au-dessus du coude, et de rage il le serra encore plus fort. Le moine tenta de se dégager, en vain.

– Seigneur légat, libérez ma sœur avant que je ne perde patience, fit-il dans un râle, elle n'a rien fait de mal.

Il tenta de sourire, sut qu'il n'y arriverait pas, ajouta du même ton nasillard, sourd, inhumain :

– Je suis capable de tout...

Il lâcha le moine et s'en retourna, laissant le légat troublé. Mais le moine était déterminé à retenir sa prisonnière, coûte que coûte. Il n'allait pas se laisser impressionner par un homme d'armes.

– Dites à Trencavel de venir me voir, répéta-t-il d'une voix ferme, pour se prouver sa détermination.

Gui rejoignit les chevaliers du comte, qui tenaient toujours leur maître dans leurs grosses pognes. Le comte hurlait comme un insensé, injuriant le légat, le pape, ses chevaliers, les marchands de la rue Droite, les femmes qui passaient, qu'il traitait de putanes, ce qui les faisait sourire.

– Seigneur comte, l'interpella Gui, sans se soucier de son état, délivrez ma sœur et vous pourrez me demander n'importe quoi. Je vous donne ma vie en échange.

– Guerrejat, rétorqua le comte de Toulouse, je t'ai promis une fois de délivrer ta sœur. Je le ferai. Nous reviendrons plus nombreux, bien armés, nous délivrerons ta sœur et nous nous partagerons le moine.

– Je le tuerais avec plaisir, assura Gui.

– Moi aussi, mais un peu de patience. En attendant, excommunié pour excommunié, profitons-en pour aller piller nos ennemis. Tous à Beaucaire. Nous allons réunir nos amis routiers, qui doivent s'ennuyer à nous attendre, et de là nous irons ravager les terres de l'évêque de Carpentras, qui m'a défié, et celui de Vaison, qui est un mauvais coucheur.

– Seigneur comte, l'interrompit Gui, le regard vide, ordonnez-moi de tuer ce moine. Ce sera le plus beau jour de ma vie.

Le comte rit bruyamment, lui donna une grande claque dans le dos.

– Allons le Guerrejat ! Ne me tente pas ! Nous irons le voir bientôt, ce fils de putane, et, s'il ne veut rien entendre, je te donnerai la permission de lui couper les oreilles, pour commencer. Qu'il se souvienne que nous ne sommes pas contents de lui.

Il monta lentement sur son cheval, avec l'aide d'un écuyer parce qu'il avait du mal à se soulever. Gui, à côté de lui, furieux, impatient, monta en selle sans se servir des étriers, et la troupe s'en alla, suivie des yeux avec soulagement par les chevaliers du palais.

Gui se retourna.

– Je reviendrai, lança-t-il, et il y aura un bain de sang.

XXVIII

Embarrassée, Agnès tenait à deux mains son gros ventre, qu'une large ceinture de soie soutenait, nouée dans le dos, et par-dessus une ceinture de cuir rouge, fine, piquetée de branlants d'argent, nouée sous le ventre et dont les brins allaient jusqu'à terre. De temps en temps elle se courbait, comme pour esquiver des coups invisibles, caressait son ventre et reprenait ses explications.

Autour d'elle, formant un demi-cercle déférent, silencieux, les quatre frères Aniort l'écoutaient de toutes leurs oreilles poilues, vêtus de peaux de bête, le grand arc blanc en bandoulière, le cou tendu pour ne pas perdre un mot des propos qu'Agnès leur servait lentement, articulant avec application, comme on parle à des enfants.

Ils admiraient son gros ventre et buvaient ses paroles, tombées de sa fine bouche comme des pétales de rose. Poussant de petits grognements compréhensifs, encourageants, ils surveillaient avec une attention soutenue ses lèvres, cherchant à deviner par avance son propos, pour le prononcer avec elle, en même temps qu'elle, ou même avant, pour la devancer, non par irrévérence, mais pour aller au-devant de ses désirs.

Même le corbeau que Guilhem-Bernat portait toujours sur l'épaule, conscient de la gravité de l'heure, l'observait avec une extrême attention.

Quand elle évoqua le sort de son amie Flors, une donzelle

injustement retenue dans un cul de basse-fosse par un moine tortionnaire, avec la complicité de clercs menteurs et violeurs, de miliciens sans foi ni loi, de prélats fourbes, d'un pape sanguinaire, au final, des larmes coulaient sur ses joues de pêche.

Ne se tenant plus d'indignation, les yeux étincelants, les frères s'agitèrent jusqu'à ce que la vicomtesse les lâche, comme on découple les dogues à la chasse au loup, en leur lançant :

– Allez la délivrer et ramenez-la-moi. Je vous récompenserai comme vous ne pouvez pas l'imaginer.

Ils n'avaient pas besoin d'imaginer. Guilhem-Bernat et le corbeau, qui connaissait quelques mots, s'écrièrent de concert : « Fissa ! »

Rendus à leur sauvage liberté, les quatre hommes enfourchèrent leurs petits chevaux, bourrus et rebelles, et filèrent comme le vent, entre chien et loup, à l'heure des poignards et des baisers volés. Des poignards, en l'occurrence. Le lendemain ils étaient à Narbonne, à l'aube. Ils entrèrent par la porte Épiscopale, non par privilège mais par inadvertance, ne sachant pas qu'on devait demander aux chanoines la permission d'entrer. Même de jour.

Ils entrèrent et contournèrent l'énorme vaisseau de la cathédrale, le nez en l'air, tandis que leurs petits chevaux cherchaient à mordre les passants, des clercs, des chanoines, des vieillards emmitouflés, des religieuses qui s'approchaient pour les caresser en chantant des cantiques.

Le corbeau de Guilhem-Bernat s'envola pour aller visiter les clochers.

– Ne va pas traîner, Léon, lui recommanda son maître. Tu n'es pas chez toi, ici.

Le corbeau croassa pour le rassurer, ou lui répondre qu'il était assez grand pour se défendre.

Ils laissèrent les chevaux dans le cloître, devant des massifs d'acanthes. Il y avait aussi de l'herbe autour du puits, quelques tiges de chèvrefeuille.

« Ils vont manger, ils ne s'ennuieront pas », se rassura Guilhem-Bernat.

Les quatre frères se retrouvèrent en ordre de marche dans la cour du palais, l'aîné devant, le plus jeune à l'arrière, dominant ses frères d'une bonne tête. Alertés, les miliciens de l'archevêque formaient déjà une ligne hérissée de lances. Géraud demanda bien poliment à voir la domna Flors « injustement retenue dans les geôles de monseigneur l'archevêque ».

Un capitaine s'avança devant ses sbires, et ordonna aux quatre hommes de vider les lieux.

– Et domna Flors, qui nous la donnera ? répliqua Géraud.

– L'hérétique est au secret, au mur strict*, répondit le capitaine. Personne ne peut l'approcher sans la présence du seigneur légat, ou du seigneur prévôt.

– Et où se trouve le seigneur prévôt, présentement ?

– Que lui voulez-vous ?

– Nous avons une mission, à nous confiée par la vicomtesse Agnès.

– L'épouse de Trencavel ?

– Soi-même. Nous devons remplir notre mission, vous le comprenez bien, coûte que coûte.

Il regarda ses trois frères.

– Coûte que coûte ! jurèrent les trois frères d'une seule voix.

– Le prévôt est chez lui, les renseigna le capitaine. Ou peut-être à l'office.

– À l'office dans la cathédrale ?

– Tout juste !

– Allons à l'office ! lança Géraud, ce n'est pas loin.

Ils coururent à la cathédrale. En passant dans le cloître, Guilhem-Bernat voulut reprendre les chevaux pour entrer dans l'église. Son frère l'arrêta :

– Pas de chevaux dans l'église !

– Mais pourquoi ?

– Non, c'est une cathédrale.

– Et si on nous les vole ? disputa l'autre, l'air rusé, nous allons rentrer à pied ?

– Tu sais bien qu'ils n'écoutent personne, nos chevaux ! À part nous, personne ne peut en être maître.

– C'est bête, un cheval… chicana encore Guilhem-Bernat. On ne sait jamais.

– Laisse ! Ils sont bien là, à l'abri. Ils ont même de l'eau, à la fontaine.

---

* L'Inquisition appelle *mur* la prison. L'enfermement au mur strict signifie l'isolement dans un cachot minuscule, sans visites ni sorties.

– Ils vont prendre de mauvaises habitudes.

Ils entrèrent dans l'église cathédrale, dans l'odeur des cierges, du moisi, de la paille humide étendue dans les chapelles où dormaient des pèlerins sur le chemin de Saint-Jacques, ou de Saint-Gilles. Géraud s'assura qu'il n'y avait aucun office en cours, et demanda au premier venu s'il avait vu le seigneur prévôt. Le paroissien leur indiqua un homme fort et chauve, qui ramenait une grosse mèche sur le front.

– Voyez le neveu du prévôt, là-bas. Lui pourra vous renseigner.

L'homme avait une face large qui luisait à la clarté des luminaires, et qui exprimait le plaisir de vivre. Il portait un rocher de lin blanc, et plaçait des cierges au pied de la Vierge, avec une application paisible, tenant la tête penchée sur une épaule, comme s'il appréciait son travail.

Les quatre frères l'entourèrent.

– Que voulez-vous ? leur demanda le neveu calmement, sans quitter des yeux son chantier.

– Nous cherchons le seigneur prévôt.

– Je suis son neveu.

– Nous le savons, s'impatienta Géraud.

– Que voulez-vous à mon oncle ?

– Qu'il nous mène jusqu'à la donzelle injustement emprisonnée.

– Pourquoi *injustement* ? C'est une hérétique pure laine.

– C'est ce que dit le clerc qui l'a violée. Dieu le punira dans sa géhenne.

– Mensonge ! Elle n'a pas été violée. En fait, c'est une hérétique avérée qui a voulu séduire un clerc pour l'attirer dans sa secte !

– Faux mensonge !

Le clerc les toisa, ricana :

– Vous allez à la chasse ?

– À la chasse au fils de pute qui a violé domna Flors.

– Puisque je vous dis que c'est elle qui a trompé le clerc, pour l'attirer dans l'antre de Satan.

– Mensonge !

– Je le sais mieux que vous.

– Vous n'y étiez pas !

– Si, j'y étais !

Les frères se rapprochèrent, la mine soucieuse. Leurs sourcils se chevauchèrent comme des corbeaux dans le ciel. Ils voulaient être certains d'avoir bien entendu.

– Que fais-tu ici, le neveu ?

– Je suis chantre d'église.

– Tu dis que tu étais avec elle ?

– J'accompagnais les pèlerins avec qui Flors voyageait. J'ai vu ses manières.

– Quelles manières ?

– Elle était rieuse, aguichante, exciteuse, si vous voulez. Un peu putane, je dirais. Je n'ai pas eu à la forcer. Elle était ouverte à deux battants...

Il se fit un grand silence. Un sourire suffisant anima la face du clerc.

– De toute façon, vous ne pourrez pas la voir. Elle est au secret. Au mur strict.

Il reprit sa tâche, qu'il n'avait interrompue qu'à regret.

– Vous pouvez repartir dans vos bois, ironisa-t-il.

Comme les quatre hommes ne bougeaient pas, le clerc agita sa main :

– Allez ! Du vent !

Le visage de Géraud se crispa, s'empourpra. Ses frères l'observaient, pour savoir ce qu'ils devaient penser.

– Alors c'est toi ! fit Géraud, cramoisi.

Il le saisit par le surplis blanc. Ses frères s'enfélonnèrent à leur tour, le visage rouge, agrippèrent le clerc. Ils le tirèrent dans le cloître.

Ils le questionnèrent à nouveau :

– C'est toi qui a forcé la pauvre donzelle ?

– Je ne l'ai pas forcée, devant Dieu qui voit tout. Elle avait tout manigancé. C'est moi qui suis tombée dans son piège.

– Mais nom de Dieu, tu es clerc !

– Je n'en suis pas moins homme, tenta de plaisanter le neveu. Et je ne savais pas qu'elle s'était ancrée dans la malice de Satan.

– Alors c'est toi qui l'a forcée, répétait Géraud, incrédule. C'est toi le violeur ! Nom de Dieu, un chantre d'église. Un homme de Dieu.

– Nom de Dieu ! répétaient ses frères.

Le clerc se rembrunit :

– Laissez-moi où j'appelle la milice, cria-t-il sèchement.

– Nom de Dieu de nom de Dieu ! s'encoléra Géraud. Tenez-le ! fit-il sur le même ton qu'il employait pour immobiliser le pied d'un cheval et y remettre un fer.

Le clerc se mit à crier.

– Ferme-lui la bouche ! commanda-t-il.

Guilhem-Bernat, qui dépassait le clerc de la tête et des épaules, le saisit par-derrière, le serra contre lui, une main sur la poitrine, qui lui coupait le souffle, l'autre sur la figure, une main grande comme un battoir qui lui fermait la bouche et les yeux.

Géraud s'était baissé, ses frères aussi qui tenaient les jambes de l'homme. Ils coupèrent avec un couteau toutes les ceintures et les lanières qui retenaient ses braies, et puis son blanchet*, découvrant un ventre et des jambes poilues comme un bouc. L'homme se débattait avec l'énergie du désespoir, gémissait.

– Arrête de roucouler comme un pigeon ramier ! lui lança Guilhem-Bernat.

Ses frères s'esclaffèrent.

Ils finirent par tomber tous ensemble sur le dallage, sans que les frères relâchent leur poigne.

– Sacré nom de Dieu, quel sacré fils de pute ! jura l'aîné des Aniort.

Il lui saisit les bourses, les trancha d'un geste vif, les montra à ses frères :

– Tu parles d'un couillard !

Le corbeau de Guilhem-Bernat, qui surveillait la scène, tenta de s'en emparer d'un coup d'aile. Mais Géraud d'une claque se débarrassa de l'oiseau et rangea son trophée dans un étui en cuir. Il se releva, hochant la tête, incrédule, répétant :

– Nom de Dieu ! Un clerc d'archevêque !

– Lâche-le ! commanda-t-il à son jeune frère qui, sur le dos, le clerc sur lui, le maintenait au sol avec les pieds et les mains, contemplant la voûte du cloître.

---

* Sorte de caleçon.

Guilhem-Bernat se releva lentement sur ses longues jambes, avec la force et la maladresse d'un grand cheval.

Le clerc poussa un gémissement bovin, comme un corps qui se vide. Sur sa face, marquée de taches rouges autour de la bouche, sur le front, le nez tuméfié, il roulait des yeux courroucés, allant de l'un à l'autre. Il poussa un long hurlement sans fin, puis se recroquevilla sur lui-même, s'effondra sur sa blessure d'où jaillissait une fontaine de sang. Ramassant ses braies d'un geste vif il les roula, comprima son bas-ventre et resta là, prostré, muet comme une statue.

Géraud essuya la lame du couteau sur l'épaule du clerc et alla se laver les mains dans un bénitier. Il remonta en selle sans attendre, dans le cloître, l'air aux aguets.

– Faut y aller, fit-il.

Ils partirent au galop, comme s'approchaient des gardes, sans trop se presser. Ils passèrent la porte tous ensemble, les petits chevaux ruant à qui mieux mieux, heureux de se détendre les jambes, et ils reprirent le grand chemin de Carcassonne.

Ils parvinrent au palais des Trencavel dans la soirée, en plein souper. Le vicomte régalait des barons de l'Albigeois, seigneurs des beaux châteaux de Salvagnac, Montégut, Rabastens, Puylaurens, Laguépie, et beaucoup d'autres, venus avec leur épouse, leurs filles, leurs chevaliers.

C'était encore une idée du chancelier, d'inviter ensemble les vassaux d'une même vicomté, de faire des fournées de châtelains qui venaient prendre du bon temps aux frais du vicomte, le temps de faire connaissance, de se parler, de faire la paix les uns avec les autres, et de signer discrètement quelque charte, quelque vente, quelque donation, avant de déclamer publiquement l'hommage au suzerain, et le serment de fidélité.

En retour Raimon-Roger leur donnait des présents, leur promettait de l'argent, et leur rappelait qu'ils devaient accourir à la première sommation.

Quand les frères Aniort apparurent dans le palais de Carcassonne, couverts de poussière, la cour était pleine de chevaliers à table, ainsi que toutes les salles. Ils allèrent d'un pas vif, l'air important, jusqu'à la salle grande, s'avançant au milieu des tables à grands pas volontaires, farauds, avec une brusquerie de chasseurs de grand gibier. Arrivés devant la table haute ils mirent un genou en terre.

Les invités crurent à un spectacle de jouglars. Ils se turent et observèrent de tous leurs yeux les quatre nouveaux venus vêtus de peaux de bête, la chevelure rousse enduite de graisse d'ours et portée à la nabatéenne, roulée dans des courroies de cuir ou de tissu, le grand arc blanc en bandoulière, le carquois à l'épaule, le grand couteau de chasse au côté, glissé dans un fourreau de cuir aux couleurs chatoyantes, et pour l'un au moins, un corbeau sur l'épaule. Un exercice d'adresse, parièrent-ils, présenté par des *verdiers** vivant au fond des bois, nourris de sauvagine dont ils portaient sur eux les effluves épicés.

Géraud salua le vicomte, son épouse :

– Dieu vous garde, seigneur vicomte, Dieu vous garde, domna Agnès, et tous vos invités.

– Dieu vous garde, seigneurs d'Aniort, répondit Raimon-Roger, étonné.

Détendu, un peu ivre, il trouva drôle l'apparition des frères Aniort, qui se déplaçaient toujours en bon ordre, par âge et par taille. Il leur sourit, les invita à parler.

La salle impatiente s'était remise à bavarder.

– J'ai ceci pour domna Agnès ! annonça solennellement Géraud, se relevant pour lui présenter son offrande.

Il posa devant la vicomtesse, sur la table, avec une lenteur cérémonieuse, l'étui qui contenait les bourses sanglantes du clerc Didier. Il s'inclina, prononça comme pour lui-même, et ses frères : « Mission accomplie... » et recula.

Agnès fronça les sourcils, quelque peu inquiète. Elle prit l'étui de cuir noir, une sorte de bourse pour protéger le nécessaire à faire du feu, l'ouvrit en hésitant, tandis que Raimon-Roger, qui n'était pas moins intrigué, plaisantait sur la valeur du présent.

– Des défenses de sanglier, suggérait-il, ou quelque philtre d'amour à la bave de crapaud. Ou un parfum de musc, je le sens d'ici.

Agnès ouvrit l'étui, mal à l'aise, observa les parties sanglantes, retira ses mains en jetant tout sur la table. Elle se recula, horrifiée.

---

* Homme des bois, qui vit de la forêt.

– Votre amie Flors est vengée ! prononça Géraud avec une diction pompeuse.

Raimon-Roger saisit l'étui, jeta un œil, demanda à Géraud :

– C'est à qui ça ?

– C'était au clerc qui a violé domna Flors, seigneur vicomte. Il ne recommencera pas.

– Qui t'a dit de faire ça ? s'encoléra Raimon-Roger.

– Domna Agnès. Et ce n'est que justice.

– Bande de crétins ! Et qu'avez-vous fait de Flors ?

– Nous avons tenté de la délivrer, seigneur vicomte, mais la cour était pleine de gardes, et même devant sa porte. Il faudrait une armée...

– Mais je ne vous ai jamais autorisés à aller vous battre à Narbonne, sous les fenêtres de l'archevêque ! Et du légat !

– Nous avons cru bien faire.

Le chancelier Bernat de Canet s'approcha, la mine sévère :

– Savez-vous que le légat du pape n'attend qu'un prétexte pour nous excommunier, et mettre nos vicomtés en proie, exposées au plus offrant ? Et vous qui allez le provoquer sous ses fenêtres, comme on agite un drap rouge devant un taureau furieux ! Qu'attendiez-vous de votre exploit ? Vous avez commis une faute impardonnable ! Vous voulez la guerre, c'est à croire ?

– Vous serez punis, trancha Raimon-Roger, pour félonie et forfaiture. Allez vous coucher aux écuries. Demain nous vous jugerons.

La salle s'était tue. Chacun tentait de comprendre la situation, sans vraiment y parvenir.

– C'est moi qui leur ai commandé d'aller délivrer cette pauvre Flors, se récria Agnès, puisque personne ici ne voulait le faire !

– C'était à moi d'en décider, cria le vicomte. Vous n'avez pas à donner des ordres à mes vassaux, Agnès, ni à mes chevaliers.

– Vos chevaliers, ils ne pensent qu'à parader et à banqueter ! Regardez-les manger comme des porcs ! Et pendant ce temps ma petite Flors est en train de crever ! Oui ! De crever comme une chienne ! Comme une bête prise au piège. Et tout le monde s'en moque !

– Il y a plus important que la santé de votre amie, domna Agnès, tenta de rectifier le chancelier sur un ton docte. C'est le sort de vos États qui est en jeu. Vous n'ignorez pas que le seigneur pape vient d'envoyer encore une lettre au roi de France, dans laquelle il le somme de réunir une armée et de venir sans délai dans notre Midi destituer tous les barons. Je dis bien tous. Le comte de Toulouse comme le vicomte votre époux. Nous en sommes là. Le moindre incident peut faire basculer notre principauté dans la guerre. Nous devons garder notre calme, tenir nos troupes, éviter toute provocation, et tout sujet de querelle avec Rome. Votre… initiative pourrait tout compromettre. Fort heureusement, les frères Aniort n'ont pu arriver jusqu'à Flors et contrevenir aux ordres du seigneur légat. Dieu soit loué ! Espérons que ce clerc qui a été émasculé, en représailles, acceptera un dédommagement financier pour la perte de… de ses…

Il montra l'étui de cuir noir qui était resté sur la table.

– Un clerc… s'amusa-t-il en s'adressant au vicomte, ne peut guère regretter l'instrument de son tourment.

Agnès, une main sur son ventre, l'autre tendue vers son mari, les yeux étincelants, les joues en feu, laissa éclater sa colère :

– Si vous ne voulez pas aller chercher Flors, fit-elle, je lèverai une armée et j'irai moi-même !

Un murmure accompagna ses paroles, qui se répandit dans toutes les salles. Des têtes nouvelles vinrent se presser aux portes, interrompant le service.

Voilà qui devenait intéressant, le vicomte qui se faisait moucher par sa femme. Certains répétèrent qu'ils avaient toujours pensé que cette petite de Montpellier lui donnerait du fil à retordre. On y était. Le silence revint.

Le chancelier rétorqua, les yeux écarquillés comme par l'effroi :

– Ne faites pas cela, domna, ou nous perdons tout.

– Si, je le ferai ! s'entêta Agnès.

– Non, tu ne le feras pas ! cria Raimon-Roger. Ça suffit !

– Je le ferai ! Et je brûlerai le palais de ce sale archevêque, qui n'est même pas chrétien, et de ce sale légat, et la cité de Narbonne, avec les sales Narbonnais.

– Vous êtes folle, ma femme. Voyez, tout le monde vous regarde.

– Ça m'est bien égal qu'on me regarde et qu'on me prenne pour une folle ! répliqua Agnès, les joues en feu. J'irai chercher des hommes courageux là où ils sont, là où on les trouve, dans les montagnes, et je les conduirai moi-même jusqu'à Narbonne. J'ai dit !

– Agnès, reprends-toi ! Vois où tu es ! Que vont penser mes vassaux si je leur montre le désordre chez moi, dans mon propre oustal ?

Agnès respira un grand coup, le regard étincelant, glorieux, elle crispa ses mains sur son ventre et proclama, fermant les poings :

– Ils penseront que vous êtes un pleutre, mon mari !

Un silence de plomb pesa dans la salle. Agnès défiait Raimon-Roger, qui avait blêmi. Un rictus mauvais déforma sa bouche. Livide, raide, il saisit sur la table la trique que Géraud avait posée pour offrir son présent, et qui lui servait à discipliner son cheval, si l'on peut dire, une trique souple, longue, fine. Il la saisit avec une force inutile, qui fit blanchir sa main, la leva et cingla la joue de sa femme.

Agnès se recula, la bouche ouverte, médusée. Un grand trait violet barrait sa face, et le sang y perlait par intermittence. Elle porta ses mains à ses joues, gémit et s'enfuit. Des domnas se levèrent et allèrent à sa poursuite en geignant.

Raimon-Roger regarda la salle, muette, immobile, figée dans une immobilité de pierre et cependant soulagée. Il prit une coupe de vin, lentement, le visage blanc, la tendit pour qu'on la lui remplisse, porta un vœu pour la venue de son héritier, pria la Vierge qu'elle protège l'enfant et sa mère, but et s'assit, frappa dans ses mains.

– La fête continue ! lança-t-il à l'adresse des barons qui lui envoyaient leurs vœux, levant leur coupe, la mine crispée dans un faux sourire.

Raimon-Roger leur rendit leur sourire, leva sa coupe aux uns et aux autres, hocha la tête, cordial, amical, presque joyeux. Oui, il avait sauvé la face, il avait, devant ses barons, ses vassaux rebelles à l'affût du moindre désordre, montré qui commandait chez lui. L'ordre régnait à nouveau chez les Trencavel.

Mais il avait le cœur déchiré. Il revoyait le visage sans malice d'Agnès barré d'une ligne sanglante, son regard incrédule, effaré, qui le considérait comme si elle avait vu une bête fauve.

On lui parlait mais il n'écoutait plus.

« Pourquoi mon Dieu, nous faites-vous la vie si difficile ? se demanda-t-il. Et si les cathares avaient raison, quand ils affirment que le Dieu qui gouverne la terre n'est que Satan, le Malin, qui se joue des hommes et prend plaisir à les tourmenter ? »

XXIX

Agnès somnolait, bercée par l'amble de sa jument qui, dans un pas très doux et silencieux, sur la neige, l'emportait de bon matin sur le chemin de Quillan. Elle suivait le sentier de la rivière Aude, avec l'intention de s'arrêter à Couffoulens, chez le meunier.

Aude l'accueillit avec des transports de joie, et la débarrassa de la neige qui blanchissait sa chape et son capuce. Tandis qu'Agnès se réchauffait devant la cheminée, la jeune fille déclara fermement qu'elle voulait repartir avec elle. Agnès ne chercha pas à l'en dissuader. Elle ne serait pas de trop.

La vicomtesse avait quitté Carcassonne en secret, avec deux jeunes servantes, décidée à rejoindre coûte que coûte le château d'Al Bézu pour accoucher chez Aton et Leïla. Elle ne se sentait plus chez elle au palais de Carcassonne. Elle pensait que nulle part ailleurs elle ne trouverait autant de sécurité, d'amitié et de compréhension que chez Aton et Leïla. Elle recherchait avant tout une grande harmonie de cœur.

Sans se l'avouer, elle voulait surtout manifester à son mari la peine qu'il lui avait faite. Elle avait été profondément blessée par son emportement, sa violence, et elle n'était pas prête de lui pardonner cet affront.

Devant les quatre femmes allaient les quatre frères Aniort, trop heureux de se soustraire au tribunal du vicomte. Ils ouvraient la route, disparaissant par intermittence dans des bourrasques de flocons épais.

La petite troupe repartit de Couffoulens au matin et coucha le soir à Limoux, au prieuré de Saint-Martin. Le prieur, un homme bon aux yeux globuleux, compara Agnès à la Vierge Marie se rendant à Bethléem, portant dans son sein l'Enfant-Jésus.

Le jour suivant, la neige était si épaisse qu'elle arrivait au ventre des chevaux. Devant, ouvrant la trace, les frères Aniort, des ombres fugaces qui ressemblaient à un troupeau gris de centaures.

– Il fait un temps à ne pas mettre une âme dehors ! plaisanta Agnès, comme le vent soufflait violemment.

Elle sourit à Aude, qui montait une grande mule de son père. Aude lui demanda pourquoi elle souriait.

– Je suis unique, lui répondit-elle.

Ils atteignirent péniblement l'abbaye d'Alet, au bord de la rivière Aude. L'un des frères Aniort tomba dans la rivière, dont les berges disparaissaient sous la neige, ce qui fit mourir de rire ses frères. À l'abbaye, les moines, d'abord incrédules, les accueillirent avec inquiétude. Certains, les plus anciens, se souvenaient encore de l'intrusion du vicomte accompagnant l'hérétique Bertran de Saissac, les obligeant à élire un abbé favorable à l'hérésie cathare, ou du moins n'y étant pas hostile. Cet abbé, imposé par la force, avait certes été remplacé depuis, mais l'épisode avait pris les proportions d'une légende, et tous les moines en étaient habités.

Agnès s'employa à les rassurer. Elle leur jura que le vicomte était devenu doux comme un agneau, soumis à Rome, pieux et craignant Dieu, respectueux des couvents et des églises. Aude soupirait, les yeux au ciel, enrageant de ne pouvoir contredire pareil mensonge. Mais elle ne voulait pas mettre Agnès en difficulté.

Le lendemain, le cortège repartit lentement dans le mauvais temps, malgré les objurgations des moines qui suppliaient Agnès d'attendre la venue des éclaircies. Ils étaient disposés à rester jour et nuit en prière pour faire cesser la neige.

Agnès refusa, leur jura qu'il ne lui arriverait rien, qu'elle était bien accompagnée et protégée par la Vierge Marie. Elle se doutait que les moines craignaient moins pour sa vie que la vengeance du vicomte, s'il lui arrivait malheur, ou à son enfant.

Mais elle sentait approcher le terme de sa grossesse, et ne voulait en aucun cas accoucher avant d'avoir atteint le château d'Al Bézu.

Remontant la vallée de l'Aude, lentement, ils atteignirent Couiza, se réfugièrent au château où apparut dans la soirée le curé de Coustaussa. Agnès se méfiait de cet homme incertain qu'elle prenait pour un rêveur sinon pour un fou, sachant qu'il voulait entraîner le vicomte dans une guerre de libération du Midi, pour prendre la place de Philippe Auguste.

C'est d'ailleurs ce qu'il lui exposa clairement, ravi de tenir sous sa coupe, toute une soirée, la femme du vicomte.

– Vous serez duchesse ! lui promit-il.

Déçu de ne pas constater chez Agnès, qui tombait de sommeil, la moindre manifestation de joie, il s'approcha d'elle, prit le ton de la confidence :

– Si le vicomte accepte de se battre pour moi, j'en ferai mon principal ministre. Et vous, la première domna du royaume du Midi, après la reine.

– Raimon-Roger ne veut pas se battre. Il n'aime pas la guerre, il me l'a dit.

– Savez-vous que votre mari est le fils du roi Alfonse d'Aragon ? Ce n'est pas rien !

– À supposer que cela soit vrai... Raimon-Roger n'y attache pas d'importance.

– N'en croyez rien ! Si votre mari est un prince de sang de la famille royale d'Aragon, comme je le crois, et comme nous sommes nombreux à le croire, il sera le fondateur d'une des plus prestigieuses branches de ma noblesse. Pour le coup, je doublerai son domaine, déjà immense. Je le couvrirai d'or et d'argent.

– Seigneur curé, puis-je vous demander une faveur ?

– Mais domna, demandez ! Je n'attends que cela ! Demandez ce que vous voulez ! Je m'engage par avance à...

– Je voudrais dormir.

– C'est tout ?

Le curé de Coustaussa faillit se récrier mais se contenta de soupirer lourdement, laissant aller sa grosse tête dont les traits rouges et grossiers semblèrent fondre. Il se plongea dans la contemplation de ses mains.

– S'il vous plaît, seigneur curé, ayez pitié d'une pauvre femme en gésine.

Il se leva, lui souhaita tristement une bonne nuit et, vexé, alla boire avec les chevaliers d'Aniort.

Le lendemain, ils allèrent jusqu'à Quillan sous un ciel plus serein, après avoir longé longtemps un mur de rochers hérissé de glaçons.

Pour gagner du temps, Agnès voulut dormir à Quillan dans une auberge, incognito. Ainsi le matin pourrait-elle repartir à l'aube sans être importunée. Les frères Aniort dormirent dans les écuries, dans le foin, pour garder un œil sur les chevaux.

Le jour suivant, la neige tombait à nouveau. Jetant un œil au dehors par la fenêtre, à l'étage, Agnès vit devant la porte de l'auberge un traîneau attelé de deux chevaux, deux chevaux noirs et robustes.

Quand elle sortit, les frères Aniort l'invitèrent à monter dans le traîneau, couvert d'un toit de cuir. Ils épiaient sa réaction. Elle battit des mains et les félicita joyeusement. Géraud s'installa sur un banc à l'avant, satisfait, important, et saisissant les rênes il prit un vague chemin qui montait vers le château d'Al Bézu, dans une obscurité blanche.

Le chemin contournait des épaulements poudrés de neige, frisés comme des moutons. Le froid était vif. En arrivant sur le plateau, au pied des montagnes de la seigneurie d'Al Bézu, la bise, qui soulevait la neige, leur coupa le souffle. Elle provoquait une espèce de brume glacée qui scintillait dans l'air et pénétrait partout, entassant par endroits d'énormes congères dans lesquelles les chevaux entraient avec crainte, piétinant sur place.

Agnès, emmitouflée dans ses fourrures, bercée par le chant étouffé des patins de bois glissant sur la neige croûteuse, sentait approcher le moment où son enfant demanderait à sortir. Elle n'en parlait à personne, et quand on lui demandait comment elle allait, elle répondait par un sourire.

Un fil de lumière argentée marquait l'horizon des glaciers, en haut des montagnes. Des rochers noirs autour d'elle perçaient un peu partout le manteau neigeux, comme des gardiens vigilants, des guerriers à l'affût, ou des chasseurs. À mesure qu'ils avançaient dans cette plaine blanche, couverte d'une neige pure, les chevaux devenaient nerveux et capricieux. Géraud indiqua de la main une meute de loups, qui passait au loin, à la queue leu leu. Ils étaient nombreux. Dans le contre-jour, les silhouettes noires sur la neige étaient énormes, effrayantes.

Les nuages se levèrent et apparut le ciel bleu, pâle, presque blanc. La plaine devint éblouissante. La neige, scintillante, paraissait couverte de pierreries.

Ils s'arrêtèrent au premier hameau, épuisés, et logèrent chez des paysans.

– La petite domna de Carcassonne vient faire Noël chez nous ? plaisanta un vieillard aux yeux perçants, après avoir salué sa suzeraine. Comme la Vierge Marie ? Mais nous, nous ne vous enverrons pas à l'étable ! Vous aurez mon lit !

Dans la nuit, Agnès crut sentir des contractions. Elle n'était plus sûre d'arriver jusqu'au château. Le lendemain matin elle demanda si le hameau suivant était loin, au cas où... Le vieillard lui répondit qu'il n'était pas très loin, bien qu'avec la neige les distances étaient vite démesurées, surtout dans la tempête.

– Mais, ajouta-t-il, la question n'est pas là. Sachez que le hameau des Tipliès est habité par de drôles de paroissiens. Même si le seigneur d'Al Bézu s'en accommode, je vous conseille de l'éviter.

Le ciel étant clair, rosé, Agnès voulut repartir. À midi le soleil brillait, entouré d'une immense auréole lumineuse. À mesure qu'ils avançaient l'astre semblait grossir, comme s'il était suspendu au-dessus d'Al Bézu.

Elle se souvint que la nuit prochaine était celle de Noël.

Ils passèrent au pied d'une falaise. Géraud arrêta l'équipage, dubitatif : un énorme rocher s'était détaché et avait roulé le long de la pente, creusant une trace large et profonde dans la neige. Il avait traversé le chemin avant de s'immobiliser plus bas, où il s'était déjà coiffé d'un nouveau chaperon de neige.

« Ventredieu ! » fit Géraud pour tout commentaire. Ses frères hochèrent la tête. Les chevaux qui tiraient le traîneau hésitèrent à passer dans la trace laissée par le rocher, qui avait la forme d'un chenal. Le fouet claqua au-dessus de leur croupe et les décida à avancer.

Il faisait beau, mais le froid était de plus en plus mordant. Ils traversèrent un torrent gelé qui crissa sous le rabot du traîneau, puis le chemin entra dans un bois. Le soleil disparut derrière les ramures, scintillant entre les branches, éclairant le sous-bois étincelant de neige d'une lumière dorée, sur laquelle se détachaient les troncs noircis et moussus des arbres, comme une armée de mendiants en haillons.

Tout à coup, les troncs semblèrent s'animer et apparurent une douzaine d'hommes massifs, couverts de peaux de loups, le visage caché sous des masques blancs. Ils avaient fixé au bas des reins une grande queue de loup.

Les hommes s'approchèrent lentement, et l'un d'eux se détacha pour venir leur parler. Sa face était masquée par un crâne blanc d'aurochs, derrière lequel il leur demanda d'une voix gutturale où ils allaient. « Au château ! » répondit Géraud sans s'émouvoir. Levant la main devant les yeux d'Agnès, l'homme leur montra la direction à prendre. Sa main était velue, griffue.

Les créatures disparurent derrière les arbres.

– Qui est-ce ? demanda Agnès, inquiète.

– Les hommes-loups, répondit Géraud, ils ne sont pas comme nous.

– Je m'en étais aperçue. Ils m'ont fait une telle surprise que je crois que je vais accoucher ici.

Géraud siffla, secoua les rênes et les chevaux relevant la tête se mirent au trot, puis au galop.

Bientôt apparut un hameau sous la neige.

– C'est ici qu'ils habitent, le hameau des Tipliès, cria Géraud en se retournant à demi.

– Il faut vous arrêter. Je n'irai pas plus loin.

– Il n'y a que des familles louvières, ici.

– Tant pis.

Géraud retint les chevaux devant une chaumière, la plus spacieuse, et envoya ses frères demander l'hospitalité. Des visages velus apparurent dans l'encadrement de la porte. Une femme s'avança, vêtue d'un surcot en fourrure, dont le col était fait d'une belle queue de renard.

– La petite vicomtesse va *mettre bas* ! alla expliquer Guilhem-Bernat, avec un sourire ahuri. Il faut la laisser entrer.

« Fissa ! » croassa le corbeau sur l'épaule, en secouant la tête.

Les femmes sortirent en poussant des cris aigus, s'emparèrent d'Agnès, la menèrent dans une pièce éclairée par un fénestron fermé par des vitres d'eau gelée. Elles déshabillèrent la vicomtesse, qui gémissait, en coupant les lanières, les lacets et les ceintures avec un couteau, la libérant au plus vite, puis elles la firent s'agenouiller. Penchée sur les femmes, qui la soutenaient, lui caressant le visage de leurs paumes rêches, ridées, griffues, l'encourageant avec un visage de compassion, une tendresse maternelle, sans qu'elle puisse comprendre ce qu'elles lui disaient, sinon que c'était amical, elle n'eut pas à attendre longtemps. Serrant ses poings sur un Agnus-Dei d'argent, dans une main, un morceau de parchemin plié en quatre dans l'autre, que lui avait donné Flors, et qui portait une formule en hébreu, elle expulsa l'enfant qui apparut bientôt, qu'elles recueillirent sur une fourrure.

– Un garçon ! s'exclama Agnès, joyeuse. Je l'appellerai Guilhem, comme mon père. Et il fera le bonheur de sa mère. Lui.

Une femme lui coupa le cordon avec ses dents, le noua avec une lanière de cuir. Elle emmaillota Agnès dans une peau de cerf écorchée de frais.

Devant la porte, les frères Aniort retenaient les curieux :

– La petite domna est en train de *mettre bas*, disaient-ils, il ne faut pas rentrer.

Apparurent Aton et Leïla. Les frères les laissèrent passer. Quand Agnès les vit entrer dans la pièce, elle pleura. Ils apportaient des onguents, des linges doux, des plantes pour baigner l'enfant.

– Qui vous a dit ? demanda Agnès, intriguée. Je ne savais pas moi-même que je serais obligée de m'arrêter ici.

Leïla sourit, lui prit les mains :

– Ma belle, nous sommes avec toi par la pensée depuis que tu as quitté Carcassonne. Toi-même tu n'as pas arrêté de penser à nous, comment veux-tu qu'on t'oublie ?

XXX

Raimon-Roger allait devant, seul, penché sur l'encolure de son cheval Flori, son cheval blanc pommelé, tentant d'échapper à la bise mordante qui s'insinuait jusque sous les fourrures.

Derrière lui, serrés les uns contre les autres sur le chemin étroit, enneigé, invisible, suivaient ses amis, Frézoulet, Pons d'Olargues, Raimon de Termes, des seigneurs de l'Albigeois et loin derrière Pagan de Labécède sur sa mule épiscopale qui lambinait, considérant qu'il faisait un temps à ne pas mettre un hérétique dehors.

Pagan était dans le même état d'esprit que sa monture. Tiré de sa retraite dans un couvent cathare, à Fanjeaux, il avait résisté longtemps, protesté, roulé des yeux, accusant ses amis de vouloir l'empêcher une nouvelle fois de faire son salut. Mais apprenant, que la vicomtesse s'était enfuie dans les montagnes, grosse d'un petit vicomte, peut-être, ou d'une future comtesse, tout au moins, et que son ami Raimon-Roger en était à la fois furieux et malheureux, ne sachant que faire sinon accroître son malheur, Pagan avait compris que l'heure était grave, et qu'il devait faire son devoir.

Il avait quitté sa chambre, encombrée d'onguents, d'élixirs, de plumes d'oie, de livres saints et d'un barricot de bon vin, et s'était publiquement engagé à remettre le couple suzerain en ordre de marche.

Il n'en était pas moins furieux contre la vicomtesse, à qui il reprochait de faire des caprices par mauvais temps.

« Mais je suis le seul à avoir un peu de bon sens dans cet oustal », ruminait-il sous les bourrasques de neige, de glace, qui alourdissaient sa cape de gros drap de Bruges, bleu de nuit, à l'imitation de la tenue favorite des Parfaits qui aimaient marcher sous la lune, invisibles. « À croire que je suis le seul à savoir qu'on ne va pas dans le haut pays au cœur de l'hiver. »

Ils furent néanmoins à Quillan dès le deuxième jour. Mais les chevaux étaient épuisés. Comme ses amis parlaient d'en changer, Raimon-Roger s'y opposa, préférant rester sur place jusqu'au lendemain plutôt que de se séparer de Flori, qu'il montait fidèlement depuis que son oncle le lui avait offert. Leur complicité était telle que le vicomte considérait Flori comme un ami, presque un frère. Il le soigna lui-même, le bouchonna, le réconforta. Il revint le visiter dans la nuit.

Ils se remirent en chemin au matin du troisième jour, par une journée froide et ensoleillée. C'était le dernier jour de décembre. Tout au long de leur route, ils avaient été renseignés par les abbés et les aubergistes qui avaient reçu la vicomtesse, et qui répétaient au vicomte, pensant l'apitoyer :

– Nous pensions recevoir la Vierge Marie arrivant à Bethléem à la tombée du jour.

Raimon-Roger, qui prenait l'allusion pour un reproche, s'enfiellait un peu plus.

Ils atteignirent le hameau des Tipliès en fin d'après-midi, sur des chevaux fourbus. Ils virent dans un grand champ de neige et de glace un groupe d'hommes couverts de fourrures qui participaient à une cérémonie. Masqués de bucranes d'un blanc éclatant, aux grandes cornes élancées, ils exhibaient des queues de loup attachées à leurs reins.

Ils semblaient supplier le soleil.

– Que font-ils ? demanda Raimon-Roger.

Pons haussa les épaules :

– Dieu seul le sait ! Peut-être veulent-ils faire revenir le soleil du soir à son emplacement du matin…

Raimon-Roger s'avança jusqu'aux chaumières. Il vit Aton surgir de l'une d'elles ; son visage était serein et Raimon-Roger en fut soulagé. Aton prit le vicomte dans ses bras et le tint un moment serré contre lui. Comme Raimon-Roger gardait un visage fermé, blême, Aton lui annonça sur un ton solennel :

– Sois heureux et remercie ton épouse, Raimon-Roger. Agnès t'a donné un petit vicomte. Il est fort comme un taurillon.

Raimon-Roger resta un moment interdit, taciturne, le regard perdu. Là-bas dans le champ de neige les hommes invoquaient toujours le soleil, levant les bras et poussant des gémissements qui imitaient les hurlements des loups sous la lune.

Il revint à Aton. Il fut peiné de lui montrer un visage dur, rétif, qu'il aurait voulu adoucir mais il ne le pouvait pas. Son démon le tenait. Il retourna vers les hommes-loups. Au-dessus de leur tête le soleil se multipliait. Cinq, six astres dorés se placèrent naturellement chacun à une heure sonnée du jour, jusqu'à l'horizon, tandis que des aiguilles de lumière tombaient du ciel radieux.

Les hommes éclatèrent de joie et se mirent à danser.

Puis les soleils s'éteignirent les uns après les autres, comme s'éteignent des lampes qui n'ont plus d'huile, et il ne resta plus qu'un disque doré, rouge, près de l'horizon. Le soir tomba.

Aton suivit le regard du vicomte, vit les hommes-loups gesticulant et dansant en brandissant des épieux de chasse ornés de plumes et de ramées.

– Ces hommes sont restés des païens, commenta Aton à mi-voix. Ils fêtent la renaissance du soleil au moment où nous fêtons la naissance du Christ.

Raimon-Roger soupira, articula avec peine, comme un homme soûl :

– Au moins, eux… personne ne leur reprochera… de lire les saintes Écritures à l'envers…

Aton secoua son demi-frère, l'air réjoui, et l'entraîna à l'intérieur de la chaumière.

– Viens voir, fit-il, le présent de ta femme !

Raimon-Roger hésitait. Son regard semblait vouloir percer le mur de pierre, surprendre la scène de la mère allaitant son enfant, le caressant, se tournant vers lui, le père, fronçant les sourcils, crachant devant elle.

Raimon-Roger dit à Pons et à Raimon de Termes, qui étaient restés avec lui :

– Je prends mon fils et nous repartons !

Il entra brusquement. La crainte de l'humiliation, du déshonneur, entretenait sa hargne autant que sa peine, et le poussait à rester vigilant, ferme, impitoyable, devant ses amis, ses vassaux. Il pénétra dans une pièce sombre, ne comprit pas tout de suite ce qu'il avait devant lui, un amas de fourrures sombres, grises et rousses, et par-dessus un cercle de visages étranges, racés peut-être mais d'une pureté ancienne, et incroyablement velus. Les yeux fendus jusqu'aux tempes l'observaient avec une force animale, semblant le guetter, le déchirer par avance.

Raimon-Roger se figea, décontenancé.

La meute bruissante et agitée s'écarta lentement, s'ouvrit comme un fruit, une bogue, découvrant un corps de neige, comme un champ de neige entré avec les bourrasques, et un regard bleu immobile, deux yeux agrandis par la terreur qui se tendaient vers lui avec une extrême attention, un visage balafré et démonté par l'anxiété, la panique. Raimon-Roger en fut bouleversé.

Il s'approcha, plia un genou, prit une main d'Agnès. Son visage restait de marbre, comme taillé dans du bois dur, de l'acier, dans une matière impénétrable, mais son cœur battait la chamade. Agnès lui fit un regard de biche traquée et éclata en sanglots. Raimon-Roger se pencha, lui prit les deux mains, les porta à sa joue, et vit un paquet blanc sur les genoux de sa femme, un minuscule visage rose. Agnès retira ses mains, saisit l'enfant vivement, le tendit au vicomte, comme on tend aux bêtes sauvages un quartier de viande :

– Voilà votre fils, fit-elle simplement.

Raimon-Roger comprit soudain qu'il avait réellement un fils, un héritier, un successeur, un autre lui-même, véritablement, que rien ne séparait, et qu'il n'y avait rien de plus important que d'avoir un fils.

– Je l'appellerai Guilhem… avança Agnès timidement, voyant que son mari s'était radouci. Comme mon père.

– Non. Nous l'appellerons Raimon, comme mon grand-père, et comme mon père m'a baptisé. Il n'y a jamais eu de Guilhem chez les Trencavel.

Agnès hocha la tête.

– Nous l'appellerons Raimon, si vous le souhaitez…

– À moins que tu ne tiennes absolument à l'appeler du nom

de ton père, reprit le vicomte. Je peux le comprendre.

– Non, non, je ferai comme tu voudras, toi…

Raimon-Roger alla à la fenêtre avec le bébé, cherchant à déceler quelques traits lui appartenant, y renonça et le rendit à sa mère. Elle le passa aux femmes qui le portèrent dans une sorte de berceau.

– Quand tu te sentiras bien nous rentrerons à Carcassonne, et nous offrirons de grandes fêtes à nos sujets.

Agnès s'inclina. Un minuscule sourire creusa une fossette au coin des lèvres :

– Je suis votre servante, mon mari…

Il lui prit la main, sourit :

– J'aime te l'entendre dire… Mais… cela étant dit, et entendu pour mon plaisir, je te demande pardon pour mon coup de trique.

– Je te pardonne.

– Jurons maintenant de nous porter aide et assistance mutuelle, en toutes circonstances, car l'année qui vient sera rude, j'en ai bien peur.

Agnès porta les mains de son mari à ses lèvres, et lui donna les siennes à baiser. Un chant de voix mâle s'éleva dans la pièce, au-dessus du berceau. Raimon-Roger se retourna et vit les quatre frères Aniort, quatre dos enlacés aux épaules, quatre échines larges barrées d'un grand arc blanc en bandoulière et d'un carquois de cuir jaune, ou roux, ou noir, qui se dandinaient, s'appuyant d'une jambe sur l'autre au rythme lent de la ballade, comme s'ils chantaient en marchant, le cou tendu.

Après que Géraud eut déclamé le couplet, d'une voix retenue et suave, les quatre reprenaient le refrain :

> « Que t'as de belles filles
> Giroflée,
> Girofla !
> Que t'as de belles filles,
> L'amour te les prendra. »

Léon se dandinait aussi sur l'épaule de Guilhem-Bernat, passant d'une patte sur l'autre, mais à contretemps pour conserver son équilibre.

Raimon-Roger s'approcha du berceau, vit que l'enfant riait.

– Ne vous arrêtez pas, plaisanta-t-il, sinon il va pleurer.

Le châtelain d'Al Bézu apparut dans la soirée, comme les frères Aniort attaquaient une comptine, après la tétée. La connaissant, il les accompagna, d'une voix inutilement puissante :

« Som, som, beni, beni, beni,
Som, som, som, beni d'en d'acon ;
La som som s'en es annada
A chabal sus una craba,
Tournara douma matin
A chabal sus un poulin
Et quand la som som vendra
Le pichoun s'endourmira... »*

Bernat Sermon invita le vicomte et toute sa mesnie au château, que les Parfaits avaient déserté pour redescendre dans la plaine, fuyant la neige qui les empêchait d'aller sauver des âmes. Du moins en grand nombre.

L'escalade du piton d'Al Bézu se fit le lendemain vers midi. L'escarpement glacé et le donjon du château, jaillissant dans le ciel clair, luisaient comme un bloc de verre. Pagan avait mis obligeamment sa mule épiscopale, sérieuse et grave, assez âgée pour ne pas surprendre son cavalier par un écart intempestif, au service d'Agnès, qui portait le petit vicomte dans ses bras.

L'épouse de Bernat Sermon accueillit Agnès et le petit vicomte avec une joie débordante, qui fit hausser les épaules au châtelain. Après avoir engendré quelques héritiers dans sa jeunesse, Bernat Sermon était maintenant partisan de l'extinction radicale de l'espèce humaine, et attendait comme une délivrance le jour béni où le monde connu pourrait enfin « fermer boutique ». Définitivement.

Sa femme partageait sa foi cathare, mais l'idée de supprimer toute vie humaine sur terre lui paraissait monstrueuse. La vue du bébé la mit en transes, et la conforta définitivement dans ses sentiments.

---

* Sommeil, sommeil, viens, viens, viens / Sommeil viens de quelque part / Le sommeil s'en est allé / À cheval sur une chèvre / Il reviendra demain matin / À cheval sur un poulain / Et quand le sommeil viendra / Le petit s'endormira...

Les amis du vicomte s'employèrent à lutter contre l'austérité et l'ennui pesant qui régnaient dans ce temple cathare, sous prétexte de distraire leur suzerain. Frézoulet se creusa la tête, profondément, et en retira l'idée de faire une crèche vivante, comme il l'avait vu faire dans l'église paroissiale de Montredon. Devant un ciel nocturne encombré de signes du zodiaque, il défila déguisé en roi maure de Valence, comme Melchior, paré d'or et de soie. Il travestit Pons d'Olargues en Gaspard, présentant l'encens, en lui interdisant de se tortiller dans sa longue houppelande, et de faire des simagrées. Pagan refusa d'être Balthazar, le roi nègre chargé de myrrhe, non parce qu'il devait se noircir le visage au charbon de bois, ce qui déjà n'était pas très catharisant, mais parce qu'il répugnait à porter la myrrhe, qui sert à la conservation des corps défunts.

– Je n'y peux rien, s'excusait-il, mais pour nous, cathares, conserver un corps qui appartient au monde matériel est un péché.

Frézoulet se rendit à ses arguments, car il le considérait comme un futur saint, dans plus ou moins longtemps. Il attrapa un écuyer qu'il barbouilla de noir et couvrit de vieux draps.

Il demanda à Agnès de venir avec son poupon devant la crèche, tapissée de paille. Il y fit entrer aussi la mule de Pagan, habituée aux bénédictions, et une vieille vache qui vivait seule.

Les frères Aniort se proposèrent comme gardes romains, à toutes fins utiles, mais surtout pour avoir l'occasion de déverser à nouveau leurs chansonnettes dans les oreilles toutes neuves du petit Jésus. Se reprenant par les épaules, comme des lutteurs de foire, ils attaquèrent une nouvelle comptine qui entre-temps leur était revenue.

Enlacés au-dessus de la mangeoire où dormait le petit Jésus, s'efforçant de donner à leur voix le plus doux velouté de la terre :

« Ils étaient trois petits enfants
Qui s'en allaient glaner aux champs
Tant sont allés, tant sont venus,
Que sur le soir se sont perdus… »

Et puis :

« Y a una bela filheta
Qu'un joub y fa la cor
La lireta, lenfan, lalira
Ya una tan bela tor… * »

À la fin de la soirée, le châtelain se leva brusquement et alla prendre le bébé. Il le souleva avec une lenteur précieuse, le montrant à son père, à sa mère, et déclara :

– Il est né la nuit de Noël, comme Notre Sauveur. Dieu en fera le sauveur de *la Gleisa de Diòs* !

Des exclamations accueillirent ses paroles. Agnès se précipita pour reprendre son enfant et s'enfuit avec ses femmes, comme si elle voulait le préserver des disputes des hommes, de la malédiction de son père, le père de l'enfant, qu'elle confondait avec l'hérésie, avec *la Gleisa de Diòs*, qui pour elle ne faisaient qu'un, l'hérésie, *la Gleisa de Diòs* n'en étant que la visible tumeur. Ou bien l'appât en quelque sorte, qui allait attirer sur elle, et sur lui, la horde des loups romains.

Elle partit sans rien dire, les lèvres serrées pour ne pas dire ce qu'elle pensait, pour ne pas le laisser entendre, pas même laisser deviner qu'elle croyait que son fils n'avait rien à voir avec la nouvelle Église, *la Gleisa de Diòs*, ni avec aucune Église, ni avec aucun sacrifice qui aurait fait d'elle, en conséquence, une autre sacrifiée.

Si elle ne s'était pas enfuie elle aurait crié, hurlé sa haine de *la Gleisa de Diòs* ; elle aurait tenté de dénouer, tant qu'il en était encore temps, de disjoindre ce que le châtelain, et beaucoup d'autres, voulaient réunir, le sort de la nouvelle Église avec le destin de son fils.

Quand Raimon-Roger vint dormir dans le même lit qu'elle, le lit du châtelain, Agnès voulut parler. Mais l'envie de pleurer était si forte qu'elle ne put ouvrir la bouche. Elle attendit ainsi toute la nuit.

Ils quittèrent la forteresse d'Al Bézu avec les Rois Mages, pour rejoindre par petites étapes Carcassonne, où Bernat de Canet, l'infatigable chancelier de tous les Trencavel qui

---

* Il y a une belle fillette / À qui un jeune fait la cour / La lireta, lenfan, lalira / Qui a une si belle tour…

s'étaient succédé au château de Carcassonne depuis un demi-siècle, les attendait impatiemment. Il avait reçu des délégations de toutes les villes du Carcassès, du Bédérès, de l'Albigeois, des consuls qui attendaient la visite du petit vicomte.

– Dieu soit loué, répétait l'excellent homme, l'avenir de notre principauté est assuré. Et pour longtemps, si Dieu le veut.

– Justement, Dieu le veut-il ? relevait Raimon-Roger sans rire, la figure impénétrable, de plus en plus furieux, au fond de lui, contre la nouvelle Église, sans le montrer, pour ne pas recommencer chaque matin la dispute de Montréal. Mais cependant furibond, à l'égal d'Agnès, d'entendre les déclamations que les Parfaits faisaient au grand jour, prêchant la nouvelle foi, pour attiser la hargne des prélats et du seigneur pape. À moins, ajoutait-il, que Dieu ne se fasse hérétiquer, et qu'il se range enfin de notre côté.

Le chancelier souriait, indulgent, hochait la tête, montrant qu'il appréciait la boutade, qu'il lui reconnaissait un fond de vérité. Dieu contre Dieu, qui allait gagner ?

Les premières festivités se déployèrent à Carcassonne, où les manants s'impatientaient parce qu'ils se considéraient les plus proches du petit Raimon, qu'ils avaient vu grandir dans le ventre de sa mère, jour après jour. Le peuple gros et menu se considérait de la mesnie du petit vicomte, de la famille pouvait-on dire ; il exigeait d'être régalé en conséquence. Ce qui fut fait.

Bien fait : trois nuits à boire, à manger et à danser, et pour certains à forniquer en dehors des fourches caudines du mariage, avec des musiciens, des *chantadors** et des acrobates à tous les carrefours, dans la cité et hors des remparts, avec des *saynettes*** jouées sur les parvis des églises, devant la cathédrale, à l'occasion du baptême du petit vicomte, et un chanoine suspendu aux cloches le lendemain pour garder dans les annales du chapitre une trace écrite de ces jours joyeux.

Sans attendre qu'on le dépende, Agnès et Raimon-Roger – et le petit Raimon, avec sa mère dans une voiture attelée, couverte de cuir – se rendirent à Béziers où le peuple les accueillit

---

* Chanteurs.

** Petites scènes à mystères jouées pour les grandes fêtes religieuses.

en masse en pleine campagne, bien avant les portes de la ville, avec des ramées, du vin et des échaudés.

Ils entrèrent difficilement, tant la presse était forte, par la porte du Pont qui menait au palais vicomtal, l'ancien palais, un vieux bâtiment qui faisait face au palais épiscopal. Depuis que son père avait châtié Béziers, quarante ans plus tôt, lançant sur le peuple gros des escadrons avinés de soldadiers aragonais, la forteresse avait été abandonnée par la famille vicomtale pour le nouveau château, en bordure de l'acropole. Le peuple de Béziers avait-il pour autant oublié ?

Peut-être ne le savait-il pas lui-même. Ils remontèrent jusqu'à la cathédrale par la rue des Chevaliers, la rue la plus montante de Béziers, qui coupait les jambes, et que les gens appelaient simplement la rue Bombe-Cul, à cause de la glace qui y apparaissait certains jours d'hiver.

Sur le parvis de la cathédrale les attendait le nouvel évêque du diocèse de Béziers, monseigneur Ermengaud. « Qu'il est vieux ! » pensèrent ensemble Agnès et Raimon-Roger, découvrant un vieillard voûté à la voix inaudible. Il les fit entrer dans la cathédrale pour rendre grâces à Dieu de leur avoir donné un fils.

Ils ressortirent du temple romain en cortège, ivres d'encens, de cantiques, écœurés par l'âcre senteur des cierges, multipliés à profusion, et la puanteur de la paille surie répandue pour l'hiver. Devant allaient les clercs, et les moines de tous les ordres religieux de la cité, armés de bannières et de croix, puis les seigneurs du Bédérès, les chevaliers de la cité qui formaient autour d'eux un orbe protecteur, amical et vigilant. Derrière suivaient les consuls, les mestres de tous les métiers, la foule.

Ils empruntèrent un parcours sinueux et savant qui faisait traverser sans faute tous les bourgs de Béziers, sans en oublier aucun, sous peine de rallumer quelque guerre du passé.

Ils embouquèrent pour commencer la rue des Prêtres, une rue trop étroite pour la voiture d'Agnès, qui fut détournée vers les rues voisines. Raimon-Roger la suivit avec quelques chevaliers. Ils croisèrent une vieille femme qui semblait les attendre sous une statue énigmatique. Elle s'avança jusqu'à Agnès, assise dans son char comme une odalisque, habillée de soie et d'un voile bleu dans ses cheveux d'or, le regard bleu et vert, avec les reflets d'or du bonheur. Le petit Raimon dormait dans son giron du sommeil du juste, indifférent à la rumeur de la foule, au piétinement des chevaux, aux cris des chevaliers depuis le haut de leur selle, repoussant les badauds, les femmes qui se précipitaient vers le char pour y lancer des ramées, des friandises, de l'or, les pucelles à marier qui voulaient toucher l'enfançon pour convoler dans l'année, comme elles auraient fait avec une statue en bois, une image de saint, et les mestres qui offraient au vicomte le chef-d'œuvre de leur travail, de leur talent, de leur amour paternel ou moins avouable pour la domna de Béziers, la *domina* de leurs rêves.

La vieille s'approcha sans hésiter, saisit les rênes du cheval de Frézoulet, qui lui barrait le chemin, le faisant reculer d'un coup sec dans la bouche. Elle s'insinua entre les chevaux et s'agrippa au brancard couvert de cendal, se laissant tirer, souriant à Agnès.

– C'est un garçon, fit-elle la mine enjouée, un petit taurillon…

Agnès acquiesça, n'osant trop s'inquiéter de ce regard dur, impatient, qui se portait sur l'enfant et où elle lisait une sorte d'envie de le saisir, de le secouer, de le lancer en l'air.

– Cette année, reprit la vieille, il n'y a eu que des garçons, domna. C'est mauvais signe.

Raimon-Roger s'approcha, ayant surpris les sourcils froncés d'Agnès, son regard craintif. La vieille femme s'accrochait à la voiture, essoufflée. Il descendit de cheval sans le mettre à l'arrêt, juste en passant la jambe par-dessus l'encolure, et s'interposa devant sa femme.

– Que dit-elle ? fit-il en lui mettant la main sur l'épaule.

La vieille femme se tourna vivement, sans renoncer à suivre le char, agrippée au brancard, s'efforçant de rester à la hauteur d'Agnès et de l'enfant. Le vicomte la retint.

– Je dis que cette année tous les enfants qui sont venus au monde étaient des garçons, répondit-elle aimablement, d'une voix mielleuse. Jusqu'au dernier que je connaisse.

Elle montra le petit Raimon, comme le char s'arrêtait, puis regarda fixement le vicomte, l'œil de nouveau querelleur. Son visage émacié et impitoyable prit l'expression du souverain défi.

– C'est mauvais signe.

– Quel signe ?

– Quel signe ? Mais d'où qu'il sort celui-là ? C'est à moi à t'apprendre que quand il n'y a que des garçons, c'est qu'il va y avoir la guerre ?

Raimon-Roger pâlit. Il haussa néanmoins les épaules et répliqua :

– Ce ne sont que des histoires de vieille femme.

– Mais oui, mais oui… Une guerre longue et sanglante.

– Tu es devineresse ? Sorcière ?

La vieille ricana :

– Chante chante !

Elle éclata de rire et s'en alla en se courbant, comme prise d'un fou rire, parlant fort à la foule :

– Ah ! Le pauvret ! Il sera plus bête que son père. Comme s'il ne savait pas ce qui l'attend !

Raimon-Roger la rattrapa, courroucé, la saisit par son habit, l'interrogea encore :

– Que dis-tu ? Et qui es-tu pour commencer ?

La vieille femme se débattit, lui lança :

– Avec ces manières tu ne régneras pas longtemps, tu peux m'en croire !

Elle tomba. Sa tête heurta une pierre. Elle ne bougea plus.

– Je crois qu'elle est morte, fit un sergent après l'avoir retournée.

Raimon-Roger remonta à cheval, l'air soucieux. Du fond de sa mémoire revint à la surface un récit de sa mère, qu'elle avait raconté non pas à lui mais à une de ses amies, et qu'il avait entendu sans qu'elle le sache. Quand elle avait présenté Raimon-Roger au peuple de Béziers, une espèce de sorcière s'était avancée au détour d'une rue devant le char de la comtesse, et elle avait prédit la mort du vicomte Jeune dans la fleur de l'âge. Prédit ou plutôt commandé, ordonné. Son père s'était encoléré et l'avait bousculée. Elle était tombée et en était morte.

L'histoire se répétait. Se pouvait-il que cette vieille femme se soit postée devant une statue de saint, comme pour les Rogations, non pas pour prier et attirer les grâces divines, mais pour faire cheminer la malédiction, le mauvais sort qui frappait les Trencavel, et s'assurer que ce mauvais sort passait bien d'une génération à l'autre, en entier, avec toute sa force, toute sa méchanceté ?

Postée là pour aider le passage du malheur, veiller à ce qu'il ne se perde pas en chemin, qu'il circule bien d'une génération à l'autre, attaché aux Trencavel, et à eux seuls, uniques coupables du châtiment de Béziers, jusqu'à l'extinction de la race.

À Agnès qui lui demandait ce que la vieille sorcière avait voulu dire, Raimon-Roger répondit, le visage impassible :

– Elle prédit la guerre. Mais de la guerre je n'en veux pas. J'en fais le serment. N'en déplaise à notre roi mérovingien.

Le curé de Coustaussa venait d'apparaître, comme par miracle.

Raimon-Roger sourit à Agnès, et se détourna rapidement, parce qu'il craignait qu'elle ne devine qu'il ne croyait pas lui-même à ce qu'il disait.

Qui d'un peu sensé aurait pu jurer qu'on n'aurait pas la guerre ? À part lui, tout le monde la réclamait.

XXXI

Le comte de Toulouse apparut, le visage rouge et le pourpoint défait. Sa chemise, bouffante, accentuait sa corpulence. Sa tête était couronnée de cheveux en désordre. Il fit quelques pas mal assurés et ouvrit les bras :

– Seigneur légat, que Dieu vous bénisse d'être venu. Vous allez être surpris.

– Ça m'étonnerait... répliqua Pierre de Castelnau.

Le comte de Toulouse lui avait envoyé un chevalier, en lui demandant de passer le voir dans son château de Saint-Gilles, avant de repartir pour Rome.

Le légat n'avait pas beaucoup apprécié l'invitation. Il avait ronchonné que le comte de Toulouse, une fois de plus, chercherait à le jouer, sinon à l'intimider. Mais, surtout, il lui répugnait de pénétrer dans une forteresse non autorisée, que le comte venait de faire construire au-dessus de l'abbaye de Saint-Gilles, en vis-à-vis des façades ornées du palais de l'abbé. Le château dominait outrageusement l'abbaye, il la « commandait ».

Le légat y pénétra en laissant dans la cour ses compagnons, un évêque, quelques moines, un secrétaire, un notaire, et un quarteron de gros bourgeois de la cité, des négociants qui étaient en bons termes avec l'abbé. Il avança en hésitant, manifestant ostensiblement de la répugnance à pénétrer dans l'antre du diable.

Raimon amena amicalement le légat devant une fenêtre, d'où l'on apercevait le palais de l'abbé de Saint-Gilles, un peu plus bas. Par les grandes baies aux arcades géminées, on distinguait sans peine l'intérieur de plusieurs pièces.

– Voyez, seigneur légat, d'ici nous nous faisons de petits saluts d'amour, avec l'abbé. Pour sa plus grande joie.

Il éclata de rire.

– Qu'avez-vous à me dire ? s'impatienta le moine, de plus en plus renfrogné. Dépêchez-vous, je n'ai pas le temps.

Le comte leva les bras, marmonna : « Pas le temps ! Pas le temps ! Comme si l'Éternel était pressé ! » Il s'assit dans une cathèdre, invita le moine à faire de même.

– Je sais que vous allez à Rome, commença le comte Raimon, et que vous allez dire beaucoup de mal sur moi au seigneur pape...

– Je vais rendre compte de ma mission. Et de vos agissements. Un point c'est tout.

Le comte fit un effort visible pour ne pas répliquer trop vivement.

– Justement, frère Pierre, si vous levez l'excommunication, nous serons les meilleurs amis du monde, articula-t-il lentement, l'air boudeur. Vous pourrez me demander ce que vous voudrez.

Pierre de Castelnau soupira :

– Êtes-vous disposé à faire votre contrition et à exécuter les injonctions de la sainte Église, sans délai et sans réticence ?

– Rappelez-moi tout ça !

Le moine soupira de nouveau, encore plus fort.

– Le seigneur pape vous l'a écrit, et moi de mon côté je vous ai dressé la liste de vos obligations, de nombreuses fois. Sans résultat. Vous avez toujours fait la sourde oreille.

Le comte sourit :

– Eh bien, voyez le miracle : mes oreilles entendent de nouveau. Gloire à Dieu au plus haut des cieux !

Le légat se redressa, l'air martial, mais le visage impassible, impénétrable. Il ne pouvait plus souffrir les plaisanteries du comte. Tout autre que le comte aurait été effrayé par ce visage de bois aux gros sourcils, ces yeux noirs furibonds, cette bouche amère, aux lèvres serrées. Mais, pour le comte, le but du jeu était d'amener le moine à s'emporter, à sortir de ses gonds. Peut-être espérait-il un geste irréparable, une agression caractérisée qui le transformerait pour une fois en victime de l'Église ? Lui qui en était depuis si longtemps la bête noire, et le bourreau.

Pierre de Castelnau avait en outre une constitution de bûcheron, une force physique certainement considérable. Il respirait la puissance, la virilité. Même dans son habit cistercien, ces qualités inutiles et même incongrues ne passaient pas inaperçues. Poussé à bout, il aurait pu dévaster le château.

– Bon. Si vous avez retrouvé vos oreilles, fit-il excédé, écoutez-moi bien : Vous devez renvoyer les routiers qui dévastent la Provence, respecter les carêmes et les fêtes saintes, qui sont des temps de paix où il est interdit de tirer l'épée…

– Et la lance ? s'inquiéta le comte, les yeux écarquillés.

– Et la lance, bien sûr. Vous devez renvoyer tous les juifs de votre administration…

– J'en ai beaucoup…

– Justement ! À la grande honte de la religion chrétienne ! Vous devez aussi rendre au monastère de Saint-Guilhem les biens que vous lui avez enlevés, ainsi qu'à toutes les abbayes qui ont souffert de vos pillages ; vous devez rendre les églises que vous avez transformées en forteresses…

– Je le ferai !

– Vous devez rendre son siège à l'évêque de Carpentras, que vous avez chassé de son palais.

– Il voulait m'interdire d'entrer dans ma bonne cité de Carpentras, pour être seul à en percevoir les droits. Ce n'est pas bien. Mais je lui rendrai son palais.

– Vous devez payer les dégâts que vos routiers font chaque hiver dans le diocèse d'Arles.

– C'est une vieille tradition… J'y mettrai fin, pour vous être agréable.

– Et chassez les routiers de vos États. Qu'il ne reste pas un seul soldadier étranger sur vos terres.

– Je le ferai.

– Vous devez saisir tous les hérétiques que vous connaissez, ou qui vous ont été désignés, les enfermer et les brûler rapidement, s'ils sont convaincus d'hérésie et s'ils ne veulent pas renier leur exécrable doctrine. Et pour commencer enfermez les deux

Bonshommes qui vous suivent partout, comme des petits chiens.

– Je les chasserai. Ils sont trop maigres pour être brûlés. Vous, par contre… Vous flamberiez comme une lampe.

Le légat pinça ses lèvres, se forçant à ne faire aucun commentaire.

– Vous devez accomplir toutes ces obligations *avant* d'espérer être relevé de l'excommunication. Et je ne vous cache pas que la lutte contre les cathares comptera double. Si vous vous décidiez à en brûler quelques-uns, pour l'exemple, et à confisquer leurs biens, vous seriez absous avant Pâques. Mais je mettrais ma main au feu que vous êtes de la secte. Vous êtes certainement de la nouvelle foi. Vous êtes si lunatique…

– Ma foi, il était une fois au pays de Foix un adepte de la nouvelle foi qui mangeait du foie…

– Éradiquez le poison de l'hérésie, si vous en êtes capable, et vous serez relevé de l'excommunication sans faute. Tous vos titres vous seront rendus. Nous vous considérerons comme le meilleur allié de Rome.

– Et quoi encore ?

– Faites la paix avec vos vassaux du marquisat de Provence, ceux qui se sont révoltés contre vous et dont vous attaquez les châteaux nuit et jour, semaine et dimanche, carême ou pas, comme si les trêves de Dieu n'existaient plus.

– Nous y sommes…

– Mais qui êtes-vous pour faire la guerre d'une manière aussi féroce ? La Bête de l'Apocalypse ? On m'a raconté que vous vous étiez servi de l'épouse d'un châtelain comme d'un bouclier humain pour attaquer son mari.

– Son mari l'aimait trop, le piège a merveilleusement fonctionné. Le château fut pris en moins de temps que vous n'en mettez pour dire une messe. Et sans verser une goutte de sang, du moins pendant l'assaut. Après, bien sûr… ce ne fut que justice.

– Vous êtes pire qu'un capitaine de route ! Quel profit pensez-vous tirer de vos vassaux, à la longue, en les attaquant sans cesse comme vous le faites ?

– N'avez-vous pas remarqué que ce sont mes vassaux de Provence qui m'attaquent ? Ils s'en prennent à leur suzerain naturel sous le prétexte que leur suzerain ne persécute pas assez les hérétiques. C'est une idée nouvelle. Qui a bien pu la leur mettre dans le crâne ?

– Ce sont de bons chrétiens, qui craignent Dieu et son Église, eux !

– De bons chrétiens à qui on a commandé de se révolter contre moi.

– Je ne vois pas ce que vous voulez dire. Qui aurait fait ça ? Et pourquoi ?

– Vous ! C'est vous qui les avez montés contre moi.

– Moi ? Prouvez-le !

– Oui, vous ! je le sais de source sûre. Vous avez fomenté l'agitation en Provence sous prétexte de lutter contre l'hérésie. C'est votre dernière ruse pour me mettre à genoux. Je vais vous dire : ou vous dites à mes vassaux rebelles de se soumettre sans conditions ni délai, et de m'ouvrir leur château, ou je mettrai la Provence à feu et à sang avec mes Aragonais. Que choisissez-vous ?

– Je n'ai pas à choisir. Et je n'ai pas davantage à recevoir d'ordre de vous. C'est à vous de dire si vous voulez vraiment faire la paix avec la sainte Église romaine.

– Vous avez tout manigancé, vous poussez mes vassaux à me trahir, à m'abandonner, à mettre leur épée à votre service contre moi.

– Attention ! Vos accusations sont graves.

– Vous voulez me soumettre à ces petits seigneurs de Provence qui m'ont trahi pour une poignée de piécettes, comme Judas. Sachez que celui qui me bernera n'est pas encore né. Je sais que c'est vous qui avez rallumé la guerre en Provence, pour m'affaiblir, et maintenant vous me demandez de me débarrasser de mes routiers, de mes soldadiers aragonais, pour me mettre à la merci de vos hommes de main. Me prenez-vous pour un imbécile ?

– Seigneur comte, je pars pour Rome. Dois-je dire au seigneur pape que vous vous engagez à vous amender, à réparer vos torts innombrables, et à répondre avec tout le zèle nécessaire à ses injonctions, y compris de faire la paix avec vos châtelains de Provence, qui ont accepté de mener une croisade contre les hérétiques du Midi ?

– J'obéirai aux injonctions du seigneur pape sauf sur ce point : mes ennemis de Provence seront châtiés pour leur infidélité. C'est moi leur suzerain, ce n'est pas le seigneur pape. C'est moi qu'ils doivent défendre, et non vous. Que ça vous plaise ou non !

– Alors l'excommunication ne sera pas levée, et vous serez banni de vos propres terres, qui seront exposées en proie, et accaparées par vos vassaux, conclut le moine joyeusement.

– Il n'est pas né, celui qui me chassera de mes terres.

– Vous trouverez votre maître, vous aussi ! Souvenez-vous que le comté de Mauguio relève de l'autorité de l'Église. Je vous l'enlève, pour commencer. C'est fait !

Le comte se leva. Son visage reflétait les tourments d'une fureur dévorante. Le teint écarlate, il saisit la coule du moine, sous sa chape, et lui cria dans l'oreille, la bouche grande ouverte, blanche de rage :

– Sale petit moine, tu n'es qu'un roquet de Rome ! Sais-tu à qui tu parles ? Tu parles au plus puissant comte du royaume ! Le cousin du roi de France ! L'égal du roi d'Aragon ! Et tu prétends m'enlever le comté de Mauguio ? Essaye voir ! Si tu touches au comté de Mauguio je te fais couper en morceaux, tu as entendu ? Tu n'es qu'un sale petit roquet, un minable comploteur. Je te préviens, si tu tentes de confisquer ma chevance*, tu ne vivras pas longtemps.

Il le retenait par le pan de sa coule, comme s'il retenait un cheval.

– Alors nous n'avons plus rien à nous dire... le coupa le moine. De toute façon je savais que je venais pour rien. Mais que faites-vous ?

Le comte avait baissé ses braies et urinait sur ses pieds.

– Tu m'as chié dans les bottes, en Provence, fils de garce, je pisse dans les tiennes. Œil pour œil, dent pour dent, comme on dit dans tes livres.

Le moine se recula vivement, s'enfuit en s'exclamant : « Cet homme est fou ! » Il passa la porte en courant, les pieds clapotant dans ses galoches de cuir dur. Il cria, se retourna, lança d'une voix forte, virile, gonflant sa poitrine :

– Le seigneur pape fera de vous un pestiféré, un fuyard, un nouveau Caïn !

---

* Les possessions dont le seigneur tire ses revenus.

Il alla se mêler à ses amis qui s'approchaient.

– Ne remets plus les pieds ici, ou tu le regretteras ! répliqua de l'intérieur le comte Raimon d'une voix emportée. Suivit un chapelet d'injures que le moine n'écouta pas. Il entendit à peine, ou crut entendre : « Celui qui te tuera fera bien ! »

Le légat repartit en fulminant, mais au fond plutôt satisfait de la tournure des événements : il ne fallait pas que le comte de Toulouse s'échappe du filet dans lequel il s'efforçait de le faire entrer depuis plus de deux ans. Et là, à l'évidence, il l'avait fait entrer au fond de la nasse. Il le tenait, enfin.

Il allait présenter au seigneur pape, comme un trophée, un portrait épouvantable du comte de Toulouse, et envisager sérieusement la confiscation de ses biens. De tous ses biens, en commençant par le comté de Mauguio, le plus facile, puis le marquisat de Provence, puis les droits divers qu'il détenait ici et là, à Rodez ou à Millau, et ailleurs, et pour finir il le chasserait de Toulouse. Il mettrait la main sur le château Narbonnais, qui deviendrait la résidence des légats.

Oui, il ferait du comte un homme nu, nu comme un ver, comme un pou de mouton ; un vagabond. Il lui enlèverait la moindre parcelle de pouvoir, de noblesse, de dignité. Il en ferait un paria, un *faidit**, un gibier à courre.

Avant qu'il ait atteint le grand porche, percé dans la muraille, pour rejoindre l'abbaye, un chevalier l'arrêta :

– Seigneur légat, fit-il d'une voix nasillarde, une voix de canard, extrêmement déplaisante, et qu'il reconnut sans peine, seigneur légat, dites-leur de relâcher ma sœur Flors, qui est enfermée à Narbonne, je vous en prie !

– Il ne manquait plus que lui ! s'insurgea le légat. Le comte veut que j'emprisonne ses vassaux, celui-là veut que je libère sa sœur. Ni l'un ni l'autre.

Le chevalier lui avait pris le bras, le retenait d'une poigne ferme et puissante. Il l'observait par-dessous, d'un regard menaçant et inquiet qui brillait à l'ombre de ses sourcils larges et barrés. Le moine se domina assez pour répondre sur un ton neutre, ferme mais impartial :

– Je pars pour Rome, mon ami. Attendez mon retour.

---

* Banni, exilé. Fugitif.

– Elle va mourir. Il ne faut pas la laisser dans le cachot. Ma sœur est innocente. Et quand vous reviendrez elle sera morte.

Pierre de Castelnau inspira à pleins poumons. Il prit une posture de soldadier, qu'il affectionnait, comme s'il était impatient d'en découdre. Il tapa du pied :

– Écoutez ! J'ai autre chose à faire que de m'occuper d'une hérétique. Si votre sœur, que j'ai surprise en train de trafiquer avec les cathares – je m'en souviens très bien, c'était au moulin de Couffoulens, un vrai nid d'hérétiques ! – eh bien ! si elle devait en mourir, qu'est-ce que vous voulez que... c'est que Dieu l'a décidé. Il est notre juge.

– Dieu se moque de la religion. Si vous la laissez mourir, je ne pourrai pas vous le pardonner.

– Des menaces ?

Gui secoua la tête, la bouche amère, l'air sincèrement désolé :

– Je ne pourrai pas vous le pardonner... Vous comprenez ?

Pierre de Castelnau se dégagea vivement, se mêla à ses compagnons qui retinrent Gui pendant que le moine s'échappait. « Ça suffit maintenant ! » lui lança un bourgeois corpulent à la barbe bien taillée, comme le chevalier tentait de rattraper le moine qui s'enfuyait à grands pas, marmottant, rageant contre mille ennemis.

Ils disparurent sous le porche et revinrent dans l'abbaye où l'abbé les attendait impatiemment.

Gui le Guerrejat revint à pas lents dans le château. Il cherchait le comte.

– Il ne veut pas libérer ma sœur, fit-il en voyant le comte qui se versait du vin dans une énorme corne de bœuf cerclée d'or. Je vais le suivre.

Le comte se frappa le front :

– J'ai oublié de lui parler de ta sœur ! De toute façon, il n'était pas disposé à me faire plaisir. Au point où nous en sommes, je me demande s'il ne vaut pas mieux que je ne m'en mêle pas.

Il éclata de rire :

– Je te ferais du tort !

– Seigneur, permettez-moi de le suivre. Il faut qu'il relâche ma sœur avant de quitter la Provence. Qu'il me signe quelque chose, un bout de parchemin. Sinon elle mourra.

Le comte approuva.

– Suis-le. Mais ne l'approche pas. Et ne lui fais pas de mal. Ça se retournerait contre moi. Tu as entendu ?

– Je vais le suivre, conclut Gui le Guerrejat, et je lui ferai signer quelque chose.

– C'est ça, fais-le signer. Et qu'il te bénisse. N'oublie pas de lui demander sa bénédiction.

Le comte riota et but d'un trait toute la corne de vin.

– Quel foutu moine ! s'exclama-t-il en s'essuyant la bouche. Tu en as connu beaucoup, des moines comme lui ?

Il chercha le chevalier des yeux. Mais Gui traversait déjà la cour et allait en courant aux écuries.

« Un bon coup de lance en travers du corps, voilà ce qu'il lui faudrait à ce moine pour le faire tenir tranquille, ou du moins le faire réfléchir, pensa tranquillement le comte Raimon, un peu ivre. Mais qui le fera ? Qui serait assez fou pour accomplir ce geste ? Et je ne parle pas de risquer sa place en paradis ! Ah ! Par sant Jordi ! Qui pourrait terrasser ce dragon sans qu'on puisse me le reprocher ? »

XXXII

Gui suivait de loin le petit cortège qui se dirigeait vers Arles le long du Petit-Rhône, sur le grand chemin de Saint-Gilles. Les compagnons de Pierre de Castelnau étaient les mêmes que la veille : un évêque, que Gui ne connaissait pas, quelques moines qui chantaient en marchant, avec une constance qui laissait penser qu'ils en avaient autant besoin que de respirer, du moins pour marcher, des bourgeois de Saint-Gilles, des prêtres des paroisses ; et puis des scribouillards portant parchemins, plumes et écritoires en bandoulière. En tout vingt personnes, avec les hommes de la milice épiscopale.

Gui réfléchissait. Il avait le temps. La mule qui portait le légat semblait dormir en marchant. Il pensait qu'un scribe aurait tôt fait de lui écrire une formule sur un bout de parchemin, de la faire signer au légat ou de la signer lui-même, contre de l'argent, et avec ça d'aller délivrer sa sœur. Mais il n'avait pas d'argent, et de toute façon le scribe était peut-être trop peureux pour faire ça. Ou trop scrupuleux.

Gui ne comprenait pas comment un bout de parchemin pouvait sauver la vie de sa sœur. Ce n'était pas du même ordre, et pourtant tous les jours des signatures sur un parchemin pouvaient tuer ou sauver des gens. Tel était le pouvoir des puissants.

Ils mirent l'après-midi pour atteindre Arles. La nuit tombait quand ils s'installèrent sur la rive du Rhône en aval de la cité, au passage du bac, dans les cabanes construites pour les voyageurs en attente.

Gui chercha une grange, une étable pour passer la nuit, peut-être dormir un peu. Il dédaignait les cabanes misérables où pour quelques piécettes il aurait pu trouver le gîte et le couvert, et un feu, et même, en rajoutant un peu d'argent et en le demandant poliment, une compagne de plaisir pour la nuit, mère ou fille. Mais Gui avait en abomination le péché de chair. Il préférait la solitude.

Le légat s'était installé dans la grande maison du passeur. Gui entrava son cheval et s'approcha de la résidence du moine. Il fut arrêté par la milice de l'évêque, qui escortait le légat jusqu'au-delà du Rhône. Comme il cherchait ses mots pour expliquer ce qu'il voulait – parler au légat tout simplement –, celui-ci sortit de la maison en braies et chemise, et passa à côté d'eux. Gui l'interpella :

– Seigneur légat, seigneur légat, je vous en prie, écoutez-moi, je suis un bon chrétien.

Sa voix était aimable, lui semblait-il. Il s'efforçait d'être affable, d'être complaisant. Il tenta de sourire, au moins d'une joue. Les miliciens le tenaient. Ils avertirent le légat : « Attention, c'est un chevalier du comte de Toulouse ! » Le moine se récria, furieux : « Le comte de Toulouse ne me fait pas peur. »

Au passage Gui agrippa le pan de sa chemise, l'obligeant à s'arrêter. Pierre de Castelnau l'observait d'un regard curieux, comme on observe un animal inconnu, ou qui a un comportement étrange. Il ne montrait pas de peur.

– Seigneur légat, par Dieu qui fit le ciel et la terre, et par son fils Jésus-Christ, et la très sainte Pucelle, si miséricordieuse aux démunis, écoutez-moi.

La voix du chevalier était sèche, comme morte, et il tentait désespérément de mettre dans sa harangue un peu de chair. Le groupe faisait bloc dans le froid de la nuit, chacun tenant l'autre comme pour une danse. Le légat l'observait toujours. Habillé comme un ouvrier, un batelier, en chemise et braies, il restait grand et massif, mais il n'avait pas l'air aussi terrible, aussi puissant et hostile qu'avec sa chape de moine.

– Ma sœur va mourir, seigneur légat, gémit le chevalier, porté par les gardes qu'il tentait de repousser.

Sa voix se cassa. Il poussa un hurlement parce qu'un garde lui piquait le ventre de sa dague.

– Seigneur légat, pitié pour ma sœur. Elle n'a rien fait, je le jure devant Dieu !

Pierre de Castelnau secoua sa tête tonsurée de frais, s'écria : « C'est une marotte chez vous ! » et tenta de s'éloigner. Mais Gui tenait fermement sa chemise. Le moine se retourna, furieux :

– Je vous ai dit que j'étudierai son cas à mon retour. En attendant elle est en pénitence.

– Elle est aussi innocente qu'un œuf frais pondu.

Le moine secoua la tête, ricana : « Un œuf couvé par le diable ! » Et, empoignant sa chemise, il se libéra. Il alla derrière un arbre et passa loin du groupe au retour. Dès qu'il fut revenu dans la maison les lumières s'éteignirent.

Couché dans le foin, le Guerrejat observa longtemps dans le ciel le champ d'étoiles du chemin de monseigneur saint Jacques. Combien de nuits avait-il passé en Espagne à observer le *Campus Stellae*, tous ses sens en éveil, persuadé d'entendre, descendant comme une rosée de la voûte céleste, une musique, une sorte de bruissement argenté.

Lui revint à l'esprit la prédiction du vicomte de Béarn, qui lui annonçait un destin exceptionnel. « Dieu t'a choisi pour accomplir de grandes choses, j'en suis sûr. Dieu ou le diable. Dans tous les cas tes hauts faits resteront dans l'histoire des hommes. »

Le chevalier ricana. Son destin s'était ensablé dans les turpitudes ecclésiales, les ambitions boutiquières de baronnets pusillanimes, et les fourberies d'une Église brandissant les Évangiles d'une main et l'épée ou la bourse de l'autre, selon ses besoins.

– Carogne de légat ! s'exclama-t-il. Ils sont tous les mêmes !

L'aube fut vite là. Il n'avait pas dormi et pour autant n'avait pas vu le temps passer. Il n'avait même pas pu se déterminer sur ce qu'il allait faire.

Gui se leva et avança jusqu'au bord du fleuve pour se débarbouiller. Il mit longtemps à réchauffer ses membres engourdis par le froid de janvier. Il se rhabilla lentement, vérifia son baudrier, assurant soigneusement son épée sous sa cape, et sa lance à la main il remonta à cheval.

Le pennon à la croix de Toulouse qui décorait la pointe de l'épieu ferré, sous le fer, caquetait dans le vent. Il observa le lever de la mesnie du légat, les hommes allant faire leurs besoins ici et là, derrière les buissons, les feux que les miliciens ranimèrent sur les berges, et sur lesquels chauffait de l'eau, le bouchonnage des chevaux, des bêtes de somme, la sortie tardive du passeur, qui alla préparer le bac.

C'était une grande barcasse qui pouvait prendre une dizaine de personnes au moins, et des animaux. Le légat sortit, habillé. Il alla directement jusqu'à un petit autel dressé sous les arbres, qu'avaient préparé les prêtres qui l'accompagnaient. Ils commencèrent la messe.

Pendant ce temps, le passeur avait mis sa barque à l'eau, et avait chargé les chevaux et les mules. Des hommes montèrent avec des bagages. La barque fila dans le courant, le nez retenu par une élingue qui coulissait sur une grosse corde. Elle traversait le fleuve en plusieurs rebonds. Au retour, les hommes ramaient comme des galériens.

La cité d'Arles s'éveillait dans l'aube blanche, en amont du port. Les clochers perçaient la brume, et des charrettes passaient sous les portes fortifiées pour s'en aller vers d'autres villes, ou aux champs.

Le légat et les prêtres avaient achevé la messe. Ils attendaient sur la berge le retour de la barque. L'eau scintillait à travers les feuillages. Gui les entendait deviser avec la légèreté des promeneurs dans la nature. Plusieurs fois, il vit le légat éclatant de rire, amusant ses compagnons par des plaisanteries de bon aloi.

« Comment cet homme peut-il rire alors qu'il sait que ma sœur est en train de mourir, de pourrir comme un rat dans un cachot ? » s'indigna le chevalier.

Il s'approcha. Les miliciens de l'évêque, qui le surveillaient du coin de l'œil, vinrent lentement à sa rencontre, comme on encercle un chien errant, un cheval échappé. Ils formèrent un mur ferré entre lui et le légat, inquiets du pas vif, fringuant, de sa monture.

Quand le chevalier fut proche, sur un ordre de leur chef, les sergents se jetèrent sur lui dans un bel ensemble.

Gui éperonna son cheval qui bondit en avant, joyeux, joueur. Le chevalier passa au milieu des sergents en les menaçant de la pointe de sa lance. Brisant sa ligne de galop par des écarts et des ruades, il traversa sans toucher un seul homme.

Pierre de Castelnau lui tournait le dos, observant le retour de la barque qui remontait le courant à la force des bras des matelots. Il se tenait droit, fier, les poings sur les hanches, et semblait se gorger de l'air du fleuve. Gui se sentit submergé par un torrent de haine envers cet homme impitoyable, tout puissant, assez cruel pour laisser mourir sa sœur sans le moindre scrupule. « Celui qui te tuera fera bien ! » avait lancé le comte de Toulouse au château de Saint-Gilles, quand le moine avait brisé l'entretien et s'en était retourné à grands pas furieux. Celui qui te tuera fera bien… Le chevalier comprenait maintenant l'emportement du comte, sa prodigieuse colère en face de ce loup romain caparaçonné dans une inébranlable rigidité dogmatique. Une inlassable suspicion, une aveugle fureur, une totale sécheresse de cœur et, Gui le sentait bien, une insatiable soif de vengeance.

La main du chevalier se crispa sur sa lance, et il ne put s'empêcher de presser à nouveau les éperons sous le ventre de son cheval, provoquant une prodigieuse impulsion de l'arrière-main. Sa lance se baissa naturellement, comme à l'exercice.

Le chevalier fut tout de suite sur le légat, qui tel un mur se dressait au bout de son arme. Le fer se planta dans la large échine, traversant sans effort le corps du moine, jusque sur le devant où il souleva le pan de la coule, sur la poitrine. Le légat s'écroula.

Projeté en avant sous la violence du choc, sa tête tomba dans l'eau, caressée par les vaguelettes. Sa tonsure formait une sorte de nénuphar.

D'un coup sec Gui retira sa lance, nota que la pointe, la frette et le haut de la hampe étaient rouges de sang, qui vint rougir la croix de Toulouse peinte sur le pennon.

– C'est le sang d'un ennemi du genre humain, murmura-t-il au cadavre qui prenait l'eau.

Il lança son arme en travers du corps étendu, comme s'il jetait sur lui un interdit, une sorte d'excommunication, l'isolant par une barrière de bois et de fer. Il ne voulait pas emporter avec lui un sang maudit, un sang souillé par le diable.

Pensant à sa sœur, martyrisée la première par l'Église, il ne regretta pas son geste.

Comme les miliciens accouraient, tardivement intrépides, il leur lança : « Justice est faite ! » Il s'enfuit au galop entre les arbres, vers Beaucaire, et disparut en un éclair.

Les soldats entourèrent lentement le corps du légat, n'osant encore le toucher pour le retirer de l'eau. Puis l'un d'eux s'y risqua, le tira par le pan de sa coule. L'eau était rouge autour du corps. Ils étendirent le cadavre sur la berge.

Arriva le prieur de l'abbaye de Saint-Gilles, qui accompagnait le légat jusqu'à Rome. Découvrant le corps inerte il le toucha, incrédule, la bouche serrée, s'agenouilla lentement en répétant : « Mon Dieu... mon Dieu... » Il se mit à cantiller sur un ton plaintif le psaume du Dieu de Justice : « Dieu des vengeances, Yahvé, Dieu des vengeances, parais ! Lève-toi, juge de la terre, et retourne aux orgueilleux leur salaire !... »

Puis lançant vers le ciel ses bras en croix il s'écria, la voix rauque :

– Que le sang de ce juste retombe sur le comte de Toulouse, et sur les seigneurs du Midi, et sur la tête de leurs enfants jusqu'à la dixième génération !

– Amen ! gronda la foule des clercs.

L'assistance se mit à genoux à son tour, dans une sorte de silence terrifié, et un prêtre qui avait revêtu une étole noire récita les prières des morts.

GLOSSAIRE

Adoration : (du latin *adoratio*), salut rituel des Bons Croyants aux religieux cathares habités de l'Esprit-Saint, sous la forme de génuflexions répétées et d'inclinaison jusqu'au sol, parfois. Cette attitude démonstrative faisait penser à une sorte d'adoration pour l'Église romaine, en toute mauvaise foi.

Algarade : (de l'arabe *al-ghâra*), raid profond et rapide en terre ennemie. Attaque brusquée.

Assag : (oc), essai, épreuve dans laquelle la domna accepte de recevoir son amoureux dans son lit, à la condition qu'il ne la touche pas. Il démontre ainsi qu'il l'aime de cœur. Cette initiation fait partie de la lyrique des troubadours.

Banneret : le chevalier banneret est un chevalier qui possède des fiefs importants et qui en conséquence doit amener à la guerre des dizaines de vassaux, qu'il réunit et commande sous sa bannière.

Barranco : (esp.), ravin.

Bataille : corps d'armée.

Blanchet : sorte de caleçon porté par les hommes.

Bonhomme, Bonshommes : nom que donnaient les fidèles aux religieux cathares, considérés comme des hommes de bien. Ils étaient vénérés parce qu'ils avaient le grand souci de sauver les âmes des croyants, prenant tous les risques pour apporter le consolament de bonne fin.

Borgès, esa : (oc), habitant du *borg*, le bourg. Le *borgès* n'est ni paysan, ni noble, ni clerc. Il tire son moyen d'existence de la pratique d'un métier, ou du négoce. Cette indépendance économique et l'esprit d'entreprise qui les anime poussent les bourgeois à partir du XIe siècle à revendiquer une autonomie communale, imposant aux seigneurs des chartes de coutumes et libertés. À la fin du XIIe siècle toutes les villes du Midi s'administreront, du moins en partie, avec des consuls élus par les chefs de famille.

Canso : (oc), chanson de troubadour.

Capelan : (oc), chapelain.

Castrum : (latin), bourg fortifié sur une hauteur, comprenant le château et une agglomération à l'intérieur de murailles. Cette forme d'urbanisme est très répandue dans le Midi.

Cers : vent du nord pour les gens du Midi. Le cers peut être froid, glacial et violent.

Chantador : (oc), chanteur.

Chasé : (latin *casatus*), se dit d'un vassal qui a été investi d'un fief, terres, droits, maisons qui lui permettent de vivre selon son rang.

Chevance : les possessions dont le seigneur tire ses revenus.

Conroi : groupe de chevaliers réunis sous la même bannière.

Consolament : (du latin *consolamentum*). La religion cathare ne connaît qu'un sacrement : le consolament. Il consiste dans l'imposition des mains, par un Parfait, sur la tête du croyant pour réaliser l'union mystique de l'âme et de l'Esprit-Saint, car seul l'Esprit-Saint a le pouvoir de ramener au Ciel l'âme qui en est tombée. Sans ce « baptême en Esprit » le croyant ne peut être sauvé.
Le consolament se décline de diverses manières rituelles, selon qu'il s'agit d'un premier baptême, de l'ordination d'un diacre ou d'un évêque, ou du consolament « de bonne fin », sur son lit de mort.
Le consolament impliquant le renoncement au monde terrestre, la plupart des croyants ne le demandaient qu'à l'heure du trépas.

Corondage : ossature en bois de nombreuses maisons du Moyen Âge, murs en pans de bois, encore appelés colombages.

Damaisèla : (oc), demoiselle, jeune fille.

Domna : La *domna* en pays de langue d'oc est l'équivalent de la dame en pays de langue d'oïl. Les deux termes sont la contraction du latin *domina*, la maîtresse de maison, la patronne, la seigneuresse.

Domnejar : (oc), faire la cour à une *domna*, la servir.

Donzel, donzelle : (oc), damoiseau, damoiselle. Jeune homme ou jeune fille nobles, qui ne sont pas encore mariés ni, pour les hommes, chevaliers.

Espie : espion.

Endura : (oc), épreuve que s'impose le croyant cathare ayant reçu le consolament sur son lit de mort. Pour en finir plus vite, il n'absorbe plus d'aliments.

Festejar : (oc), faire la fête, festoyer.

Fin'amor : (oc), à l'époque des troubadours la *fin'amor* représente l'amour parfait, fin, délicat (l'instinct est sévèrement bridé) et fidèle.

Fougasse, fouace : (de fouée, foyer), gâteau en forme de couronne cuit au four, avec une pâte briochée plus ou moins parfumée.

Francimans : (oc), les natifs de France, descendant des Francs, et particulièrement ceux qui viennent d'Île-de-France.

Gambison : vêtement rembourré que l'on enfile sous la cotte de mailles pour amortir les coups. Le gambison, d'origine militaire, deviendra à la mode dans le civil au XIIIe siècle, sous la forme du pourpoint.

Jouglar : (oc), musicien chanteur dont le métier est de distraire. Il récite, joue et interprète le répertoire des troubadours. Il est aussi bateleur et fait des tours. C'est un amuseur.

Joy : mot clef du lyrisme des troubadours, le joy (joi) représente un état d'allégresse, d'emportement poétique, d'exaltation et de félicité amoureuse absolue.

Maniguières : postes de pêche fixes, guets, lignes de pieux enfoncés dans l'eau entre lesquels sont tendus des filets en forme d'entonnoir.

Matoral : (esp.), sorte de maquis spécifique à l'Espagne.

Mesnie : la famille et tous les familiers, jusqu'aux domestiques, et tous ceux qui sont nourris dans l'oustal.

Molinière : (oc), meunière.

Mur : L'Inquisition appelle *mur* la prison. Ce sont le plus souvent des cellules très étroites, sorte de cachot au plafond bas (*mur strict*), où les prisonniers sont enfermés, interrogés et maltraités.

Nave : (latin *navis*), nef, navire de Méditerranée.

Ost : service militaire que devait tout noble à son suzerain, au moins quarante jours par an. L'ost désigne aussi l'armée en campagne.

Oublie : (du latin *oblata*, offrande), pâtisserie cuite entre deux fers, comme les gaufres, mais roulée.

Oule : (du latin *olla* ; oc, de *ola*), marmite, pot en terre allant au feu.

Oustal : (oc), l'*oustal* est la maison, dans le sens d'habitation mais aussi de maisonnée, comprenant la famille, la *mesnie* et tout le lignage.

Oustalier, ière : (oc), celui qui reçoit dans son *oustal*. Hôte.

Parfait, Parfaite : nom donné aux religieux cathares (Bonshommes, Bonnes Femmes) par l'Église de Rome pour désigner ceux et celles qui ont reçu le consolament d'ordination, et qui exercent la capacité totale de conduire la liturgie et de sauver les âmes.

Pederam : (oc), gras-double, tripes à la mode pyrénéenne avec des abats de mouton.

Peregrini : (latin), pèlerins. En occitan : *pelegrins*.

Razès : Comté créé par Charlemagne, avec pour capitale Rennes (Rennes-le-Château), qui était à l'époque une cité forte et importante. Le Razès comprenait les Corbières et la haute vallée de l'Aude (pays de Sault) jusqu'à l'Aragon.
À l'époque de la croisade, le Razès faisait partie de la vicomté de Carcassonne. Il était administré par les Trencavel.

Ricomes : (esp.). Contraction de *ricos hombres*, « riches hommes », c'est-à-dire grands seigneurs. On les appelle aussi « magnats ».

Saugé : vin blanc mélangé à de l'eau de sauge, décoction de sauge parfumée de girofle, gingembre, poivre long et laurier.

Saynette : Petites scènes à mystères jouées sur les parvis des églises pour les grandes fêtes religieuses.

Servant, sergent : (lat. *serviens*, serviteur) valet, agent d'un seigneur. *Sergent d'armes, servant d'armes* : valet, écuyer, homme d'armes qui n'est pas chevalier.

Soldadier, soudadier : (oc), mercenaire, soldat professionnel qui touche une solde.

Tartaril, tartarin : (oc), Maure, Sarrasin (de Tartare).

Tralla : (oc), folie, débauche, amusement. *Faire la tralla* veut dire faire beaucoup de bruit et d'agitation, danser et se dandiner, bref empêcher de dormir.

Trobar : le *trobar* est le talent poétique du troubadour, qui sait « trouver » les beaux vers qui émeuvent, les *motz* (paroles) qui font mouche, les belles phrases bien frappées. Mais le mot à l'origine pourrait être *tropar*, faire des tropes, c'est-à-dire des gloses poétiques sur des textes liturgiques, en accompagnement musical.

Verdier : (oc), homme des bois, qui vit dans la forêt. Forestier chargé de l'exploitation d'un ensemble de bois ou de vergers.

Viaire : visière, protection de fer sur le visage, fixée au casque par des charnières, et qui peut se relever et s'abaisser.

Villain, *vilain* : qui habite la *villa*, l'immense domaine agricole de l'époque gallo-romaine, dont les hameaux sont devenus nos villages. C'est le campagnard, qui vit uniquement du travail des champs, à la différence de l'habitant de la cité (noble, clerc, bourgeois) qui a d'autres revenus.

Cet ouvrage a été composé
par les Ateliers Graphiques de l'Ardoisière.
Il a été achevé d'imprimer
sur Roto-Page
par l'Imprimerie Floch à Mayenne
le 6 novembre 2007.

N° d'éd. : 163 – N° d'imp. : 69670
Dépôt légal : novembre 2007

Imprimé en France